단, 하나의 사랑

최윤교 대본집

2

최윤교 대본집

단, 하나의 사랑 2

1판 1쇄 인쇄 2019. 7. 18.
1판 1쇄 발행 2019. 7. 25.

지은이 최윤교

발행인 고세규
편집 김민경, 길은수 | 디자인 이경희

발행처 김영사
등록 1979년 5월 17일(제406-2003-036호)
주소 경기도 파주시 문발로 197(문발동) 우편번호 10881
전화 마케팅부 031)955-3100, 편집부 031)955-3200 | 팩스 031)955-3111

저작권자 ⓒ 최윤교, 2019
본 책자의 출판권은 KBS미디어㈜를 통해 최윤교 작가 및 KBS와 저작권 계약을 맺은
㈜김영사에 있습니다. 이 책은 저작권법에 의해 보호를 받는 저작물이므로 저자와
출판사의 허락 없이 내용의 일부를 인용하거나 발췌하는 것을 금합니다.

값은 뒤표지에 있습니다.
ISBN 978-89-349-9679-8 04810
       978-89-349-9677-4(세트)

홈페이지 www.gimmyoung.com   블로그 blog.naver.com/gybook
페이스북 facebook.com/gybooks   이메일 bestbook@gimmyoung.com

좋은 독자가 좋은 책을 만듭니다.
김영사는 독자 여러분의 의견에 항상 귀 기울이고 있습니다.

이 도서의 국립중앙도서관 출판예정도서목록(CIP)은 서지정보유통지원시스템 홈페이지
(http://seoji.nl.go.kr)와 국가자료공동목록시스템(http://www.nl.go.kr/kolisnet)에서
이용하실 수 있습니다.(CIP제어번호 : CIP2019025529)

단, 하나의 사랑

2

최윤교 대본집

김영사

[작가의 말]

　고궁을 걷거나, 낯선 동네를 산책하는 것을 좋아합니다. 지나다 만나는 닫힌 문 안쪽을 꼭 들여다봅니다. 까치발을 들고 담벼락 너머를 넘겨보는 일도 곧잘 합니다. 아주 오랫동안 저는 바깥에서 바라보는 사람이었습니다.

　막연히 희망했던 세계로 들어와 새롭게 배우는 것이 많았습니다. 무엇보다, 대본은 드라마의 재료일 뿐이고, 수많은 사람들의 노동과 마음이 합해져 최종결과물이 나온다는 것을 체감하게 되었습니다. 이 사실을 떠올릴 때마다 그래서 드라마가 좋다고 항상 생각합니다.

　머릿속에 있던 인물이, 손끝으로 그려진 후, 살아 숨 쉬는 사람으로 다시 태어나는 과정을 짜릿하게 보여준 배우님들, 역시 글씨로만 존재하던 공간과 분위기와 정서를 생생히 만들어주신 스태프분들께 감탄하고 감동했던 시간이었습니다. 즐겁고 든든히 일할 수 있게 해주신 이정섭 감독님과 최수진 안무감독님, 아름다운 서울발레시어터께도 감사와 존경을 드립니다.
　대본 작업 내내 동고동락했던 함연주 피디님, 천운 보조작가. 두 분이 아니었다면 할 수 없는 일이었습니다. 함께 했던 시간들이 그리울 거예요.

오랜 시간동안 웃고 울고 품었던 인물들과 이야기를 떠나보냅니다. 저는 아무래도 촌스러워서 〈단, 하나의 사랑〉과 몇 번의 이별을 거듭하며 질척이겠지만, 드라마와 함께한 분들에게 이 책이 좋은 증표가 되기를 바라는 마음입니다.

불가항력의 비극이 엄연히 존재하기에, 분투하는 인간이 숭고하다고 늘 생각합니다. 서로를 위해 분투하고, 끝까지 사랑한 단과 연서를 저도 종종 떠올리며 눈부셔할 것 같아요. 〈단, 하나의 사랑〉을 사랑해주시고, 이 책을 보시는 모든 분들의 삶에도 같은 응원을 보냅니다.

부서질 듯 찬란하게, 반짝반짝 빛나기를.

최윤교

목

차

1. 이 책의 편집은 최윤교 작가의 드라마 대본 집필 형식을 최대한 따랐습니다.
2. 드라마 대사는 글말이 아닌 입말임을 감안하여, 한글맞춤법과
   다른 부분이라 해도 그 표현을 살렸습니다.
3. 말줄임표는 두 개, 세 개, 네 개 등으로 다양하게 표현되어 있습니다.
   이는 대사 시 호흡의 양을 다양하게 표현하고자 한 작가의 의도를 반영한 결과입니다.
4. 쉼표, 느낌표, 마침표 등과 같은 구두점도 작가의 의도를 따랐습니다.
   마침표가 없는 것 역시 작가의 의도입니다.
5. 이 책은 작가의 최종 대본으로 장소명이 실제와 다를 수 있으며 방송되지 않은 부분이
   포함되어 있습니다.

"인간을 관찰하는 일은 참으로 흥미롭습니다.
 영겁의 시간이 막막한 흑백이라면,
 인간은 부서질 듯 찬란하게 색색으로 빛납니다."

_ 천사 '단'의 마지막 보고서 中

사람은 참 재밌는 존재다.
행인의 눈빛이 자신을 비웃는 것 같다며
무차별적인 폭행을 저지르는 것도 사람,
화재의 현장에서 제 몸을 던져 타인을 구해내는 것도 사람이다.
사랑해서 상대의 목숨을 빼앗기도 하고,
사랑해서 자신의 목숨을 다 바치기도 한다.

우리 드라마에서는 이 뒤죽박죽이고, 엉망진창이며,

선한 동시에 악한 인간을 관찰하고,

그 속에 숨어있는 이야기를 엿보기로 한다.

철저히 낯선 존재인 천사의 눈으로 바라보는 인간은 어떤 모습일까.

완벽한 존재인 천사가 오직 사랑 때문에

불완전한 인간이 되고 싶어지는 과정을 통해 사람이,

사람으로서 지향해야 할 '인간성'이란 무엇인지를 다시금 되짚으려 한다.

그것은 사랑.

백마 탄 왕자가 신데렐라를 구원하는 이야기가 아닌,

"내가 너의 수호천사인 줄 알았는데, 아니었어.

인간인 네가 나에게 천사였다."라고

고백하는 천사의 러브스토리를 통해

누구나 꿈꾸는 완벽한 사랑이란, 완전한 두 사람의 만남이 아니라,

부족한 두 영혼이 만나 웃고 울고, 원하고 원망하며 맘을 키워가는 것임을.

뜻밖의 비극과 험난한 고비 앞에서 오직 상대를 위해 모든 걸 내어놓는

숭고한 선택임을 이야기해보려 한다.

그 끝이 어찌 될지라도,

그렇게 사랑하는 자들은 서로에게 천사가 되어줄 수 있음을

꿈꿔보려 한다.

[인물 관계도]

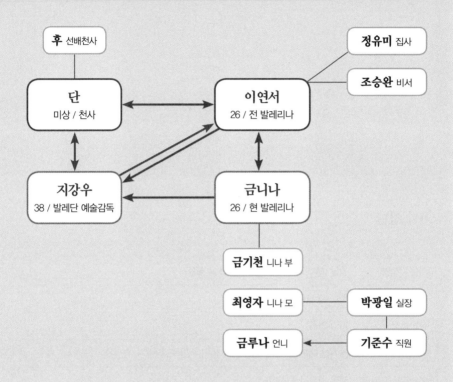

단 – 천사	연서 – 아이비 저택
후(40대): 선배천사, 시니컬	**조승완**(52): 연서의 안내자, 각막 기증 **정유미**(42): 저택 총괄집사, 워커홀릭

니나 – 판타지아 발레단

최영자(58): 니나모, 연서 오촌 고모, 판타지아 발레단장, 탐욕
금기천(55): 니나부, 판타지아 재단이사장
금루나(30): 니나언니, 발레단 부단장. 쿨걸
박광일(38): 발레단 실장, 영자의 심복
기준수(27): 발레단 직원(경호)

01. 김단

이름 / 직업	김단 (천사 '단' 육신을 입고 '김단'으로 활동)
생년월일	없음. (외모는 20대 중반)
성장과정	기억 없음.
성격	호기심 대마왕, 측은지심 폭발, 정의감 가득, 장난기, 흥 넘실.
향후 관찰포인트	제발 사고나 치지 마라.
특이점	희망과 낙관이 너무 넘침.
본인의 변	'이거 누가 썼어? 보고서는 내가 쓰는 건데?'

(작성: 선배천사 '후')

천사다. 진짜 천사.

날개 달린 천사. 인간의 눈에 보이지 않는 투명한 영혼의 천사.

이제 막 일을 시작한 천사로, 품계로 치면 72천사의 끄트머리에도 가지 못하는 말단천사다.

20대 중반 청년의 모습을 하고 있다. 또랑한 눈엔 호기심이 가득하고, 싱긋 올라간 입꼬

리엔 장난기가 가득하다. 어린애같이 해사한 얼굴이지만 큰 키에 반듯한 목, 바른 자세에서 어른스러움이 묻어 나오는 외모. 가끔은 이토록 근사한 모습을 보지 못하는 인간들이 불쌍하기도 하다.

인간들은 연약하고 어리석어 무척 흥미롭다. 저 쓸데없고 연약하기만 한 껍데기라니, 아등바등 인간이여, 쯧쯧 혀를 차면서도 기를 쓰고 살아가는 게 신기하고 재밌다. 기본적으로, 인간은 선한 맘을 가졌기에 신이 사랑한다고 생각한다.
천사니까 당연히 착하고, 천사니까 당연히 선한 가치를 추구하지만, 반대로 천사니까 당연히 악을 미워하고, 나쁜 생각에 휩쓸리는 인간을 보면 안타깝다.
그래서 못돼먹은 인간, 악한 인간들이 힘없고 약한 다른 인간을 괴롭히는 걸 참을 수가 없다. 눈 질끈 감고 지나치자니, 영혼 깊은 곳에서부터 정의감이 타올라 자꾸 손을 대게 된다.

천사 이전의 기억이 없다.
천사 중엔 본투비 천사도 있고, 사람이었다가 사후에 천사가 되는 타입도 있다고 들었지만 무슨 상관이랴. 기쁨의 노래가 천사가 된 마냥, 단은 매일매일이 재밌고, 신난다.
넘치는 장난기에 터져 나오는 흥을 기본 탑재.
존재를 의심한 적도, 전생을 궁금해한 적도 없이 말단천사인 자신이 장난 좀 치기로서니, 최종적으론 '그분'의 솜씨로 우주는 평안할 거라 믿는 낙천주의 천사.

그러다 만난다. 날 알아보고, 내게 말을 거는 인간을!
당신, 내가 보여? 아니 내가.. 느껴져?

그 여자 이연서. 눈먼 발레리나.
인간계의 임무를 마치고 하늘로 돌아가는 날! 그 마지막 날 하필 그녀를 만나버렸다.
그녀가 나를... 본다, 아니 느낀다. 심지어 말을 건다!
으아악! 이거 뭐야! 듣지도 보지도 못한 일인데!
얼음처럼 굳어버린 단, 얼결에 인간과 대화를 나눠버린다.
물론 빈 벤치에서 혼자 떠드는 그녀를 사람들은 이상하게 보지만, 어차피 난 못 보니까.
근데 대체 왜 날 볼 수 있는 거야? 이상하다, 이 여자 뭐지?

단은 어느새 그녀 뒤를 쫓고 있었다. 궁금했다.

시각장애인 중 어렴풋이 천사를 느끼는 이도 있다 들었지만 이렇게 대놓고 너 거기 있지? 다 안다! 하고 위풍당당 말 거는 인간이 있단 소린 들어본 적 없다. 이제 하늘로 돌아가면 이 비밀은 풀 수가 없기 때문이었다. 이 망할 놈의 호기심!

그녀 때문에 초대박 사고를 칠 줄 알았다면 처음부터 모른 척했을 텐데..

천사도 후회를 할 수 있단 걸 처음으로 알았다.

그녀가 타고 있던 자동차가 사고가 났다. 운전자(승완)는 죽었다. 연서가 꼼짝없이 갇힌 자동차가 서서히, 절벽 아래로 추락하려 했다. 지나치려 했다. 손 하나 까딱 안 하려 했다.

어쩔 수가 없었다. 천사도 변명을 할 수 있단 걸 처음으로 알았다.

마치 거기 서있는 단을 다 보고 있다는 듯, 아니, 눈을 똑바로 맞추며 살려달라 부르짖는 연서를 보고 어떻게 가만있을 수 있단 말인가?

'신이시여, 내게 가만히 있으라 마소서, 마지막으로 사고 한 번 치겠습니다!'

그렇게 그녀를 구했다. 죽었어야 할 그녀를.

허겁지겁 천국으로 돌아가는 약속장소로 가보았지만, 이미 문은 굳게 닫혀 있다.

죄, 소멸.. 무서운 단어들이 선배천사 '후'의 입에서 흘러나온다.

울상으로 소명해보지만 소용이 없다. 어떻게 해야 돼요? 뭐든지 할게요!

간절한 단에게 절체절명의 미션이 주어진다.

"지금부터 딱 100일. 그 안에 지정된 인간의 큐피드가 되어 사랑에 빠지게 할 것!"

영혼을 구하는 힘은 믿음도, 소망도 아닌 오직 사랑에 있으니까.

처벌이 아니라 미션이라니, 한결 마음이 놓인다. 역시 신은 나를 사랑하신다니까.

앞으로 다가올 일들이 임무일지, 형벌일지, 저주일지도 모르는 채,

긍정대마왕 천사 단은 마음을 고쳐먹는다! 좋았어, 사랑? 그 좋은 것 내가 이뤄 줄거야!

위풍당당 목표 인간을 찾아간 단은 놀라 까무러칠 뻔했다.

오 마이 갓. 역시 항상 뒤통수를 치는 신이시여. 내 천사 팔자 꼬이게 만든 바로 그 여자, 눈먼 발레리나잖아요! 처음부터 엄청 싸가지 없었다구요, 저 여자!

각막 이식 수술해서 눈을 떴다고? 그럼 세상이 좀 아름다워 보이겠지. 신께 감사하고 모

든 죽어가는 것을 사랑하겠지, 하고 시작한 임무.

그러나 만만찮다. 어째서 저 인간은 눈을 감아도, 눈을 떠도 한결같이 포악한가.

거짓말 절대 못 하는 천성 탓에 사사건건 부딪친다. 고용주라고 갑질 더럽게 한다. 악한 것, 못된 것은 딱 질색인 단.. 때때마다 연서를 옳은 길로 인도하느라 죽을 맛이다.

그렇게 시작되었다.

처음으로 날 알아본 그 여자

어딜 봐도 사랑 한 톨 없는 그 여자.

온 세상에 가시 잔뜩 세운 채 불안에 떠는 그 여자

남몰래 우는 것도 자존심 상해 속으로만 눈물 삼키는 그 여자

그 여자를 지켜보는 일. 지켜주는 일.

'아무라도 사랑해라'로 시작한 첫 보고서부터

'그 남잔 절대 아니야'로 점철된 중반을 지나 사랑을 확인해 임무에 성공하면,

천국으로 돌아가기 위해 연서와 이별해야만 하는 고비를 넘어,

기어이 나를 버려야 그녀를 살릴 수 있다는 가혹한 운명까지 이르는 마지막 순간까지,

단의 보고서에는 어떤 내용이 담길까?

단은 과연 연서에게 진실한 사랑을 찾아주고 무사히 천국으로 돌아갈 수 있을까?

돌아가고 싶을까?

02. 이연서

이름 / 직업	이연서 / 전직 발레리나
생년월일	1994년 11월 20일 (현 26세)
성장과정	12세 러시아 발레유학 – 17세 귀국 + 판타지아 발레단 프리마 발레리나
	현재 백수. 조실부모, 혼자가 된 상속녀

성격	냉소대마왕, 비웃음 폭발, 자만심 가득, 분노 기반, 불신 넘실.
향후 관찰포인트	진실한 사랑은커녕 인간다움이나 있을는지...
특이점	눈을 뜨나 감으나 싸가지가 없음.
본인의 변	'김단, 너 또 이상한 거 쓰지? 넌 해고야! 다섯 번째 해고!'

얼음마녀, 미친 듯 아름답고 미친 듯 못돼먹은 흑조!
예쁘다. 10명 중에 최고로, 100명 중에 최고로, 어쩌면 1,000명을 모아놔도 최고로.
못됐다. 10명 중에 최고로, 100명 중에 아마도 최고로, 어쩌면 1,000명을 모아놔도 지지
않을 정도로.

비율은 9등신, 팔다리는 비정상적으로 길고, 콩만 한 얼굴에 영롱한 이목구비가 꽉꽉 들
어차 있다. 게다가 발레리나라면 으레 부러워하는 발등의 고(볼록 튀어나온 부분)는 내추럴
본 아치형이고, 허리는 한 줌, 두 다리는 손댈 것 없이 곧게 쫙 붙은 모양이라니.
'신이 가장 아름다운 발레를 보고 싶어 연서라는 천사를 이 땅에 보냈다'고 러시아 무용
평론가가 극찬했을 때가 13살. 말 그대로 신이 너무했다 싶을 만큼 탁월한 외모다.

태어났을 때부터 대대손손 부잣집.
지성과 성품을 갖춘 아버지 진웅, 미모만은 확실히 외탁이라 할 만큼 아름다운 엄마 나희
수까지. 부족한 것, 아쉬운 것 하나 없는 다이아몬드 수저였다.

8살 때부터 발레 연습실에 가장 일찍 나가 가장 늦게 나올 정도로 한번 꽂히면 끝장을 보
는 근성에 바뜨망(기초 동작)을 가르치면 바뜨망 탕뒤부터 바뜨망 데벨로빼까지 한 큐에
끝내버리는 영민함, 타고난 우아함과 해석력으로 보는 이의 마음을 뭉클하게 하는 감성
까지. 영국 여왕이 온다 해도 부러울 것 없는 연서였다.

그래서 굳이 성격까지 좋을 필요 없었던 걸까.
누구에게도 고개 숙이지 않고, 부탁하지 않고, 사과하지 않는다. 그럴 일은 애초에 만들지

도 않는다. 누군가 잘못하면 그 즉시 벌하고 응징한다. 용서, 한 번 더 기회 이런 거 없다. 어린 시절, 가족과 함께였을 땐 이 정도까진 아니었다는 소문이 있지만 이를 증명해줄 이 하나 없이 그저 아이비 저택의 오랜 전설일 뿐이다.

그녀가 이렇게까지 차가워진 데에는 두 번의 상실이 있었다.
시니어 첫 콩쿠르를 앞두고 어이없게 아빠와 엄마 모두를 잃었다. 교통사고였다. 아빠의 비서였던 승완 아저씨가 콩쿠르 시간이 끝난 뒤에야 연락하는 바람에 연서는 엄마가 숨을 거두는 그 시각, 기쁨의 춤을 춰버렸다. 비행기를 타고 돌아오는 내내 기도했다. 아직 숨이 남은 아빠를 제발 살려달라고. 마지막 인사는 부디 허락해달라고. 그러나 끝끝내, 신은 그녀를 배신했다.

그저 콧대 높고 거칠 것 없이 직설적인 공주님이었던 연서, 갑작스러운 부모의 죽음으로 불신의 벽을 높이 쌓게 된다. 고아가 된 상속녀에게 온갖 사기꾼들이 들러붙었고, 사돈의 팔촌이 맡겨둔 듯 돈 달라 손을 벌려댔다. 아빠의 유언장대로, 니나네 가족이 성인이 될 때까지 재단을 맡아주기로 했다. 귀국 후 단숨에 한국 최고의 발레리나가 되었지만, 연서의 주위엔 하이에나들밖에 없었다. 아무도 믿을 수가 없었다.

그래도 견딜 수 있었던 건 연서에게 발레가 있었기 때문이었다. 춤을 출 땐 언제나 아빠와 엄마가 보고 있다고 믿었다. 3년 전, 외국발레단 생활을 마치고, 판타지아 프리마 발레리나로서의 첫 무대를 하는 날까진 그랬다.
그날의 사고로 두 눈이 멀게 된 후, 연서의 마음은 한순간 빙점에 닿아 꽁꽁 얼어버렸다. 슬픔에 휩싸이지 않았다. 그냥 억울했다. 자신에게 일어난 비극을 당최 이해할 수가 없었다. 화가 났다. 세상 모두에게, 나 자신에게, 차라리 처음부터 주질 말지, 모든 걸 줬다가 거침없이 빼앗아 버리는 신이란 개자식에게, 지나가는 풀벌레 한 마리에게까지. 싫었다. 동정하는 것도 고소해하는 것도. 눈이 멀고 나니 오히려 사람들의 진심이 더 느껴졌다.
시력을 잃은 뒤 후각-청각-촉각이 초예민해졌기 때문.
미세한 목소리의 떨림, 소리 없이 훗 웃을 때 진동하는 공기의 떨림,
다정하게 어깨를 두드리면서 내 뺨에 닿은 이 사람의 볼, 웃고 있어. 눈치챘다.
차라리 고요한 암흑이 낫다고 믿고 싶을 만큼, 연서의 주변은 온통 가식뿐이었다.

허나, 비극의 여주인공으로 소비되길 당당히 거부하는 연서.

남녀노소 가리지 않고 반말엔 반말, 존댓말에 존대로 응하고,

눈먼 그녀를 슬쩍 만지고 지나가는 성희롱범에겐 거침없이 지팡이 검도를 휘둘러 제압하고, 장님이니 뭐니 개소리하는 자에게 두 배로 더 크게 소리 질러 되갚는다.

무시하지 마. 동정하지 마. 쉽게 보지 마. 아니, 그냥 아무것도 하지 마. 다 꺼져버려.

눈을 뜨면 어둠인데, 눈을 감으면 총천연색이다. 꿈 얘기다. 괴롭다.

꿈속의 세계는 너무나 선명하고 컬러풀하다. 손을 뻗으면 잡힐 것처럼 생생하다.

결코 다시 보지 못할 아름다움에 눈이 부셔 종종 울면서 깨어나지만, 아무에게도 그 모습은 보여주지 않는다. 그러다 뜻밖의 사고를 당한다. 그리고 눈을 떴을 때.... 앞이 보였다!

살아난 감각, 깨어진 마음, 그 속에 스며드는 빛!

늘 죽고 싶다 생각했는데, 막상 죽음의 위기 앞에서 살고 싶어졌다.

나도 모르게 외쳤다. 도와달라고, 살려달라고.

눈이 먼 뒤, 매일같이 저주했던 신이 소원을 들어준 걸까. 연서는 살았고, 심지어 눈도 떴다.

그런데, 이게... 누구 각막이라고?

승완이 아저씨.

아빠의 비서이자, 평생 친구였던 분. 아무도 믿을 수 없는 연서가 유일하게 믿었던 사람. 믿었지만, 결코 믿는다고 한 번도 말하지 못했던 사람. 나를 걱정하면 아빠 노릇 말라며 차갑게 쏘아붙였고, 해사하고 밝았던 연서의 어린 시절을 추억하면 그걸 빼앗아 버린 건 아저씨라고, 늦게 연락한 일을 꼬투리 삼아 괜한 트집으로 성질만 냈던 사람. 아무리 성질을 내도 허허 웃으며 나는 널 안다, 고 말했던, 그 아저씨의.. 눈이라고?

평생 일어날 리 없다고 여겼던 기적이 일어났는데, 기뻐할 수가 없다. 기뻐해선 안 된다. 가슴에 커다란 돌이 쿵 하고 떨어졌다. 눈을 떴는데 앞이 안 보이는 기분이다. 뻔히 보이는 계단을 못 내려가겠다. 눈이 멀었을 때 매일같이 달렸던 산책길이 눈앞에 보이는데 한 걸음도 못 디디겠다. 외상 후 스트레스 장애, 심인성 트라우마 증세 판정.

승완 아저씬 늘, 네가 다시 발레를 했으면 좋겠다고 했다. 그래서 각막도 기증했다고, 들었다. 이대로 눈이 멀었을 때보다 더 무기력하게 있을 순 없다. 유미의 권유로 승완을 대신할 사람을 뽑았다. 운전에 경호까지, 연서의 초근접 업무는 아무도 지원을 안 하는 탓

이다. 그렇게 만났다. 호랑말코 천방지축 꼴통 김단을!

하나부터 열까지 맞는 게 없다. 면전에 대고 '못됐다' '지랄한다' '못났다' 같은 소리 하는 남자, 처음이다. 아빠, 엄마까지 들먹이며 상처 주는 녀석에게 커피 부었다. 저도 붓는다. 머리채 잡았다. 저도 잡는다. 도대체 이 남자, 지질 않는다.
당연히 해고했다. 그런데 이상하다! 이 남자를 대신할 사람을 구할 수가 없다. 대부분 하루를 못 견디고 나가떨어진다. 게다가 연서를 노리는 누군가의 위협이 점점 심해지고, 불안한 마음을 가눌 길 없는데, 위험의 순간! 단이 나타나 그녀를 구한다!!!
결국 비굴한 갑이 되는 수밖에 없는 것인가!

짜증 나고 불편한 동거가 시작된다. 그런데, 울고불고 지지고 볶다 보니 점점 보이는 것이 많아진다. 느끼는 것이 많아진다.
이전에는 싫은 것을 골라내느라 바빴던 감각들이 조금씩 즐거움을 향해 돌아서고 있다. 맛있는 것을 먹고 감탄한다. 아름다운 풍경을 보고 가슴 벅차다. 누군가의 친절을 의심 없이 감사한다. 이전에는 꿈도 못 꿨던 평화가 슬그머니 자리한다. 그리고 발레! 다신 못할 거라 포기했던 발레를 다시 시작하게 됐다. 동시에 사고뭉치 단을 자꾸 훔쳐보게 된다. 눈치 보게 된다. 그 누구의 마음도 신경 쓰지 않았던 천상천하 유아독존 연서의 마음이 흐물흐물 연두부가 된다!

좋은 일도 잠시, 승완 죽음의 비밀을 캐내면서 연서에게 자꾸만 위험이 닥쳐온다. 그저 막연히 살고 싶다 여겼던 첫 사고 때와는 달리, 위기의 순간에 떠오른 사람은 단이었다. 약속했는데, 세상에서 제일 높은 호수에 가기로, 하늘보다 별이 많은 밤하늘을 보기로. 살고 싶어, 살아서 같이하고 싶어.

빗속에서 이대로 생을 마감하는가, 싶었던 그 순간
커다란 날개를 펼치고 연서를 낚아채는 천사가 나타난다!
그런데, 그 천사의 얼굴이.... 단이다!!! 이거.. 꿈인가?

꽝꽝 얼어버린 마음이 조금씩 녹아가는 연서.

시시각각 닥쳐오는 죽음의 위협 속에서, 사람도 아닌 천사를
과연, 제대로 사랑할 수 있을까?

03. 지강우

이름 / 직업	지강우 / 발레단 예술감독
생년월일	1982년 04월 12일 출생 (현 38세)
성장과정	외교관 부모님 아래 세계 각지를 돌며 생활(로 알려져 있음).
성격	미치광이 예술가, 철두철미 호랑이, 뜻밖의 젠틀맨.
향후 관찰포인트	매력적인 어른남자니까 연서의 맘을 녹이지 않을까?
특이점	과거가 베일에 싸여있음 / 연서의 복귀에 집착을 보임.
본인의 변	'당신이 뭔데 날 판단해?'

뜨겁고 강렬한 적도 같은 남자.

뉴욕 시티 발레단 최연소 예술감독.

10여 년 전, 혜성처럼 나타나 굵직한 발레단의 공연사업부 주요스태프로 시작한 커리어
가 순식간에 예술감독으로 점핑한 케이스.

나이는 어려도 예술적인 안목은 베테랑 저리 가라, 단원들의 잠재력을 끌어내는 기술은
최고라는 찬사와 함께, 뉴욕 타임스에 칼럼을 쓸 정도로 순식간에 세계 무용계의 셀럽이
되었다. 판타지아 발레단에 초빙되어 새로이 부임했다.

키 크고, 덩치 좋고, 묵직하고 굵직한 스타일. 이목구비도 정직하고 솔직하게 잘생겼다.
성실한 운동의 흔적이 보이는 근육을 장착한 몸은 태어날 때부터 슈트를 입고 나온 것처
럼 슈트발 안성맞춤. 안경을 쓰면 프로페셔널해 보이고, 안경을 벗으면 우수에 차 보인다.
단이 해맑은 청년의 상쾌함을 가졌다면, 강우는 선 굵은 남자의 향기를 풍긴달까.

뜨겁다. 냉철하다. 날카롭다. 자기 확신이 가득하다.

상황 판단이 빨라 모두의 예상에서 한 스텝 앞서 나간다.

뭐든지 확실한 게 좋은 사람. 비판도 정확하게, 칭찬도 정확하게 한다.

할 말 다 한다. 누구의 눈치도 보지 않는다.

자신 있는 만큼 원하는 바를 불도저처럼 밀어붙인다.

공정한 듯 제멋대로이고, 초연한 듯 욕심 있는 이 남자, 치명적이다.

사랑할 생각은 없었어.

목표는 단 하나. 이연서의 복귀뿐이었다. 마치 시한부 선고를 받은 사람처럼, 지상에서 마지막 소원이 연서의 무대인 것처럼 강우는 연서에게 매달린다.

처음엔 자신과 비슷해서 쉬울 거라고 생각했다. 강단 있고, 분명한 성격이니까.

축복으로 받은 재능을 그냥 둘 리 없다고 생각했다. 쉽지 않았다. 생각보다 연서의 마음은 굳게 닫혀있었고, 짐작할 수 없는 생채기도 많은 것 같았다. 다행히 비서인 단이 자발적으로 도와주었다. 설득과 협박, 채찍과 당근이 번갈아 필요했지만, 이연서의 복귀가 선언되었고, 재활이 시작되었다.

사랑할 생각은 없었다. 어차피 강우에게 사랑은 단 하나뿐이고 다시는 없는 거였으니까.

그런데 이상하다. 하늘에서 강우와 연서를 위한 로맨틱한 연극을 준비한 것처럼 자꾸 근사한 풍경 속에 두 사람이 놓인다. 함께 비를 맞는 중에 불꽃놀이가 터지고, 함께 거릴 걷다 눈부신 회전목마가 나타난다. 특별한 순간이 운명처럼, 선물처럼 찾아온다. (물론 하늘이 아니라 두 사람을 이어주려는 단의 엄청난 노력 덕분인 건 까맣게 모른다)

뜻밖의 복병, 니나가 있다. 착한 여자가 나쁜 남자에게 끌리는 건 숙명인 걸까. 자신의 공연을 혹평한 강우에게 반해버리고 만 것.

'진실한 사랑 같은 건 없어.'라고 말해주었다. 연서에 대한 질투로 시작된 마음인 게 뻔히 보인다. 내 매력이 죄다, 싶지만 어쩌겠는가. 한번 불타오른 마음은 재가 되어야 사라지는 법. 강우는 곧 식어버릴 니나의 마음을 예견하며 니나를 좀 모자란 아티스트로, 철없는 여자애로 대하기만 할 뿐이다.

진실한 사랑을 비웃는 마음을 하늘이 비웃기라도 하는 듯, 연서에 대한 마음이 심상치가 않다. 쉽게 받아줄 것 같았던 연서가 선을 긋는다. 다른 곳을 바라본다. 그녀의 시선 끝에 단이 있다!

마냥 소년 같은 단을 좋아하게 되다니, 충격이다. 더 충격적인 것은 자신의 마음.

연서의 사랑을 받고 싶다. 그녀의 선택이 되고 싶다. 이 마음이 뭐지?

서서히 연서에 대한 마음을 드러내며, 자신을 경계하는 단과 뒤엉켜 싸우기까지 하던 중 놀라운 사실을 알게 되었다. 그 녀석이... 천사라고?

보통 사람이라면 절대 믿을 수 없는 사실 앞에서 강우는 자신이 숨겨왔던 비밀을 드러내는데....

그의 진짜 정체는 뭘까? 왜 그렇게까지 연서에게 집착했을까. 왜 초콜릿 속에 독주를 넣어 씹으며 마음을 다스리는 걸까. 연서를 무대에 세우겠다는 욕망과, 연서의 사랑을 받고 싶은 두 욕망 사이에서, 강우는 어느 쪽 길로 뜨겁게 달려갈까?

강우의 진실

"현재는 완벽한 인간, 15년 전까지는 천사였던 남자"

천사였다는 비밀은 4부 엔딩에서야 드러난다.

강우는 예술천사였다. 육화를 해 예술가들 곁에서 영감을 불어넣는 것이 그의 임무였다. 예술에 대한 심미안이 굉장한 건 그래서다. 그러나 콧대 높은 예술가들의 오만과 금세 타락해버리는 인간의 나약함, 예술을 빌미로 남을 짓밟고 속이며 착취하는 자들에게 질려가고 있었을 때 만났다. 뉴욕의 거리에서 춤을 추던 그녀, 천사로서 회의감에 휩싸여있었던 강우의 눈을 번뜩 뜨게 만든 그녀. 이를 박박 갈 만큼 악에 받쳐 있었고, 강우가 천사라고 하자 다짜고짜 자신을 죽여달라고 했던 그녀, 설희.

강우는 처음으로 자신의 미션 대상이 아닌 그녀에게 영감을 불어넣기로 한다.

두 사람은 함께, 발레단 입단을 준비한다. 학교도, 배움도 없는 설희의 독학이 시작된다.

그야말로, 설희와 함께한 모든 날이 '눈부셨다.' 당연히 사랑했다. 설희도 강우도.

강우도 단처럼 똑같이, 사람이 되고 싶었다. 방법을 알아보았다. 날개, 영원한 생명, 버릴 수 있을 것 같았다. 설희와 함께 늙어갈 수 있다면. 하지만 신을 버리고 인간을 택한 천사에겐 형벌만이 있을 뿐이었다. 어느 날, 뜻 모를 사고가 일어났고, 그녀가 강우를 대신해 목숨을 버렸다. 그 순간부터, 강우는 완전한 인간이 되었다. 그제야 비밀을 알았다. 진짜 사랑을 증명하는 건 사랑하는 사람의 목숨이란 걸.

절망했다. 사랑을 잃고 공허감에 빠졌다. 사랑하는 사람이 없는 인간의 삶은 의미가 없었다. 죽는 것조차 마음대로 되지 않았다. 그렇다면 남은 건 하나뿐이었다.

꿈꿨던 발레단 입단 목전에서 스러져간 설희의 무대를 만들어주는 것!

강우의 '프리마' 집착은 여기서부터 시작됐다. 전 세계의 발레단을 돌며 설희의 꿈을 대신 이루어 줄 발레리나를 찾았다. 하지만 어딘가는 달랐다. 당연하게도.

그러다 알게 되었다. 한국의 이연서. 설희와 똑같은 얼굴을 가진 눈먼 발레리나.

연서의 완벽한 무대라면 죽어도 여한 없다, 는 마음으로 판타지아까지 왔는데 뜻밖의 복병은 단과 자신의 마음이다.

연서의 마음을 흔드는 단과, 연서 때문에 마음이 흔들리는 자신에 놀라는 강우.

단과 연서의 사랑이 깊어질수록, 강우의 마음은 폭주를 거듭한다.

단에게 인간이 되는 비밀─단순히 '사랑'을 받는 게 아니라 '생명'을 받는 거란 것을 알려줘, 연서를 위해 단이 떠나게 만들거나, D─day가 가까올수록 단의 육체가 점점 부서져가고 있다는 것을 연서에게 알려줘 연서가 차라리 단을 보내려 이별을 고하게 할 수도 있다. 자신이 아는 천상의 비밀로 단과 연서의 사이를 쥐락펴락할 수 있다니, 강우는 하늘을 향해 당신(신)이 가진 권능이 이런 것이었냐고, 재밌었냐고 침을 뱉고 싶은 심정이었다.

하지만, 끝까지 운명을 향해 분투하는 두 사람을 보며, 결국 자신의 영혼도 구원받게 된다. (신의 큰 그림에는 연서─단─강우까지 다 들어 있었던 것 : 생명이 얼마 남지 않은 연서에게 '사랑'을 알려주려 했고, 단에게도 전생에 은혜를 입었던 연서를 사랑으로 구원하는 역할을 주려 했고, 마음이 메말라버린 강우에게마저도 평화를 주고 싶었던 것)

04. 금니나

이름 / 직업	금니나 / 현직 판타지아 발레단 프리마 발레리나
생년월일	1996년 11월 22일 출생 (현 26세)
성장과정	2녀 중 막내 – 12세 '연서의 육촌'으로 러시아 발레유학 – 17세
	'연서와 함께' 귀국 – '연서의 대기조'로 무대 뒤에서 늘 대기
성격	상냥대마왕, 연서를 무척 좋아함. 발레 욕심 많음. 순진무구.
향후 관찰포인트	연서에게 한없이 퍼주는데 종종 서늘한 기운이 있음.
특이점	지강우에게 반한 것 같음. 임무에 방해요소 가능성 높음.
본인의 변	'나한테 신경 끄고 연서한테나 잘해줘요, 불쌍한 애니까.'

뼛속까지 새하얀 백조가 되고 싶은 발레리나.
곱다. 단아하고 청아한 분위기. 현재 한국 최고의 발레리나로 승승장구하고 있다.
현역 때도, 은퇴 후에도 싸가지 없이 막 대하는 누구와는 달리 가장 막내 꼬르드(단체 무용
수)에게까지 친절해서 발레단 안팎으로 사랑받는 프리마돈나.
다정한 심성이 그대로 묻어나는 표현으로 따뜻한 발레를 한다고 평가받는다.

순진한 눈망울에 친절한 미소. 누구에게나 상냥한 천생 여자 스타일.
하지만 집에 돌아오면 얼굴 근육 풀기 바쁘다. 매일이 미스코리아 무대 위인 삶이다.
최선을 다해 '착한 나'로 살아가는 니나. 그렇다고 성질이 나쁘거나 못된 건 아니다.
다만 자신이 목표하는 '근사한 나'의 기준이 좀 높을 뿐.

이게 다, 연서 때문이다.
어릴 때부터 연서의 그림자로 살았다. 연서 아빠와 사촌지간이었던 엄마, 최영자가 조실
부모해 의탁한 곳이 판타지아 재단, 아이비 저택이었다. 같은 집에서 태어나 출생부터 억
지 단짝으로 맺어졌다. 마침 생일도 딱 이틀 차이. 어릴 때부터 두 집 어른들은 '쌍둥이
같다'며 같은 옷을 입혀 사진을 찍어주곤 했다.

연서? 예쁘지, 좋지, 잘하지. 근데... 난?

같은 옷만 입었다 뿐이지 니나는 결코 아이비 저택의 소공녀는 될 수 없었다.

러시아 유학을 가면서 들은 말은 '연서 외롭지 않게 잘 돌봐줘'였다.

나도 예쁜데, 나도 발레 좋아하는데, 왜 내겐 아무도 응원해주지 않는 거야?

어릴 때부터 풀리지 않는 수수께끼였다. 하지만 최선을 다했다. 태어날 때부터 그림자가 내 역할이니까, 받아들였다.

그도 그럴 것이 연서는 너무 잘했다. 정말로 너.무.나. 훌륭했다. 러시아에서의 생활은 반복되는 도돌이표였다. 아침에 연서의 춤을 보며 사랑에 빠졌다가, 밤이 되면 또 미워했다가, 다시 아침이 되면 사랑하고 또 미워하는 것. 도달할 수 없는 경지의 연서는 말 그대로 애증의 존재였다.

연서 비슷하게도 못 쫓아간다면 차별점을 두자!라고 시작한 것이 '친절하고 상냥한' 성격이었다. 의외로 잘 먹혔다. 성질만 더러운 여왕보단 착한 시녀가 더 많은 사람에게 사랑받을 수 있어!라고 믿고 싶었다.

독하게 마음먹고 하루 18시간씩 연습했다. 단 한 번이라도 이겨보고 싶었다. 연서만 없다면, 쟤만 없다면!이란 생각 안 한 거 아니었다. 그래도, 연서의 눈이 멀라고 저주한 적은 없었다.

리허설이 끝난 무대에서 사고를 당한 연서를 대신해 공연에 올랐다. 첫 데뷔였고, 이후로 쭉, 판타지아 발레단의 프리마 발레리나로 서왔다. 불쌍해라, 비극에 처한 친구를 살뜰히 보살피는 것 또한 착한 니나가 해야 할 일이었다. 이것이 바로 내가 원한 평화예요. 땡큐, 갓!

어릴 땐 살짝 원망도 했던 부모님도 이젠 100퍼센트 내 편, 카리스마 언니도 든든한 내 지원군. 남부러울 것 없는 드라마의 주인공이 드디어 내가 된 것이다. 앞으로도 평생 이 스포트라이트 속에서 빛나겠지, 세상 모든 게 아름다운 니나였다. 연서가 눈을 뜨기 전까지.

제기랄, 그놈의 각막 이식 수술. 한 번도 입 밖에 뱉어본 적 없는 욕지기가 속에서 올라온다. 그 후로 모든 게 엉켜버렸다. 다 잊은 줄 알았던, 연서에 대한 경쟁심이 활활 불타오르던 때, 그 남자 강우를 만났다. 발레리나로서 연서를 찬양하고 내 춤은 비평한다. 취급도 안 해준다. 오기가 생긴다. 그렇게 다가갔다. 연서가 좋아하는 것은 다 좋아하고 싶고, 연서를 좋아하는 것들은 다 나를 좋아했으면 좋겠다. 그런 마음으로.

그런데, 강우에게서 의외의 매력을 느껴버리고 말았다. 내내 넥타이 꽉 매고 있던 사람이 긴장을 풀어버린 그날 밤이었을까. 아님, 시험 삼아 거짓말로 아프다고 불러낸 날, 허겁지겁 뛰어왔던 때였을까. 이젠 연서가 아니라도 강우의 손을 잡고 싶다. 진심이란 게 있다면 이게 아닐까?

이 사랑을 위해서라면, 그동안 써왔던 '착한 가면'을 벗을 수도 있을 것 같다. 이 사람과 함께라면 어쩌면 평생 바라왔던, 오로지 '나'로 살 수도 있을 것만 같다. 하지만,

강우는 이미, 불여우 연서에게 빠져버린 상태. 쿨한 척 강우에게 친구처럼 지내자 해놓고 셀프 고통을 당하는 니나였다. 기회를 노리면 될 거야, 언니의 응원을 받고 호시탐탐 강우의 맘을 훔칠 틈을 보던 어느 날, 청천벽력이 떨어진다. 연서가.. 발레를 다시 시작한다고?

짐짓 아무렇지 않게 말했다. '발레 쉰 지가 3년이 넘었잖아. 재기... 할 수 있겠어?'

하지만 무섭다. 연서가 복귀한다면 또 그림자로 돌아가게 될지도 모른다. 그건 죽어도 싫다. 모든 촉각을 곤두세우고 연서의 재활을 주시하면서, 옛 스승을 찾아 특훈을 시작한다. 이번에야말로 정정당당히 연서를 실력으로 이기고 싶다. 그런데,

믿을 수 없는 비밀을 알게 된다.

내 부모가, 내 언니가... 믿을 수 없는 끔찍한 사건을 공모했다고? 거짓말, 말도 안 돼!

애증은 감정의 문제고, 질투는 나를 더 강하게 만들어줬다고, 생각했다.

하지만 누군가를 상하게 하는 건 차원이 다르잖아. 그건 범죄라고!

혼란에 빠진 니나의 손에 비밀의 열쇠가 주어진다.

평생을 연서의 그림자에서 헤어나지 못한 연서바라기, 니나의 앞에 놓인 선택지.

선 vs 악. 피해자 vs 가해자. 하지만 단순한 흑백으로 판단하기엔 니나의 혈육이, 니나가 내내 부정해왔던 진짜 욕망이 그녀에게 자꾸 음험한 제안을 해 온다.

언제나 해처럼 빛나고 싶었던 니나는 과연, 어느 쪽으로 서게 될까?

05. 후 (40대 남)

대천사

단과 친한 선배천사. 어딘가 초월적이고 나른하고 시니컬한 느낌. 오랜 시간 세상사를 바라보며 지루해졌기 때문. 대천사로서 원칙은 무조건 지킨다. 즉, 인간사에는 절대로 관여하지 않는다. 인간이란, 몇천 년째 꾸준히 사악하고 유혹에 약해서 신을 괴롭게 하는 종족이라 믿고 하찮게 생각한다. 단과는 장난도 주고받고 편하게 지내지만, 천방지축인 단이 걱정스러워 구박과 잔소리를 끊을 수가 없다. 하지만 그것도 다 각별한 애정. 내내 곁에서 함께 천사로 살아갔음 좋겠다. 그래서 극 후반, 인간이 되고 싶어 하는 단을 말리며 '육신의 한계가 있다'(그러니 하늘로 돌아가자)는 사실을 알려주기도 한다.

대천사라 자유자재로 현신이 가능하다. 능력도 마찬가지. 단이 매우 부러워하는 지점이다. 단이 연서네로 들어간 이후, 문득문득 나타나 단을 놀라게 한다. 어느 날은 집 안 하수구 공사를 하러 온 인부로, 다른 날은 택시 기사로, 또 다른 날엔 택배 기사로 아무렇지 않게 불쑥불쑥. 대체 왜 이러냐고 묻는 단에게 시큰둥한 표정으로 말리지 마, 이천 년 만에 쬐끔 재밌어졌으니까,라고 말하는 후다.

아이비 저택 식구들, 연서의 사람들

06. 조승완 (52)

연서의 마지막 보호자, 각막 기증

연서 부친의 비서. 시작은 비서였으나 진실한 친구 사이였다.
젠틀하고 단정하고 선량한 어른.

연서의 해맑은 유년을 기억하는 최후의 증인이자, 연서가 믿을 수 있는 마지막 어른. 비록 연서 부모의 사고를 늦게 전한 죄로 죽는 날까지 연서의 히스테리를 받았지만, 깨진 마음의 가련한 아이라고 여기고 묵묵히 미소를 지어 보였다.

소원은 연서가 딱 한 번만 그때처럼 웃기. 그리고 다시 발레 시작하기.

연서의 최측근이자 비서로서, 몇 년째 이상하게 여겼던 사건들을 추적하고 있었다. 특이체질도 아닌 연서에게 왜 이렇게 기증자가 없는지, 있다가도 번번이 취소되는지. 3년 전 사고의 관련자는 왜 하루아침에 재단에서 사라져버렸는지.

그게 누군가에겐 위협이 된 모양이었다. 계획된 사고로 목숨을 잃고 만다.

07. 정유미(42)
저택 총괄 집사, 야무진 워커홀릭

연서와 서로 반 존대하는 사이. 얼핏 보면 저택 운영에 있어서 환상의 콤비 같으나 사실은 서로 싫어한다. 둘 다 눈치가 빠르니 속속들이 상대를 파악한 뒤, '성격이 안 맞아'라고 절레절레 고갤 젓는 것. 사실 연서는 유미가 겉과 속이 똑같이 무표정한 건 맘에 든다고 생각하면서 신뢰를 갖고 있다. 유미도 이를 충분히 알아 업무에 효율적으로 이용하는 편. 업무상 관계는 아무 사심이 들어가지 않을 때 가장 깔끔하다는 게 유미의 지론.

연서의 부친 진웅에 대한 충성심 하나로 여기까지 왔다. 두둑한 월급도, 아 그리고 9 to 6 칼 출퇴근도. 퇴근 후엔 비상 연락망 절대 받지 않는다. 저택에서 사는 건 일과 사생활의 분리가 어렵다며 크고 좋은 방 굳이 놔두고 나가 산다.

그게 가능했던 이유는 '승완' 덕분이었단 걸 잘 알고 있다. 고맙고 안쓰럽고 마음 갔던 어르신 승완이 세상을 뜨고 난 뒤, '단'이 들어왔다. 안하무인 연서에게 당당히 맞서는 녀석이 다른 의미로 맘에 든다.

연서와 단을 아닌 척, 모르는 척 물심양면 돕는 이 시대의 츤데레 커리어 우먼!

08. 구름이 (10)

연서의 시각장애 안내견. 래브라도 리트리버 종. 올해로 10살.
3년 전, 실명한 연서를 위해 유미가 수소문해서 데려온 최고의 안내견.
똑똑하고 얌전하고 충성심 강하고 잘 훈련된 친구다.
단의 속마음, 연서의 속마음을 가만히 들어주는 청자.

강우의 기억 속

---

09. 최설희 (23)

2004년 당시 23세로 세상을 등진 이.
춤을 너무 추고 싶었는데 형편이 좋지 않았다. 부모는 예술을 모르는 일자무식이었고, 집
은 가난했다. 천사를 만나도 빌 소원이 죽음뿐이었다. 날이 시퍼렇게 살아있는 단검 같은
계집애.

강우를 만나 새로운 꿈을 꾸었다. 천사와도 사랑하는 법을 알았다.
맨몸으로 도전한 발레단에 기적적으로 합격했다는 소식을 들을 때까지만 해도, 다음 주
면 '발레리나 설희'로서의 인생이 펼쳐지리라, 믿었는데..

천사로서 일탈 행동을 하는 강우에게 철퇴가 내려지고, 강우에게로 향한 총알을 제 몸으
로 받아내고 말았다. 자신을 껴안고 오열하는 강우를 보며 마지막 숨을 거두며 생각했다.
'울지 마'

* 연서와 얼굴이 똑 닮았다. (1인 2역) / 강우의 기억 속에, 환상 속에서 등장하는 설희는
  영어를 쓰는 스트리트 패션 걸. 잘 웃고, 에너지 넘치는 레몬 같은 사람.

10. 최영자(58)

니나 엄마. 판타지아 재단의 핵심사업체 판타지아 발레단 단장. 연서의 오촌고모.
이 사람을 한 마디로 표현하자면 이 단어다. '탐욕'
어릴 때부터 그랬다. 내 손에 과자도, 오빠 손에 과자도 다 먹고 싶었다. 어릴 때부터 '네 욕심이 너를 망칠지도 모른다.'는 소리를 들었다. 화가 났다. 왜 나만 갖고 그래? 연서의 조모인 판타지아의 1대 회장님 꽃분 여사가 이뻐해주면, 남의 눈 의식하나 싶었고, 혼을 내면 역시 남의 딸이라 가혹하구나 억울했다. 기천을 만나 한눈에 반한 뒤, 집안 재산을 빼돌려 날랐다. 그리고 그 돈 고대로 날렸다. 홀라당.
절대로 무릎 꿇지 않겠다는 영자를 끌고 아이비 저택으로 간 건 남편 기천이었다. 살겠다고 오빠네에 온갖 충성과 알랑방귀 뀌긴 했지만, 속으론 드럽고 아니꼬웠다.

연서가 마침 딱 좋게 실명을 해주어 얼마나 다행인지 모른다. 성인이 되었지만 시력을 상실했으니 대리경영을 계속할 수 있다. 이젠 아무 견제 없이 잘해주면 되니, 맘도 편하고 대외용으로도 그림 좋고. 얼쑤. 이제 재단을 완전히 내 것으로 만들기만 하면 됐다.
그런데 연서가 눈을 뜨고, '그 사건'을 파헤치기 시작한단다.
게다가 이젠 자신이 재단을 맡겠다는 선언까지 하고 말았다! 어떡하지?

꿈같은 일이 벌어졌을 때, 절대 잠에서 깨고 싶지 않은 미련이 덮치듯
바닥을 아는 자가 추락을 더욱 두려워하듯,
영자의 마음은 딱 한 가지다.
"다신 돌아가지 않아. 무슨 짓을 해서라도."

11. 금기천(55)

니나 아빠. 現판타지아 재단 이사장. 영자의 남편으로 판타지아 재단의 임원이었다. 자신과의 결혼 때, 아내 영자가 집안 재산을 들고튀었고, 한 톨 남김없이 싹 해 먹었다. 거지

꼴이 되어 다시 찾아왔다. 영자야 핏줄이라지만, 자신은 생판 남이었다. 충성밖에 답이 없었다. 은근히 허당기가 있지만 최선을 다해 1대 회장님과 연서의 부모, 즉 형님 내외의 신뢰를 받았다. 게다가 연서와 이틀 차이로 태어난 딸 니나가 있어 한 가족처럼 지냈다. 갑작스러운 형님 내외의 죽음에 갑작스레 재단의 이사장이 되었다. 연서가 성인이 될 때까지만이라지만 그래도 이건 웬 떡인가! 저택에 빌붙어 살고 있었지만, 보유재산은 0이었다. 월급으로 겨우 빚잔치하는 중이었다. 근데 세상에, 로또도 이런 로또가!

연서의 불행으로 안정을 찾았고, 이를 위해 영자가 어떤 짓을 하고 있는지 알고 있지만, 은근히 묵인하는 적극적인 방관자. 하지만 판타지아의 진짜 주인은 연서이고, 언젠가는 돌려줘야 한다고 생각하는 건 진심이다.

12. 금루나(30)

니나 언니. 연서, 니나와는 또 다른 종류의 초미녀.
신비롭고, 이국적이고 섹시하고 유혹적이고 매력적이다.
판타지아 발레단 부단장으로 근무 중. 부드러운 카리스마로 어딜 가든 시선 가득 받는 몸. 발레단 운영에 있어선 거침없는 판단과 한발 앞선 행동력이 시원하고, 단원과 직원들, 가족들에겐 다정하고 섬세해 누구든 사르르 맘을 녹인다. 특히 동생 니나를 살뜰히 챙기고 보살핀다.

어릴 때부터 동생에 대한 경쟁심이나 판타지아 재단에 대한 욕심 같은 거 하나 없었다. 니나가 '언니는 아무 욕심도 없어?'라고 물으면 '아니, 난 지금이 좋아. 재밌어!'라고 대답하곤 했다. 그 재미가 사람들 속의 악함을 끄집어내는 데 있단 건 아무도 몰랐다.

사람의 심리를 꿰뚫어 보는 재주가 있다.
특히 마음 깊은 곳에 숨겨놓은, 미처 스스로 깨닫지도 못하는 음험하고 위험한 욕망을.
때론 그들의 욕망을 대신해 실행해주기도 하고,
때론 그들의 욕망에 직접 말을 걸어 깨워주기도 하면서 쾌감을 느끼는 인물.
그렇다, 아름다운 껍데기 속 루나의 본질은 바로, 악마의 말을 속삭이는 인간.

사건 설계, 음모 조작하는 데 천재적이다. 치밀하고 참을성 있게 '악행'의 큰 그림을 그리는 것. 사람에 대해선 별 감정이 없다. 좋지도 싫지도 않다. 실은 가족이라 해도 큰 정이 있는 건 아니다. 누군가의 사람됨에 관심이 있다기보다 인간이 품고 있는 악의에 훨씬 흥미를 느끼는 타입.

가장 관심있는 존재는 니나, 무대 위 발레리나로서 니나가 빛나는 게 좋다. 하지만 니나의 행복에는 관심이 없다. 내가 가지고 있는 예쁜 인형을 망가뜨리려 하는 것들을 모조리 파괴하려는 생각 뿐.

13. 박 실장 - 박광일(38)

발레단 운영실장. 성실하고 평범한 회사원. 영자의 심복.
점점 더 위험해지는 영자의 요구를 받아들이기 힘들어져 내부고발을 검토하다 좌절된다.
그날부터 매일이 지옥이었다.

신이시여, 부디 용서하소서.

14. 기준수(27)

발레단 직원. 경호팀장. 공연 시 배치되는 경호팀의 팀장. 스케줄에 맞춰 소집되고 해산하는 팀원들과 달리 상주 근무한다. 말 없고 무뚝뚝한 타입. 어딘가 음울하고 고독한 남자.
상명하복에 철저하다. 이유를 묻지 않고 자신에게 맡겨진 일을 기필코 해낸다. 루나를 짝사랑하고 있다. 루나도 이를 알고 적절히 이용해먹는다. 그래도 괜찮다.

15. 이수지(22)

신입 꼬르드. 학교 졸업 때까지는 자신이 천잰 줄 알았는데 발레단 떨어져 재수로 들어왔다.
자신감이 없는 만큼 연습벌레. 아무에게도 말하지 못했지만 솔리스트의 꿈을 꾸고 있다.

16. 조은영(22)

수지와 절친. 발레단 선배. 일찌감치 자신은 꼬르드 정도임을 깨달았다.
니나의 시녀를 자청하는. 연서가 오자 연서의 시녀가 되고 싶다. 얄미운 짹짹이 스타일.

17. 황정은(29)

베테랑 솔리스트였으나 임신 – 출산으로 6개월 쉬고 복귀했다.
다시 발레리나로의 몸을 만드는 것이 고통스럽다. 육아와 커리어를 병행하는 것이 괴로운.
육아를 팽개쳤다는 죄책감과 쉬는 만큼 뒤처졌다는 억울함 모두 섞여 있다.

18. 강의건(25)

남성 솔리스트. 연서의 파트너. (이전엔 니나의 파트너였다) 잘 웃고 해맑고 건강한.
알고 보니 스트리트 댄스를 하고 있다. 비보이와 발레를 동시에 하는 진짜 춤꾼.

강금화(50대/문체부 장관), 이용진(40대/판타지아 후원회장),
판타지아의 보드멤버(주주)들, 메이드였다가 판타지아 발레단 직원으로 들어가는
'이보라'(닉네임 라벤더) 외 여러 인물들.

천사들의
규칙

#1. 거짓을 말하지 말지어다.

진실하고 공의로운 세계의 전령인 천사. 절대 거짓말을 못 한다.

아름다우면 아름답다고, 추하면 추하다고, 좋으면 좋다고, 싫으면 싫다고 해야 한다.

할 수밖에 없다. 그렇게 생겨먹었다.

#2. 인간사에 개입하지 말지어다.

천사는 신의 심부름꾼. 인간의 삶, 우주의 질서에 개입하면 안 된다.

특히 인간의 생사(生死)에 개입하면 최고형 '소멸'인 범죄에 해당, 판결을 받게 된다.

#3. 천사의 시그니처는 행커치프에 수놓은 '깃털'

딱 떨어지는 흰 슈트에 날개 자수가 놓인 행커치프가 천사들의 고정 복장! 영혼으로 근무
할 때 눈부신 흰 슈트 차림의 천사로 등장, 현신한 이후 복장은 달라지지만 행커치프용
깃털 손수건은 항상 갖고 다닌다.

(● 날짜가 지날수록, 단의 육체가 힘을 잃어갈수록, 깃털 한 올씩 타들어 간다)

(● 지금은 인간이지만 천사였던 그 누군가도, 날개 손수건을 지니고 있다. 까맣게 타버린 깃털 모양 흔적만 남은 손수건이지만)

#4. 현신 파견직은 능력이 봉인될지어다.

영의 상태로 인간계에서 활약을 할 때 모든 초능력이 가능하다.

허나, 인간의 육신을 입고 파견되는 '특별 현신(現身) 임무'에 한해서는 모든 능력이 봉인된다. 날개도, 초능력도. 하여 단은 순간이동 대신 달리기를, 중력과 바람에 명하는 대신 팔근육을 써서 무거운 걸 들어 올려야 하는 그야말로 '육체파'가 된다.

#5. 비를 맞으면, 날개가 펼쳐지리니! (단의 규칙)

모든 능력을 빼앗긴 단에게 딱 한 가지 예외가 있다면 바로 비!

연약한 육신으로 고군분투하던 단에게 선물처럼 날개가 펴지고,

잃었던 초능력도 맘껏 쓸 수가 있다! 왜 하필 비일까? 또한 날개를 펼쳐 능력을 쓸 수 있는 것이 단에게 과연 선물일까, 약점일까.

(● 천사 단을 연서가 처음 알아봤을 때 '비'가 왔다. 연서가 기억하지 못하는 어린 시절, 죽기 전 단과의 만남이 있었던 날에도 '비'가 왔다. 두 사람의 운명과 인연을 말해주는 상징이 바로 '비'인 것)

(● 능력을 통해 연서와 강우 사이의 오작교를 신나게 만들어준다. 맑은 날은 맨몸으로, 비 오는 날은 능력으로 위험에 빠진 연서를 구해낸다)

#6. 천사는 오직 신에 대한 사랑만 할지어다.

천사들끼리는 인간적인 '사랑'은 할 수 없다. 천사는 무조건 아가페! 즉, 신만을 사랑해야 하는 존재. 전생의 기억을 모두 잊고, 신에게 복종하기 때문에, 천사들끼리는 물론, 천사와 인간 사이의 사랑은 어불성설이다.

공간

#1. 아이비 저택

연서의 집. 담쟁이로 뒤덮여 아이비 저택이라 불린다.

메이드로 일하는 사람만 20명이 넘는 대저택. (본채 / 별채가 있다)

집사인 유미의 지휘 아래 일사불란하게 운영되는 공간. 연서와 단이 함께 지내는 곳.

#2. 판타지아 발레단

한국 최고 발레단. 공연장, 연습장 등 대규모 최고급 시설을 구비했다.

연서가 사고를 당한 곳도, 재기를 위해 무대를 준비하는 곳도 이곳.

니나와 가족들의 본거지로 너무나 아름다워서 오히려 음산하기까지 한 공간.

#2-1. 판타지아 공연장 및 연습실

니나와 연서의 공간. 그녀들의 연습과 일종의 데이트가 이루어지는 장소.

이를 니나와 식구들이 엿보거나, 그녀를 노릴 수 있는 아슬아슬한 공간.

#2-2. 판타지아 사무실

단장 영자와 재단이사장 기천, 부단장 루나와 초빙된 예술감독 강우가 사무를 보는 공간.
각 방에서 자기들만 아는 은밀한 작전들이 오간다.

#3. 공원 나무 아래 벤치

연서가 단을 처음 알아챈 곳. 단이 육신을 입은 곳. 두 사람이 처음 마음을 확인하는 곳.

#4. 강우의 오피스텔

귀국한 강우가 지내는 곳. (판타지아 재단 제공) 강우의 모든 비밀과 역사가 있는 공간.
니나가 호시탐탐 들어가고픈 곳이자 연서가 한사코 거절하는 강우의 공간.

#5. 니나의 한옥 저택(영자네)

니나와 영자, 기천, 루나의 집. 한옥과 마당, 각자의 방과 거실.

F/B	플래시백(Flashback). 회상을 나타내는 장면. 이전에 나온 장면을 복기함으로서 현 장면의 인과를 설명하거나 감정의 증폭을 위해 쓰이기도 한다.
INSERT	별도 장면을 삽입할 경우 쓰인다.
C.U.	클로즈업(Close Up). 배경이나 인물의 일부를 화면에 크게 나타내는 것.
O. L	오버랩(Over Lap). 현재의 화면이 사라지면서 뒤의 화면으로 바뀌는 기법이다. 대사 에서 O. L은 앞사람의 말을 끊고 틈 없이 말을 할 때 쓰인다.
E	대사와 음악을 제외한 효과음(Effect)을 뜻하며, 보통 등장인물은 보이지 않고 소리 만 나는 경우에 사용한다. 또한 경우에 따라 장면 밖에서 들려오는 목소리나 내레 이션도 통칭하여 사용한다.
CUT TO.	가까운 공간 안에서의 각도 전환.
F	필터(filter). 전화나 기계를 통한(필터를 거쳐 들려오는) 목소리를 표현할 때 쓴다.
S #	장면(Scene)을 표시하는 것으로, S 뒤에 장면 번호를 적어 표기한다.
몽타주	따로따로 편집된 장면들을 짧게 끊어서 붙인 화면.

내가 사랑한 사람들
다 날 두고 먼저 떠나버렸어.
너는… 내 옆에 있어주면… 안 돼?

9
부

9부

S#1   **판타지아 연습실 (낮)**

8부 S#54 연서의 매드 씬 춤 장면 위로 8부 S#64 단의 기도 흐른다.

연서.. 비밀을 알고 충격받는. 귀족에게 애절하게 손 뻗으며 다가가는데,

강우.. 한두 발짝 뒤로 물러나서 연서의 손이 닿지 않게 하는.

단   **(E) 그 사람 옆에 있고 싶습니다. 떠나고 보니 더 그렇습니다.**

연서.. 귀족에게 애절하게 손 뻗으며 다가가는 동작 다시.

강우.. 물러나는 타이밍 놓쳐 연서에게 옷깃을 잡힌다. 서둘러 털어내고 물러서는 (춤동작 같은 흐름으로) 너무나 슬퍼하는 연서의 표정.

단　　　(E) 그래도 되는 이유가 단 하나라도 있다면…

연서.. 무아지경으로 감정에 취해 연기하고 있는. 강우를 보는데,
서있는 사람 단이다(환상).
연서.. 눈물이 차오른다. 그를 향해 달려가는.

단　　　(E) 그렇다면 부디, 그걸 찾게 해주십시오.

연서.. 달려가는 기세 그대로 단에게 안기는! 단의 얼굴을 감싸 쥔
연서의 얼굴!
감정에 취해 또르르 눈물까지 흐른다. 아주 가까운 두 사람의 얼굴.

단　　　(E) 그 길의 끝이 어디라도, 기꺼이 가겠습니다.

S#2　　단의 방 (밤)

연서.. 들어온다. 빈방. 연서.. 천천히 돌며 책상도, 책장도 그리움
에 쓸어본다.
단의 침대에 걸터앉는 연서. 전화기를 켠다. '김단'을 눌러본다.
응답 없는.
연서.. 전화 끊고 멍하니 앉아있다가 침대 옆 수납공간을 열어보는.
단이 반납한 전화, 호출응답기 등이 있다.
연서.. 단의 핸드폰 들어 전원을 켜보면, 평범한 바탕화면에 잠금
도 안 걸린.
매너콜 문자 [꽹과리] 뜬다. 연서.. ? 해서 통화목록 보면, 가득한 [꽹과리].

단　　　(웃으며) 야 꽹과리!

연서　　누구 맘대로 사람을 꽹과리라고 저장해놔…

연서.. 피식 웃지만 눈물 날 것 같아 창밖을 보는데,

S#3　　연서의 꿈

공원-4부 S#46. 걸음 연습. 연서의 시선에 보이는 단. 나무 아래
서서 두 팔 벌린.

단　　　나한테 와!

단　　　(달려와 연서 볼을 잡고 / 시선 고정) 나만 봐. 이 세상에 너랑 나, 딱 둘
　　　　만 있다고 생각하는 거야. 오케이?

연서.. 두근거리는 마음을 진정하고 단을 향해 보는데, 눈앞에 펼
쳐지는 유채꽃밭!
연서.. 어리둥절하다. 단이 없다. 둘러보는데

어린 단　　**(E) 너 콧물 나왔다!**

연서의 시선에 보이는, 어린 단의 얼굴. 씩 웃는 표정에서!

S#4   단의 방 (밤)

연서.. 헉! 하고 깬다. 단의 침대 끝에 모로 누워 잠들어버린 연서.
일어나 앉는다. 혼란스러운.

S#5   아이비 저택 마당 (밤)

유미.. 하품 쩍 하면서 나온다. 잠옷 위에 수면 가운 입고, 안대 목
에 걸친 채.

유미   이럴 줄 알았어. 자리 바뀌면 꼭 이렇게 잠 설치는데. (하품) 집에
         가구 싶다.

         유미.. 하품하다 시선에 걸리는 아이비 연습실. 불이 켜져있다.

유미   이 밤중에?

S#6   아이비 연습실 (밤)

유미.. 입구에서 이를 어째, 표정. 연서가 연습실을 뒤집어놓고 정
리- 청소 중이다. 온갖 청소용품들 다 나와있고.

유미   비서는 맘대로 그만두고, 상사는 속절없이 흔들리구.
연서   (보면)
유미   (한숨) 내 팔자야. (다가가) 왜요, 뭔데요? 직원들이 아침저녁 최첨

단으로 쓸고 닦고 청소하는지 뻔히 알면서. 왜 뒤집어엎었는데요?

연서   (외면하면서) … 들어가 주무세요. 나 혼자 해요.

유미   이름을 말할 수 없는 그 사람 꿈이라도 꿨어요?

연서   (멈칫)

유미   (눈치채고 / 혀 차는) 못 살아. 증말. 며칠 잘 지낸다 했더니…

연서   꿈을 꾸긴 꿨는데… 그거 아니에요.

유미   (전혀 안 믿는 얼굴로 / 청소기 쥐어주며) 더 해요, 먼지들, 미련들 강력 흡착할 때까지 몇 바퀴 돌려요.

연서   아니라니까요!! 어릴 때 꿈 꿨어요.

유미   (? 해서) 어릴… 때요? 언제? 왜?

연서   (연습실 사진 떼서 보는) 그러게… 왜 꿈에 나왔을까… 까맣게 잊고 살았는데…

유미   심란하니까 그렇지… 기댈 데가 없으니… (하다 박수 짝! 치면서) 다 녀와요.

연서   (? 해서 보면)

유미   바람 쐬고 와요. 추억도 되살려보고, 가능하면 옛 친구도 만나보고.

연서   오디션이 코앞이에요.

유미   그러니까 빨리 정신 차려야죠.

연서   (빠직) 누구보다 제정신이에요.

유미   한밤중에 스스로를 이렇게 들볶는데?

연서   (우씨!)

유미   아가씨 흔들릴 때마다, 여기서 다시 맘 잡았잖아요. 혹시 알아요? 이번에도 마법처럼, 거기서 뜻밖에 해답을 얻고 돌아올지?

연서   (사진을 보고 생각에 잠기는데)

S#7   강우의 사무실 (낮)

강우.. 출근하는데, 동영.. 기다리고 있다가

동영   감독님, 이연서 씨, 오늘 월차 쓴다고 합니다.

강우   (미간) 연습을 빠진단 말입니까?

동영   네… 방금 연락 왔습니다.

강우   (뭐지? 싶고)

S#8   판타지아 발레단 앞 / 연화도 방파제 (낮)

강우.. 건물 앞으로 나온다. 연서에게 전화 건다. (E) 받는 소리 들리면

강우   어디에요?

연서   사무실에 얘기했어요. 오늘 하루만 쉴게요.

강우   … 어디냐구요.

연서   (답하기 어려운데)

강우   (답답해서) 와서 얘기해요. 내가 다 말해줄게요. 왜 비극으로 생각
       했는지, 왜 연서 씨여야만 하는지…

연서   … (가만히 / 말 고르는)

(E)   **파도 소리 들리고**

강우   (!!)

연서   나도 감독님이랑 같은 꿈을 꾸면 좋겠어요. 근데 아시잖아요. 막
       무가내로 밀어붙인다고 될 일 아니란 거. 나도 처음부터 다시 생

각해볼게요. 그러니까 감독님도 제가 췄던 춤, 한 번만 더 생각해 주세요.

강우	내 말에, 대답 안 했어요. 어딥니까? 내가 갈게요.
연서	⋯ 가서 봬요. (끊는)

강우.. 잡을 수도 없이 끊어진 전화기 보다 돌아서는데, 깜짝 놀란다. 엘레나다.

빈 병 수레를 쥐고 삐딱하게 서서 강우를 보는 엘레나. 강우.. 피해 가려는데,

엘레나, 일부러 강우 쪽으로 왼쪽- 오른쪽 움직여 동선을 막는!

강우	제가 이쪽으로 가죠. (지나가려는데)
엘레나	구질구질한 쪽?
강우	(! 해서 보면)
엘레나	(한 바퀴 스윽 돌며 관찰하는 눈) 그러면 여자가 도망가지. 질색하면서.
강우	(짜증 나는 / 무시하고 가는데)
엘레나	(뒤에 대고) 칼인 줄 알았는데 물이었네. 어느 장단에 맞춰야 되나. 활활 다 태울까, 깊이 가라앉힐까.
강우	(확 돌아서서 빠르게 엘레나에게 가더니 / 위협적으로) 당신 뭐야? (날카롭게) 어디서 왔어?
엘레나	(놀라지도 않고 똑바로 보다 / 씩) 불이네.
강우	(제정신 아닌가, 싶은) 이봐요. 나 알아요? 이렇게 아무한테나 시비 걸다가 큰일 납니다. 정신 차리고 사세요, 네?
엘레나	(돌아서 가며 / 혼잣말처럼) 알려구 왔지. 소리만 요란한 빈 병일까,

걱정하면서.

강우.. 어이없는 표정으로 엘레나를 본다. 짜증스레 돌아서서 들어가는.

S#9   판타지아 연습실 (낮)

단원들.. 2막 무덤 씬 윌리 자리 맞추고 있는데… 강우.. 중앙 의자에 앉아있는.
윌리들 자리 맞추고, 니나.. 지젤 자리에 서서 준비하는데, 강우.. 조금 멍하게 있으면,

니나   감독님, 음악 시작할까요?
강우   (정신 차리고) 그러죠… (일어나 음악 틀러 가는데)
수지   (작게) 근데 전에 연서 언니 춤 진짜 좋던데… 슬프고…
은영   야, 비극으로 하라고 하셨잖아. 전부 죽는 걸로.
강우   (혼란스러운 표정) 오늘은 지젤 말고 갈라 연습합니다.
니나   (!! / 조심스럽게) 왜요? 연서가 없어서요?
강우   주역 후보 중 한 명이라도 없으면 지젤 안 합니다. (한 명씩 보며) 니나, 정은, 수지, 산하 다 마찬가지예요. (손뼉 치며) 스패니쉬부터 가죠.

단원들.. 대열 정리해 서고. 강우.. 연서가 늘 있던 자리를 보며, 생각에 잠기는 표정.

그를 바라보는 나나의 불안한 얼굴.

S#10   **연화도 방파제 + 뚝방 (낮)**

연서.. 방파제 끝에서 바다를 보고 있다.

연서.. 돌아서서 걸어 나온다. 방파제와 연결된 뚝방 길을 걸어 나오는데, 저 앞에서 뛰어오는 단의 모습 보이는! 연서가 먼저 봤다! 얼음 되어 멈추는 연서.

단.. 연서를 봤다. (8부 S#70) 우뚝 선다. 놀란 얼굴. 단의 손에서 떨어지는 그림. 무지개 그림 아래 이연서 (하트) 유성우 적혀있고.

믿을 수 없는 듯 놀란 두 사람, 서로를 한참 바라보는 얼굴. 천천히 다가오는.

점점 가까워지는 두 사람.

단.. 가까워지는 연서를 보며 반갑고, 가슴 아프고 복잡한 마음에 눈물이 그렁해지고.

연서.. 역시 보고팠던 마음에 반갑고, 원망스러운 마음 동시에 들어오는.

마주 선 채 한참 서로를 보는 두 사람.

연서   네가… 여기 왜 있어?

단   (혼란스러운) 뭘 찾으러 왔는데… 그니까… 내가 기도를 했거든… 이유를 알고 싶어서. 근데, 그걸 알게 됐는데… 너무 맘이 아파. 그래서 더 모르겠어.

연서   (?) 무슨 말이야, 그게?

단	(차마 말은 못 하고) 그게… 뭐냐면…
연서	(실망한) 됐어. 설명 안 해도 돼. (하고 지나쳐 가는)
단	(따라 돌아서는데)
연서	(돌아보지도 않고) 따라오지 마. 너는 기도든 뭐든 네 할 일 해. 난 내 할 일 할 테니까. (걸어가는)

단.. 뭐라 답도 못 하고 연서 뒷모습 본다. 연서.. 단이 떨어뜨린 그림 옆을 지난다. 무심히.

단.. 천천히 걸어가 그림 종이 들어 올린다. 안타까운 시선으로 연서를 보는.

연서.. 뒤에서 단이 보는 시선 느껴지지만, 돌아보지 않는다. 일부러 더 씩씩하게 걸어가고.

S#11   연화도 거리 (낮)

연서.. 씩씩하게 걸어와 코너를 돌아 선다. 기다려보는. 살짝 돌아 보면, 단.. 그 자리에 종이 들고 서있다. 연서.. 실망스러운.

연서	따라오지 말란다고 진짜 안 와? 됐어, 나도 너 몰라. 모르는 사람 이야. (마음 다잡고 걸어가고)

S#12   연화도 가게 앞 (낮)

연서.. 문 안쪽을 기웃거리는.

연서	저기요, 계세요…?

열린 문으로, 쑥 나오는 가게 주인(여, 60대)..

가게 주인	뭐 드릴까?
연서	여쭤볼게 있어서요. 여기… 파란 대문집 혹시 아세요? 제가 오랜만에 와서 길을 잘 모르겠어요.
가게 주인	(갸우뚱) 파란 대문이 한두 개여…
연서	예전에 한… 10년 전쯤에 쪼끄만 남자애 살았던 덴데…
가게 주인	(연서를 가만히 보더니) 근데 얼굴이… 익네. 누구여, 연예인이여?
연서	아뇨, 저 발레리나예요. 어렸을 때 이 섬에 왔었어요.
가게 주인	(기억 더듬는) 아… 한 몇 년간 계속 왔었지. 동네 사람들 다 모아놓구서 춤추고 그랬어. 고때 쪼깐한 아가들 있었지. 기억나는구만.
연서	그게 저예요. 그때 만났던 친구를 하나 찾고 있어요.
가게 주인	자세히 얘길 혀봐요. 그래야 내가 알지…

연서와 가게 주인 대화 나누는 앞으로 (환상) 투명 우산 쓰고 춤추듯 지나가는 어린 연서.
그를 바라보는 연서.

연서	비 오는 날, 첨 만났어요. 섬에 온 날, 여우비가 내렸는데,

어린 연서.. 타닥타닥 빗소리 느끼며 스텝 밟아 내려가는 모습 위로, (2부 S#72-2)

연서　　　(E) 떨어지는 빗소리가 꼭 음악 같아서 나왔거든요. 그러다 걜 봤어요.

S#13　　연화도 뚝방 (낮)

(연결) 어린 연서가 다가오면, 바다를 향해 서있는 어린 단.

(2부 S#72-2)

연서　　　(E) 거기, 바다 끝에 서있었어요.

맨발을 바다 쪽으로 내밀어보는 어린 단의 다리, 현재 단의 다리
로 바뀌고.

그때와 똑같은 포즈로 다리를 바다 쪽으로 내밀어보는 단.. 위태
롭고 슬픈 눈.

단　　　(E) 죽어도 좋다고 생각했어. 죽는 게 낫겠다고, 생각했어. 겨우 열두
살에.

돌아보는 현재 단의 눈에 보이는 2부 S#72-2의 투명 우산 어린
연서의 모습.

단　　　(E) 근데 널 만났어.

S#14　　몽타주

어린 단과 연서 즐거웠던 순간들

1. 뚝방 - 떨어지려는 어린 단의 손목을 잡아 끌어당겨 안는 어린
연서. (2부 S#72-2)

두 사람, 통성명하는. (7부 S#65 / 8부 S#70)

어린 연서   난 연서야. 이연서.. 넌?
어린 단   나? 나는……… 내 이름은 성우야, 유성우.

2. 유채꽃밭-어린 단.. 어린 연서를 안내해서 데려온다. 어린 연서.. 아름다운 꽃밭에 신이 나서 펄쩍펄쩍 뛰어다니는. 그런 연서를 보며 웃는 어린 단. 어린 연서.. 어린 단 보며 이리 오라고 손짓하고.
(점프)
어린 연서.. 눈 가리고 열 세는 중. 숨바꼭질하는.

어린 연서   …… 아홉, 열. 찾는다!!

어린 연서.. 꽃밭을 찾는데, 어딜 봐도 없다. 즐거운 미소가 점점 불안한 표정이 되어가는데,
꽃 가운데 손이 쑥 올라와 어린 연서의 팔을 잡아당긴다. 어린 연서.. 아래로 꺼지듯 쑥 들어가면,
꽃밭 속에 움푹 팬 구덩이 같은 곳에 웅크리고 있던 어린 단. 머리 위로 꽃대가 하늘거리고
둘이 마주 보고 헤헤 웃음 나누는데!
3. 해변-어린 연서.. 어린 단의 앞머리를 훌렁 넘겨 모자를 씌워준다. (8부 S#38-1)

어린 연서   어떻게 태어나서 무지갤 한 번도 못 봤어?

수줍어하며, 팔의 멍 가리는 어린 단.. 어린 연서를 보는 얼굴 위로.

4. 어린 단의 집 앞- 담벼락에 낙서하는 어린 단. (8부 S#38-2)

모자 씌워준 채로 거꾸로 쓰고 신나게. 발레 하는 연서 그림 그리
고 있는데,

단 어깨 잡으며 왁! 놀래키며 등장하는 어린 연서.

어린 연서   나야? (그림 보더니) 진짜…… 못 그렸다.

어린 단   너 아니거든? (그림 막 덧대 색칠하고 뛰어가 버리는)

어린 연서   야! 같이 가!!

어린 연서.. 보면, 연서 그림 아래에 작게 그려놓은 하트. 어린 연
서.. 피식 웃고, 어린 단의 뒤를 투스텝으로 따라 뛰어가는데,

가게 주인   (E) 그게 다여?

S#15   **연화도 가게 앞 (낮)**

연서와 가게 주인.. 평상에 앉아 이야기 나누는 중.

가게 주인.. 이야기에 빠져, 사이다 하나 따주며 건네는. 연서.. 살
짝 사양하다 받아 마시는데,

해변에서 다가오는 해녀들 서넛 (8부 S#65와 같은 분들) 박 해녀도
있는.

가게 주인	잠깐 며칠 논 거?
해녀들	(자연스럽게 옆에 앉으며) 뭔데, 뭔데?
가게 주인	10년 만에 누굴 찾는댜.
연서	파란 대문집 살던 성우라는 남자애요.
박 해녀	뭔 날이여? 우리 모르게 무신 보물찾기라도 하나 벼.
연서	(?)
가게 주인	고 정도면 성운지 상운지 기억도 못 할걸?
연서	아뇨. 기억상실에 걸리지 않은 이상, 걘, 무조건 날 기억할 거예요.
박 해녀	옴마, 자신감?

연서.. 피식 웃는데, 해변을 가로질러 뛰어가는 어린 연서(환상)
'싫어! 싫다구!!' 하며 달려가는.

S#16   연화도 유채꽃밭 (낮)
어린 연서. 숨었다. S#14-2의 구덩이에 들어가 앉은.

연서	**(E) 갑자기 러시아에 가라는 거예요. 열두 살이 뭘 알아요. 엄마 아빠랑 떨어지는 것두 싫구, 첨으로 사귄 친구랑 헤어지는 것두 싫어서 무작정 숨어버렸어요.**
어린 연서	안 가… 절대루… (도리도리) 싫어. 발레도 안 할 거야. 다 싫어.

어른들의 목소리 '연서야!' '연서 어딨니?' 하는 소리에 몸을 더
웅크리는 연서.

발소리들 잦아지고. 고요해진다. 혼자 남은 연서.. 고개를 빼보면, 아무도 없는 유채꽃밭.

바람 불어 꽃대 수런거리면, 쓸쓸하고 무서워지는 어린 연서.. 꽃대 사이로 주저앉는다.

풀숲 사이로 푸드덕 새소리 들리면 깜짝 놀라 자기 몸을 감싸 안는 어린 연서.. 완전히 겁에 질렸는데.

어린 단   **(E) 너 콧물 나왔다.**

어린 연서   (고개 들어보면)

어린 단   (연서를 들여다보고 있다 / 6부 S#48 연서의 꿈속- 동굴 장면 수정)

어린 연서.. 으앙!!! 울음 터져버리는! 단의 목을 확 끌어안아 매달린다.

어린 단.. 연서 등을 토닥토닥해주는 위로.

(점프)

어린 연서.. 코가 빨개 앉아있다. 어린 단.. 꽃반지 만들어서 건네는. 어린 연서.. 받아 들고 보면,

어린 단   다 울었어?

어린 연서   (뾰로통 / 끄덕끄덕)

어린 단   러시아라구?

어린 연서   (끄덕끄덕) 엄청 멀어. 비행기 타고 열 시간도 넘게 가야 돼. 한 번 가면 다시 오기두 힘들어. 말도 안 통하구 춥기도 엄청 추울 거야.

어린 단	대단하네. 그런 데 춤을 배우러 가다니.
어린 연서	내 말 듣고 있어? 안 갈 거야. 절대로.
어린 단	너 춤추는 거 좋아한다며. 세계 최고 발레리나 될 거라며.
어린 연서	(보면) 거기 가면, 여기도 못 와. 너, 나랑 영영 못 볼 수도 있다구!
어린 단	편지하면 되지.
어린 연서	(삐죽)
어린 단	(벌렁 누워) 난 어디든, 갈 수만 있으면 당장 떠나고 싶어. 바다 말고 숲도 가고, 빌딩 많은 도시도 구경하고… 그래… 어디서든 비 갠 뒤에 무지개도 볼 수 있을 거고.
어린 연서	(가만히 보다) 야, 일어나.
어린 단	(? 해서 보면)
어린 연서	(일어나) 왜 못 가? 어린이는 원래, 어디든 갈 수 있다고 믿고 사는 거야. 오늘은 일단… 그것부터 하자.
어린 단	(어리둥절해 일어나 앉으며) 뭘… 해?
어린 연서	(씩 웃으며) 내가 보여줄게, 무지개.

S#17 연화도 바닷가 (낮)

(3부 S#68. 6부 S#6-1)의 무지개 춤. 단을 관객으로 한 연서의 춤.
아름답다.

춤을 추는 연서 뒤로 진짜 무지개가 나타난다! 너무나 아름다워
비현실적인 풍광이다.

단.. 아름다움에 기어이 눈물이 흐르고 만다. 춤을 끝낸 연서.. 눈
물을 흘리는 단을 보고, 천천히 다가온다.

어린 연서	(단을 살피며) 왜 울어…? 실망했어?
어린 단	(고개 저으며) 예뻤어. 태어나서 본 것 중에 최고로.

어린 연서.. 웃음을 터뜨리며 단의 목을 꽉 끌어안는다! 따뜻하게 포옹하는 모습을

보고 있는 현재 단. 두 아이 뒤로 떠오른 무지개를 보면서,

단	**(E) 너를 보고, 너를 만나서 처음으로 살고 싶어졌어. 아름다워서, 좀 더 아름다운 걸 보고 싶어서.**
연서	**(E) 내가 춤으로 하는 말을 알아들었던 애예요. 내 춤이 사람의 마음에 어떻게 가서 닿는지 알려준 애예요.**
단	**(E) 꼭 어른이 돼서, 튼튼하고 힘센 어른이 돼서 걜 지켜주고 싶었는데…**
연서	**(E) 꼭, 다시 만나고 싶어요.**

S#18   연화도 가게 앞 (낮)

해녀들, 가게 주인.. 모두 흥미진진하게 듣고 있다.

박 해녀	(옆 사람에게) 그 봐… 파란 대문집 갸… 눈이 까맣게 반짝반짝했던 남자애.
연서	아세요? 맞아요. 성우. 유성우요.
가게 주인	거 빈집 된 지 10년도 넘지 않았어?
연서	이사 갔어요? 어디루요? 혹시, 연락처 아세요?

박 해녀	몰러, 어느 날 펑 하구 사라졌어.
해녀1	어이구, 맨날 까먹어! 몇 번을 말해줘! 갸 죽었다니까!
가게 주인	걔 맞지?
연서	(!!) 무… 무슨 소리세요? 걔가 왜 죽어요?
가게 주인	애비가 그렇게 팼대 애를. 그래서 바다에 뛰어든 거.
박 해녀	(무릎 탁) 맞어. 나중에 경찰이 잡으러 왔는데, 애비란 놈이 짐 싸서 육지로 튀었댔지?
연서	(충격) 아니야… 아니에요.
박 해녀	나도 그랬음 좋겠네. 그래서 매번 까먹나 봐… 넘 끔찍해서.
연서	(!!)

S#19 연화도 거리 (낮)

연서.. 걷고 있다. 크게 충격받은.

연서	아니야… 왜? 왜…? (하는데 떠오르는)

〈F/B〉 8부 S#38-1에서 봤던 멍들.

2부 S#72-2에서 맨발로 서있던 것들.

연서.. 이제야 알겠다. 속상하고 미안한 마음으로. 어쩔 줄 몰라 하는데.

S#20　　**연화도 절벽 (낮)**

단.. 절벽 끝에 서있다. 슬프고 허망한 마음이다. 끝이 떠올라 괴로운.

S#21　　**몽타주 – 단의 기억**

1. 골목-비가 쏟아지는 골목을 달려 나오는 단의 다리. 지저분한 운동화 물이 마구 튄다. 뒤에서 쫓아오는 단 아빠의 다리. 무섭게 다가오는! (1부 S#63, 6부 S#6-2)

2. 절벽-단.. 너무 무섭다. 발이 꼬여 넘어진다. 비가 쏟아지는 거리에 툭 떨어지는 아이의 손. 거칠고 때 묻은 손 위로 떨어지는 빗줄기. 힘없이 늘어진 손이… 주먹을 쥔다. 그리고 일어난다. 단.. 이를 악물고 다시 달린다. 돌아보면 단 아빠가 가깝게 왔다.

단.. 단 아빠를 피해, 펄쩍 뛰어내린다. 절벽에 매달려있는 어린 단.. 꽉 잡고 있는.

단 아빠.. 왼쪽으로 달려가고 어린 단.. 올라가려는데, 쭉 미끄러져 아래로 떨어지는.

겨우 다시 잡은 바위. 기를 쓰고 매달려보지만, 점점 힘이 빠지는 손가락.

툭, 놓쳐버리고 마는 손 C.U. (6부 S#6-3)

빈 절벽 바위 위로 들리는 (E) 첨벙, 물에 빠지는 소리.

3. 〈F/B〉 7부 S#1 가라앉는 어린 단의 작은 손. 그 끝이 향하는

수면의 빛 위로,

단   (E) **아아악!**

S#22   연화도 절벽 (낮)

단.. 머리를 감싸 쥐고 괴로워한다. / (다른 거리) 눈물이 떨어지는
연서의 얼굴.. 단의 비명이라도 들은 양, 돌아보는 얼굴.

S#23   판타지아 발레단 복도 (낮)

영자.. 또각또각 구두 소리 내며 들어오는. 동영, 경애.. 나와 인사
하면,

영자   박 실장 왔죠?
경애   네, 사무실에 계십니다.
영자   오케이. (들어가고)

S#24   영자의 사무실 (낮)

영자.. 친절한 미소로 앉으면, 박 실장.. 긴장한 채로 두툼한 서류
를 내미는.
영자.. 꺼내보면 판타지아 발레단원들 조사한 파일들이다. (개인 가
족사항 / 재무상황)

박 실장	지시하신 대로, 각 단원들 가정형편, 재무상황 조사했습니다.
영자	땡큐. 역시 우리 박 실장 최고다.
박 실장	근데 갑자기 이런 건 왜…?
영자	단장이 단원들한테 관심 가지는 거, 당연하잖아. 우리 단원들 한 표, 한 표가 얼마나 소중해. 내가 두루 살피고, 돕고 해야지.
박 실장	(눈치챈) 오디션 심사 투표권… 매수할 생각이십니까?
영자	(미소) 후원이라는 좋은 말 두고, 왜 그런 단얼 써? 무섭게. (일어나 돌아서는데 싹 걷히는 미소 / 서류 넣어두고 두툼한 봉투 가져와 내미는) 우리 박 실장 고생했는데, 내가 요새 좀 무심했다. 그지?
박 실장	(굳어서) 이게… 뭡니까, 단장님?
영자	가을에 둘째 학교 들어간다며… 못 본 지 꽤 됐지? 이참에 애들 보러 영국 한번 다녀와. 넉넉하게 한 석 달이면 되겠지?
박 실장	(!! / 점점 창백하게 질려가는)
영자	당연히 유급으로 처리할 테니까 걱정 말구… (하는데)
박 실장	가면… 저도 쥐도 새도 모르게 사라지는 겁니까? (떨리는) 3년 전, 문지웅 씨처럼요?
영자	(!! / 주위 살피며) 박 실장! 갑자기 그 이름이 왜 나와?
박 실장	단장님… 지렁이도 밟으면 꿈틀하고… 쥐도 궁지에 몰리면 고양이를 뭅니다.
영자	(어이없어 보면) 박 실장?
박 실장	(벌떡 일어나) 저… 더 건드리지 마세요, 진짜! (나가려는데, 손이 떨려서 손잡이 몇 번 헛돈다. 땀나는. 문 열고 나가면)
영자	아니… 내가 뭘 어쨌다고… 보너스랑, 유급휴가 주는 게 잘못이야? (조금 초조해) 왜 저래, 진짜…

S#25　**연화도 선착장 (낮)**

강우.. 배에서 내려 섬으로 걸어 들어오는. 섬을 바라본다.

강우.. 연서에게 전화를 거는데, (E) 안내 멘트 나올 때까지 받지

않는다.

강우.. 전화기 넣고 천천히 연서를 찾아다니기 시작하는.

S#26　**연화도 유채꽃밭 (낮)**

연서.. 유채꽃밭으로 들어온다. 속상하고 슬픈 마음으로 걸어오는

연서.

아지트였던 곳으로 가보는데, 구덩이(움막)는 흔적도 없고 꽃밭뿐

이다.

연서　　왜 없어. 왜 없어졌어… (속상해죽겠는) 너 왜 없어, 유성우…

　　　　연서.. 꽃밭 가운데 주저앉는다. 눈물이 자꾸 나와서 얼굴을 묻는데.

단　　　**(E) 여기서 뭐 해.**

　　　　연서.. 고개를 들면, S#16에서 자신을 들여다봤던 어린 성우와 똑

　　　　같이, 자신을 보고 있는 단.

　　　　연서.. 눈물이 또르르 흐르는데, 단.. 알았구나. 싶고. 천천히 눈물

　　　　을 닦아주고..

연서　　걔가… 죽었대. 나 떠나고 나서… 죽어버렸대…

단	(나라고 말하고 싶지만 못 하는)
연서	편질 보내도 답장 안 한다구, 얼마나 미워했는데, 그리고, 까맣게 잊어버렸는데, 얘는… 얘는 여기서…
단	(마음 아픈) 네 잘못이 아니야…
연서	왜 몰랐을까… 신발 한 짝도 없이, 파도가 오는 줄도 모르고 서있었던 것도… 머리카락이 제멋대로 길게 자란 것도… 여기저기 멍들어있던 것도…
단	(연서 앞에 무릎 꿇어 앉는) 네 잘못이… 아니야…
연서	아니. 내 잘못이야. 전부 다 신호였는데… 눈치 못 챘어. 꼭 어른이 되겠다고 다짐하길래 얼마나 웃으면서 놀렸는데… 어린이는 어른이 되는 게 당연한 건데, 무슨 결심씩이나 하냐고. 근데 걔는… (울음 터지는)
단	(어깨 안아 토닥여주는)

단의 품에 안겨 울음을 터뜨리는 연서. 어린 시절 그날처럼. 연서를 토닥이는 단.

S#27 **연화도 방파제 (낮)**

단과 연서.. 서있다. 연서의 손에 든 유채꽃 다발.

단	자책하지 마. 운명이… 거기까지였을 거야.
연서	운명…? 쉽고, 잔인하네. 걘 평생 무섭고 힘들었을 텐데… 마지막까지… 얼마나 공포스러웠을까… 생각하면 진짜 미칠 것 같은

데… 운명…

단   아니야. 걔… 성우… 그 아이…

연서 (보면)

단   마지막엔… 널 생각했을 거야. 마지막에, 마지막 순간까지…

연서 (!) 그걸… 네가 어떻게 알아?

단   그냥… 그랬을 거 같애. 좋았던 기억은, 너뿐이었을 테니까. 널 떠
      올렸을 거야. 분명히. (미소 지어 보이는데 슬픈)

연서 정말?

단   (끄덕) 지금도 자길 기억해주는 사람 너뿐인 거 알고… 되게 고마
      워할걸.

      연서.. 울컥하는 것 참고… 단을 한 번 보고, 바다에 꽃다발 띄운
      다. 추모의 시간.
      서있는 단과 띄우느라 앉은 연서.. 떠가는 꽃다발 한참 바라보는.

연서 늦게 와서 미안해, 성우야. 눈치 못 채서 미안해. 상상도 못 해서,
      진짜… 진짜 미안해…

단   (가슴이 저릿하게 아픈)

연서 … 왜 기도 안 해?

단   (? 해서 보면)

연서 (공격적인 투 아닌) 네가 좋아하는 그 신한테 한 번 물어봐. 왜 열두
      살짜리 인생을 이렇게 고통스럽게 만들었냐고.

단   (!!)

연서 정말 신이 있다면… 12년 동안 매일매일 지옥 같은 인생을 살게

둘 리가 없잖아. 정말 신이 있다면… 마지막까지 이렇게… (감정 꾹 참고) 혼자 됐을 리가… 없잖아.

단   그러게… 왜 이렇게까지 가혹했을까…

연서.. 일어나 걸어간다. 단.. 그런 연서 보고, 바다를 한 번 보는.

떠가는 꽃다발 아련히.

연서.. 돌아본다. 왜 안 오지? 하는 얼굴로 단을 보면, 단.. 연서에게 슬프게 미소 짓고.

S#28   연화도 바닷가 (낮)

5부 엔딩(S#61), 연서가 춤을 췄던 바닷가. 강우가 와 선다. 아무도 없는.

강우.. 걱정스러운 표정으로 돌아서는데,

S#29   연화도 해변 거리 (낮)

단과 연서.. 고요히 걸어간다. 각자의 상념에 빠져. 단.. 걸음을 멈춘다. 연서.. 따라 멈춰 보면,

단   미안해.

연서   뭐가?

단   다… 그날 못되게 말해서 상처 준 것도, 지금도. 전부 다…

연서   … 나랑 같이… 안 간단 말이구나.

65

단	(뭐라 답을 못 하겠는)
연서	너까지… 이럼 어떡해.
단	(쿵)
연서	엄마도, 아빠도, 아저씨도… 성우까지도… 내가 사랑한 사람들 다 날 두고 먼저 떠나버렸어. 전부 다 인사도 못 했어. 그렇게 남겨진 맘이 어떤 건지 알아? 끝도 없는 사막에 혼자 버려진 것 같은 기분이야. 가도 가도 목마르고, 발밑이 푹푹 꺼져버리는 거 같애. 네가 떠나고 나서도… 그랬어. 그러니까… (힘들게 / 진실하게) 너는… 내 옆에 있어주면… 안 돼?
단	(맘 아픈 / 결심하고) 감당할 수 있겠어?
연서	(? 하지만 이내 끄덕) 뭐든 괜찮아.
단	… 다 괜찮아? 내가 어떤 사람이라도? 아니… 사람이 아니어도?
연서	(놀라 보는 얼굴 위로)
연서	**(E) 응?**
단	(정신 차려보면 상상이었다)
연서	(답을 기다리는 표정으로) 안 돼?
단	… 기억나? 나한테 소원 들어주기로 한 거.
연서	(?)

〈F/B〉 4부 S#46 〈INSERT〉 S#37 이후

단	소원 들어줘. 딱 세 개만. 내가 하자는 거, 해달라는 거. 무조건 토 달지 말고 해주기.

단	세 개 중에 두 번째 소원, 그거 지금 쓸게.
연서	갑자기 무슨 소원이야…
단	기다려줘.
연서	(!)
단	조금만, 기다려주면 다 정리하고 갈게. 지금은 아무것도 묻지 말고.
연서	(O.L / 답답한) 뭘 정리해야 되는데? 뭐가 문젠데? 알아야 돕지. 그 래야 내가 할 수 있는 걸 하지. 대체 뭐 땜에… (하다 !)

단.. 깃털 손수건을 내밀고 있다. 연서.. 철렁해 보고 있는데,
거리 반대쪽에서 강우가 등장한다. 바닷가에서부터 길 따라온.
강우.. 연서와 단을 봤다. (너무 가깝지 않은 거리 / 연서와 단은 알아챌
수 없는)
강우.. 두 사람이 만나고 있다니? 놀라고 화가 나는데!

연서	이거… 그거잖아. 너 없이도 잘 있으라구 줬던 거.
단	약속할게. 얼마 안 걸릴 거야. 꼭 다시 올게.
연서	(손수건 보니 왠지 불길해 단을 보면)
단	그때까지 밥 잘 먹구, 연습 잘하구 씩씩하게 있는 거, 그게 내 소 원이야. 할 수 있지?

연서.. 차마 답 못 하고 눈물 그렁해서 고개 젓는데, 단.. 연서 손에
손수건 쥐여준다.
연서.. 보면, 단.. 억지로 돌아서서 가는. 연서.. 잡지도 못하고 눈물
그렁해 보는.

단.. 눈 질끈 감고 걸어간다. (강우 서있는 반대쪽으로 / 두 사람 모두 강우를 등진 셈)

강우.. 떠나는 단을 본다. 뭐 하는 거지? 싶은. 연서가 눈물 닦는 거 보고 화가 나서 다가가는!

S#30   연화도 거리 (낮)

단.. 걸어와 코너를 돈다. 연서가 보이지 않는 곳에 다다라서야 겨우 멈춰서는. 맘 아프다.

단.. 머리 쓸었다가, 돌아섰다가 다시 가려다… 미치겠다. 해변 쪽을 바라보는 단의 얼굴.

S#31   연화도 해변 거리 (낮)

S#29 연결. 혼자 눈물 닦고 있는 연서에게 다가가는 강우. 연서.. 강우를 봤다. 눈물을 숨기는. 강우.. 연서만 똑바로 응시하며 다가오는데,

연서   감독님… 여긴 어떻게… (하는데)

강우   (확 끌어당겨 안아버린다)

연서   (깜짝 놀라는)

강우   (꽉 안은 채로) 그 자식 때문에 울지 말아요.

연서.. 빠져나오려는데, 강우.. 강하게 다시 안는!

연서.. 뿌리쳐 나온다. 강우의 뺨을 때리는 연서. 강우.. 맞고도 덤덤히 보는데,

연서   무슨 짓이에요, 이게!

강우   그만둬요. 매번 도망가는 남자한테 미련 그만 떨라구요.

연서   (!!)

강우   아프고 약할 때, 많이 기댔던 거, 알아요. 그치만 이젠 안 돼. 그딴 놈 땜에 우는 거, 내가 허락 안 해요.

연서   (!) 감독님이 뭔데… (하는데)

강우   나한테 기대요. 난 도망치지도, 사라지지도 않을게.

연서   (! / 한 걸음 뒤로) 이러지 마세요.

강우   (!!)

연서   분명히 말씀드리는데, 자꾸 이러시면 불편해요. 복귀할 때까지 도와주신 거, 저 끌어내신 거 알아요. 감사해요. 근데, 그거 감독님으로 한 일이잖아요.

강우   (!)

연서   선 넘지 마세요. 내가 누구한테 기대든, 누구 땜에 울든 그건 다 내 선택이에요. 제 마음에 간섭할 권리, 감독님 없어요. 오늘 같은 일, 다신 없었으면 좋겠습니다.

강우   놀랐다면, 사과할게요. 근데 다신 없을 거라고 약속은 못 하겠습니다. 나한테 기대라는 말, 진심이거든요.

연서   감독님!

강우   오늘은 그만하죠. 가요. (앞서 가는)

연서   (어떡하지 싶고)

강우   (진지한 표정)

S#32   아이비 저택 앞 (밤)

강우의 차.. 들어와 선다. 강우.. 내려서 문 열어주려고 오는데, 연
서.. 스스로 문 열고 내리는.

연서   (어색한) 데려다주셔서 감사합니다.
강우   … 쉬어요…… (망설이다) 연서 씨.. (하면)
연서   (거리 두는) 연습 날 뵈요. (목례하고 돌아서 가는)
강우   (답답한 마음으로 보고)

S#33   도로 + 강우의 차 안 (밤)

강우.. 혼자 타고 있는. 운전 중이다. 복잡한 심정.

〈F/B〉   S#30. 연서를 확 끌어안는 강우
강우   그 자식 때문에 울지 말아요.

강우.. 핸들을 잡고 있는 손, 새끼손가락에 반지 보인다. 강우.. 핸
들 돌려 행로를 바꾸는!

S#34   명부전 (밤)

설희의 납골함 앞. 강우.. 한참을 서있다. 할 말이 많은 얼굴. 그러
나 입을 굳게 닫은 채

천천히 반지를 빼는 강우. 설희 납골함 앞에 둔다. 타버린 깃털 손
수건 옆에 놓인 반지.

강우.. 작별을 고하듯, 설희의 납골함을 바라보는 얼굴.

강우   (E) 인생은 예측 불가라고, 네가 그랬지. 이런 날이 올 줄, 나도 정말 몰
            랐어.
            끝까지 산 것도, 죽은 것도 아닌 채로 유령처럼 떠돌 줄 알았는데…

S#35   명부전 앞 경내 (밤)
          강우.. 명부전에서 나온다. 복잡한 표정으로 하늘을 보는.

강우   (E) 나도 이제 별 볼 일 없는 진짜 인간이 됐나 봐.

S#36   연서의 방 (밤)
          연서.. 의자에 앉아있다. 혼란스럽다. 손에 쥔 손수건.

〈F/B〉   S#31
강우   나한테 기대요. 난 도망치지도, 사라지지도 않을게.

          연서.. 고개를 젓는다. 아니야, 그건 아니야. 싶은. 손수건을 펼쳐

서 보면.

〈F/B〉 S#29

단 기다려줘. / 약속할게.

연서.. 걱정스레 손수건의 깃털 자수 쓰다듬는.

S#37   **연화도 절벽** (밤)
단.. 파도를 보고 있다. 마지막으로 어린 단이 매달렸던 그 절벽.

〈F/B〉 S#21-2. 절벽을 꼭 잡고 있던 어린 단의 손.

단.. 하늘을 바라본다. 맑은 밤하늘, 별이 빛나고.

단 이게, 내 기도의 응답이에요?

잠잠한 하늘을 보던 단.. 그대로 절벽에서 풀쩍, 뛰어내린다. 풍덩,
바다로 빠져버리는.

S#38   **바닷속** (밤)
단.. 바닷속으로 잠겨 들어간다. 캄캄한 바닷속.

단	(E) 왜, 지켜보고만 있었어요?
	왜, 고통 속에서 죽게 했어요?
	그럴 거면 왜, 태어나게 했어요?
	바닷속에 한 줄기 빛이 내린다. 달빛인지, 신의 계시인지.

단	(E) 왜 다 생각나게 해버린 거예요?
	단.. 그 빛을 보는 절망과 슬픔의 눈에서 (F.O.)

S#39 연서의 방 (낮)

출근 준비 다 한 연서. 깃털 손수건을 무용 가방 손잡이에 맨다.
씩씩하게 잘 지내겠다는 다짐.

S#40 아이비 저택 앞 (낮)

유미.. 기분 좋은. 흥얼거리며 나온다. 연서.. 무용 가방 들고 뒤따
라 나오는.

유미	새 비서 서류 뽑아놨어요. 담 주 중으로 면접 잡을까 싶은데
연서	(O.L) 취소해요.
유미	아가씨가 아무리 날 신뢰해도, 난 정말 입주는 체질이 아니에요.
연서	단이, 돌아온대요.
유미	(펄쩍) 이름 말해도 돼요? 이제 가나다라 해도 돼? 아니 아니, 연

락이 왔어요?

연서   (피식 웃으며) 김단. 온대요. 약속했어요.

유미   웬일이야! 언제? 언제 복귀한대요?

연서   그건 모르구요.

유미   (에잉?)

연서   암튼, 새 비서 필요 없어요. 단이 기다릴 거니까. (차에 탄다)

유미   (운전석으로 가며) 뭐야… 그게 아가씨 마법이었어? (씩 웃더니 타고)

연서의 차.. 출발해 떠나고 나면, 대문 옆에서 벙거지 모자 깊이
눌러쓴 남자(문지웅*).. 나온다. 저택을 바라보는. 수상하고 위험한
느낌으로.

S#41   판타지아 발레단 앞 (낮)

연서.. 무용 가방 들고 걸어오는데, 니나.. 기다리고 있다. 두 사람..
눈 마주치면,

니나   얘기 좀 해.

연서   지금?

니나   (굳은 얼굴로) 어, 지금.

연서   (?)

• 문지웅(40대 초반): 3년 전 사고의 증인으로 / 최근 암 선고를 받아 죽기 전 사죄를 하고픈 마음에 증언을 결
  정. 3년 전 지시를 내린 준수의 음성파일을 가지고 있다. 죄를 뒤집어쓴 대신, 돈과 집을 제공받아 강원도 인제
  기린면에 귀농해 살아온. 바싹 마른 체구. 거칠어진 피부. (10부에 죽임을 당함)

S#42   판타지아 일각 (낮)

굳은 얼굴 그대로. 니나.. 연서와 마주 서있다.

니나   행동 조심해.

연서   뭐?

니나   단원들, 돌아왔다고 완전히 네 편 된 거 아냐.

연서   나도 알아. 연습 때마다 생생히 느끼고 있어.

니나   그럼 더 신경 썼어야지. 맘대로 연습 빠지고, 감독님이랑 사적으
          로 만나고 그러면, 다들 뭐라고 생각하겠어?

연서   (!) 뭐야, 설마 내가 감독님이랑…?

니나   정말 그런 거면 차라리 솔직하게

연서   (O.L / 어이없는) 말도 안 되는 소리 하지 마. 니들이 상상하는 일
          없어.

니나   (살짝 안도하지만) 오해 살 만하잖아. 첨부터 감독님이 비정상적일
          정도로 널 고집한 거 땜에 파업까지 한 건데… 너만 조심하면 돼.
          괜히 너 땜에 감독님이랑 단원들 사이만 더 멀어지면…

연서   금니나

니나   (보면)

연서   너 감독님 좋아하니?

니나   (!! / 당황한) 야 무슨… 어떻게 그런 생각을… 난 진짜 감독님 존경
          하는 맘에서…

연서   넌 참… 맘을 못 숨겨.

니나   야, 너 억울하다고 나한테 뒤집어씌우지 마! 나는… 나는!! 그래,
          판타지아에 지저분한 소문 도는 거 용납할 수 없어서 이러는 거야.

연서	그럼 나한테 이러지 말고, 소문내는 쪽을 단속하는 게 어때? 편법 쓴 적 없고, 니들 손가락질할 만한 일도 한 적 없어. 그럴 필요도 없구.
니나	(헐)
강우	**(E) 무슨 소립니까?**
니나, 연서	(보고 / 놀라는)
연서	(표정 굳는)
강우	(다가오는데 / 연서 가방에 묶인 깃털 손수건 확인! / 열 확 받는)
니나	아니에요, 감독님. 그냥 저희끼리… (하는데)
연서	(질러버리는) 감독님이랑 저랑 그렇고 그런 사이일지도 모른다는 얘기가 도나 봐요.
니나, 강우	(헉!!)
연서	제가 부탁드린 거, 그것만 지켜주심 될 거 같아요. 기억하시죠?
강우	(연서 뚫어져라) 내가 말했잖아요. 그거, 못 지킬 거 같다고.
니나	(두 사람 뭔가 있다! / 불안하게 번갈아 보고)
연서	(지지 않고 강우와 눈싸움하다) 공사 구분 확실하게 하죠. 프로답게.
강우	(씩) 그건 걱정 말구.
연서	(들어가면)
강우	(니나 보며) 누가 그런 바보 같은 소문을 냅니까?
니나	(헉!/ 긴장) 아니, 그게…
강우	(휙 들어가 버리면)
니나	(어떡해!)

S#43   **판타지아 연습실 (낮)**

강우.. 들어와 보면, 단원들.. 몸 풀고 있다가 일어나 바 가져오고. 연서.. 강우를 외면한 채 스트레칭한다. 니나.. 뒤따라 들어와 불안하게 보는데,

강우   (표정 관리 / 아무 일 없는 듯) 바 시작할게요.

단원들.. 바 클래스 시작. 연서.. 예의 맨 끝자리 서서 동작하는. 강우.. 동작 봐주면서 연서의 뒤를 스쳐 지나가고. 두 사람.. 서로 신경 쓰이지만 모른 척. 둘을 보는 니나의 불안한 표정.

S#44   **건물 주차장 (밤)**

주차장 형광등, 자동으로 번쩍번쩍 자리를 바꿔가며 조명처럼 켜졌다, 꺼졌다 한다.
그 아래, 눈 가리고 매드 씬 안무하는 니나(8부 S#52와 같은)가 있다. 이를 날카롭게 지켜보는 엘레나. 니나.. 열중해보려고 하지만 결국 멈춰 서는.

엘레나   왜 맘대로 멈춰? 음악이 안 끝났는데?

니나   (자신이 끈을 풀고) 흉내 내지 않고, 진짜를 느끼고 싶어요.

엘레나   (!)

니나   진짜 지젤의 마음요, 감독님이 원하는 거요. 어떡해야 돼요?

엘레나   (씩 웃는) 뭐든지 다 할 수 있다고 했지?

S#45   공동묘지 (밤)

스산한 묘지 가운데. 엘레나에게 끌려온 니나.. 겁에 질렸다.

니나   여기… 공동묘지잖아요.

엘레나   지강우, 빨갛게 달아오르는 단검이더라. 너 하던 대로 해선, 그런
          인간, 절대로 만족 못 시켜.

니나   (그건 맞는) 뭘… 하면 돼요, 저?

엘레나   밤새, 춤춰.

니나   (!) 여기서요?

엘레나   2막 배경이 어디니? 묘지야. 죽은 지젤처럼 밤새 춤추면서 영혼
          들의 소리에 귀를 기울여. 한도, 슬픔도, 원망도, 미련도 다 새어
          나오는 데가 여기니까. (가려는데)

니나   (허겁지겁 팔 잡고) 어디 가세요?

엘레나   집에.

니나   저, 혼자 추라구요? 여기서, 밤새도록?

엘레나   (당연한 표정)

          (점프)

          홀로 남은 니나.. 무덤 앞, 나무 아래에 자릴 잡고 자세를 잡아본
          다. 핸드폰에서 음악 플레이하고, 동작을 이어가 보려는데, (E) 까
          마귀 소리 (E) 부스럭대는 소리에 자꾸 흠칫흠칫 멈추고.

니나   (마인드 컨트롤) 할 수 있어, 나는 지젤이다. 지젤이야…

니나.. 눈 감는데, 소용돌이 바람 휭! 불어온다. 나뭇잎, 가지들 굴러와 니나 발목을 간질인다. 소름 쫙 돋는. 한 번 더 바람 불면, 불어온 나뭇잎 니나의 뒷목을 서늘하게 스치면,

니나.. 소스라치게 놀라 (E) 아악! 비명을 지르며 뛰쳐나간다.

S#46   공동묘지 앞 (밤)

엘레나.. 기다리고 있다. 카운트 중인. 뛰쳐나온 니나를 보고,

엘레나   육십, 육십일, 육십이… (멈춰 본다)

니나   (하얗게 질려 헉헉 몰아쉬는) 선생님…

엘레나   너는 이래서 안 되는 거야…

니나   (속상해)

S#47   니나의 방 (밤)

하나씩 집어 던져지는 발레용품들. 연습 슈즈, 고무밴드, 연습복 사방으로 던져지는!

니나다. 지치고 속상한 얼굴로 가방을 헤집으며 막 던지고 있는데. 문 열리고, 루나.. 들어온다. 놀라 니나 곁으로 다가가 말리는.

루나   니나야, 왜 이래? 뭐 하는 거야?

니나   (그제야 보고 / 헉)

루나   (한숨) 너 요즘에 누구랑 뭐 하고 다니니?

니나	(!!)
루나	연습 끝나자마자 짐 챙겨 가선 매일 밤늦게까지 초주검이 돼서 오잖아. 너.
니나	… 하긴 뭘 하겠어. 오디션 연습하지. 나가줘. 나 혼자 있고 싶어.
루나	(나가려다 돌아보고) 무리하지 마. 어차피 지젤은 네가 될 거니까. (나가고)
니나	(더 속상한 / 주먹 꽉 쥐고)

S#48 　영자의 사무실 (낮)

영자와 루나.. 마주 앉은. 영자.. 박 실장이 준 서류(S#24)를 루나에게 보여주고 있는.

루나	한 명, 한 명 전부 다요?
영자	단원들 합해봐야 몇 명이나 된다구. 한, 사나흘이면 되겠지?
루나	번거롭네요. 이것보다 간단하고 확실한 방법이 있음 좋을 텐데.
영자	심사위원 새로 위촉하는 것두 생각해봤는데, 단원들 앞에서 큰소리쳐놨잖아. 이렇게 한 표씩 모으는 게 빠르고, 확실해. 우리 부단장이, 수고 좀 해줘.
루나	(생긋) 네, 단장님.

S#49 　몽타주

영자의 지시로 단원들 접선하는 루나의 모습

1. 골목-정은.. 아이 업고 나와 어르는. 업은 채로도 다리 자세(업
/ 뺄리에 등)를 연습하는

영자   **(E) 우선 황정은. 발레단 맏언니라 포섭해놓으면 따라올 표가 많을**
거야.

루나.. 기저귀 큰 것 양손 가득 들고 골목에 들어선다. 정은.. 루나
를 보고 놀라는 얼굴!

2. 발레샵-수지.. 연습복 가격표 보면서 신중하게 보고 있는데,

영자   **(E) 수지. 앤 레슨 몇 개씩 뛰는 흙수저.**

루나.. 옆에서 고가의 연습복 내민다. 수지.. 놀라 보고!

3. 병원 물리치료실-루나.. 들어와 커튼을 열면

영자   **(E) 주역 파트너 우리 편으로 만들어놓으면, 여러 가지로 편하겠지?**

의건.. 발목 물리치료 중이다. 루나.. 반짝 미소로 인사하고. 의긴..
역시 놀란.

루나   **(E) 의건인, 원래 우리 나나 편이에요.**

4. 거리-루나.. 자신만만 또각또각 걸어 나오는 표정에서.

S#50   **아이비 연습실 (밤)**

연서.. 기본동작(스트레칭 정도) 연습 중인데, 열어둔 창에서 바람
불어오는.

연서.. 멈춰 서 창으로 간다. 마당 내려다보이는데, 빗방울 똑똑
떨어지면 떠오르는 단.

〈F/B〉   5부 S#3 키스 후 도망치는 단의 모습.

단   미안… 미안해, 이연서…

        단.. 뒷걸음질 치다 돌아서 뛰는. 비는 떨어지고, 단은 멀어지던 모습.

        연서.. 불안해지는데.

S#51   아이비 저택 주방 (밤)

        연서.. 카모마일 차를 따르는데, 유미.. 옆으로 등장.

유미   잠이 안 와요?

연서   그냥.. 비 오잖아. 집사님두 차 한잔 드려요?

유미   (씩) 이런 날씨엔 오뎅탕에 쏘주죠. 한잔할래요?

        (점프)

        식탁에 턱, 놓이는 오뎅탕. 소주, 혼자 따라 마시는 유미. 연서.. 찻
        잔만 만지작 하는.

유미   나 혼술 좋아해. 들어가도 돼요.

연서   (망설이다가) 집사님. 남자가… 좀만 기다려달라, 시간이 필요하다,
        그런 게 무슨 뜻이에요?

유미   (? 해서 보면) 아가씨, 연애해요?

연서   친구가 상담을 하더라구요. 그래가지구… 저보다는 집사님이 경
        험도 많구, 그러니까… 더 정확한 얘길 해주고 싶어가지구… (목

　　　　　탄다 / 물 마시면)

유미　　　유부남이래요?

연서　　　(푸) 아뇨, (가만) 아닌가?

유미　　　도망쳐요.

연서　　　(헐) 무슨 뜻이에요?

유미　　　남자는 사랑 앞에서 후퇴가 없어요. 시간이 필요하다? 동굴에 들
　　　　　어간다? 그거 다 개소리예요.

연서　　　(헐 / 찻잔 만지던 손 얼음 되) 진짜 간절해 보였… 대요. 엄청 아끼
　　　　　는 손수건도 주고 가구. 그런 거 약속의 증표잖아요.

유미　　　받은 사람이야 증표지, 주고 떠난 놈한텐 쓰레기라도.

연서　　　(헐)

유미　　　아가씨, 누군진 몰라도, … 그 남자 포기해요.

연서　　　(펄쩍) 친구라니까요!!

유미　　　아가씨가 친구가 어딨어요?

연서　　　(정곡 찔린 / 벌떡 일어나) 나도 친구 있거든요? 사람 말을 못 믿구…
　　　　　(하며 들어가는데)

유미　　　(한 잔 마시고 / 에휴) 비서 구해야겠네.

S#52　　**연서의 방 (밤)**

　　　　　연서.. 창문 열고 손부채질 중.

연서　　　눈치는 빨라가지구…

유미　　　**(E) 시간이 필요하다? 동굴에 들어간다? 그거 다 개소리예요.**

연서   (불안한 표정 / 창밖을 보며) 김단.. 너 어디서 뭐 하고 있어.

S#53   병원 외경 (밤)

비가 내리는 낡은 병원. 누군가(단이) 하늘에서 내려다보고 있는
것같이 빙글, 빙글 돌다,
한 창문으로 가까이 다가가는데,

S#54   병실 안 (밤)

호흡기 꽂은 채로 잠들어있는 노령의 남자. (단 아빠-50대 후반. 백
발의 마른 몸)
규칙적인 (E) 기계 소리. 갑자기 병실 불이 꺼진다. 어둠에 싸인
병실. (기계는 여전히 돌아감)
(E) 콰쾅 천둥소리와 함께 번개가 번쩍! 하는데,
창문 아래로 쫙! 드리우는 날개 편 단이의 그림자!
카메라 돌면, 베드 끝에 서있는 남자.. 단이다! (날개 없는)
단.. 무표정한 얼굴로 검버섯 핀 단 아빠를 바라보고 있다.
베드 끝에 매달린 이름표에 [유종철] 적혀있다. 번개 한 번 더 치
면, 〈INSERT〉 어린 단의 집 앞에 걸려있던 명패 '유종철' 번쩍!
하고.
빛 속에 눈 하나 깜짝 않고 생전의 아빠를 바라보는 단.
한 걸음, 한 걸음 다가가는 단. 걸음마다 번쩍, 번쩍 어린 시절 무
서웠던 아빠의 폭력 떠오른다. (〈INSERT〉 화면을 덮을 듯 다가오는 손

/ 몽둥이를 피하는 어린 단 같은 컷컷)

단.. 무서운 표정 되는. 다가올수록 주먹을 꽉 쥐는. 단 아빠 목에
연결된 호스 보이고.

단.. 단 아빠 바로 옆에 선다. 당장이라도 호스를 뺄 것 같은 분위기.
또 번쩍! 하면 단 아빠.. 눈을 뜬다. 희미한 시선으로 날개 편 단의
모습 언뜻 비치고.
단 아빠.. 뭐라 말하려는데 목소리가 잘 안 나오고.

단　　　　어리석은 자여… 아이를 학대하고 생명을 유린하는 자는… 불벼
　　　　　락을 맞을지어다! (손을 뻗는 / 호스를 잡을 듯 / 하지만 단 아빠 머리맡
　　　　　침대 난간을 잡는)

단 아빠　(단과 눈이 마주친다 / 눈동자 떨리는 / 손 꿈틀하고)

단　　　　왜? 또 때리려구? 해봐. 그때처럼, 무자비하게 해보라구!

단 아빠　(꼼짝도 못 하는)

단　　　　왜 그랬어요? 대체 왜…? 당신 아들이었잖아. 겨우… 열두 살이
　　　　　었잖아.

단 아빠　(뭐라고 말하려는데 잘 안 돼 / 입만 벙긋)

단　　　　그리고 도망쳐 어떻게 살았길래, 이 꼴로 있어? 대체… 당신 인생
　　　　　은… 당신 아들 인생은… 뭐야, 이게…

단 아빠　(더듬어 단의 손을 잡는)

단　　　　(! 해서 빼려는데)

단 아빠　(쉰 소리로) 미안… 하다… 잘못했다…

단　　　　(헉! / 놀라 베드에서 떨어지는)

단 아빠	미안… 허다… 잘못했다… (눈물 흐르는)
단	(뒷걸음질) 그만… 그만둬! (너무 화가 나는. 베드와 의료기기들이 위태롭게 흔들리는) 그만!
단 아빠	(허공을 향해 계속하는) 미안하다… 잘못했다.

단.. 도망치듯 병실을 나가는 동시에 (E) 삐 소리 들려오는.

S#55 병실 앞 (밤)

(E) 삐 소리 연결. 단.. 뛰쳐나오는데, 병실로 뛰어 들어가는 의료진 서넛. 단을 지나쳐 가고.
단.. 뭐지? 뭐였지? 싶은 혼란에 터덜터덜 걸어 나오다가 우뚝 선다. 복도 끝에 후가 서있다! 두 사람.. 서로를 응시하고.

S#56 병원 일각 (밤)

후와 단.. 대화. 단.. 혼란스러운 마음. 후.. 안쓰러운.

단	이제 와서 잘못했다고 하면, 무슨 소용이에요? 그럴 거면 첨부터 죄를 짓지 말았어야지. 화가 나요. 너무 화가 나!
후	인간은 그래. 잘못을 하고, 후회를 하고, 속죄를 하지.
단	(보면)
후	저 인간… 평생을 사죄하는 마음으로 살았다. 푼돈 모으는 족족 어린이에게 기부하고. 이 병원에 봉사활동만 13년을 했어. 젊어

막 산 대가로 5년 전부터 육체가 망가졌지만.

단   …… 그런다고, 죽은 아이가 살아 돌아오진 않아요.

후   대신 죽을 아이를 살릴 순 있었지.

단   (!)

후   그 복을 받았나 보네. 마지막엔, 평생 못 할 줄 알았던 사과를 하
     고 갔으니.

단   나한테… 뭘 바라는 거예요?

후   (보면)

단   그랬다 쳐요. 나는 사람이었고, 크신 뜻 속에서 불행하게 태어나
     불행하게 죽었어요. 그럼 끝까지 모르게 해야지. 왜 기억나게 한
     거예요? 나라고 말할 수도 없는데 왜 연서를 만나게 한 거냐구요.

후   알잖아. 신께선 늘 답을 마련해두시는 거. 우리의 눈이 어두워 알
     아채지 못하는 것일 뿐. 일단 성당으로 가자. 같이 기도해보자.

단   (한 발 뒤로) 안 갈래요.

후   얌마, 김단!

단   수수께끼를 새로 내셨으니까, 저 스스로 답을 찾아보겠습니다.
     (가려다 돌아서더니 / 90도로 인사하는) 안녕히 계세요. 선배.

후   야… 너 설마…!

단   그동안 저 같은 골칫덩이 사고뭉치 데리고 있느라 진짜 고생 많
     으셨어요. 매 순간 감사했습니다. 존경했어요. (미소 짓고 돌아선다)

후   (불길하고 서늘한)

S#57   아이비 저택 앞 (밤)

단.. 저택을 올려다보며 서 있다. 그리운 연서. 눈빛이 촉촉한.
가만히 보다가 발길을 돌리는 단. 젖은 바닥에 비치는 단의 길고
외로운 그림자에서,

S#58   선술집 (밤)

단.. 술잔을 따르는. 쓰게 마시는데,

강우   **(E) 지상에서 볼일이 아직 남았습니까?**

단   (보면)

강우   (옆에 앉는) 김단 씨, 아니, 단 천사님?

단   (!!!)

강우   (비웃는) 놀라지 말라. 내가 너희에게 크고 놀라운 소식을 전하리
        니. (단의 팔을 잡아 확! 소매 걷어 올리면 / 상처 없이 깨끗한) 겁도 없는
        천사가 잘도 까불고 다니리라.

단   (뿌리치고) 뭐야 당신? 천상의 비밀을 인간이 어떻게 알아?

강우   그것부터 따져볼까? 당신 미션이 뭐야? 왜 이연서한테 온 거지?

단   (말 못 하는)

강우   아니야, 됐어. 그냥 다신 나타나지 마. 만약 또 연서 씨 앞에 얼쩡
        거리면, 그땐 연서 씨도 이 괴상하고 징그러운 천상의 존재를 알
        게 될 테니까.

단   협박인가?

강우   경고야. (술잔 털어 넣고) 전에 말했지? 이연서를 행복하게 해주라
        고. 그거 내가 할게.

단	(!!)
강우	이연서 곁에서 평생, 사랑이든 행복이든 내가 해줄 테니까 안심하고… 꺼져. (저벅저벅 나가는)
단	(강우의 뒷모습을 날카롭게 본다 / 생각에 잠기는)

S#59 한강 둔치 (낮)

유미.. 박 실장의 전화를 받고 있다. 진지한 표정.

유미	녹음요? 확실하죠? 잘하셨다!!
박 실장	(F) 오디션에도 꼼수를 부릴 것 같아요. 제가, 증거 잡아놓을게요.
유미	(끄덕) 고마워요, 박 실장님.. 그럼 언제…? (하는데)
(E)	**뚜뚜뚜. 끊어진**
유미	(걱정스러운 표정인데)

S#60 낚시터 (낮)

박 실장.. 억울한 표정으로 보고 있다. 전화기 낚아채 버린 기천.. 보고 있고.

박 실장	단장님이 보냈어요?
기천	(탄식) 아냐… 너 맘 시끄러울 때 나랑 자주 왔었잖어. 그렇게 왜 내 전활 안 받아.
박 실장	(손 내밀며) 주세요.

기천	정말로… 양심선언이라도 할 작정이야?
박 실장	전에 그러셨죠. 오도 가도 못 하는 심정이라고. 전 이 산… 내려오기로 했습니다. 좀 험난하고, 오래 걸려두요. 형님은, 이해하시죠?
기천	(혼란스러운 표정이다가 / 천천히 무릎 꿇는다)
박 실장	(!!) 형님!! 이러지 마세요.
기천	광일아… 한 번만… 딱 한 번만 살려주면 안 되니?
박 실장	(!!)
기천	(진실하고 / 간절하게) 우리 나나.. 오디션 코앞이야. 지강우 감독이랑 같이 하는 무대, 일생일대의 기회구. 너도 알잖아. 우리 딸. 눈처럼 희고 고운 앤 거. 걘 정말 아무 잘못 없어!
박 실장	(흔들리는) 알죠… 나나는 개미 새끼 한 마리도 못 죽이는 앤 거.
기천	쫌만 기다려줘, 응? 이거 다 끝나고. 지젤만 올리고 나면, 너 나설 것도 없이 내가, 내 발로 경찰서 갈게! 벌은 내가 받을 테니까, 제발 광일아. 너두 아빠잖어! 내 심정 알지?
박 실장	(어깨가 축 떨어지고 마는데)

S#61 한강 둔치 (낮)

유미.. 통화목록에서 [박 실장]을 지운다. 그리고 옆을 향해.

유미	미안해요. 어디까지 했죠? 3년 전, 조명팀이었다고 했죠, 문지웅 씨?

유미의 시선이 향하는 곳. 벙거지 모자에 마스크까지 한 남자, 문지웅이다. 마스크를 벗으면, 깡마른 얼굴에 빛나는 안광!

S#62　강우 오피스텔 입구 (낮)

단.. 경비와 실랑이 중인.

단　　진짜예요! 지강우, 저랑 아는 사람이구요. 진짜 급한 일이에요.

경비　몇 혼지도 모른다면서!!

단　　그 안에 중요한 게 있다구요. 경찰에 신고할까 하다가, 정이 있어서 제가…

경비　됐어요. 돌아가세요. 네?

단　　(밀리지만 버티며) 아저씨 10분이면 돼요. 7분! 5분!

경비　자꾸 이러면 경찰은 내가 불러요. (하는데)

강우　선생님, 안녕하세요!

경비와 단.. 보면, 강우.. 반갑게 다가온다. 단.. 헉! 긴장해 보면,

경비　아유, 선생님. 여기 이 사람, 아시는 분이에요? 아까부터 자꾸 우기네.

강우　(단을 보는)

단　　(긴장 / 얼어붙어) 그게…

강우　네, 제 친굽니다. 나한테 전화하지. 먼저 들어가서 깜짝쇼 하려고 했어?

단　　(?!!)

강우　(경비에게) 들어갈게요. 수고하십시오. (하고 돌아서는 / 단에게 어깨동무까지!)

단　　설명… 하겠습니다. (하는데)

후   설명 필요 없어, 짜식아.

단   (헉 해서) 선배?

S#63   **강우 오피스텔 안 (낮)**

어둠에 싸인 실내. 문 열리면 빛이 쏟아져 들어오면서 단과 후..
실루엣 등장!

후.. 불을 켠다. 단.. 조심스레 들어오는데, 후.. 그냥 현관에 서있는.

단   고마워요, 선배.

후   (한숨) 나도 내가 왜 이러는지 모르겠다. 너한테 전염됐나 봐.

단   지강우.. 분명히 비밀이 있습니다. 보통 사람은 아니에요.

         단.. 강우의 집 안을 살펴본다. 조심스럽게. 화이트보드에 연서와
         니나네 인물 구조도.

단   이게… 뭐야.

         단.. 둘러보다가 발레 오르골, 초콜릿 박스 등을 보고, 책상 위 노
         트북에 시선이 간다.
         노트북 열면 잠겨있는. 단.. 후를 돌아보면.

후   (하늘 보며 / 성호) 용서하소서. (하고 끄덕하면)

단.. 노트북 켠다. 들어오는 전원. 바탕화면 바로 열리고. 그대로 있는 설희의 동영상.

후	(놀라서 보는) 그거, 꽹과리 아니야?
단	(소름 / 굳은 얼굴로) 아니에요. 이 사람, 연서 아니야…
후	그럼… 누구야?

단과, 후.. 서로 마주 보는 얼굴에서

S#64   강우 오피스텔 주차장 (낮)

강우 차.. 들어온다. 강우.. 내리고,

S#65   오피스텔 앞 (낮)

강우.. 번호키 누르는데, 이미 열려있다. 뭐지? 하고 열고 들어가는데,

S#66   오피스텔 앞 안 (낮)

강우.. 우뚝 선다. 거실 한가운데에 단이 서있다! 강우를 마치 내려다보는 천사처럼.

강우	이젠 다 무시하고 쳐들어오는 건가?

단	(무섭고 엄격한 표정) 왜 기만했지? 얼굴이 닮아서, 그래서 집착한 거야?
강우	(창백해지는) 닥쳐…
단	당신이, 연서의 갈빗대라고 생각했어. 운명의 짝이라고 믿었지.
강우	(?)
단	연서가 갈빗대와, 사랑을 하게 되면, 그래서 행복을 찾으면 나는 맘 편하게 하늘로 돌아갈 수 있을 줄 알았어.
강우	(이제야 이해되는 단 행동들)

〈F/B〉 4부 S#50 차 안.

단	필요할 때 언제든 말씀하세요. 최선을 다하겠습니다.

7부 S#56 마트.

단	연앨 언제 하고 사랑을 언제 합니까? / 일상에 문제 없고, 마음의 여유 생기면 갈빗대든 뭐든 자연히 붙게 돼있다구요.

강우	말했잖아. 그거 내가 한다고. 됐네, 그럼. 미션 성공이잖아.
단	(차갑게 보는) … 아니. 필요 없어. 탈락이야, 당신. 연서 옆에서 얼쩡거리지 않을 사람, 내가 아니라 당신이란 거 말해주려고 기다렸어. 천사의 명령을 똑똑히 듣고, 순종하도록. (강우를 지나 나가려는데)
강우	그래서, 뭘 어쩔 건데?
단	(보면)
강우	네가 연서 갈빗대라도 할 작정이야?
단	그쪽이 상관할 바 아니야. 먼지가 되든 소멸이 되든 내가 감당해.

강우	그냥 소멸이면 다행인 거야. 어떤 벌을 받게 될지, 넌 상상도 못
	해. 끔찍한 일이, 벌어진다고!
단	(답 없이 물끄러미 강우를 바라보는 데서!)

S#67 아이비 저택 마당 (밤)

연서.. 꽃점을 치고 있다. 이미 발께에 수북이 쌓인 꽃잎들.

연서	온다, 안 온다. 온다… (마지막 꽃잎) 안 온다. (툭 버리고) 아냐, 뭐가
	잘못됐어. 이거 아냐. (다른 가지 꺼내 드는) 온다, 안 온다. 온다, 안
	온다. (로 끝나 / 또 다른 가지) 이번엔 안 온다부터 한다! 안 온다, 온
	다, 안 온다, 온다…… 안 온다 (속 터져!! 하는데)

| (E) | **대문이 열리는 소리** |
| 연서 | (설마! 하고 대문을 보는) 누구세요? |

대문을 열고 들어오는 발… 단이다! 단이 한 발, 두 발, 들어온다.
연서.. 믿을 수 없이 기쁘고 반가워 벌떡 일어나는!
마당 한가운데에서 만나는 두 사람.

연서	왔어?
단	(끄덕) 늦어서, 미안.
연서	(고개 젓고) 다… 된 거야? 이제 안 가는 거지?
단	(그렇 해서 보는 얼굴)

연서	또 관둔다고 까불거나, 나한테 말도 안 하고 사라지거나… 그럼 죽어. 알았어?
단	(울컥 / 끄덕끄덕)
연서	(역시 울컥 / 미소로) 나 모르게 아파도 안 돼. 나 없을 때 죽어버려도 안 돼. 알았어?
단	(또 끄덕)
연서	왜 말을 안 해. 약속해.
단	(가만히 보다가 연서 두 볼 감싸더니 / 소중하게 입 맞춘다)
연서	(놀라 보면)
단	(연서를 바라보는 깊고 따뜻한 눈빛 위로)

후	**(E) 천사의 사전에는 순종만이 있다. 다른 마음을 품으면 파멸뿐이야.**
강우	**(E) 어떤 벌을 받게 될지, 넌 상상도 못 해. 끔찍한 일이, 벌어진다고!**

단	사랑해.
연서	(!!)
단	사랑해 이연서.

단.. 다시 연서에게 키스한다. 연서.. 단을 꼭 껴안고 입 맞추는.
아름답게 입 맞추는 두 사람의 모습에서 ENDING!

…진짜 그럼, 어떨 거 같은데?
내가, 지금의 내가 아니게 되면?

너로 돌아오길 기도하겠지.

10
부

S#1   **아이비 저택 앞** (밤)

9부 S#67 이전 상황. 어두운 골목. 단이 들어오면 가로등 하나, 둘씩 켜진다.

단.. 서두르지 않고 천천히 걸어온다. 연서에게 왔다. 벅찬 느낌으로 저택을 보는.

단.. 망설이지 않고 대문으로 향한다. 인식기에 지문을 올린다. 살짝 긴장하지만 문 열리고.

단.. 들어가는.

S#2   **아이비 저택 마당** (밤)

9부 S#67. 같은 상황 단의 시선. 한 발, 두 발 마당으로 들어오는 단의 시선에 보이는 연서.

수북이 쌓인 꽃잎들. 벤치에 앉은 연서.. 자신을 보고 일어나는! 단의 시점. 연서가 온다. 점점 가까워진다. 마당 한가운데에서 만나는 두 사람.

연서   왔어?

단   (끄덕) 늦어서, 미안.

연서   (고개 젓고) 다… 된 거야? 이제 안 가는 거지?

단   (그렁 해서 보는 얼굴)

연서   또 관둔다고 까불거나, 나한테 말도 안 하고 사라지거나… 그럼
         죽어. 알았어?

단   (울컥 / 끄덕끄덕)

연서   (역시 울컥 / 미소로) 나 모르게 아파도 안 돼. 나 없을 때 죽어버려
         도 안 돼. 알았어?

단   (또 끄덕)

연서   왜 말을 안 해. 약속해.

단   (가만히 보다가 연서 두 볼 감싸더니 / 소중하게 입 맞춘다)

연서   (놀라 보면)

단   (연서를 바라보는 깊고 따뜻한 눈빛) 사랑해.

연서   (!!)

단   사랑해 이연서.

단.. 다시 연서에게 키스한다. 연서.. 단을 꼭 껴안고 입 맞추는.
아름답게 입 맞추는 두 사람의 모습 (F.O.)

S#3　　**연서의 방 (낮)**

드레스룸.. 온갖 옷들이 다 나와있다. 연서.. 이 옷, 저 옷 입어보면서 고민에 빠져있는 컷컷.

연서　　(화려한 옷) 아침부터 너무 과한가? (단정한 옷) 칙칙해 (컬러풀한 옷) 더워, 더워 보여 (세련된 옷 입고 갸우뚱) 심심해 (에잇) 입을 게 하나두 없어! (하다) 근데 얘 왜 이렇게 조용해?

연서.. 침대 옆으로 와 협탁에서 호출벨을 꺼내 든다. 누르려다 멈칫한다.
입술 한 번 쓸어보는. 쑥스럽고 두근대는 마음.
호출 버튼을 꾹 누르는 연서. 귀 쫑긋 세운다! 정적. 째깍째깍 초침 소리 초조한.

연서　　(입술 바짝) 뭐야… 왜 안 와?

연서.. 방문으로 가서 문을 여는데 (연결)

S#4　　**연서의 방 앞 (낮)**

문 확 여는 연서.. 얼음 된다. 단.. 문 앞에 서있다. 막 노크를 하려던 참. 둘 다 얼음!

단　　잘 잤어?

연서	…… 늦어. 벨 울리고 적어도 1분 이내에 나타나라고 했잖아.
단	(오른쪽에 가 선다 / 팔꿈치 내미는) 오른쪽에 서서 왼쪽 팔을 준다. 맞지?
연서	(피식) 어쭈?
단	(오른쪽 팔로 경례 붙이며) 최선을 다해, 처음처럼 모시겠습니다.
연서	까분다?
단	싫음 말구!

단.. 팔 거두고 씩 웃으며 앞서가면 연서.. 질 수 없다! 후다닥 뛰어가더니 앞에 딱! 막고 선다.

단.. 살짝 놀라서 보면, 연서.. 빙긋 장난기 어린 표정으로,

연서	누가 싫대? (성큼 다가가는)
단	(헉!)
연서	(한 발 더!) 어젯밤에…
단	(두근)
연서	(얼굴 바로 앞까지 부러 들이대며) 기억… 나지? (더 다가오는)
단	(자기도 모르게 눈을 감는데)
연서	(단의 얼굴 귀엽게 보다가 코 톡! 때리고)
단	아! (하고 눈 뜨면)
연서	김칫국 되게 잘 마시네? (메롱 하고 도망간다)
단	(어이없어 웃음 나는) 야 이연서!

단.. 연서를 쫓아간다. 연서와 단.. 간질간질 즐거운 미소로,

S#5   **아이비 저택 거실 (낮)**

유미.. 들어오면서 핸드폰으로 문자 보내는 중이다. 〈INSERT〉
내일 약속 기억하죠? 장소/시간 정해서 연락할게요. (수신인: 문지
웅) 유미.. 계단으로 향하는데,

단   **(E) 잡히기만 해!**

유미   (? 해서 보면)

웃음 섞인 실랑이 소리 먼저 들려오고, 도망치는 연서와 쫓아오
는 단.. 계단을 내려온다.
두 사람.. 유미가 있는 걸 전혀 모르고.

단   (미끄러지듯 오더니 / 연서 팔 낚아채는!) 잡았다! (하고 휘청)

연서   (단의 기세에 벽에 기대어 서게 되는) 잡았으면, 뭐…? 뭐 어쩔 건데?

단, 연서   (마주 보는 / 둘 다 상기돼 묘한 긴장 흐르는데)

유미   단이 씨!!

연서, 단.. 헉! 하고 놀라 우당탕탕.
자기들끼리 휘청하고 난리.
단.. 난간 쪽 잡고 서고, 연서.. 벽 쪽에 서서 헛기침하는.
유미.. 뚫어지게 두 사람 보고.

단   (어색하고 / 반갑게) 집사님! 안녕하셨어요! (계단 종종 내려간다)

유미   어떻게 된 거야? 단이 씨.. 완전히 온 거야?

단	저 땜에 속 많이 썩으셨죠? 죄송해요.
연서	(뒤에서 걸어 내려와) 그동안 애쓰셨어요. 오늘부터 출퇴근하세요.
유미	어쩐지, 어제 잠결에 대문 열리는 소리가 들리는 거 같아서, 업체 불렀거든요. CCTV 돌려보려구.
단, 연서	(동시에) 안 돼요!! (하고 머쓱)
유미	(다 알겠다는 듯) 단이 씨였구나.
단	(깨갱) 네..
유미	(연서에게 툭) 아가씨, 그 친구요. 시간 달라던 그놈, 왔대요?
단	(엥?)
연서	(헉) 그… 그런 거 같아요. 그랬을… 걸요?
유미	남자 너무 믿지 말라고 전해주세요. 이랬다, 저랬다 하는 놈, 마지막엔 무조건 나쁜 놈이거든요.
단, 연서	(헉)

S#6   판타지아 앞 (낮)

단과 연서.. 걸어온다. 단.. 연습 가방 들고 있는. 가방끈에 매여있는 손수건 보고, 찡한.

연서	(단 시선 보고) 열심히 기다렸어. 밥도 잘 먹고, 연습도 잘하고.
단	(미소로) 착하다, 이연서.
연서	넌 어디서 뭐 했어?
단	(!)
연서	말 안 해줄 거야?

단	…… (가방 건네며) 들어가.
연서	(받으며 / 또 작게 한숨) 이랬다, 저랬다 하다 나쁜 놈 된다더니…
단	(울컥) 아냐! 이젠 네 옆에 있을 거야. 문 열고 들어오면서부터, 결심했어.
연서	(감동했지만) 옆에만 있음 뭐 해? 맘이 딴 데 가있는지도 모르는데. 사랑이 많은 건 죄가 아니어도, 비밀이 많은 건 죄랬어.
단	누가?
연서	이연서라고, 되게 훌륭한 사람이. (팽! 들어가는)
단	(어이없어 웃음 나는 / 뒷모습에 대고) 잘 하구 와! 훌륭한 사람!!
연서	(안 돌아보고 손만 흔들어주는 / 씩 미소 짓고)

단.. 웃으며 뒤돌아서는데, 표정 굳어진다. 강우가 서있다. 강렬한 눈빛으로 서로를 보는 데서,

S#7   강우의 오피스텔 (밤) - 회상
9부 S#66. 이후.

강우	네가 연서 갈빗대라도 할 작정이야?
단	그쪽이 상관할 바 아니야. 먼지가 되든 소멸이 되든 내가 감당해.
강우	그냥 소멸이면 다행인 거야. 어떤 벌을 받게 될지, 넌 상상도 못해. 끔찍한 일이, 벌어진다고!
단	(답 없이 물끄러미 강우를 바라보다가) 그걸… 어떻게 알아?
강우	(!) … 있었어. 딱 너처럼 자기만 특별한 줄 알았던 하룻강아지 천

사가.

단   (!)

강우   (고개 저으며) 갈빗대? 사랑? (조소) 포기해. 해피엔딩은 없어. 둘 중
           하나는 지옥 같은 삶을 살게 될 뿐이라고.

단   (꿰뚫어보듯 보는)

강우   그러니까, 네 욕심 채우자고 잔잔한 물에 돌 던지지 말고, 조용히
           사람인 척하다 사라져.

단   (되뇌는) 욕심… 그럴 수도 있겠지. 근데, 난 비겁하기 싫어.

강우   (!!)

단   나는, 연서가 내가 누군지 알았으면 좋겠어. 내가 사람이든 아니
           든, 죽었든 살았든. 지금의 나와 과거의 나를 모두 알고 사랑해줬
           으면 좋겠어. 당신은 그렇지 않아? 이해받고 싶지… 않아?

강우   (쿵! 심장 떨어지는 / 하지만 표정 관리하고) 아니? 필요 없어. 고백하는
           순간, 모든 게 끝나버릴 거거든. 그래, 넌 네 맘대로 해. 다만, 오디
           션까진 입 다물어. 그때까진 (하는데)

단   (O.L) 그럴 작정이었어. 당신만 연서 생각하는 거 아니야. 그러니까
           충고 같은 건, 넣어둬도 돼. (나가려다 멈춰서서 / 돌아보지 않고) 근데,
           그 하룻강아지 천사 말이야… 난 왜 그게 꼭… (당신 같지? 하려다)

강우   (!!)

단   (그럴 리 없는 / 고개 젓고) 아니다. (강우 보며) 그저 어리석고 나약한
           인간일 뿐이지. (하고 나가버리는)

강우   (어둠 속에 혼자 남겨지고)

S#8 **판타지아 계단 (낮)**

단.. 품속에서 사진을 꺼내 든다. 어린 시절 연서와 함께 찍었던 사진이다. 이 사진을 주며 고백을 할 생각. 소중히 다시 품에 넣는 표정, 단단하고.

S#9 **판타지아 연습실 (낮)**

강우.. 연서를 보는 눈빛. 복잡하고 심란하다.

단원들.. 스트레칭 중. 연서.. 항상 하던 구석 자리. 강우 눈빛 알아채고 불편한.

니나.. 그런 강우와 연서를 보는.

S#10 **기사 식당 (낮)**

박 실장.. 재킷을 의자에 걸어두고 식사하는 중. 밥 한 술 먹고 한숨 한 번, 한 술 먹고 한숨 한 번인데, 박 실장 뒷자리에 준수(모자).. 들어와 앉는다. 앉은 채로 손을 뻗어 능숙하게 박 실장 재킷 속 핸드폰을 꺼내 가져가는.

박 실장 이모! 여기 쏘주 하나만 주세요!

준수.. 굉장히 여유롭게 박 실장 핸드폰에 도청 앱을 깐다. (피싱문자 발송- 링크 다운- 앱설치)

물 흐르듯 끝낸 뒤, 젓가락 툭 쳐서 떨어뜨리고 줍는 척하면서 다

시 주머니에 핸드폰 넣는데, (E) 진동 울리는! 박 실장.. 핸드폰 찾
는 손과 스치며 일어나는 준수!

박 실장.. 눈치 못 채고 핸드폰 꺼내 들면, [정유미 집사님]. 가만
히 보는 위로 들리는 기천의 음성.

기천   **(E) 쫌만 기다려줘, 응? / 제발 광일아. 너두 아빠잖어! 내 심정 알지?**

박 실장.. 괴롭다. 울리는 벨 그대로 두는데 / 그사이… 준수는 나
가버리고.

S#11   아이비 저택 마당 (낮)
유미.. 전화하고 있는.

유미   실장님, 저 집요한 걸로 둘째가면 서러운 사람이에요. (침착하게 다
시 통화 누르는) 부재중 통화 80통 폭탄, 들어갈까요?

박 실장   (F / 기운 없이) 집사님…

유미   어디 아파요? 목소리가 왜 그래? 설마… 맘 변한 거… 아니죠?

박 실장   (F) 아니, 그게 아니구…

S#12   골목 + 준수의 차 안 (낮)
자동차 안에 앉아있는 준수.. 두 사람의 통화 듣고 있다.

유미	(F) 내일 3시. 안 나오면 내 발로 판타지아 쳐들어가요? 아셨죠?
박 실장	(F) 무섭게 그러지 마요. 안 까먹었으니까.
준수	(눈 반짝하고)

S#13   편의점 안 (낮)

단.. 샌드위치나 음료 등 간식 종류 신중히 고르는 중 (성분표 보면서)

| 단 | (샌드위치 보며) 건포도 들었네! 안 돼, 연서가 싫어해. (음료 보고) 카페인 안 돼. 연서가 싫어해… (후) 얜 대체 뭘 먹고 사는 거야. |

단.. 들었다 놨다 하는 뒤로 엘레나.. 들어온다. 알바에게 '박스 있어요?' 같은 인사 하면서.
단.. 지나다 초콜릿 칸 앞에 선. 눈이 반짝한다. 살까, 말까 망설이는데,

엘레나	살까, 말까 하는 건 안 사는 게 나아요.
단	(! 해서 보면)
엘레나	(제품들 만지작대며 중얼중얼) 달고, 강렬하고, 자극적이고… 이런 것들 좋다고 주워 먹다가, 당뇨니 고혈압이니 골병들어 죽어. 쾌락은 짧고, 고통은 긴 법인데, 알면서도 부나방처럼. 쯧쯧 어리석은 인간들.
단	(설마? 싶어서 얼굴을 들여다보는데)
엘레나	갈까 말까 할 땐 가지 말고, 말할까 말까 할 땐 하지 말고.

단	선배? 선배예요?
엘레나	(?) 뭐요?
단	(엘레나 얼굴 잡고 / 요리조리 뜯어보는) 선배 맞죠? 실컷 예를 갖춰 인사까지 드렸는데, 여기까지 따라오다니… 이렇게 구질구질하게 굴 거예요?
엘레나	(들고 있던 종이 박스로 탕! 때리며) 이거 미친놈 아녀!! 선배? 그래 인생 선배다! 이놈아! 뭐? 구질구질해? (한 대 더 때리려고 확!)
단	(악! / 가리면서도) 진짜 아니에요? (맞으면서도) 정말 인간이시면, 혜안이 있으시… 악!! 아파요!!

S#14 편의점 앞 (낮)

쫓겨나듯 나오는 단.. 의심스러워 돌아보면서,

단	하는 소리가 딱 그렇잖아… 진짜 선배 아냐? (찌릿! 보는데)

S#15 명부전 앞 (낮)

후.. 서있다. 신부복 차림. 신도들 오가며 후를 흘깃거리는. 후.. 정중히 합장으로 인사한다.
명부전을 바라보며 생각에 잠기는 후.

〈F/B〉	8부 S#13
강우	그건 그쪽이 섬기는 알량한 신에게 물어보시죠. 그리고, 이연서든 김단이

든, 내 계획을 또 망칠 거면 꿈 깨시라고도 전해주구요.

후   계획을 또, 망친다…

⟨F/B⟩   6부 S#21

강우   사는 게 지옥인데, 다시 태어나길 바라는 것도 우습고. 저세상에서 평안
        을 바라는 건, 구차하지 않습니까.

        후.. 명부전 안으로 들어간다.

S#16   **명부전 안 (낮)**

        후.. 납골함들을 둘러본다. 천천히 그러나 주의 깊게. 그러다 설희
        의 납골함에 시선이 멈추고.
        후.. 반지와 손수건 보며, 설마! 싶은 얼굴이다. 천천히 다가가, 손
        수건을 들어 올린다.
        깃털 자수 부분 까맣게 타버린! 후.. 충격받은 얼굴!

S#17   **성당 안 (밤)**

        빈 성당. 후.. 십자가 앞에 앉아있다. 복잡한 심경으로 바라보고
        있는데,
        뚜벅뚜벅 걸어와 후 옆에 서는 강우. 후.. 놀라지도 않고 보면,

강우	(후루룩 뱉는) 김단이, 미션을 팽개치고, 사고 치려는 거, 알고 있습니까?
후	(가만히 보기만)
강우	후배지, 부한지. 철모르고 까불다가 먼지가 되든 말든, 난 상관없는데, 그쪽은 알고 있어야 할 것 같아서 왔습니다. 알아서 처리하세요.
후	앉아.
강우	(?)
후	(옆에 둔 위스키 술병 올린다) 한잔하자. 사람들은 가끔, 기도 대신 술잔을 들더라고.
강우	(!) 난 더 할 얘기 없습니다.
후	들은 적 있어. 어쩌다 버림받은 천사가 인간이 된단 얘기.
강우	(!!)

S#18   성당 앞 (밤)

스트레이트 잔에 가득 따르는 손. 후다. 한 잔 가득 따라 강우에게 밀며.
서로 잔 주거니 받거니 조금 취한 상태.

후	그들이 이리저리 구르며 취한 자같이 비틀거리니
강우	(마시고) 그들의 모든 지각이 혼돈 속에 빠지는도다.
후	안 까먹었네.
강우	(피식) 지겨워 죽겠는데, 머릿속에서 사라지지가 않아.

후   (다 안다는 듯) 애썼다. 그동안, 텅 빈 세상에서 살지도 죽지도 못해
          발버둥 치느라.

강우   (울컥 / 하지만) 자비로우신 천사님이 다 이해한다, 그럼 내가 무릎
          이라도 꿇고 회개할 줄 알았습니까? 꿈 깨고, 그쪽 후배 관리나
          제대로 하십시오.

후   … 왜 그렇게 단이한테 날을 세우지? 목표는 이뤘잖아. 죽은 여
          자랑 얼굴이 같은 꽹과리.. 아니 이연서를 대신 무대에 세우는 거.
          그거 됐잖아. (살피는)

강우   (반지를 뺀 빈손을 보는) 처음엔 그랬습니다. 딱 맞는 열쇠처럼… 그
          자리에 꽂아두면 끝이라고 생각했어요. 근데…

〈F/B〉   1. 7부 S#48

연서   (악수 손 내밀면서) 끝도 없는 터널이라도, 같이 걸음 좀 나을 거예요.

          2. 8부 S#54. 매드 씬. 강우의 시선.

          연서.. 달려가는 기세 그대로 강우에게 안기는!

          강우의 얼굴을 감싸 쥔 연서의 얼굴!

          감정에 취해 또르르 눈물까지 흐른다.

          아주 가까운 두 사람의 얼굴… 연서.. 다가오면 강우.. 피하는데!

후   살고 싶어졌구나.

강우   (!!)

후   사는 게 지옥 같다더니…

강우   그 지옥에서… 벗어나고 싶어졌어. (자신의 맘 확실해진 / 술잔 비우고)

S#19   **단의 방 (밤)**

단.. 마치 연서에게 고백하는 듯. 성우의 철제 상자 꺼내놓고, 그림과 사진 들고.

단   연서야, 지금부터 내가 하는 얘기 잘 들어. 너 수호천사라고 알아? (고개 젓는) 아니야…

단   놀라지 말라… 내가 크고 놀라운… (짜증스러운) 아 이거 지강우가 했어.

단   그러니까… 내가 성우였어. 성우였는데, 죽어서 천사가 됐어. 근데 하필 지금 생각이… (고개 젓고) 뭐래. 내가 들어도 말도 안 된다.

단.. 혼자서 연습 중인 것. 어떡하지, 고민스러운데. (E) 전화 울린다. 액정에 [연서님♡].

단   (헐) 여보세요.

연서   (F) 화원으로 와. 지금 당장.

S#20   **아이비 저택 실내 정원 (밤)**

단.. 들어오면, 연서.. 테이블에 차 올려놓고 기다리는 중.

연서   앉아. 카모마일이야.

단   연서님? 네가 이랬지? (앉으며) 남의 핸드폰 막 함부로 만지면 어떡해.

연서	그게 왜 남의 거야? 내 돈으로 지급한 내 핸드폰인데.
단	(헐)
연서	연서님이 왜. 꽹과리보다 백밴 낫구만… 연서님, 해봐.
단	(한숨) 연서님, 뭘 원하십니까? 잠이 잘 안 오십니까?
연서	(찻잔 만지작거리면서 / 망설이다가) 둘 중에, 뭐야? 유부남, 아님 불치병?
단	(??)
연서	생각해봤거든. 네가 나한테 숨기는 게 뭘까. 정리해야 되는 게 뭘까. 좋아하면 안 되는데, 좋아하게 돼버려서 가슴 아픈 이유, 뭘까. 유부남 아님 불치병밖에 없잖아.
단	(물끄러미 보다 웃음 터지는) 뭐야!! 아니야. 너 말고 딴 사람 없어. 네가 처음이고 마지막이야. 그리구 나… 몸 진짜 튼튼해. 아픈 데 없어.
연서	그럼… (망설이다가) 여기 떠나있는 동안 뭐 했는데? 어디 갔는데?
단	오디션 끝나고 다 말해줄게. 중요한 일 앞두고 쓸데없이 신경 쓰게 하고 싶지 않아.
연서	(의자 당겨서 단 앞으로 / 무릎 맞댈 정도로 가 앉는다) 잘 들어, 김단.
단	(!)
연서	(단 눈 보면서 진지하게) 네 일이라면, 머리카락 한 올이라도 나한테 쓸데없지 않아. 누구보다, 다른 뭣보다 중요해, 알겠어?
단	(뭉클해지는 / 끄덕하고)
연서	말해봐. 다 괜찮아. 뭐든.
단	뭐든?
연서	(끄덕)

단	(연서의 맑은 눈 보는 / 말하고 싶은) 사실은… 아버지 만나고 왔어. (혼 잣말처럼) 와… 이 말 첨 해본다.
연서	너 쫓아냈던 그 아버지? 잘못했던 거, 용서 빌고 온 거야?
단	그냥 뭐… 흔하고 단순한 얘기야. 10년도 넘게 잊고 지내다가, 겨우 죽기 직전에 만나서… 궁금한 거 물어보고. 이별한? 그런 얘기.
연서	(!! / 최대한 침착하게) 궁금한 게… 뭐였는데?
단	… 그냥 뭐… 왜 그렇게… 모질게 굴었나. 그래도 아들인데, 사랑 좀 해주지. 그런 거. (아무렇지도 않은 듯 찡긋하면)
연서	(놀라고 찡한) 사과… 받았어?
단	(피식 웃기까지) 다행히. 내 얘긴 여기까지. 재미없지?
연서	이리 와. (팔 벌리면)
단	아냐, 나 괜찮아. 다 털고 왔어.
연서	(와락 안아주며) 너두, 나도… 이제 세상에 달랑 혼자 남았네.
단	(코 찡해지는)
연서	(꽉 안아주며) 고생했다, 우리 단이. (토닥토닥해주는)
단	나 진짜 아무렇지도 않은데… 괜찮은데…

단.. 연서의 따뜻한 위로에 눈물이 난다.

소리 없이 연서 품에 얼굴을 묻는 단.

식어가는 찻잔.

단을 따뜻하게 안아 위로하는 연서의 모습 길게.

(F.O.)

S#21 **판타지아 연습실 앞 (낮)**

수지, 은영, 산하.. 어울려 출근하는 길.

산하   (수지에게) 연습복 뭐야? 새 거?

수지   어때? 이쁘지?

은영   헐, 뭐야 레슨 더 늘렸어? 시간이 돼?

수지   (은근히) 근데 언니랑 너… 혹시 부단장님 안 만났어? (하다가) 엄
마야…

수지.. 복도에 서있던 강우 보고 놀란 것. 강우.. 미간 찌푸리고 보
고 있다.

강우   부단장이, 따로 연락을 했습니까?

수지   (고개 저으며) 몰라요. 저도 들은 얘기예요…

S#22 **루나의 사무실 (낮)**

문 벌컥 열리고 강우.. 들어온다. 경애.. 놀라서 어정쩡하게 일어나
고. 루나.. 앉은 채로 보면,

강우   잠깐 보시죠.

루나   (피식하고 나가는)

S#23   강우의 사무실 (낮)

강우와 루나.. 마주 보고 앉은. 루나.. 불쾌하지만 최대한 참는 듯.

루나   제 사무실에서 말씀하시지, 굳이 여기까지

강우   (O.L) 매수했습니까? 단원들 일일이 찾아다니면서?

루나   (차갑게 조소) 누가 그러든가요?

강우   오디션 캔슬 하고 공론화하겠습니다. 단장과 부단장이 단원들 투
        표권 매수해서 딸과 동생을 주역 시키려고 했다고, 후원회, 언론
        모두에게 밝히죠.

루나   (무서울 만큼 침착하게) 그러시죠. 다만.

강우   (?)

루나   증거도, 증인도 없는 상태로 판타지아 엉망이라고 광고하는 거.
        책임질 각오는 하시구요.

강우   결과와 상관없이 매수를 시도한 것만큼은 부인하지 못할 텐데요.

루나   부단장이, 단원들 따로 만나 요즘 어려운 점은 없는지, 특별히 원
        하는 바는 없는지 물어보는 게 매수라면, 제가 책임지고 판타지
        아를 떠나죠.

강우   한 사람만 덮어쓰면 되는 문젭니까? 오디션이 공정하지 않다면,
        공연도 제대로 준비할 수가 없다는 거 몰라요? 대체, 최영자 단
        장, 금루나 부단장이 이 발레단에서 원하는 게 뭡니까. 정말 돈뿐
        입니까?

루나   감독님. 요즘 자꾸 저와 단장님이 천하에 나쁜 사람인 것처럼 매
        도하시는데. 제가 정중히, 경고 드립니다. 자중하세요. 제 인내심
        다 바닥나기 전에.

강우	(!)
루나	오디션은 계획대로 진행됩니다. 내일모레까지 매수든 뒷돈이든 증거되는 거 가져오세요. 제 눈으로 확인하고 직접 캔슬 해드리죠. (일어서서 나간다)
강우	(심상치 않은 여자다 / 불길한 느낌으로 보고!)

S#24　골목 (낮)

유미.. 빠른 걸음으로 걸어 들어온다. 주위를 살피는. 허름한 상가로 쏙 들어가는 유미.

S#25　상가 계단 (낮)

낮인데도 어두컴컴하고 축축한 느낌의 계단을 오르는 유미.. 위층에서 누군가의 운동화 발이 위험하게 서서 보는 듯한. 유미.. 올라가면, 소스라치게 놀란다. 박 실장이다. 서로 더 놀라는.

박 실장	누구, 쫓아오는 사람 없었죠?
유미	(끄덕) 박 실장님은? 의심 안 받게 자연스럽게 행동하고 있죠?
박 실장	그럼요. 아무도 몰라요.

INSERT 건물 옥상-난간에 기대선 준수의 이어폰으로 들리는 박 실장과 유미의 말.

박 실장	(F) 아무도… 아주 감쪽같다니까요.

유미	(F) 잘했어요. 들어갑시다.

계단 끝 사무실 문 앞에서 두 사람.

박 실장	대체 누굴 만나길래 007 작전이에요?
유미	들어가 보면 알아요. (문을 확 열면)

S#26   폐업 사무실 안 (낮)

(연결) 유미가 문을 열면, 뒤에서 박 실장이 빼꼼해서 보고, 안에는
문지웅이 뒤돌아서 있다가 돌아선다. 박 실장.. 놀라 까무러칠 뻔

(폐사무실 / 폐집기 몇 개 나동그라졌고, 텅 빈)

박 실장	이게… 누구야? 지웅 씨?
지웅	(환하게) 실장님!! (다가와 포옹한다)
박 실장	(곤란한 표정이다가 / 포옹 풀고) 어디서 어떻게 지냈어? 연락도 없이!
지웅	집사님께 듣고 역시 박 실장님이다, 했습니다. 판타지아에 마지막으로 남은 양심이 있다면, 이분밖에 없다고, 생각했거든요.
박 실장	(침 꿀꺽) 그게 무슨 말이야, 지웅 씨. (하고 유미를 보면)
유미	자, 회포는 나중에 풀고! 본론부터 하죠. 지웅 씨가, 증언해주기로 했어요.
박 실장	뭘… 요?
유미	(심각한) 3년 전, 아가씨 눈멀게 한 사고요. 그거, 사고가 아니라 사건이에요. 누군가 사주해서 철저히 계획적으로 저지른.

박 실장   (소름!) 누가?

유미.. 지웅에게 눈짓하면, 지웅.. 구형 핸드폰 꺼내 녹음된 내용을
플레이 시킨다.

준수   (E) **준비는 됐겠죠?**

지웅   (E) **하란 대로 하긴 하는데… 그러다 정말 죽을 수도 있다구요.**

준수   (E) **그러라고 하는 겁니다. 실패하면, 그동안 지원해드린 돈, 당장 토
해내야 되는 거, 아시죠?**

지웅   (E) **제발…**

준수   (E) **잊지 마세요.**

INSERT   1부 S#1. 백조의 호수 연서 사고 장면.

1. 무대 뒤-조명 오르기 전, 조명기 연결 나사(ㄷ자 연결 나사)를 풀어놓는
지웅! 괴로움에 충혈된 눈.

2. 무대-연서의 독무 중, 음악 점점 고조되는!

준수   (E) **2막 엔딩. 이연서 독무가 끝나는 타이밍입니다.**

3. 무대 뒤 일각-지웅의 손. 음악 타이밍에 맞춰 피아노 줄을 탕! 끊어버
린다 (-그 줄이 이어진 곳은 연서 위 조명) 바에서 떨어지는 조명! 불꽃이 파바
박! 튀는 데서.

박 실장   (헉 / 상상한 / 부르르 떠는데)

유미   누군지, 아시겠어요? 발레단 사람이 분명하잖아요.

박 실장   (고개 젓는) 모르겠어요. 근데 이게 다 무슨 소리예요? (지웅 보며)
정말 자네가 그랬어?

지웅	(후회로 찬) 그러면 안 되는 거였는데, 길거리에 나앉더라도 그럼 안 됐는데!
유미	함정이었던 거 같아요. 평생 고스톱도 안 치셨다며. 근데 아부지가 며칠 만에 도박 빚이 몇 억이 된 것부터… 누군지도 모를 사람이 천만 원, 오백만 원… 턱턱 안겨준 거까지. 다 계획한 거예요.
박 실장	대체, 누가?
유미	그건 이제 알아봐야죠. 내일 오디션 끝나고, 아가씨랑 같이 경찰서 갈 거예요. 그때까지 실장님, 지난번 말씀하셨던 녹음이랑 자료, 가져오셔야 해요.
박 실장	(헉) 아니 그게… 공연 끝날 때까지만 기다려주면 안될까?
유미	(찌릿) 왜요? 오디션 땜에 하루 기다리는 것도 나는 미치겠는데! 우리 아가씨랑, 조 비서님 해코지한 사람 찾아내서 제대로 벌 받게 할 거예요. 아시겠어요?
지웅	(창밖을 보며 눈 부셔하는) 실장님, 제가 시간이 없어요. 한 달 뒤에 살아있을지 모르거든요. 그 전에 진실을 밝히고, 저도 제 첫값을 제대로 받아야죠. 그래야 이 햇살도, 제 자식도 떳떳이 바라볼 수 있을 것 같아요.

그런 지웅의 얼굴을 찰칵! 찍는 누군가. (건너 건물 옥상 위의 준수다)

S#27   판타지아 일각 (낮)

루나.. 핸드폰으로 전송된 지웅의 얼굴을 보고 있다. 음성 파일 메시지 도착한다.

이어폰 연결해 듣는데,

유미   (F) 내일 오디션 끝나고, 아가씨랑 같이 경찰서 갈 거예요.

루나   (눈썹 찡긋) 가만히 좀… 있으라니까. (지웅 사진을 보며) 당신이 양심
이 있었다면, 첨부터 이런 짓 안 했겠지. 다 죽어가는 마당에 지옥
은 무서워? (서늘한 표정에서)

S#28   아이비 저택 연습실 (밤)

연서.. 아련한 얼굴로 손을 뻗는다. (1막 매드 씬 중*) 알브레히트 자
리에 서있던 단.. 자기도 모르게 찡해져서 손을 잡으면,

연서   가만있으라니까!!

단   어떻게 그래, 이러고 죽는 거라며. 마지막인데!

유미   (E) 염치가 있어야지, 지젤을 속여놓고!

단   (흠칫)

연서의 연습을 보고 있는 유미다. 한껏 분노해있는.

유미   남자가 속이는 바람에 죽기까지 하는데, 감히 어떻게 손을 잡아?

단   그럴 줄 몰랐잖아요. 미안하니까, 속죄하는 마음으로…

유미   그게 무슨 소용이야… (연서에게) 그냥 지 감독 해석대로 다 죽이

• 무용 길지 않게 가도 됩니다. 아주 짧게 손 뻗고 / 잡고 / 스탑! 이 정도 충분합니다.

면 안 돼요? 그게 강렬하잖아요. 아가씨, 내일 진짜 이겨야 된단 말이에요. 그리구 잊지 마요. 내일 5시에

연서   몇 번을 말해요. 경찰서 앞 카페에서 파티. 축하든 위로든, 해요. 그래.

유미   내일 지나면… 당분간 정신없이 바쁠 거예요. 각오해두고.

연서   알았어요. (단에게) 한 번 더 해보자.

단   (지쳐) 벌써 3시간째잖아.

연서   나도 걸려서 그래. 사랑하지만, 그 사람이 날 속인 걸 알고 어떻게 해야 될지.

단   (찔리는)

S#29   단의 방 (밤)

보고서 앞에 두고 고민 중인 단.. (E) 노크 소리.

연서   **(E) 자?**

단   (화들짝 놀라 / 얼른 치우고) 아니, 왜?

연서   (문 열고 빼꼼) 연습, 쫌만 더 할래?

단   (헐)

S#30   아이비 저택 앞 (밤)

단.. 연서 손 잡고 나오는.

연서	연습해야 된다구!
단	더 할 필요 없어. 그냥 다 비우고 바람 쐬러 가자. 뭐 보고 싶어? 강, 바다, 나무, 들판. 다 얘기해. 내가 데려다줄게.
연서	…… 별. 별 보고 싶어. 너랑.

S#31 성곽길 (밤)

연서와 단.. 걷고 있다. 맑은 밤하늘 별이 빛나고. 연서.. 한결 편안
하게 공기 마시는.

나란히 걷는 두 사람.. 손이 닿을락 말락 스치고. 연서가 잡을까?
하다 거두고, 단이 어떨까 하고 바라보고. 간질간질 초여름 밤. 그
러다 단이 용기 내어 연서 손을 잡는 (깍지도 좋은)

연서.. 놀라 보면, 단.. 딴청 피우는. 연서.. 피식 웃고. 단.. 수줍게
씩 웃고.

단	사정이… 있지 않았을까?
연서	(?) 뭐가?
단	그 남자도 지젤을 진짜 사랑한 거잖아. 처음 약혼, 원하지 않았던 거 아닐까? 그래서, 시골로 도망 온 거고.
연서	(눈 반짝) 더 해봐.
단	낯선 곳에 떨어져서 한 여잘 만났는데, 사랑하게 돼버린 거야. (연서의 얼굴 위로) 사랑하면 안 되는데, 아무리 애를 써도 사랑할 수밖에 없어진 거야. 남잔 결심했을 거야. (도시 야경 위로) 모든 걸 버리고, 여기서 살기로.

연서	그럼 빨리 말을 해야지.
단	하려고 했을 거야. 근데 하루만, 또 하루만 그랬겠지.
연서	다 고백하면, 여자가 떠날까 봐?
단	두려웠겠지.
연서	못 믿은 거지.
단	(!!)
연서	남자는, 자기 사랑은 믿어두, 지젤의 사랑은 못 믿은 거야. 그 여잔, 유령이 되어서까지 자길 사랑한 사람인데. 슬프다.
단	(표정 진지해지는데)
연서	집에 가자. 한번 춰볼래.
단	지금?
연서	느낌 왔을 때 해봐야 돼.

S#32   아이비 저택 연습실 (밤)

연서.. 거울을 보고 연습을 시작하는. (기본자세 웜업만 해도 됨)

S#33   아이비 저택 마당 (밤)

단.. 생각에 잠겨 서성이고 있다. 불 켜진 연습실을 고민스레 바라보는데

구름이 (E) 왈왈 짖는 소리. 단.. ? 해서 보면, 마당에 후가 서있다.

단.. 헉! 끌고 벤치로.

단   여기까지 오면 어떡해요!

후   (굳은 얼굴) 손수건 어쨌어.

단   (!)

INSERT   연서 가방에 묶인 손수건.

단   제 거니까, 제가 알아서 할게요.

후.. 눈에 힘 팍! 주면, 단의 주위에 돌풍이 획! 불어 오르고!

단   겁줘도 소용없어요. 전 마음을 정했어요.

후   아니. 돌이켜야 한다. 지강우 그 사람…

단   (!) 아시잖아요. 닮은 얼굴 첫사랑 놀이 한 거 (하는데)

후   (O.L) 진심이야.

단   (!!)

후   진심으로, 이연서를 사랑한다고.

단   (쿵) 그럴… 리가 없는데…

후   너 미션 반은 성공한 거야. 너만 빠지면 된다고!

단   그런 얘기 할 거면, 가요.

후   꽹과리한테 널 이야기하면, 그다음엔? 네가 먼지가 되는 걸 보여
줄 거야?

단   (!!)

〈F/B〉   7부 S#69 함 노인 품에서 김수가 먼지가 되던 장면. 공포에 질려 오열하

는 함 노인.

후	네가 개한테 줄 수 있는 최선은 여기서 빠지는 것뿐이야. 마음 더 깊어지기 전에, 더 큰 상처 받기 전에. 더 무서운 일이 벌어지기 전에! 꽹과리 옆엔 지강우가 있고, 너랑 나는 다시 하늘로 돌아가고. 모두에게 해피엔딩이잖아.
단	(서늘한) 방법이… 있을 거예요.
후	(헉! 얘가 뭘 아나? 싶은데)
단	맞아… 인간이 천사가 되기도 하는데 천사가, 인간이 될 순 없어요?
후	쓸데없는 소리 하지 마. 잘 생각해. 성급하게 굴다, 큰일 난다.
단	자꾸 겁주지 말라니까요. 큰일이든 벼락이든, 내가 맞는다고. 가세요! (휙 들어가면)
후	(근심 어린 표정으로 보고)

S#34   판타지아 전경 (낮)

오디션의 날이 밝는다.

S#35   판타지아 대극장 앞 (낮)

경애, 동영 등 직원들.. 분주히 오가는. 게시판에 '2019-판타지아 지젤 주역 오디션' 공고문 보이고. 경애.. 극장 출입문을 활짝 열면, 카메라 들어간다.

S#36   판타지아 대극장 (낮)

직원 스태프들.. 객석에 영자, 기천 자리에 네임택 붙이고, 예술
스태프/단원들 자리에 안내표지 붙이는 등 분주하다. (개인 네임택
아닌 공간 구분) 영자, 루나, 기천.. 함께 들어와 앉는 뒤로.
단원들.. 들어와 앉는다. 상기되고 들뜬 분위기. 강우 와서 단원들
앞 의자에 걸터앉는.
영자와 루나에게 의미심장한 눈빛 보내는 강우. 영자.. 맘에 안 드
는 표정이고. 루나.. 무표정.

강우   오늘 투표는 우리 판타지아의 미래를 결정짓는 중요한 투표입니
       다. 여러분의 심장을 건드리는 무용수를 뽑아주세요.

루나   (피식)

S#37   판타지아 대기실 앞 (낮)

단과 연서.. 걸어온다. 단.. 긴장되는 듯 후후 하하 숨을 몰아쉰다.

연서   (웃으면서) 긴장 풀어.

단   춤은 네가 추는데, 왜 내가 떨리냐. 잘해, 꽹과리야.

연서   또! (흘기면)

단   세상에서 제일 예쁜 내 꽹과리. (가방 건네면서)

연서   (배시시 웃게 되는 / 받는데)

손수건 묶여있는 가방끈이 툭, 하고 떨어진다. 우르르 떨어지는

짐들.

단과 연서.. 주저앉아 줍는. 단.. 불길함 느끼지만 말하지 않는다.

연서.. 마찬가지. 긴장되는데.

단	(손수건 줍는데)
연서	그거, 오늘까지만 빌려줘. 부적으로 쓰게.
단	(손수건을 본다 / 아직은 생생한 깃털 자수)

〈F/B〉   1부 S#32 〈INSERT1〉

후   천사가 천사됨을 인증하고, 이 땅과 하늘을 이어주는 거니까 절대 잃어버
       리면 안 돼. (가슴에 꽂아주며) 항상 몸에 지니고 다녀.

단	(연서 손에 꼭 쥐여주며) 이제, 이거 네 거야.
연서	완전히 준다고?
단	(끄덕) 난 필요 없어. 너랑 같이 있을 거니까.

S#38   판타지아 대기실 (낮)

연서.. 오디션 의상 입고 거울을 보고 화장을 하고 있다. 공들여
아름답게.

깃털 손수건 보고 쓰다듬는 연서.. 5부 S#30처럼 머리끈으로 묶는.

산하와 정은, 수지도 긴장해 몸 풀고 있다. 강우.. 들어온다.

(대기실 내 모니터, 무대를 비추고 있다)

강우	(둘러보고) 금나나, 안 왔어요?
연서	(궁금하고 살짝 걱정스럽게 돌아보고)
강우	다들, 파이팅 해요. 산하는 감정 잘 컨트롤 하고, 수지는 더 과감하게. 정은은 밸런스 잘 잡고. 연서는… (하고 연서와 눈 맞추는)
연서	(등 곧게 펴고 보면)
강우	(머리 손수건 봤다 / 쓸쓸) 밀고 나가요. 자기 해석.
모두	(!!)
강우	오늘 누가 되든, 그 사람이 해석한 지젤에 나는 최대한 맞출 생각입니다. 그러니까 나도, 단원들도 기꺼이 따라갈 수 있게 설득해 봐요.

정은.. 몸을 돌려 진통제를 털어 넣는다. 연서.. 봤고.

S#39   판타지아 대극장 (낮)

강우.. 들어와 앉는다. 루나.. 마이크를 잡았다.

루나	지금부터 오디션 시작하겠습니다. 오디션 종목은 지젤 독무 중 자유 부분입니다. 첫 번째 순서 이산하 단원입니다.

모두가 숨죽이면, 무대에 산하 나와서 2막 지젤 독무(콩콩이)부터
시작한다.
다들 집중하는 사이, 뒷문 슬그머니 열리고 엘레나가 들어온다.
제일 끝줄에 앉는데,

이미 반대편 끝줄에 앉아있는 단. 엘레나.. 슬쩍 일별하고 앉는.

S#40   판타지아 대기실 앞 (낮)

정은.. 통증이 심해진. 골반을 잡고 서서 식은땀. 진통제 다시 챙겨 먹으려는데,

연서   **(E) 포기해요.**

정은   (! 해서 보면)

연서   (성큼 다가와서 / 허리 탁 잡아보는)

정은   (비명) 아!

연서   아기 낳고 무리했죠? 골반 잘못 써서 염증 생긴 거 같은데 병원 가봤어요?

정은   (밀어내는) 왜? 이제 내 한 표라도 급해졌니? 어차피 라이벌도 안 된다 이거지?

연서   (맑게 보는) 염증 우습게 보고 무리하다가, 발레 생명 끝날 뻔… 한 친구 있었어요.

INSERT 눈먼 연서.. 재활훈련(손 더듬어 필라테스 기구 잡아 운동) 하다 고통스러워하는. (3년 전)

정은   (!)

연서   앞으로 1, 2년 할 거 아니잖아. 고작 그만큼 하려고 이 악물고 복귀했어요? 이번 오디션 포기하구, 몸부터 다시 잡아요.

정은	아니? 난 못 해. 두 번 다시 포기 안 해. 한번 주저앉으면 다시 일어나기 얼마나 힘든지… 그래, 넌 알 거 아냐.
연서	(!)
정은	네가 보기엔 우스울지 몰라도, 나도 발레리나야. 알어? (진통제 물도 없이 꿀꺽 넘겨버리고 화장실 들어가 버리는)
연서	(안타깝고 속상한)

S#41   판타지아 화장실 안 (낮)

정은.. 물 틀어놓고 눈물 참고 있다. 허리에 손 올리고.

S#42   판타지아 대기실 (낮)

정은.. 들어오면, 연서.. 한쪽에서 폼롤러로 몸 풀고 있다. 눈 마주치지도 않는.

정은.. 자기 자리로 오는데, 멈칫. 연서가 남겨놓은 것.

INSERT 후리스 위에, 핫팩 허리띠, 쪽지, 재활의학과 교수 명함.

정은.. 쪽지 들어 읽으면

연서	**(E) 급한 대로 이거라도, 몸, 특히 허리 따뜻하게 풀어줘요. 턴 할 땐, 도는 방향으로 허벅지를 밀어준다는 느낌으로 하면 발란스 잡기 좀 나을 거예요.**

정은.. 고마워서 연서를 보면, 쳐다보지도 않는다. 정은.. 후리스 껴입는.

S#43   **판타지아 대극장 (낮)**

오디션 계속되고 있다. 수지 차례. 영자, 루나와 눈 맞추는데,

영자   **(E) 단원 30에, 우리 쪽 열세 표면, 안정권인가?**

S#44   **영자 사무실 (낮) – 회상**

영자와 루나.. 마주 앉아 긴밀한 대화.

루나   네.

영자   그래, 애썼다.

루나   근데 무기명 투표라 끝까지 추적 안 되니 장담은 못 해요. 좀 찝
            찝하구요. 접촉이 많으면, 흔적이 남잖아요.

영자   알아. 근데 다른 방법이 없잖니. 연서, 걔 발레로는 아무한테도 안
            지는 애고. 지도 그거 아니까 발레에 모든 걸 다 건 거라고. 영악
            한 것…

S#45   **판타지아 대극장 (낮)**

수지 무대에서 은영이 응원을 보내고 / 정은 무대. 식은땀 흘리지

만, 무사히 콩콩이 해내는.

모습들 위로 영자와 루나의 대화(S#44) 흐르는.

영자　　　(E) **받은 만큼, 값을 해주겠지.**

루나　　　(E) **니나가 잘해줘야죠. 그래도, 예술가로서 프라이드 있을 텐데.**

영자　　　(E) **굶으면서 고상 못 떨어. 예술이고 나발이고 돈 앞에 장사 없는 법이거든.**

박수가 터져 나오고. 단과 강우.. 서로를 의식하며 돌아보고.

루나　　　다음은 금니나 단원입니다.

빈 무대. 단원들.. 웅성거리고. 영자, 기천.. 놀라서 보는. 엘레나..
하품 쩍 하고.

S#46　　판타지아 대극장 백스테이지 (낮)

연서.. 대기 중인데, 니나가 없자, 자기가 나가야 되나? 싶은데.

니나　　　(E) **금니나, 지금 왔습니다!**

S#47　　판타지아 대극장 (낮)

대기실도 아닌, 관객 출입구로 뛰어 들어오는 니나. 연습복과 땀
에 젖은 모습.

단이 앉은 자리 옆을 지나 무대로 가는 니나.

단   와… 니나 씨… 분위기가 확 달라졌네.

니나.. 무대로 향하며 강우와 눈 마주친다. 시선 피하지 않고 형형
한 얼굴.

(점프) 무대 위. 니나.. 연습복에 샤스커트만 걸치고 바로 시작. 음
악.. 흘러나오면, 포즈 취하며 눈빛 확! 바뀌고. 매드 씬 시작된다.
압도적인 분노의 에너지! 엘레나.. 씩 웃으며 바라보는데.

S#48   건물 주차장 (밤) - 엘레나의 회상
니나.. 매드 씬 연습 중인데, 눈물이 저절로 흐르는.

엘레나   스탑! 울지 말랬지? 뭐지! 그 거지 같은 감정은!
니나   멈출 수가 없어요. 이게 다 무슨 소용이야. 연서여야 된다구요. 내
         가 연서가 아닌 이상, 뭘 해도 안 되는 거였다구요!
엘레나   그걸 이제 깨달았어?
니나   (!!)
엘레나   (일부러 자극하는) 넌 태어났을 때부터 이런 운명이었다구. 아무리
         예뻐도 손이 안 가는 진열품 같은 인생. 연서가 있는 이상 평생
         유리문 안에 갇혀있을 수밖에 없는.
니나   (이 악물어)

엘레나	때려쳐. 뭐 하러 애를 쓰니? (돌아서 버리지만 / 니나 의식하는)
니나	(주먹 꽉 쥐고 있다가 후다닥 뛰어나간다)
엘레나	(돌아보고 의미심장한 미소)

S#49   공동묘지 앞 (밤)

(M) 음악 소리 들려오고. 엘레나.. 예의 기다리던 곳에서 카운팅
하고 있다.

| 엘레나 | 천백이십사, 천백이십오, 천백이십육. (씩) 됐네, 이제. |

S#50   판타지아 대극장 + 백스테이지 (낮)

니나의 매드 씬. 공동묘지에서 밤새 췄던 장면과 교차되는.
모두가 놀라는 압도적인 무대다. 신들린 것 같은 느낌으로.
관객석 강우와 단 / 무대 한쪽 루나 / 백스테이지 연서까지 모두
놀라서 바라보는 리액션들.
마지막… 미친 죽음까지 끝내고 나면, 영자와 기천부터 단원들
몇몇까지 기립박수를 친다.
강우 역시 천천히 일어나 박수를 치고. 엘레나.. 흡족한 듯 일어나
문밖으로 나간다.

S#51   판타지아 대극장 백스테이지 (낮)

박수 소리 계속되고. 니나.. 끝내고 들어오면, 대기 중인 연서와 마주친다.

연서   대단했어. 정말 잘하더라.

니나   (차갑게) 평가하지 마. 너한테 인정받으려고 춘 거 아냐. 너나 잘 해. (하고 들어가는)

연서   (!)

루나   **(E) 다음은 이연서 단원입니다.**

S#52   판타지아 대극장 (낮)

연서.. 나와 선다. 관객들 보인다. 떨리는. 저 뒤에서 단.. 서있다.
두 사람.. 눈 맞추고.
단.. 끄덕해주는. 연서.. 눈을 감고 선. 음악.. 흘러나오고. 첫 동작 시작하는데,

은영   공기가, 달라졌어.

연서의 슬픈 정조의 매드 씬이 이어지고. (8부 S#54와 같은 안무)

수지   지난번이랑 느낌이 좀 다른데?

연서.. 충격받은. 세상이 무너지는 듯한 표정. 이를 보는 단과 연 서와의 대화.

단   **(E) 원망하고 있어. 남자가 아니라, 자기 자신을.**

연서의 춤과 두 사람의 추억들이 교차되면서 이어지는 내면의
대화.

연서   **(E) 내 사랑이 부족했어?**

단   **(E) 그런 거 아니야.**

〈F/B〉   9부 S#29 바닷가에서 연서를 두고 떠나가는 단의 모습 위로.

연서   **(E) 믿지 못해서, 말하지 못했을 거야.**

단   **(E) 아니야. 말하고 싶어. 누구보다 너한테.**

연서의 춤.. 가녀린 꽃처럼 슬퍼하며 흔들리는. 단.. 눈물 차오르는.

단   **(E) 내가 누군지, 내가 뭔지. 근데, 그래도 될까?**

〈F/B〉   8부 S#35 눈물 훔치면서 걷는 연서. / 8부 S#34 혼자 남겨진 단.

연서   **(E) 우리에게 조금만 더 시간이 있었다면**

단   **(E) 죽을 만큼 아프지도 않았을 텐데…**

연서.. 꽃잎이 사르르 떨어지듯, 죽음을 맞이하는 장면에서.

단, 연서 **(E) 우리에게 조금만 더, 시간이 있었더라면**

연서의 팔.. 툭, 하고 무대에 떨어지면. 숨도 쉬지 않는 정적이
1~2초 감돈다.
연서.. 누운 채로 숨을 몰아쉰다. 자기도 모르게 숨을 멈추고 보던

단.. 연서와 같은 박자로 숨을 후- 내쉬는 / 발작적으로 박수가 터
져 나온다.

강우.. 압도되어 멍하니 보고 있다. / 수지.. 눈물 닦느라 정신없고.

기천.. 눈물 찍어내는데 영자.. 기천을 쿡! 찌르고

백스테이지의 니나.. 허탈하다. 다리가 풀려 주저앉는.

S#53   몽타주 (낮)

투표와 기다림의 시간.

1. 로비(또는 대강당 앞) - 간이 투표소 앞에 줄 선 단원들. 제일 마지
막에 서있는 정은.. 안절부절못하다, 대열에서 빠져버린다.

2. 대강당 안- 영자, 기천, 루나.. 니나에게 잘했다고 칭찬하는데,
니나.. 엘레나를 찾는 듯 돌아보지만 없고.

3. 화장실-연서.. 찬물에 손을 오래 씻는다. 긴장돼 거울을 보는.

4. 복도-(단원들 몇몇 있는 상황) 화장실에서 나오는 연서.. 마주 오
던 단과 스치는데, 단.. 연서 손 꽉! 잡아주고 들어가는. 연서.. 미
소 짓는 위로.

경애   **(E) 개표하겠습니다.**

S#54   판타지아 대극장 (낮)

개표 상황. 화이트보드 나와있다. 수지 2, 산하 2, 정은 3, 니나
11, 연서 10인 상태.

모두 당황했다. (참가자들 다 객석에 앉은 / 연서와 단.. 앞뒤로 앉아 단이가

연서 뒷모습 보고 파이팅 보내주는) 강우와 루나.. 나란히 서서 개표하는.

루나　　마지막 표는 (펼치더니) 이연서입니다.

모두　　(탄식)

루나　　동률이 나왔는데, 이 경우 결선을 치르거나, 승자승 투표를 하는
　　　　걸로 정했습니다.

영자　　(손 들더니) 근데, 왜 스물 아홉 표밖에 없죠?

모두　　(표 세어보며 / 그러게, 맞어! 하는)

강우　　한 명은 기권을 한 것 같습니다. (둘러보고) 황정은 단원 어디 갔습
　　　　니까?

은영　　아까 급한 일 생겼다고 갔는데요. 아기가 아프다고.

강우　　투표 자체를 안 한 것 같습니다. 그럼,

영자　　전화해서 물어보자!

모두　　(오잉?)

영자　　급해서 갔지만, 무댄 다 봤잖아요. 지금 우리 상황 전혀 모를 테
　　　　고. 그냥 전화해서 누구? 라고 물어만 봅시다.

루나　　(침착하게) 후보자, 투표자 포함해 여기 계신 분 중 누구라도 반대
　　　　하시면 승자승 투표 가겠습니다.

모두　　(눈치 보고 있으면)

영자　　(능청맞게) 없죠? 대한민국, 승부의 민족이잖어. 이렇게 찜찜하게
　　　　는 못 끝내지. 얼른 해봐요. 전화.

S#55　거리 / 판타지아 대극장 (낮)

정은.. 속상하고 혼란스럽다. 허리에 손 얹고 있는데 (E) 전화 온

다. [지강우].

정은   (조심스럽게) 여보세요.

강우   (스피커폰 / 모두 주시) 정은 씨. 무대 다 봤죠?

정은   네? … 네…

강우   길게 얘기 안 할게요. 정은 씨 투표는 이 전화로 하는 겁니다. 다
         섯 후보 중 한 명을 골라주세요.

모두   (침 꼴깍)

정은   지금… 이렇게요?

강우   (침착한) 네, 이 전화 모두 듣고 있어요. 하지만 부담되면 안 해도
         됩니다.

영자   (찌릿)

강우   무기명 투푠데, 정은 씨는 누굴 뽑았는지 전부 알게 되니까요. 그
         냥 기권하면…

정은   아뇨, 할게요. 인정해주시면, 저 투표하겠습니다.

         대강당. 연서.. 긴장으로 두 손 꽉 쥔. 니나.. 떨리는 입술 꽉 무는.
         얼굴 위로,

정은   **(F) 저는… 이연서 무용수가 가장 좋았습니다.**

         단이 소리 없이 환호하고. 영자와 기천.. 놀라고 황당한. 루나.. 무
         표정한.
         연서.. 기뻐서 돌아본다. 단을 제일 먼저! 단.. 따봉 날려주고 미소

교환하는! 이를 보는 강우.

강우   2019년 판타지아 지젤은 이연서입니다.

S#56   영자의 사무실 (낮)

영자는 사무실 책상을 주먹으로 쾅! 치는. 기천.. 영자 말리며,

기천   받아들이자. 같이 공연할 친구들이 뽑은 거야. 누가 봐도 공정한
           결과라구.

영자   당신은 뭐 했어? 이 판타지아를 위해서! 우리 니나 오디션 위해
           서 한 게 뭐야!

기천   (무릎 꿇었지만 아무 말 안 하는)

영자   예술? 얼어 죽을. 앞뒤 다른 것들이 무슨 예술을 한다고 그래? 받
           아먹을 거 다 받아먹고, 뒤통수를 쳐?

기천   여보, 그게 무슨 말이야. 설마, 당신 돈 봉투!

영자   (책상 탕탕 치며) 그만. 그만!!!

기천   (꿀꺽)

영자   (열 받아서) 이대로 공연 올리면, 우린 다 끝장이야. 끝이라고! 안
           돼, 절대로.

기천   아니, 그럼 어떡해. 연서가 다시 눈이라도 멀어야 우리 니나가…
           (하다 자기 입 막는)

영자   (눈 반짝) 그래, 무슨 수를 써서라도 공연만 못 하면 되는 거네?

기천   여보… (영자 앞에서 박수 착착 치며) 영자야, 정신 차려!

영자	그동안, 핏줄이라고 너무 젠틀하게 대해줬다. 우리가. 그지?
기천	(절망스러운)

S#57   판타지아 곳곳 (낮)
루나.. 니나를 찾아다니고 있다.

루나	니나야? 니나야 어딨어?

화장실 앞. (E) 흐느끼는 소리. 들린다. 루나.. 들어가면.

S#58   판타지아 화장실 안 (낮)
루나.. 조심스럽게 들어온다. 니나.. 우는 소리 들려오는.

니나	(혼잣말) 죽어버렸음 좋겠어… 이연서가… 죽어버렸으면… (흑흑) 좋겠어.
루나	(!)

INSERT	1. 판타지아 연습실-3년 전. 연습실 프레스 공개(기자 3, 4명 카메라 지참) 단원들 5~6명 정도 앉아있고. 연서.. 백조 파드되(우진과) 하는 모습 기자들 촬영하는. 이를 바라보는 니나의 표정… 점점 눈물 차오르는 위로
기자	**(E) 역시 이연서네. (타이핑하며) 2016 최고의 백조가 온다!**

니나.. 연습실 뛰쳐나가고.

2. 판타지아 일각-니나.. 눈물을 훔치고 있다. 어깨가 흔들리는.

| 니나 | 연서만 없으면… 걔만 없으면 내가 주인공인데… 걔만 없으면… |
| 루나 | (뒤에서 들었다) |

루나.. 준비운동을 하듯 목을 천천히 돌려 풀어준다. 시작해볼까?
하는 느낌으로.

S#59   판타지아 복도 (낮)

연서.. 옷 갈아입고 나온다. 머리에 손수건 빼서 보는. 기쁘다. 뛰
어가려는데.

강우	(뒤에서) 연서 씨!
연서	(돌아보면)
강우	(뛰어와) 축하해요.
연서	감사합니다. 저, 감독님도 설득한 거죠?
강우	… 이따, 저녁 같이할까요?
연서	네?
강우	(진지한 눈빛) 고민 많이 했습니다. 근데, 말해야겠어요. 내가 왜 연서 씨를 택했는지. 무슨 일이 있었는지.
연서	(한 걸음 뒤로) 약속 있어요.
강우	올 때까지 기다릴게요.

연서	기다리지 마세요. 공적인 거라면, 연습실에서 하면 되고, 사적인 거면… 듣지 않겠습니다.
강우	연서 씬 아무것도 몰라요. 내가, 지금 당신 앞에 어떤 마음으로 서 있는지.
연서	(예의 있게) 저 감독님 존경하고, 감사해요. 같이 무대 만드는 거 정말 재밌고, 기대됩니다. 이 마음, 더 불편하게 만들지 마세요.
강우	듣고 나서 판단해줘요. 발레단 앞 레스토랑 알죠. 볼일 다 보고 천천히 와요.

강우.. 그대로 지나쳐 뚜벅뚜벅 걸어간다. 연서.. 답답한 얼굴로 보는.

S#60   판타지아 일각 (낮)

연서.. 무거운 얼굴로 나오는데, 앞에 단이 기다리고 있다. 기뻐서 발 동동 구르고 있는.
연서.. 반갑고 안도가 된다. 미소가 번지는데, 단.. 연서를 본다. 와 다닥 달려와 확! 포옹하는.

연서	(밀어내며) 야, 누가 봐.
단	축하해. 진짜 잘했어. 예뻤어.
연서	(씩) 선물은?
단	(?)
연서	뭐야, 아무것도 준비 안 했어?

단	선물 대신, 나랑 어디 좀 같이 가자.
연서	(?) 집사님 만나러 가야 되잖아.
단	그 전에 잠깐.
연서	어디?
단	우리 처음 만났던 데.
연서	(!)
단	너한테 꼭 하고 싶은 말이 있어. 내가 누군지, 어디서 왔는지 처음부터 다 말해줄게.
연서	(진지함 느낀 / 기대가 되는)

S#61 꽃집 (낮)

강우.. 꽃을 고르는 손. 백합꽃을 한 송이 뽑아 향기 맡는다.

S#62 레스토랑 (낮)

강우.. 테이블 위에 꽃 올려놓고 기다린다. 점원.. 오면,

강우 커피 먼저 주세요. 식사는, 동행 오면 주문하겠습니다.

점원.. 물러가면, 강우.. 초조한 듯 물을 마시는데.

S#63 공원 안 (낮)

연서와 단.. 걸어온다. 저기 처음 만났던 나무 보이고. 단.. 살짝 긴
장되는.

한가롭고 평화로운 공원 내. 작은 노점 몇 개 줄지어있고. 연서..
시계 보는.

단   아직 시간 있어.

연서   아니 그게 아니구…

단   (? 해서 보면)

연서   감독님이…

단   (!! / 경계) 그 사람이 왜? 자기 식대로 안 췄다고 뭐라고 해? 아님
        뭐 이상한 소리… 하구 그래?

연서   할 말 있다고, 무조건 기다린다구… 안 간다고 했는데 맘에 걸
        리네.

단   … 그 사람 웃기는 사람이네!! 고고한 척은 혼자 다 하더니… 너
        한테 기다린다고 했다고? 신경 쓰지도 말고, 받아주지도 마!

연서   (뭔 소리야? 하며 보다가 피식) 너… 질투해?

단   (!!) 뭐?

연서   그거잖아. 지금.

단   (아니라고 하고 싶어! / 하지만 버럭) 그래! 한다! (속 터져) 해! 진짜 쪼
        잔하고 창피하고, 못난 이 마음이 질투면, 맞아. 나 질투해! (앞서
        성큼성큼 걸으며) 지강우 싫어! 너한테 집착하는 것두 싫고, 나 모르
        는 발레 얘기 둘만 통하는 것두 싫고! 너랑 따로 만나는 것도 싫
        어! 그니까 앞으로 나 없이 그 사람 만나지 마! (하는데 ?)

단.. 돌아본다. 연서.. 그 자리에 서서 단을 보며 싱긋 웃는. 한 발,
두 발 다가오더니, 그대로 단이 손을 잡는다. 단.. 두근!

연서   (싱긋 웃고) 내가 그렇게 좋아?
단   (입술 쭉 내밀고) 어…

두 사람.. 손 꼭 잡고 걸어가는. 멀리 나무가 보인다. 단.. 연서 손
고쳐 깍지 끼는.

S#64   공원 내 도로 (낮)

단과 연서.. 손잡고 횡단보도 건너가는데, (E) 우르릉, 하늘이 울
린다. 단.. 비 오려나? 하늘을 불안하게 살피고. 연서.. 그런 단이
알아보고. (다 건너온 상황에서 대화)

연서   너, 비에 뭐 있어?
단   (헉 해서 보는) 왜…?
연서   생각해보니까… 비만 오면, 도망갔잖아. 그치.
단   (!)
연서   트라우마 같은 거 있어? 아님 알러지? (장난스레) 헐크처럼 변신이
      라도 하는 거야?
단   … 진짜 그럼, 어떨 거 같은데? 내가, 지금의 내가 아니게 되면?
연서   음… (생각에 잠기는)
단   (긴장해서 침 꼴깍 삼키고)

연서	너로 돌아오길 기도하겠지.
단	(쿵)
(E)	**또 우르릉**
단	(정신 차리고) 우산 사 와야겠다. 여기서 기다려.
연서	(팔 잡고) 같이 가!
단	(손 잡고 / 눈 맞추며) 이제 어디로도 도망 안 가. 금방 올 거야. (끄덕해주고, 횡단보도 얼른 뛰어가는)
연서	(단의 뒷모습 바라보는)

S#65 공원 내 매점 (낮)

단.. 우산 사서 나오는데, 바깥에 걸려있는 판매용 빨간 풍선에 시선을 뺏기는.

S#66 공원 내 도로 (낮)

연서.. 단을 기다리고 있다. 어쩐지 불안한 느낌. 단을 찾는 듯 반대편 바라보는.

연서	**(E) 이상한 기분이 들었다.**
	아주 먼 어느 날에 내가 이 사람을 찾아 헤맬 것 같은 기분.

오가는 차량들, 횡단보도 건너오는 몇몇 사람들을 바라보는 연서의 불안한 눈빛 위로,

연서	**(E) 홀로 남겨진 채로 슬프고 처량하게 이 사람을 그리워만 할 것 같은,**

그런 기분이.

단   (E) 이연서!

연서.. 보면, 건너편에서 단이 손을 흔들고 있다. 한 손에 든 빨간 풍선 예쁘다.

연서.. 환한 웃음으로 손 흔드는.

(단 쪽) 단.. 연서를 향해 힘껏 손을 흔드는데, 이번엔 연서의 앞으로 트럭이 한 대 정차한다.

단.. 얼른 연서에게 가고 싶어 발이 급한데. 옆에서 신호 같이 기다리던 꼬마 (7세가량) 하나.. 장난치다 넘어질 뻔! 단.. 얼른 잡아주고.

단   조심해요.

단.. 따뜻하게 미소 짓고 앞을 보면, 정차했던 트럭 지나가는데, 연서가 없다!

단.. 놀란 얼굴 위로 (E) 우르르 울리는 불길한 천둥소리. 단.. 뛰어간다. 차들 지나는 횡단보도 위험하게 달려가는. 손에서 놓친 빨간 풍선 정처 없이 허공으로 날아가고. 연서가 서있던 자리, 옆, 뒤, 앞 다 돌아보는데 어디에도 연서가… 없다!

S#67   경찰서 앞 (낮)

유미.. 시계를 보며 초조하게 기다리고 있다. 문지웅도, 박 실장도,

연서도 오지 않는다.

S#68   한강변 (밤)

바람 부는 한강변. 밀려온 건지 버려진 건지 시신 한 구(문지웅)가
희미하게 출렁이고 있다.

S#69   레스토랑 (밤)

강우.. 같은 자리에서 망부석으로 기다리고 있다. 빈 커피잔.

강우.. 전화기 들어 연서에게 전활 할까, 말까 망설이는데, (E) 문
자가 온다. 연서다.

강우.. 거절의 문자겠거니, 속상해서 확인하는데!

INSERT   문자창 [감독님 죄송해요, 너무 부담되고 자신 없어요. 저는 여기까지인
가 봐요. 제가 사랑했던 발레단에서 모든 걸 끝내겠습니다.]

강우.. 놀라 바로 전화를 건다. 받지 않는다. (E) 연결음

S#70   모 건물 옥상 (밤)

가느다란 빗줄기. 눈 가린 채 난간에 묶여있는 연서! 정신을 잃은
듯 고개를 떨구고 있다.

(E) 진동 소리. 연서의 귀에 들어가는 듯, 움찔, 움직이는 연서의

손에 떨어지는 빗방울.

연서의 핸드폰을 들고 있는 장갑 낀 손.. 아예 전원을 꺼버린다. 준수다.

연서.. 눈을 떠보는데,

(시점샷) 캄캄한 어둠 속, 희미한 빛들만 어지러운 / (E) 멀리 들리는 차 소리 (E) 환풍기 돌아가는 소리

연서   **(E) 여기가… 어디지? 차 소리, 환풍기? (약하게) 저기요… 누구 없…**

준수   **(E) 준비, 다 됐습니다.**

연서   (입 꽉 다무는 / 소리를 향해 고개 돌리면)

준수   (루나와 통화 중)

S#71   와인바 (밤)

루나.. 창밖으로 야경 보며 새빨간 와인 마시고 있다. 여유로워 더 섬뜩한.

루나   (시계 보고) 초대장 받았으니, 곧 도착할 거야. 자기가 목매달던 발레리나의 최후 정도는, 보여드려야지 우리가.
       생전에도 피해망상으로 음모론을 주장하던 신경과민 발레리나, 복귀 부담에 투신자살. 좋은 헤드라인이야. 깔끔하게, 부탁해.

S#72   모 건물 옥상 (밤)

준수.. 전화 끊고 연서에게 저벅저벅 걸어간다. 연서.. 발걸음 느끼고 겁에 잔뜩 질리는.

연서	누구세요? 당신 누구야?
준수	(답하지 않고 쳐다보는)
연서	누가 보냈어? 고모? 고모가 보냈어?
준수	맘대로 생각해. 어차피 마지막이니까.
연서	(귀 쫑긋 / 준수 쪽으로 향해) 여기… 발레단 옥상이지?
준수	(흠칫)
연서	다시 생각해봐요. 여기 CCTV가 얼마나 많은데, 무조건 잡힐 거라구!
준수	(신기하게 보는)

S#73 판타지아 앞 (밤)

강우.. 달려왔다. 가는 빗속에 맨몸으로, 단에게 계속 전화를 하지만 받지 않는!
판타지아 옥상을 바라보지만 아무것도 없다. 미치겠다. 주위를 둘러보는데, 판타지아 맞은편 건물 위에서 작게, 연서가 보인다!!
헉! 놀란 강우의 얼굴!

S#74 모 건물 옥상 + 건물 앞 (밤)

S#72 이후.

연서   지금이라도 그냥 가요. 눈 가린 거, 손 다 안 풀어줘도 돼요. 없던
      일로 해줄게요. 절대 추적도 안 하고… (하는데 / 얼음)
      준수의 장갑 낀 손.. 연서의 눈을 풀어준다. 난간 끝, 바깥쪽을 향
      해 서있는 연서.. 눈앞에 펼쳐진 아찔한 풍경에 숨도 못 쉬겠는!

연서   잘… 생각했어요. (돌아보지 않고) 가세요. 나 그쪽 얼굴 못 봤어요.

      준수.. 오히려 연서에게 다가온다. 연서의 손을 풀어주는!!! 연서..
      놀라고 두려운데!

      강우.. 119에 전화를 하며 건물 앞으로 달려오는 중! 계속 연서를
      보면서.

강우   119죠? 건물 옥상에 사람이 있습니다. 떨어질 거 같아요. 빨리요.

      준수.. 연서의 손까지 다 풀었다. 연서.. 위태로워 난간을 잡고 있
      는데. 준수.. 옆으로 온다.

연서   (끝까지 안 보면서) 고마워요… 살려줘서…
준수   (덤덤히) 살려준 거 아닌데.
연서   (! 해서 얼굴 돌려 보는)
준수   (마스크 없이 맨 얼굴로 보며) 손 묶고, 눈 가리고 자살하는 사람은 없
      으니까.

연서.. 헉! 할 새도 없이 준수에게 떠밀려 옥상에서 떨어진다.

천천히, 건물 아래로 추락하는 연서. 강우.. 연서가 떨어지는 것을
본다. 절망하는!

연서   (E) ·············· **단아!** ···············

속절없이 떨어지는 연서. 하늘에서 번개가 번쩍하는데, 커다란 날
개를 펼친 채 날아오는 단!

연서만 보고, 연서만을 향해 쏜살같이 날아온다. 연서.. 자신을 향
해 오는 단을 본다.

연서의 커다란 눈동자에 비친 단과 단의 날개!

연서.. 단을 향해 손을 뻗는다. 단.. 연서를 향해 손을 뻗는다.

바닥에 거의 다다를 즈음 연서를 구해내는 단! 연서를 안아 든
채, 커다란 날개로 사뿐하게 지상에 착지한다.

단의 품에 안겨 놀란 눈으로 단을 바라보는 연시. 그런 연서를 단
단히 바라보는 단.

서로를 바라보는 눈빛에서 ENDING!

어쩌면 저는, 미션을 실패할지도 모릅니다.
먼지가 될지도 모르죠. 하지만 그 전에, 반드시.
지켜주겠다는 약속을,
지킬 수 있도록 허락해주소서.

11
부

S#1   몽타주

10부 엔딩 순간 각자의 상황들 위로 흐르는 루나의 음성.

1. 공원 (낮)-10부 S#63. 연서와 단.. 두 사람 손잡고 행복한 미소 나누는 위로.

루나   (E) 참 재밌지?

2. 니나의 방 안 (밤)-니나.. 눈물도 마른 듯 텅 빈 얼굴로 앉은. 어린 시절 발레리나 사진 액자 들여다보다가 확 던져버린다. 와작 깨지는 유리. 니나.. 마치 손목이라도 그으려는 듯, 유리 조각에 손을 뻗는 눈빛… 무섭고.

루나   (E) 비극은 희극이 되고,

3. 공원 앞 도로 (낮)-10부 S#66 이후 연서를 찾아 헤매는 단. 핸

드폰 꺼내 연서에게 전화한다. [연서님♡], 받지 않는. 계속 울리는 연결음 들으며 주위를 둘러보는.

단   왜 안 받아… (너무나 불길한) 어디 간 거야…

한 방울, 두 방울 비가 떨어진다. 단.. !! 해서 하늘을 올려다본다. 불안감 확 드리우는 얼굴.

루나   **(E) 또 희극인 줄 알았던 일은 비극이 되는 게.**

4. 레스토랑 (밤) - 강우 문자 받고 놀라는 얼굴 위로. (10부 S#69)

루나   **(E) 연서야, 네가 눈이 먼 채로 있었다면 얼마나 좋았을까.**

5. 모 건물 옥상 (밤) - 난간에 묶인 채, 눈이 풀리는 연서. 눈앞 까마득한 풍경에 헉, 숨을 참는 연서의 얼굴 위로. (10부 S#74)

루나   **(E) 각막을 받아 눈을 뜬 것. 그 행운이 너의 비극이란다. 살아도 죽은 것처럼, 예쁜 인형으로만 있었으면 이렇게 빨리 죽게 되진 않았을 텐데.**

S#2   모 건물 앞 (밤)

10부 엔딩 S#74 연서.. 추락하고 있다.

속절없이 한참을 떨어지는 연서.. 놀란 표정, 점점 슬프게 체념하는 얼굴로 변하는 위로,

단	**(E) 사랑해, 사랑해 이연서 (9부 S#67)**
단	**(E) 뭐 보고 싶어? 강, 바다, 나무, 들판. 다 얘기해. 내가 데려다줄게.**
	(10부 S#30)
연서	**(E) 봐야 되는데… 강도 바다도 나무도 들판도, 너랑 보고 싶은데… 단**
	아…!

연서.. 끝을 받아들이는 듯 눈물 고이는데,

번개가 번쩍! 하더니 단이 보인다.

커다란 날개를 펼친 채, 연서에게로 날아오는 단. (연서의 시선)

연서의 커다란 눈동자에 비친 단과 단의 날개!

(점프)

(10부 S#74) 연서를 안은 채 착지를 한 단.

날개 크게 펼친 채. 조심스레 연서를 내려놓는.

단.. 연서의 어깨를 두 팔로 잡아주는.

연서.. 단과 마주 서서 단과 날개를 번갈아 보는.

단	(낮고 / 다정하게) 괜찮아?
연서	(놀라서 눈빛 흔들리는)
단	나 봐, 연서야. 나야…
연서	김단…
단	그래, 나야… 그러니까 안심해. 이제… 괜찮아.
연서	정말… 너… 맞아? (날개 한 번 보고) 이 날개… (하늘 보며) 저기서
	날아온 게…… 너라구?
단	(떨리는 / 끄덕)

연서   너… 뭐야, 대체… (충격받은 / 단의 얼굴로 손을 뻗는데)

연서의 팔이 툭, 떨어진다. 정신을 잃은. 연서의 몸..
단이에게로 기대듯 쏟아지는.

단.. 연서를 받아 안는 느낌. 날개로 포근히 감싸는 듯한.

이때, 멀리서 달려온 강우.. 가까이 다가오지 못하고 단과 연서를
보고 있다. 놀란 얼굴.

연서를 꼭 안은 단.. 강우와 눈을 맞춘다. 담담하지만, 범접할 수
없는 느낌의 깊은 눈빛에서.

S#3   옥상 (밤)

준수.. 연서의 손목을 묶었던 끈과 줄을 챙겨 든다. (장갑 낀) 현장
한 번 쭉 둘러보는.

침착하고 여유로운 눈빛. 주머니에서 연서의 핸드폰을 꺼내 든다.
난간 너머로 툭 집어 던지는.

S#4   모 건물 뒤편 (밤)

비상문으로 준수.. 나온다. (E) 119 사이렌 소리 점점 가까이 다
가오는.

준수.. 장갑 벗어 주머니에 넣고, 마스크 꺼내 쓴다. 모자 한 번 꾹
눌러쓰더니 건물을 돌아가는.

S#5 **모 건물 앞 (밤)**

앰뷸런스 경광등 번쩍이고 있고, 사람들 웅성웅성 몰려들었다.

준수.. 구경꾼인 양 주머니에 손 넣고 기웃대는데, 사람들 너머로 건물 앞의 바닥이… 깨끗하다!

준수.. 뭐지? 싶은 눈으로 앰뷸런스를 보는데, 이동 침대와 차 안 모두 비어있다.

준수.. 혼란스러운 위로,

대원   **(E) 신고하셨죠?**

준수   (대원을 보면)

S#6 **강우의 차 안 / 모 건물 앞 (밤)**

차 안에 심각한 표정의 강우와 구급대원 통화 중인.

대원   (F) 지금 어디 계세요? 추락이나 투신 흔적이 없는데요.

강우   (!!)

〈F/B〉   S#2 단이 연서를 꼭 껴안고 있던 모습

강우   … 죄송합니다. 비 때문에 잘못 본 것 같습니다.

대원   선생님, 허위신고 하시면 공무집행방해로 고발합니다. 장난 하시면 안 돼요.

강우   장난 아니었습니다. 정말… 죽는 줄 알았어요… 죄송합니다.

대원	(끊고 / 다른 대원에게) 잘못 봤대! 추락자 없음, 철수할게요.
준수	(! / 철수하는 119 보고, 건물 올려다보는 / 까마득하다 / 이해가 안 되는)

강우.. 전화 끊고. 문자를 한 번 더 본다. 연서에게 온 문자.

INSERT [감독님…]

강우.. 분노로 주먹을 꽉 쥔다. 어딘가로 전화를 거는.

강우	지금 어딥니까? 당장 말해요!!

S#7 **아이비 저택 전경** (밤)

비 그친 아이비 저택.

S#8 **연서의 방** (밤)

단(날개 없는).. 연서를 눕힌다. 흐트러진 연서의 손, 고개 정리해
주면서 살핀다.
흐트러진 머리, 정리해주는. 연서의 눈, 코, 입… 소중하다.
차마 손댈 수 없어 손끝으로 따라 그려보는데,

⟨F/B⟩ S#2

연서	(당황한 눈빛) 너… 뭐야, 대체…

단   (낮고 / 깊게) 미안해. 너무 늦게 가서… 이렇게 알게 해서…

연서.. 부대끼는 듯 잔뜩 미간을 찌푸리고 뒤척인다.

연서   (신음처럼) 엄마.. 아빠… 아저씨……… 단아……

단.. 걱정스럽다. 연서 옆에 자연스레 무릎 꿇고 손 잡아준다. 꽉.
하지만 여전히 뒤척이며 괴로워하는 연서.. 단.. 어쩔 줄 모르겠다.
연서를 아프게 보는.

S#9   와인바 / 아이비 저택 앞 (밤)
         루나.. 여유롭게 와인 잔을 비운다. 딱 맞춰 울리는 전화.

루나   (여유로운) 끝났지?

준수   (어딘지 모를 어둠 속) 그게… 분명히 떨어뜨렸는데… 없습니다.

루나   (찌릿) 무슨 말이야?

준수   떨어진 흔적도, 누가 치운 자국도 없습니다.

루나   그러니까, 그게 무슨 말도 안 되는 소리냐구?

준수   뭐가 어떻게 된 건지, 저도 모르겠습니다.

루나   당장 와. 와서 얘기해.

준수   아뇨. 제대로 처리하고 가겠습니다. (끊는)

루나   (끊긴 전화 보고 / 황당한) 떨어뜨렸는데, 없어? (이해 안 되는 얼굴)

준수.. 전화 끊고 고개를 들어 보는데, 아이비 저택이다! 어둠 속
에 무서운 눈빛으로 저택을 바라보는 준수. 저택 2층 연서 방 불
만이 켜져있고.

S#10   연서의 방 (밤)

S#8 이후. 단.. 모로 누운 연서를 마주 보고 웅크리고 누워서 어깨
를 토닥토닥해주고 있다.

(연서는 이불 덮고 / 단이는 이불 위에) 미간 찌푸린 연서의 얼굴.. 단의
조심스러운 손길에 점점 편안해지는. 한 손으로 연서의 손을 여
전히 꼭 잡고 있는 단. 편안히 잠든 연서를 확인하고,
잡은 손에 소중히 입맞춤하는데, 갑자기 암전되는! 단.. 뭐지? 싶고.

S#11   아이비 저택 거실 (밤)

어둠 속. 두꺼비집을 내린 사람.. 준수다. 양말 발로 살금살금 들
어오는.
준수.. 옥상에서 챙긴 끈을 양손으로 야무지게 비틀어 잡는다. (그
끈으로 교살할 듯)
한 발, 한 발 무섭게 다가오는 준수.. 계단을 오르는!

S#12   연서 + 연서의 방 앞 복도 (밤)

단.. 방문을 향해 걸어온다. 어둠 속이라 천천히.

연서 잘 자고 있나, 한 번 돌아보고 확인하고 걸어오는. 의아한 느낌으로.

준수.. 천천히 연서의 방을 향해 다가오는! 두 사람.. 문을 사이에 두고 점점 가까워지고.

단.. 방문을 열려고 문고리를 잡으면 / 준수도 문고리를 잡았다. 돌아가는 문고리.. 열리면 단이 나온다. 복도엔 아무도 없다! 단.. 거실로 향하고.

S#13   아이비 저택 앞 (밤)

반짝, 불이 다시 켜지는 아이비 저택. 앞에 준수.. 모자 눌러쓴 채 문자를 보고 있다.

루나에게서 온 문자다. (핸드폰 목록에 루나 번호밖에 없는 / 따로 저장은 안 해놓음)

루나   **(E) 거기로 와. 지금 당장.**

준수.. 손에 감은 줄과 핸드폰 주머니에 넣고, 빠르게 저택 앞에서 사라지고.

S#14   와인바 안 (밤)

루나.. 심각하고 서늘한 얼굴로 와인 잔 만지작거리고 있는데, 테이블 앞에 선 사람.. 강우다. 루나.. 구두만 보고 올려다보면서 생

굿 웃는. (살짝 취한 척)

루나   진짜 오셨네요. 앉으세요, 한잔… 하실래요?

강우   (그대로 서서) 축배라도, 들었습니까?

루나   네?

강우   동생, 애지중지하는 거 아니었어요? 한가롭네요, 아님 뭐 특별히
       좋은 일이라도 있는 겁니까?

루나   (피식) 감독님, 우리 니나… 오늘 참 잘했죠?

강우   (!)

루나   그렇게 잘했는데, 얼마나 속상할까, 그래서 한잔했어요. (말갛게)
       잘못인가요?

강우   (핸드폰 탁 내어놓는다 / 문자 그대로 있는)

루나   (! / 하지만) 이게… 뭐예요? (하고 읽더니 / 사색이 되어) 연서? 연서가
       요? 지금 어딨어요? 여기서 이러고 있음 어떡해요!

강우   (기가 차서 내려다보며) 최영자 단장 지시겠죠? 눈엣가시 같은 애가
       매수까지 한 오디션에서 이겨버리니, 아예 없애버리겠다, 생각한
       겁니까?

루나   (뭐지? 하는 표정이다가 / 정색하며) 감독님, 지금…

강우   (O.L) 아무리 생각해도, 이런 일 저지를 이유가 있는 사람… 그 집
       밖에 없잖습니까.

루나   (고갤 떨구고 / 와인 잔 손끝으로 슥- 만지며 / 피식 웃는)

강우   (!) 지금… 웃는 겁니까?

루나   감독님, 세상은 그렇게 단순하지 않아요. 원한으로만, 치정으로만
       돌아가진 않는다구요. 길 가다 마주친 눈빛이 기분 나쁘다고 사

람 때려죽이는 게, 사람이죠.

강우   (섬뜩)

루나   연서, 살았어요? 많이 다쳤나요?

강우   (날카롭게) 살았는지 죽었는지부터 확인하네요? 무슨 일이 있었는
           지, 말 안 했는데.

루나   (살짝 당황) 문자 보여줬잖아요. 부담감에 끝내겠다고… (떠보듯) 아
           니에요?

강우   처음이자 마지막으로 경고하죠. 다신 이연서한테 손대지 말아요.

루나   감독님도 참… 만약 감독님 상상이 맞다고 해도, 이런다고 제가
           네 안 그럴게요, 하겠어요?

강우   아무리 악한 인간이라도, 조금 찝찝하긴 하겠죠. 누군가 지켜보고
           있는 걸 뻔히 알면서, 노상 방뇨하진 않는 게, 사람이니까.

루나   (하, 만만찮게 웃으면)

강우   (시선 떼지 않고 핸드폰 가지고 돌아간다)

루나   (강우 뒷모습 보다가 / 표정 싹 바뀌며) 살아… 있어…? (눈 반짝하는)

S#15   공터 (밤)
        준수.. 급하게 달려온다. 등 돌리고 서있는 여자 돌아본다. 루나다!

루나   (무서운 표정 / 차갑게) 어쩌자구? 다 까발리잔 거야?

준수   (!!)

루나   지금까지 사고, 자살로 실컷 만들어놨는데 갑자기 살인사건으로
           틀어버리면, 너도 죽고, 나도 죽잔 거 아냐!

준수   죄송합니다. 전 단지… 마무릴.

루나   (O.L) 변명 필요 없어. 당분간 잠수 타. 절대로 함부로 그쪽 손대
        지 말고. (의미심장하게) 어리석게, 굴지 마. 알았어?

준수   (고개 숙이고)

        루나.. 돌아서 가는데, 스르르 변하는 얼굴. 후다! 후.. 심각한 표정.

S#16   **성당 안 (밤)**
        후.. 십자가 앞에 무릎을 꿇었다. 고통스러운 표정.

후   **(E) 어찌 이렇게 가혹하십니까.**

S#17   **몽타주 (밤)**
        1. 아이비 저택 앞 + 강우의 차 안
        강우.. 차 안에 앉아 저택을 바라본다. 불 다 꺼져있는 집. 걱정스
        러운 표정의 강우.. 그저 차 안에 있을 수밖에 없는 자신이 속상한.

후   **(E) 저들을 부디,**

        2. 연서의 방 - 잠든 연서 가만히 응시하며 토닥토닥해주는 단의
        모습 위로,

후   **(E) 불쌍히 여겨주소서.**

S#18   아이비 저택 전경 (낮)

해가 반짝! 나뭇잎에 이슬방울 맺혀!

S#19   연서의 방 (낮)

잠든 연서 옆에 단.. 손 꼭 잡고 앉아 졸고 있다. 밤새 지킨 듯.

연서.. 햇살에 눈을 뜬다. 어리둥절한 표정. 뭐지? 시선 방황하다

자신의 손을 꼭 쥔 단을 보는데, 단.. 연서 기운에 눈을 뜨고.

단   깼어? 아픈 덴… 없어? 일어날 수 있겠어?

연서   밤새 이러고 있었어? 어제 일 땜에?

단   (쿵) 연서야, 잘 들어. 너 어제…

연서   무슨 일이 있었던 거야?

단   (!!!)

연서   (기억을 더듬어보지만) 생각이… 안 나. 너랑 공원 갔던 것까진 기억

         나는데… (오히려 물어보는) 나 쓰러진 거야?

단   정말 하나도… 기억이 안 나? 아예 모르겠어?

연서   (말간 얼굴로 끄덕) 몸이 좀 뻐근하긴 한데… 아침에 여기저기 쑤시

         는 거 평생 그래왔으니까… 말해봐. 어떻게 된 거야?

단   (차마 입을 못 떼는데)

유미   **(E) 아가씨!!!**

연서   맞다… 집사님 약속… 네가 연락드렸지?

단   (끄덕)

연서   나가 있어, 씻고 나갈게. (일어나는데)

단	(반사적으로 등 부축해주는)
연서	(? 해서 보면)
단	(머쓱 / 하지만 침대 내려오는 것 손 잡아주고)
연서	(슬쩍 기분 좋은) 애 취급하지 마. 잠깐 쓰러진 거 갖구…
단	(혼란스럽고 무거운 표정)

S#20   연서의 방 앞 (낮)

단.. 문 닫고 나온다. 의아하고 당황스러운!

S#21   연서의 방 (낮)

욕실로 향하는 연서.. 피식 웃는.

연서   되게 걱정되나 부네… 치…

샤워 가운 챙기다 팔에 든 멍 자국 눈에 들어오는. 연서.. 이게 뭐지? 하고 다시 들여다보는데.

S#22   아이비 저택 거실 (낮)

연서.. (씻고 옷 갈아입은) 거실로 나오는데, 놀란다.
거실 양쪽에 여성 경호팀(7~8명) 쭉 도열해있다. 단과 유미.. 연서를 바라보고.

연서	이게, 다 뭐예요?
유미	오늘부터 경호팀 보강하기로 했어요. 24시간 3교대로요.
연서	24시간은 감시당하는 거 같아서 싫다고 했잖아요.
유미	감시 좀 붙여야겠어요. 빗속에 사람을 몇 시간을 세워놔. 전화도 안 받고!
연서	(?) 단이가 연락드렸댔는데?
유미	했죠, 아주 늦게. 그리고 첫마디가 경호팀 소집해달래. 그 밤에!
연서	널 줄 알았어! (유미에게) 오버하는 거예요. 들어줄 필요 없어.
유미	… 그래도 유비무환이죠. 조심해서 나쁠 거 없잖아.
단	당분간만. 일주일만이라두, 응?
연서	나, 다 생각났어.
단, 유미	(!!)
연서	어제, 무슨 일 있었는지…
유미	(눈짓하면 / 경호팀들 쭉 물러나고)
	/
단	(떨리는 / 유미 의식해) 들어가자. 나랑 얘기해.
연서	빨간 풍선. 그거 들고 서있었잖아. 횡단보도 건너에. 그때…
단	(오싹한데)
연서	기절한 거 맞지?
단	(?)

INSERT 10부 S#66 납치된 상황. 연서의 조작된 기억.

빨간 풍선 들고 건너편에서 손 흔드는 단이를 보는 연서.

연서.. 자신도 손 흔들며 웃어 보이는데, 갑자기 팽! 하고 어지럽다. 옆을 잡으려다 헛손질하는.

그대로 쓰러지는 연서의 모습.

연서   딱 거기까지 기억나고, 담은 깜깜이거든. 그때, 쓰러진 거야.

단   (의아한) 나한테, 손 흔들고… 쓰러졌다고?

연서   (끄덕)

단   **(헉! 싫다 / 심각해지는 E) 없었던 일을… 기억한다구? 설마…**

연서   한 번 그런 거 가지구, 호들갑 떨 거 없어. 나는… 너만 있으면 돼.

단   (쿵)

유미   아유, 달콤한 이야긴 두 분이서 하시구요… 단이 씨 몸 하나예요.

        아가씨 옆에만 붙어있으려면, 이 큰 집 지킬 사람들 필요하잖어.

연서   (삐죽)

유미   그럼 오늘부터, 경호팀 돌아갑니다.

S#23   니나의 방 (낮)

햇살 들어오는 니나 방. 비어있는 침대. (E) 노크 소리.

영자   **(E) 니나야, 엄마야… 문 좀 열어… (하는데)**

문고리.. 슥, 돌아가는.

영자   (들어오며) 열어뒀네. 우리 딸… 넘 속상했… (하다 멈추는 / 빈방 봤다)

        새벽부터 어디 간 거야… (하다 액자 깨버린 것 봤다) 세상에 금니나!

유리 조각에 핏자국 묻어있는. 영자.. 속상한 표정!

S#24   **건물 주차장 앞 (낮)**
니나.. 서늘한 표정으로 서있고.

S#25   **영자네 거실 (낮)**
루나.. 핸드폰에서 사건 사고 기사들 클릭해본다. 자살사고 있는
지 확인해보는. 생각에 빠져있는데 영자.. 니나 방에서 나온다.

영자   네 동생 어디 갔니?

루나   새벽에 나갔어요. 아침 연습 간다구…

영자   어제 밤새 울었을 텐데, 그냥 보냈어?

루나   끝난 거 아니잖아요. 연습해야죠.

영자   일을 어떻게 한 거야? 열세 표는 확보했다며, 왜 두 표가 빠져!

루나   죄송해요. 말씀드렸잖아요. 불명확하다구…

영자   이대로 손 놓고 재단도, 프리마 자리도 바쳐야 되는 거야? 안 돼,
        못 해!
        니나도 마찬가지야. 스포트라이트를 맛본 무용수는, 다시는 그림
        자로 못 돌아가는 법이라구.

루나   (침착하게) 니나가 할 거예요. 지젤 공연.

영자   어떻게? (눈을 반짝이는데)

루나   (씩) 출근할까요, 단장님? 박 실장님, 휴가 냈어요. 앞으로 저랑 같

이 가세요.

영자   (쎄 한) 루나야, 엄마가 묻잖아. 어떻게 니나가 지젤을 해?

루나   방법을, 찾아봐야죠. 일단 오늘은, 우리 새 지젤을 맞으러 가죠.

        (나가는데)

영자   (불안한 기분)

단   **(E) 안 돼!**

S#26   연서의 방 (낮)

        단과 연서.. 무용복 양쪽에 가지고 실랑이 중. (연습 짐 싸는)

연서   (당기며) 괜찮다니까!

단   (역시 당기며) 정신을 잃었어! 쉬어야 돼!

연서   (당겨) 오디션 끝나고 첫 연습이야. 지젤이 어떻게 빠져!

단   (또 당겨) 사정이 있잖아! 거기 가지 마!

연서   (또 당기며) 내놔!

단   (꽉 잡고) 아, 쉬어 쫌!

        단.. 확! 당기면 연서.. 훅 딸려와 한 품에 쏙 와서 안긴다.

        단.. 자연스럽게 연서의 등을 감싸 안는. 단과 연서.. 딱 붙어, 두근.

연서   그… 그렇게 내가 걱정돼?

단   … 죽겠어. 걱정돼서.

연서	(!)
단	(복잡하고 애틋하게 보는데)
(E)	**단의 핸드폰 벨소리**
단, 연서	(어색하게 떨어지는)

단.. 보면 지강우다. 탐탁지 않은. 받는.

단	김단입니다.
강우	(F) 연서 씨 바꿔요.

S#27 강우의 오피스텔 / 연서의 방 (낮)
강우.. 출근 준비 다 하고 통화 중인.

단	(연서 흘깃 보고) 나한테 말해요. 내가 비서니까.
강우	어떻게 아직 붙어있지? 날개 펼치고 협박이라도 한 건가?
단	헛소리하지 말고, 용건 없음 끊어요.
연서	(핸드폰 탁, 뺏어 드는)
단	(아차 뺏겼어)
연서	감독님.. 저 연서예요. 왜 제 전화로 안 하… (하다가 찾아보면, 없고!)
단	(아, 핸드폰!!)
강우	오늘 연습 쉬라고 전화했습니다.
연서	(?) 왜요? 스케줄 취소됐어요?
강우	놀랐을 거잖아. 연서 씨 충분히 푹 쉬고 만나요. 그 전에 내가 어

떻게 된 건지 낱낱이 알아보고 있을 테니까.

연서   뭘… 알아봐요? (혼란스러운) 다들 왜 이래? 나 멀쩡해요.

강우   (?) 어제…

연서   (단을 보며) 잠깐 기절한 거 가지구, 제 비서가 동네방네 소문낸 거

        같은데, 신경 쓰지 마세요. (끊고 / 단에게 주는)

강우   기… 절? (의아한 표정)

                /

단   연서야…

연서   공원에 핸드폰 떨어뜨렸나 봐. 가보자.

단   그냥 하나 사자! 너 돈 많잖아.

연서   안 돼, 꼭 찾아야 돼!

단   왜?

연서   (곤란한 표정)

S#28   아이비 저택 앞 (낮) – 연서의 회상

9부 엔딩 이후.

단이 돌아온 다음, 집 안에서 핸드폰으로 단을 몰래 찍는 연서의

모습 컷컷

(마당[혹은 실내정원]에서 물 뿌리는 단 / 연습실 청소하며 콧노래 부르는 단

의 모습 등)

연서.. 단의 사진 보고 힛, 웃는.

S#29   연서의 방 (낮)

곤란한 연서.

연서   아무리 부자라두, 물건 아껴 써야지! 막 사치하고 그럼 안 되는 거

         거든? (벌떡 일어나) 나 혼자 갈 거야. (구시렁) 아침부터 강아지처럼

         내 뒤만 졸졸 따라다니더니, 이건 왜 안 가려고 해. (가려는데)

단   (어깨 잡아 앉히며) 내가 다녀올게!

연서   (!)

단   찾아올 테니까, 나 올 때까지 어디 가지 말구, 있어. 약속해!

연서   (단호한 단에게) 알았어. 약속할게.

단   (끄덕하고)

S#30   모 건물 옥상 (낮)

단.. 사고 현장을 본다. 착잡한 심정. 아래를 내려다보면 까마득하

다. 연서가 떨어졌던 곳.

화가 난다. 난간 위에 올린 주먹 꽉 쥐고.

S#31   영자의 사무실 (낮)

영자.. 루나에게 보고서 받는다. '2019 판타지아 지젤 주역-이연

서' 보도자료.

영자   (루나에게 은근히) 계획이라도 있는 거야?

루나	(보면)
영자	(불안한) 니나가 지젤 하게 한다며. 너 공수표 날리는 타입 아니잖아.
루나	(생긋 미소 짓는데)
(E)	**노크**
강우	(문 열고 들어온다) 마침, 두 분 같이 계시네요.
루나	(경계) 무슨 일이시죠?
강우	여쭤보고 싶은 게 있어서요.
영자	(뭐지? 싶은데)

(점프)

강우, 루나, 영자.. 자리에 앉아있다. 강우.. 핸드폰을 보며 문자를 그대로 읽는.

강우	감독님 죄송해요, 너무 부담되고 자신 없어요. 저는 여기까지인가 봐요. 제가 사랑했던 발레단에서 모든 걸 끝내겠습니다.
영자	(헉! 놀라는) 뭐죠, 그건? 설마… 우리 니나?
루나	(강우 똑바로 보며) 지금 뭐 하시는 거예요?
강우	이연서한테 온 문잡니다. 아니, 정확히는 어제 이연서를 납치한 누군가가 보낸 문자죠.
영자	(진짜 놀란 / 루나를 보며) 이게, 무슨 끔찍한 소리니, 루나야?
루나	(피로한) 어제 얘기 끝난 거 아니었나요? 문자 한 통으로 자꾸 이러시는 거, 명예훼손 감이에요. 그래서 연서 잘못됐어요? 아니잖아.
강우	(찌릿) 그걸 어떻게 알죠?

루나	사고가 있었음. 지 감독님 지금 여기 있지 않죠.
영자	(이게, 뭐지? 머리 굴리며 루나와 강우를 보는) 그러니까, 지금 연서가 납치됐는데, 그게 우리 짓이라고 의심하는 거다?
강우	(긍정의 응시)
루나	증거 가져오세요. 아니, 증거 찾으시면 경찰서로 바로 가시죠. 피곤하게 사람 괴롭히지 말고.
강우	그러려구요. 다만, 두 분께 미리 경고하러 왔습니다.
영자	(웃겨) 이봐요, 아무 상관 없는 사람들한테 무슨 경골
강우	(O.L) 두 분이 뭘 위해서 이렇게까지 하나, 생각을 해봤거든요.
(E)	**노크 소리**
영자, 루나	(보면)
강우	(보지도 않고) 들어와요.

문 열리고, 니나가 들어온다. 영자와 루나.. 깜짝 놀라고! 니나.. 침울한 느낌으로 다가와 앉는.

영자	네가… 여길 왜…?
니나	감독님이 부르셔서요. 하실 말씀 있다고…
영자, 루나	(긴장으로 강우를 보는)
강우	니나 씨가 꼭 알아야 할 게 있어서요.
루나	(발끈) 이봐요, 지강우 감독님!!!
강우	(왜? 하는 표정으로 보면)
니나	… 뭔데요? 저한테 따로 연락하신 거, 첨이잖아요. 무슨 일이길래…

영자, 루나	(어쩌지? 뒤집을까? 싶어 긴장되는데)
강우	잘 췄습니다.
영자, 루나, 니나	(!!!!)
강우	어제 지젤, 아주 훌륭했어요. 내가 그렸던 지젤이었어요. 무척, 멋졌습니다. 니나 씨.
니나	(울컥! 눈물 그렁 되는데)
강우	여기 계신 두 분, 니나 씰 위해서라면, 무슨 짓이든 다 할 만큼 니나 씰 사랑하는 사람들이잖아요. 그래서 모두 있는 자리에서 말하고 싶었습니다. 수고했어요. (일어난다 / 영자 한 번 보고 / 루나 보고 목례하더니 / 나가는)
니나	(모르고 / 감격에 찬)
영자, 루나	(쟤 지금 협박한 거지? 싶은)

S#32 영자의 사무실 앞 (낮)

강우.. 문 닫고 나온다. 후– 한숨을 내쉬는. 니나에 대한 죄책감 살짝.

강우	할 수 없지. 나도, 두 사람이 제일 아끼는 걸, 걸 수밖에.

S#33 모 건물 앞 화단 (낮)

단.. 화단을 살피고 있는데, 키 작은 나뭇잎 사이에 걸려있는 연서의 핸드폰!

액정이 깨져있다. 충격을 짐작할 수 있는. 단.. 한숨 쉬는.

전원을 켜보면, 매너콜 문자 뜨는. [지강우 감독님]과 [김단♡]이

번갈아 뜬다.

[김단♡] 보고 풋 웃는 단.

단   귀엽게 진짜… (문자 넘겨 보다가 / 헉! 하는)

INSERT   강우에게 보낸 문자. [감독님 죄송해요……]

단   (읽는) 감독님 죄송해요, 너무 부담되고 자신 없어요. 모든 걸 끝내

         겠습니다?

         단.. 진짜 화났다! 이 악무는!

S#34   **영자네 앞 (밤)**

         연서의 차.. 부앙! 들어와 선다. 단.. 내린다. 당장 뛰어 들어갈 듯

         다가서는데.

후   **(E) 뭐 어쩔려구?**

단   (돌아보면)

후   (사제복으로 천천히 다가와서 펑거 스냅 탁! 치면)

S#35　성당 작은 방 (밤)

후와 단.. 같은 자세로 서있다. 단.. 쫄지도, 놀라지도 않고 형형히
바라보며.

단　　사람을, 해하려 하였습니다.

후　　(가만히 보는)

단　　(너무 화나 떨리는 목소리 / 낮고 강하게) 자살로 위장해, 사람을… 죽
이려 했습니다. 피를 나눈 가족이, 유일하게 남은 마지막 가족이!
… 그랬다구요.

후　　그래서 이제는 너도 사람을 해할 작정이냐?

단　　(!!)

후　　어디까지 참아주실 거라 생각해? 심판은 도적같이 온다. 자중해!

단　　알고 있었죠? 뻔히 보고 있었어요? 아니, 연서 기억… 선배가 지
운 거죠?

INSERT　S#10 이후. 암전된 연서의 방. 창 그림자로 나타나는 휘! 복잡한 표정으
로 한 걸음, 연서를 향해 다가가는.

단　　왜 사람한테 손을 대요! 나한텐 아무것도 하지 말라면서!!

후　　왜 사람 앞에서 날갤 펼쳐! 이게 다 누구 때문인데!!

단　　말하려고 했어요. 어차피 고백하려고 했다구. 날 받아들이든 아니
든 그건 연서한테 달려있는 거예요. 왜 걔한테 손을 대요!

후　　(심각하게 보는) 끔찍한 기억을 가지고, 공포에 떠느니, 아무것도 모
르는 게 낫다. 어차피 네가 천사인 걸 아는 순간 너와 꽹과리 사

이는 끝이 난다.

단   (!!) 비겁하네요. 천사가, 비겁할 수도 있구나.

후   천사는 본시, 주변인일 뿐이야. (감정 숨기는) 그러니, 만약 이연서
      가 누군가의 손에 죽는 게 운명이라면, 받아들여야 한다.

단   (충격) 그런 게 어딨어! 살릴 수 있음, 살려야 하잖아요! 그게 선이
      고, 그게 천사가 해야 할 일이잖아요!

후   그럼 이제부터 세상에 일어나는 모든 교통사고, 살인사건 다 없
      애봐. 그게 선이라고? 아니, 질서를 흩트리는 건 악이다.

단   (! / 동의 못 해! / 강하게 보는)

후   누군가는 범죄의 희생양이 되고, 누군가는 생의 가장 아름다운
      순간에 죽는다. 누군가는 100살이 넘게 살지만, 어떤 이는 태어
      나자마자 죽기도 해. 그게 인간의 운명이란 거야.

단   (이해 안 되는 / 고개 젓고) 이해가 안 돼… 한 사람, 한 사람이 소중
      하다며. 사랑한다며? 누구도, 억울한 죽임을 당해선 안 되는 거잖
      아요. 근데, 신이… 우리 천사들이… 무책임하게 손 놓고 있는다
      구요?

후   우리가 무책임한 거면, 넌 이기적인 거지.

단   (!!)

후   네 마음을 들여다봐. 네가 살리고 싶은 건 세상 모든 억울한 죽음
      이 아니야. 단 한 사람, 이연서인 거지.

단   (할 말이 없는)

후   꽹과리에게 너를 드러내려고 하지 마. 그 욕심 부릴 시간… 없어.

단   (울분 차오르는 얼굴)

S#36　　**도로 (밤)**

단.. 터벅터벅 걸어온다. 화나고 허탈하고.

후　　**(E) 팽과리에게 너를 드러내려고 하지 마. 그 욕심 부릴 시간… 없어.**

단.. 왈칵 눈물이 나려고 하는. 일부러 마른세수 하는 단의 쓸쓸한
얼굴에서. (F.O.)

S#37　　**연서의 방 앞 (낮)**

단.. 연서 방을 노크하려는 중. 트레이에 식사 챙겨 온. 단.. 잠시
망설인다.
마음 다잡고, 억지로 미소 크게 짓고는 노크한다.

단　　연서야, 일어났어? 아침 먹자.

아무 소리도 들리지 않는. 단.. ? 하고.

S#38　　**연서의 방 (낮)**

단.. 들어오는데 깨끗하게 정리된 방. 단.. 놀라서 둘러보는데! 쪽
지 하나 남겨놓은.

INSERT　　'연습 다녀올게!'

단.. 애가 정말!! 표정.

S#39   판타지아 앞 (낮)

연서.. 뒤에 여성 경호원 대동하고 걸어온다. 연습 온 것! 씩씩하
게 들어가려는데,

출근하는 루나와 영자와 딱 마주친! 두 사람.. 연서를 보고 움찔
놀란다.

연서.. 표정 굳어서 다가오며 목례.

루나   축하해, 연서야.

영자   (? 했다가 이내) 그래, 축하한다. 아주 멋진 지젤이었어.

연서   (왜 이러지? 경계하지만) 감사합니다. (들어가려다) 아, 저희 단원들 건
        강관리 제대로 되고 있어요? 물리치료랑 마사지 스케줄에 넣어
        주세요.

영자   아직 운영은 내가…! (하는데)

루나   (슬쩍 팔 잡고) 그럼, 원하는 거 있음 다 말해. 맞춰줄게 (다가가서 /
        악수 손 내미는) 잘 부탁해.

연서   (왜 이러지? 싫지만 팔 내밀어 잡는데) 저두요, 부단장님.

루나   (연서 팔 멍 보면서) 어머, 다쳤어? 어제도 병가 내구 연습 빠졌다면
        서. 오디션 날… 무슨 일… 있었어?

연서   (팔 빼며) 아뇨. 아무 일 없어요. 들어갈게요. (경호원에게) 이따 시간
        맞춰 와요. (들어가는데)

영자   지 감독이 뺑친 거 아냐? 납치까지 당했다는 애가 저렇게 아무 일

없었던 것처럼… 그럴 수 있어?

루나   잘못 안 걸 거예요. 맘에 너무 담아두지 마세요.

영자   우리야, 무시하면 되지만, 니나 걘 마음이 유리잔 같잖니. (앞서가면)

루나   **(연서 들어간 방향 보면서 의심스러운 / E) 모른 척을 하는 거야, 아님… 진짜 모르는 거야.**

S#40   판타지아 일각 (낮)

구석진 곳. 루나.. 서성이며 준수와 통화 중이다.

루나   어디야? 왜 이틀째 보고가 없어?

준수   (F) 잠수 타라고 하셔서…

루나   (찌릿) 뭔 소리야, 내가 언제?

준수   (F) 그날 밤에 거기서…

루나   너 어디 아프니? 헛것 봐? 연서 멀쩡해. 10층도 넘는 빌딩에서 떨어진 애가 사지가 멀쩡해서 걸어왔다구. 마무리한다며, 뭘 한 거야, 대체!

준수   (F) … 죄송합니다.

루나   확실히 말해. 걔가… 네 얼굴 봤니?

준수   (F) … 네.

루나   (짜증 확!) 알았어. 끊어. (끊는다)

준수에게 다시 전화 온다. 루나.. 받지 않는 (거절 눌러버리는) 이마를 짚고 초조한 느낌인데

그런 루나를 바라보는 사람 있다. 기둥 뒤에서 너무 놀라 자신의
입을 막고 있는… 영자다!

S#41   판타지아 앞 (낮)

준수.. 시설과 옷 입고, 목에 판타지아 출입증 걸었다. 올려다보는.

S#42   판타지아 로비 (낮)

연서.. 가방 고쳐 메고 걸어오는데, 뒤에서 준수가 들어가다 연서
가방과 툭, 부딪친다.

연서.. 번쩍! 하는 느낌에 보면, 준수.. 대강 목례하면서도 날카롭
게 연서를 보고 가려는!

연서	저기요!
준수	(멈칫)
연서	(천천히 다가간다 / 얼굴을 보려는 듯이)
준수	(각오한 듯 연서를 보면)
연서	(준수 얼굴 보고 알 듯 모를 듯 / 바닥 가리키며) 저기, 흘렸어요. 담배.
준수	(보면 / 담뱃갑 떨어져있다)
연서	우리 발레단, 전 구역 금연이에요.
준수	(!! / 얼굴 똑바로 보고) 네, 죄송합니다. (담배 주워 일어나 연서 스쳐 간다)
연서	(기분 이상한) 뭐야… 이상해… (하는데)
단	**(E) 이연서!!!**

연서	(돌아보면)
단	(허겁지겁 뛰어온다)
연서	(살짝 찔려) 뭘 또 뛰어와…
단	(너무 소리 지르는 것 아닌) 너 왜 말을 안 들어!!
연서	(놀라 보면)
단	심장 떨어지는 줄 알았잖아!
연서	그냥 출근한 거야. 심장 떨어질 일이 뭐가 있어?
단	부탁했잖아. 사정했잖아. 며칠만 쉬라고! 왜 멋대루… (숨 몰아쉬며) 가면 간다고 얘길 해야 될 거 아냐! 왜 혼자 다녀!
연서	이러잖아, 너. 못 가게 할 거 뻔한데 어떻게 말해. 연락할라 그랬어. 근데 폰두 없구. (하다 생각난) 맞어… 찾았어?
단	(갈등) 찾았는데… 다 깨졌더라. 새로 사는 게 낫겠어.
연서	(!) 그래서 버렸다구? 네 맘대로?
단	아니, 건, 아니구…
연서	너 진짜 웃긴다. 넌 네 맘대로 하면서, 왜 나한텐 이래라저래라 해? 아무리 우리가… (멈칫) 그런… 사이라고 해도, 나 네 거 아냐. 그럴 권리 없어. 너.
단	알어… 아는데!
연서	진짜 이상해. 너.
단	(!!)
연서	어제부터 나 무슨 외줄 타기 하는 세 살짜리 애처럼 안절부절못하구 막 화내구!
단	(말 못 해 답답한) 들어가. (돌아서는데)
연서	(우씨! / 단의 팔 잡고) 야, 김단! 왜 그러냐고! 내가 뭘 잘못했는데?

단	(보고) 너 잘못한 거 없어. 너한테 화난 거 아냐. 나한테 난 거야.
연서	(이해 안 되는)
단	끝나고 여기로 와. 기다릴게. 또 혼자 가지 말구. 이 자리에서 만나. 꼭. (돌아서 가고)
연서	(속상해) 뭐야. 진짜…

S#43 판타지아 일각 (낮)

단.. 속상해서 터벅터벅 돌아오는데, 앞에 강우 서있다. 강우와 단.. 물끄러미 보고.

강우	(팔짱 끼고) 당신들 짓이지? 연서 씨한테… 무슨 짓… 한 거야?
단	(피로한) 연서는 그날 그냥 쓰러졌다고 알고 있어.
강우	기억에까지 손을 댄 거야?
단	이미 벌어진 일이야. 끔찍한 일이고. 그러니까 그쪽도 조심해줘.
강우	이래서 싫어. 천사랑 엮이면 꼭 이렇게 거지 같은 일이 벌어지거든.
단	(굳은) 말조심해.
강우	(확 다가와) 그러게, 내가 꺼지랄 때 꺼졌어야지. 네가 연서 씨 옆에서 까부니까, 선밴지 신인지가 수습하느라 손대는 거 아냐!
단	(지지 않고) 그나마 내가 까불어서, 연서를 구해낸 거… 못 봤어?
강우	(!!) 그래서, 상장이라도 받았나?
단	… 왜 그렇게 천사를 증오해? 대체 무슨 일이 있었길래?
강우	(입 꽉 다무는)
단	… 연서한테 이 판타지아 사자 굴이나 다름 없어. 그러니까… 잘

	봐줘. 내가 없는 곳에서.
강우	네가 뭔데 연서 씔 부탁해. 내가 알아서 해.
강우, 단	(서로 으르렁하며 보는 눈)

S#44   판타지아 연습실 (낮)

단원들, 지젤 의상 피팅 중. 각자 의상들 챙겨 입고, 스태프들이 착감 물어보고, 노트하고 하는.

연서.. 지젤 의상 가봉 입어보다, 자기도 모르게 한숨 쉬고. 강우.. 들어와 연서에게 다가오는데,

나나	**(E) 안 입을 거예요!**
연서, 강우	(돌아보면)
나나	(스태프에게 옷을 물리는 / 강우 보고 다가와서는) 저, 미르타 안 하겠습니다, 아니 못 하겠어요.
모두	(본다)
강우	(다가가는) 바틸드 수지. 엄마는 정은. 힐라리온 우진, 알브레히트 의건,
단원들	(역할 맡은 단원들 얼굴 맞춰서 보이는)
강우	미르타 나나. 캐스팅 발표한 거 봤잖아요.
나나	… 싫어요. 다른 역할은.
연서	(역시 놀라 보는)
강우	무슨 뜻이죠?
나나	저는, 지젤을 추고 싶어요. 그러니까, 어떤 역할도 맡지 않고 언더

스터디로 연서와 똑같은, 춤을 추겠습니다.

강우	(놀란) 미르타를 하면 무대에 올라갑니다. 하지만, 지젤 언더스터디를 선택하면, 무대엔 못 설 수도 있어요. 그래도 괜찮다구요?
니나	… 네.
강우	(놀란)
니나	2019년 판타지아에, 지젤은 한 명뿐이니까요. (하고 연서를 본다)
연서	(묘한 표정으로 니나를 바라보는)

S#45   판타지아 연습실 앞 (낮)

니나.. 나오는데, 강우.. 뒤따라 나오는.

강우	니나 씨!
니나	(헉! / 돌아보는데)
강우	무슨 생각이에요?
니나	아까 한 말 그대로예요. 오디션 때 나… 진짜… 진짜루 지젤의 마음이었어요. 그런 느낌은 처음이었어, 껍데기 하날 벗어버리는 기분… 근데, 그래도 안 된다는 거잖아요. 감독님이 꿈꾸던 지젤이었어도, 난 아니라는 거잖아. (씩씩한 척) 승복하려구요.
강우	꼭 지젤이 아니어도, 무대에서 니나 씨 춤 보고 싶은 사람 많을 겁니다. 미르타, 하죠.
니나	(갈등하는데)

INSERT S#24 이후. 건물 주차장 내. 니나와 엘레나.

엘레나	속지 마. 분명히 다른 역할 주겠지. 절대로 하면 안 돼!
니나	(!) 그럼… 무대에 아예 못 서는데요?
엘레나	누가 못 서게 될지는 리허설 때도 모르는 거란다. (싹 미소 짓는) 무조건 넌 지젤만 한다고 해. 알았지?

니나.. 엘레나의 말과, 강우의 칭찬 중 어디로 가야 할지… 갈등되는.

니나	…… 아뇨. 전 지젤로 무대에 서고 싶어요.
강우	(이해하는 / 알겠다고 끄덕)

S#46   판타지아 화장실 (낮)

영자.. 찬물 틀어놓고 정신을 가다듬고 있다.

〈F/B〉   S#40

루나	연서 멀쩡해. 10층도 넘는 빌딩에서 떨어진 애가 사지가 멀쩡해서 걸어왔다구. 이걸 내가 어떻게 받아들여야 되니?
영자	(너무나 충격인) 말도 안 돼… 아니야… 아니야아!!

S#47   영자 사무실 앞 (낮)

영자.. 천천히 걸어오다가 멈춘다. 단.. 문 앞에 서있다. 기다린 듯.

영자.. 머리가 복잡하다. 허리 세우고 단에게 다가가는. 단.. 영자를 보고 몸을 돌려 보는.

영자   어른을 봤으면, 인사를 하는 게 순서죠.

단   그것도 사람일 때 그렇죠. 사람다울 때, 예의는 챙겨드리겠습니다.

영자   (!!) 무슨 뜻이에요? 내가 사람도 아니다, 이 말이에요?

단.. 화가 나서 무섭게 보는데, 영자 뒤 너머로 준수가 지나간다. 단.. !! 해서 다시 보는데. 준수 벌써 지나갔다. 촉이 오는 단! 급하게 뛰어간다.

영자   이봐요! 말을 꺼내놓고 어디 가!

단   (챙길 여력 없는 / 뛰어간다)

영자   (단 사라진 것 확인 후 / 그제야 휘청하며 벽을 잡는다) 루나야.. 어쩌려고 이래… 어쩌려고!

S#48   판타지아 곳곳 (낮)

단과 준수의 숨바꼭질. 준수.. 눈치챘는지 어쩐지 빠르게 곳곳을 돌아 사라지고,

단.. 준수를 쫓으며 의심스러웠던 상황들을 떠올린다.

〈F/B〉   6부 S#38 작업복 입은 준수

6부 S#46 웨이터복 입은 준수

6부 S#56. 단의 시선에 보였던 준수 (모자 쓴)

단   **(E) 저 사람이야. 저 사람을 잡아야 돼!**

S#49   판타지아 기술실 (낮)

단.. 준수를 따라 지하로 들어간다! 파이프들 교차하고 어두운.

단.. 준수와 추격전 하다 따라잡고 몸을 날려 덮치는! 육탄전 벌이는 준수와 단!

단.. 유도 기술 써가면서 곧잘 대처한다. 준수.. 단 아래에 깔리고 마는!

단.. 준수의 모자를 획! 벗긴다. 얼굴 보는!

단   당신이지?

준수   (울먹) 왜 이러세요?

단   이연서.. 몰라?

준수   무슨 말 하는 거예요? 이연서면.. 여기 발레리나잖아요.

단   발뺌하지 마! 그날 배 위에서도, 오디션 날도. 당신이 연설 노렸어. 누구야… 누구 지시야?

준수   왜 이러는 거예요…!

직원1   **(E) 옴마, 뭔 일이랴? 준수여?**

단   (돌아보면)

직원1의 두 손에 들린 라면 냄비. 직원1 뒤로 기술과 직원 2~3명 다가오면서 놀라는.

195

단.. 황당하고.

(점프)

직원들 삼삼오오 라면 파티 벌어진. 준수.. 옷을 털면, 단.. 의심스럽긴 한데 뾰족하진 않고.

직원1	그니까, 나쁜 놈인 줄 알고, 덮쳤다 이거여?
준수	저는 자꾸만 따라오길래, 좀 무서운 생각이 들어서 도망친 것뿐이거든요.
단	(못 믿겠어) 이틀 전, 오디션 날 4시부터 11시까지 어디 있었습니까?
직원2	(이틀 전이라…) 나랑 여 근무했지. 우리 박 씨가 교대해달라 해서. 준수 세상 천사 같은 놈이에요.
준수	이제, 됐어요?
단	…… 죄송합니다.
준수	괜찮아요. 그럴 수도 있죠. 나쁜 사람… 빨리 잡히길 바랍니다.
단	(인사하고 돌아선다 / 속상하고 허탈한)
준수	(돌아서는 단을 보면 표정 싹 굳어지고)

S#50   판타지아 연습실 (낮)

가벼운 BAR나 꼬르드(월리 부분) 연습 중인 단원들. 강우.. 아무 일 없다는 듯 진행하다가

연서가 잠시 휘청, 하면 누구보다 먼저 팔 잡아주는. 연서.. 고맙

다는 눈빛.

강우.. 걱정스러운 표정으로 보고 / 얼굴 싹 바꿔 다시 연습 진행
하는.

S#51   **판타지아 주차장 + 루나의 차 (낮)**

루나.. 통화하면서 걸어 나오는.

루나   네 차장님, 저 지금 나서요. 30분? 네… 오늘은 소품 체크만 하려
        구요. 이따 봬요!

루나.. 차에 올라타서 출발.. 액셀 밟고 서서히 속도 높이는데, 갑
자기 앞을 뛰어들어 막는 사람! 루나.. 급브레이크 밟고 보면… 단
이다! 단.. 굳은 얼굴로 루나를 바라본다.

루나.. 왜 저러지? 싶은 표정으로 보면, 단.. 위엄에 찬 눈으로 무
섭게 응시하다가.

뚜벅, 뚜벅 루나의 차를 향해 다가오는. 루나.. 차에서 내리는데,

단   (울분을 참으며) 언제부텁니까? 언제부터 연서를 해칠 생각을 했
        어요?

루나   (!!) 무슨 헛소리예요? 연서, 지금 연습실에서 멀쩡히 발레 하고
        있는데.

단   모른 척, 하시겠다?

루나   (조소) 뭐야… 연서 따라, 피해망상이라도 걸린 거예요?

단	망상은 그쪽이 하고 있습니다. 모두를 속일 수 있다는 망상. 악한 짓을 저질러서라도 원하는 걸 가지면, 행복할 거라는 망상.
루나	(!!)
단	이제 알았습니다. 그 아름다운 껍데기 속에 들어있는 추악한 영혼을. 그러니까, (형형한 눈빛으로 차분하고 강하게) 이제 다시는, 연서를 해칠 수 없어. 내가 있는 한.

루나.. 다 들킨 느낌! 당황해서 보면, 단.. 뚜벅뚜벅 굳은 얼굴로 걸어 나오고.

S#52   판타지아 일각 (낮) - 단의 회상

구석진 곳. 준수.. 주위를 살피고 다가오는데, 기둥에서 루나 슥 나와 준수를 확 낚아채!
기둥 뒤에서 은밀하게 만나는 두 사람!

루나	미쳤어? 여길 왜 와? 지금 연서, 여기 연습실에 있다구!
준수	그래서 왔습니다. 정말 모른 척하는 건지 아예 기억을 못 하는 건지 확인하려면, 절 보여주는 수밖에 없으니까요.
루나	그러다 잡히면?
준수	… 무조건 제가 혼자 한 짓이죠.

그런 준수를 보는 시선…! 단이다!

INSERT   S#49 이후. 기술실 앞.-단.. 나오다가, 나무나 구조물 뒤로 숨는다. 준수가 나오는 걸 보고 뒤를 쫓는다.

단.. 준수를 보고 있다. 준수와 이야기하는 사람.. 기둥에 가려서 보이지 않는다.
얼핏얼핏 보이는 손과 팔 정도.

루나   준수야.. 나 다신 너 감옥에 안 보내.
준수   (! 해서 보면)
루나   어쨌든, 연서가 널 확실히 못 알아봤다는 거 확인했으니까, 경거 망동하지 말고, 평소랑 다름없이 행동해. 알겠지?
준수   (끄덕하고 돌아서 나온다)

단의 시선- 준수.. 모자 푹 눌러쓰고 가고, 그 뒤 기둥에서 드디어, 나오는… 루나!
단.. 루나를 확인하고 눈이 커진다! 루나.. 그대로 사무실로 돌아서 가고. 그 자리 우뚝 선 단.
혼란과 충격.

S#53   **판타지아 로비 (낮)**
연습 마친. 연서.. 나오는데, 단이 없다. 단원들.. 서로 인사하며 가고. 연서.. 목례하고(정은과 눈 맞춰 인사하고) 단을 찾는데 없는.

연서	뭐야… 혼자 있지 말라더니… 어디 갔어…

텅 빈 로비. 연서 혼자 서서 단을 기다린다.

연서	(눈 감고 / 주문 외듯) 김단, 김단, 김단 나와라.

연서.. 얍! 하는 느낌으로 눈을 뜨면, 응답이라도 한 듯 저기서 단이 온다! 연서.. 반가운데,
단의 얼굴이 굉장히 굳어있다. 화가 많이 난.

연서	표정이 왜 저래… 아직두 화 많이 난 거야?

연서 말이 끝나기도 전에, 저벅저벅 걸어온 단.. 그대로 연서를 확! 안아버린다.
연서.. 놀라는. 단.. 연서를 꽈악 안아주는.

연서	왜… 왜 이래, 누가 봐!
단	(꽉 안은 채) 내가 지켜줄 거야. 다신… 너 혼자 안 돼!
연서	(영문 모른 채 / 등 토닥이는) 나 정말 괜찮아… 응?
단	(안쓰럽고 소중해서 꽉! 깊이 안아주는)

S#54   연서의 방 (밤)

연서.. (평상복 갈아입은) 기분이 이상하다.

단 　가면 간다고 얘길 해야 될 거 아냐! 왜 혼자 다녀!

　　S#53 연서를 확! 껴안은 단.

연서 　뭐가… 있어. 분명히. (찌릿!)

S#55 　단의 방 (밤)

단.. 어젯밤 옷에서 사진(10부 S#8 - 어린 연서 단이 찍은 사진)을 꺼낸다. 구겨진 사진을 손으로 눌러 펴는. 철제 상자를 꺼내 다시 넣고. 책상에 앉는다. 주머니에서 연서의 핸드폰을 꺼내 서랍에 밀어 넣고는 보고서를 꺼내 펼치는. 단.. 깊은 눈빛으로 쓰기 시작.

단 　**(E) 천사 김단, 휴가 복귀하겠습니다.**

〈F/B〉 1. 10부 S#63 공원의 나무를 보고, 연서를 바라보는 단. 결심한 얼굴.
단 　**(E) 천사란 것을 고백하고 싶었고,**

　　2. S#2 날개 펼쳐 연서를 구해낸 단.
단 　**(E) 천사인 것을 들킬 뻔하였습니다. 하지만, 모든 것이 저의 욕심이었습니다.**

　　3. S#10 침대에서 연서를 토닥토닥해주는 단.
단 　**(E) 어쩌면 저는, 미션을 실패할지도 모릅니다. 먼지가 될지도 모르죠.**

하지만 그 전에, 반드시.

4. S#51 주차장에서 루나를 뚫어지게 바라보던 단의 얼굴!

단   (E) **지켜주겠다는 약속을, 지킬 수 있도록 허락해주소서.**

S#56   아이비 저택 거실 (낮)

유미와 단.. 이야기 중인. 유미.. 충격에 손을 파르르 떠는.

유미   그러니까… 수상한 남잘 쫓았더니, 금루나 부단장이 나왔다고?

단   엊그제 연설 납치한 게 그 남자인진 확실치 않아요. 그치만, 아무
          래도 의심 가서 집사님께 말씀드리려구요.

유미   근데, 루나 씨가 왜? 아니… 고모님도 아니고, 니나도 아니고…

단   악에, 그럴듯한 이유가 있나요.

유미   지웅 씨가 확인해줘야 되는데… (자책하는) 멍청이… 왜 자퇄 안
          받아놔서.

단   누구요?

유미   있어… 잠수 탄 사람… (하는데)

(E)   **유미 전화 울리고.**

유미   (받는) 네… … 제가 정유민데요. 네?? (하얗게 질려) 바로 갈게요.
          (단에게) 부탁할게. (챙겨 나가는)

단   (끄덕하고 / 걱정스레 보는데)

S#57   **경찰서 로비 (낮)**

유미.. 얼빠진 얼굴로 나오는 위로,

경찰   **(E) 확인해주셔서 감사합니다. 소지품 하나도 없어 신원확인 오래 걸릴 뻔했는데, 다행히 딱 하나, 주머니에서 정유미 씨 명함이 나왔네요.**

유미   (다리가 떨려 주저앉으면)

경찰   **(E) 부검결과, 암 말기 환자더라구요. 신변비관 자살로 처리될 겁니다.**

유미   (두려움에 몸을 감싸고)

S#58   **연서의 방 (낮)**

연서.. 생각이 많은 표정으로, 호출기를 누른다. 누르자마자 튀어오듯 단이 들어오는.

단   나 여깄어. 왜, 어디 아파? 뭐 갖다 주까?

연서   (가만히 보다. 흔들리는 표정 / 다잡고) 연습실 청소.

단   (?)

연서   네가 해줘. 오늘 하루종일 집에서 연습할 건데, 지저분한 거 딱 싫으니까.

단   직원분이 다 했을 텐…

연서   (O.L) 네가 해줘야 내가 안심이 돼. 할 거지?

단   (의아하지만 / 끄덕)

S#59　　**아이비 저택 연습실 (낮)**

단.. 열심히 청소기 돌리고 있다.

S#60　　**단의 방 앞 (낮)**

연서.. 문 앞에서 망설인다. 들어갈까, 말까⋯ 결심하고 들어가는.

S#61　　**단의 방 (낮)**

연서.. 살그머니 들어왔다. 다시 나갈까? 하다가 작심하고 들어오는.

단의 방을 둘러본다. 단의 흔적들 있는 방 안. 책상 위 보면 (보고서 없고) 달력만 보이고.

침대 아래 철제 상자 있지만, 보지 못하는 연서.

연서　　네가 말을 안 해주는 데는 이유가 있겠지. 그럼, 그 이유 내가 찾아낼 거야.

연서.. 서랍을 여는데, 하나, 둘 뺄 때 별다를 것 없다가 세 번째 서랍에 핸드폰이 있다!

연서.. !! 하고 보는.

연서　　안 버렸네⋯ 완전 고장 났나⋯ (하고 전원 눌러보는데 / 들어오는 / 실망한 눈빛이고)

S#62　　**아이비 연습실 (낮)**

여전히 청소 중인 단.. 뒤로 연서가 들어온다. 단.. 거울로 연서 보

고.

단　　　　다 됐어! (정리 얼른 하고 연서에게로 뛰어오는데)

연서　　　(복잡한 표정으로 보는)

단　　　　장갑 줘? 확인해볼래? (흰 장갑 주면)

연서　　　(받았다가 / 단에게 확! 던져버린다)

단　　　　(?) 뭐야?

연서　　　(슬프게 노려보다가) 넌 날 진짜로 좋아하는 게 아니야.

단　　　　(!!!) 다짜고짜 무슨 말이야?

연서　　　나는… 널 끝까지 믿었고, 믿고 싶었어.

단　　　　(철렁하면서도) 설명을… 해봐. 그래야 변명이라도 하지!

연서　　　됐어. 너도 안 하는 설명을 내가 왜 해야 돼? 나한테 말도 걸지

　　　　　마! (돌아서 가는)

단　　　　야, 이연서!! (쫓아가려는데)

(E)　　　**단의 핸드폰. [지강우]다.**

단　　　　(받으며) 지금 바빠요, 나중에 다시

강우　　　**(E) 집 앞입니다.**

단　　　　(!!)

S#63　　**아이비 저택 앞 (낮)**

강우.. 차에 기대선 채, 기다리고 있으면, 대문 열리고 단이 나온

다. 강우.. 실망스러운.

강우   네가 왜 나와? 연서 씨한테 전하라고 했잖아.

단   (심각한) 할 말이 있어.

강우   (표정 읽고 / 진지해지는데)

단   연설 노리는 사람… 아무래도 금루나 부단장 같아.

강우   (!!) 그걸 어떻게 알았어?

단   그건 알 거 없고, 그런 거 같으니까 방법을 찾아봐야지.

강우   알고 있었어.

단   뭐?

강우   아니, 짐작하고 있었지.

단   근데, 왜 나한테 말을 안 했어? 아무리 날 싫어해도 그건 얘길 했
        어야지!

강우   네가 뭘 할 수 있는데?

단   (!!!)

강우   얼마나 남았어. 한 달? 보름? 고작 며칠 동안 지상에 있다 가는 존
        재잖아. 게다가 천사. (풋 / 조소) 필요하면 난, 그 인간들을 죽일 수
        도 있어. 연서 씰 위해서.

단   (서늘) 악을 악으로 갚아선 안 돼.

강우   천사나 그렇지. 나 같은 인간은 이제 하늘의 심판 같은 거, 두렵지
        않거든.

단   이제, 두렵지 않아? (휘리릭 정리되는 그간의 기억들)

〈F/B〉   1. 9부 S#58

단	(뿌리치고) 뭐야 당신? 천상의 비밀을 인간이 어떻게 알아?
강우	그것부터 따져볼까? 당신 미션이 뭐야? 왜 이연서한테 온 거지?

2. 9부 S#63

단	지강우.. 분명히 비밀이 있습니다. 보통 사람은 아니에요.

3. 10부 S#7

강우	(!) … 있었어. 딱 너처럼 자기만 특별한 줄 알았던 하룻강아지 천사가.

단	당신이 그거였구나. 하룻강아지.
강우	(! 정곡을 찔렸지만 / 표정 관리하고) 현재가 중요하지. 끝까지 연서 씨 곁에 남아있을 '사람'이 누군지가.
단	(충격받은) 언제부터 인간이었던 거야? 아니… 어떻게 인간이 됐어. 아니… 천사가… 인간이 될 수가 있어?
강우	(물끄러미 바라보는)
단	(애가 타는) 대답해, 어서!
연서	**(E) 무슨 얘길 그렇게 해?**
단, 강우	(헉! 하고 돌아보면)
연서	(거리 두고 선 / 못 들은) 나 빼고 둘이서?
강우,단	(서로 눈 맞추는 / 천사 얘긴 암묵적 비밀이다)
강우	연서 씨 좀 불러달라구요. 연락할 데가 비서밖에 없네요.
단	그만 돌아가라고 했어. 둘이서, 할 얘기 없잖아.
연서	(O.L) 가요.
단, 강우	(??? 해서 보는)
연서	나도, 지강우 감독님께 할 말이 있어요. (강우 차에 타려는데)
단	같이 가.

연서	(차갑게) 넌 집에 있어.
단	왜?
연서	(가까이 다가가더니 / 귓속말로) 비밀이야, 나도.
단	(헐, 하고 보면)
연서	(차가운 표정으로 강우의 차에 올라타는)
강우	(단을 보란 듯이 보고 / 탄다)

강우의 차.. 멀어지면, 단.. 혼란과 속상함에 발을 쾅! 구르고.

S#64　카페 (낮)

강우와 연서.. 무거운 침묵을 사이에 두고 앉았다. 연서도, 강우
도.. 마음 무겁다.

연서	감독님 나, 속이는 거 있죠?
강우	(!!) 다 얘기하려고 온 겁니다.
연서	내가 먼저 할게요. (품에서 핸드폰 꺼내 문자를 펼쳐 보인다)
강우	(놀라는)

INSERT　S#61 연서.. 몰래 찍었던 단의 사진 보면서 살며시 미소 짓다가, 문자함
알림보고 들어간다. 쌓인 문자들 넘겨 보다 강우에게 보낸 문자, 그대로
있다!
연서.. 점점 얼굴 굳어지고!

연서	난 이 문자를 보낸 적이 없는데, 감독님은 이 문잘 받았어요.
강우	잘못… 보낸 거라고 생각했어요.
연서	거짓말! 거짓말하지 마요. 생각해보니까 다 이상해. 나… 아무리 연습해도 그렇게 갑자기 쓰러지고 그런 사람 아니거든요. 단이랑, 감독님이랑 둘이서만 쑥덕거리는 것도 싫어. 얘기해요. 전부 다.
강우	15년 전이었습니다.
연서	감독님!
강우	(진지하게) 같은 얘기예요. 들어줘요. 부탁할게.
연서	(뭐 하는 거야, 싶지만 / 한 번 참고)
강우	전에, 명부전에 모셨다는 친구 기억나죠? 죽었습니다. 내 눈앞에서.
연서	(!)
강우	그리고… (망설이다 / 설희의 사진 한 장을 꺼내 내미는) 그 친구 사진이에요.
연서	(보고 / 깜짝 놀라는!!) 이건…
강우	닮았죠. 놀랄 정도로.
연서	(알겠다는 듯) 그래서 나한테… 그렇게 집착한 거예요? 근데 감독님… 저는, 그 사람이 아니잖아요.
강우	알아요. 처음엔 대신이라고 생각했습니다. 하지만 이젠 아니에요. 난 이연서의 춤을 사랑하고, 이연서라는 사람을… 사랑합니다.
연서	(쿵!!)
강우	그날 무슨 일이 있었는지 물었죠? 난 대답 못 해요. 당신 모르게 해결할 거고, 굳이 괴로운 기억 같은 거, 꺼내게 하기 싫어.
연서	괴로운… 기억이라구요?
강우	그리고 무엇보다 그때처럼 당신을 잃고 싶지가 않으니까.

연서	(복잡한 / 이내 차갑게 가라앉는)
강우	내가 지키게 해줘요. 당신 옆에 있게, 허락해줘요. 연서 씨.
연서	(곤란한 표정으로 바라보면)
강우	(진실하고 간절한 눈빛)

S#65   아이비 저택 앞 (낮)

강우의 차.. 다가온다. 강우와 연서.. 내린다.

강우	들어가요.
연서	감독님, 아까 했던 이야기는…
강우	지금 대답하지 말아요. 우리한테 시간은 충분하니까.
연서	(착잡하고)
강우	들어가는 거 볼게요.

연서.. 대문을 열고 들어간다. 강우.. 확인하고 차 타고 떠나는. 닫혔던 대문.. 빼꼼히 열린다. 연서다.. 다시 나온다. 연서.. 뭔가 결심한 듯 강단 있는 표정!

S#66   아이비 저택 거실 (낮)

단.. 천천히 거실을 서성이며 생각에 빠져있다.

단	천사가… 사람이 됐어. 천사가… 사랑을 했고, 사람이 됐어.

후	(E) 어차피 네가 천사인 걸 아는 순간 너와 펭과리 사이는 끝이 난다.
단	사람이… 되면?

단.. 엄청난 사실이다. 감히 꿈을 꿔도 되나? 싶을 만큼 벅찬데 (E)
전화 오는!
단.. 확인하는데 딱딱하게 굳는 얼굴. 〈INSERT〉 [연서님♡]이다.
이게 무슨 일이지? 싶어서 방을 올려다보는.

단	(조심스럽게) 여보… 세요?
연서	(F) 나야, 펭과리.

S#67 공원 / 아이비 저택 거실 (낮)

공원 횡단보도 근처에서 전화 중인 연서. 단.. 놀라서 통화하는.

단	어디야? 전화긴 어떻게 찾았어?
연서	(O.L) 공원이야. 나 쓰러졌던 거기.
단	(헉!!!) 혼자? 지강우는?
연서	아무도 얘길 안 해주니까, 와봤어. 뭐라도 기억날지 모르니까.
단	내가 지금 갈게. 거기 꼼짝 말고 있어. 어?
연서	마지막으로 물어볼게. 너… 나한테 정말로 할 말 없어?
단	… 가서 다 얘기해줄게. 아니, 도착할 때까지 나랑 계속 통화하자. 그래야겠어, 어?
연서	늦었어. 내가 마지막이라고 했잖아. (끊는)

단   (헉! / 미치고!)

S#68   공원 내 매점 (낮)
연서.. 공원을 돌아본다. 단과 함께 걸었던 길.

연서   여기서, 질투하고··· 여기서 손잡고··· 여기까진 다 생각나.

매점에 빨간 풍선 달려있다. 연서.. !!

〈F/B〉   10부 S#66 빨간 풍선 들고 선 단의 얼굴!

연서   저기요··· 말씀 좀 여쭐게요.
주인   **(E) 네, 뭐 드려요?**
연서   엊그제, 여기서 빨간 풍선 사 갔던 남자 혹시 기억하세요?
주인   (멀뚱) 남자 아님 여자가 사 가지.
연서   (핸드폰 보여주는 / 단 사진) 이 사람요.
주인   (보더니) 아, 이 남자! 우산이랑 풍선 사 갔지.
연서   네, 맞아요. 또 그담엔요?
주인   남자가, 애인이 없어졌다고. 여기저기 찾아다니고, 소리 지르고.
          난리도 아니었어요. 찾았나 몰라··· (하다가 연설 보고) 혹시, 아가씨
          예요?
연서   (!!) 사람이··· 없어졌다구요?

S#69   **연서의 차 안 (낮)**

단.. 바쁘게 운전하는 중. 불안하고 초조하다. (액셀 꾹! 밟아 속도
내는)

S#70   **공원 (낮)**

단.. 헐레벌떡 도착해서 둘러본다. 연서를 찾는. 또 찾는데,

나무 아래, 연서가 앉아있다. 차분하게 굳은 얼굴로. 단.. 뛰어간다.

연서.. 자신을 향해 뛰어오는 단을 보는 얼굴, 속을 알 수 없다. 말
갛고 좀 슬픈.

단   이연서… 괜찮아? 너 혼자 다니지 마. 차라리 지강우랑 다녀. 얼
         마나 걱정했는 줄 알아?

연서   (단을 올려다보는) 너…

단   다 말해줄게. 너 놀랄까 봐.

연서   (일어나서 단의 입을 막는)

단   (!! 놀라고)

연서   (가만히 단의 눈을 보다가) 김단, 너…… 천사야?

단   (얼음)

연서   대답… 해… (듣는 게 무서운) 너 거짓말 못 하잖아. (손을 내려주는데)

단.. 연서를 가만히 바라본다. 연서.. 복잡한 마음으로 단을 바라보
는데,

<F/B> 3부 S#6

단 그래… 인간 눈엔… 천사나 괴물이나, 변태나…

11부 S#66

단 사람이… 되면?

단 (연서를 보며 / 무겁게) 어… 나 천사야.

연서.. 그랬구나. 선고를 듣는 듯한 표정과 그런 연서를 아프게 보
는 단의 눈빛에서 ENDING!

사람도, 죽어요. 누구도 평생, 옆에 있어줄 수 없어.
그건 내가 제일 잘 알아요.
우리한테 주어진 시간이 얼마 안 남았으면,
더 많이 사랑할 거예요. 후회 남지 않도록.

12
부

S#1　　　**공원 내 도로 (낮)**

11부 S#68 이후. 연서.. 혼란스러운 얼굴이다. 건너편에 평화로운 사람들.

연서　　분명히 여기서… 단이 보고… 손 흔들고… 그랬는데…?

주인　　**(E) 남자가, 애인이 없어졌다고. 여기저기 찾아다니고, 소리 지르고, 난리도 아니었어요. 찾았나 몰라… (하다가 연설 보고) 혹시, 아가씨예요?**

연서　　(주위를 둘러본다 / 기이하고 낯선) 나 아니에요… 난 그냥… 잠깐 쓰러져서…

〈F/B〉　　11부 S#19

단	깼어? 아픈 덴… 없어? 일어날 수 있겠어?
단	(쿵) 연서야. 잘 들어. 너 어제…

연서	아냐… 말도 안 돼… (고개 젓는) 잘못 안 거야. 나 아냐… 단이도 아냐… 아닐… 거야…

도롯가에 서서 고갤 세게 젓는 연서. 그 옆을 위협적으로 쌩 지나가는 트럭!
연서.. 놀라 엉덩방아 찧는다. (E) 빠아아아앙! 경적 길고 크게 울리는 소리에
번쩍! 떠오르는 그날의 기억!

〈F/B〉 10부 S#70 들었던 (E) 차 소리 (E) 환풍기 소리 그리고 바닥에 떨어지던 (E) 빗소리
손가락을 적시던 빗방울!

연서.. 바닥을 짚은 손가락 움찔! 한다. 겨우 일어나는 신호등(혹은 가로등)을 잡고 기대서는데.

〈F/B〉 10부 S#70 (시점샷) 캄캄한 어둠 속, 희미한 빛들만 어지러운 시야 떠오르고.

연서.. 두 손으로 눈을 가린다. 이게 뭐야… 머리 아픈! 얼굴 묻고 있다가 손을 떼는데!

〈F/B〉   10부 S#74 준수가 눈 풀어줬을 때 확 펼쳐지던 야경!

연서.. 헉! 놀란다.

준수   **(E) 살려준 거 아닌데**
      준수의 목소리가 버튼이라도 된 듯, 폭탄처럼 연쇄적으로 터져
      나오는 그날의 기억들.

〈F/B〉   11부 S#74 난간에 묶여있던 연서 / 손목 끈이 풀리는 순간 컷 / 놀라 준
      수를 돌아봤던 얼굴 / 속절없이 떨어지던 모습까지 빠르게 컷컷컷!

연서   (머릴 감싸 쥐고 혼란스러운데) 뭐야… 이거 뭔데!!!

      하는데, 번쩍- 하고 떠오르는 천사, 단의 기억!

〈F/B〉   11부 S#2 (연서의 시선) 날개를 펼쳐서 연서를 감싸 안고 바라보는 단의 얼굴!
단   **(E) 나 봐, 연서야. 나야…**

      연서.. 너무 놀라 제 입을 막고 스르르, 주저앉는 데서,

S#2   **성당 안 (낮)**
      후.. 기도를 올리고 있는데, 갑자기 정전된 듯 불이 꺼지고, 어둠
      에 휩싸인다!

후.. 겁먹은 듯 주위를 둘러본다. 아무 소리도 들리지 않는 정적. 제단 위 촛불이 저절로 팟! 하고 켜진다. 후.. 아하, 알아채 버렸다.

후   기억이… 돌아왔군요.

신이 답이라도 하듯, 촛불이 하나, 둘씩 켜진다. 후.. 위압감 느껴 물러서는.

후   (올려다보며) 억지로 기억을 봉인한들, 소용없다는 걸, 알고 있습니
        다. 근데 왜 그랬냐구요? (진지하게) 다가올 일들이… 두려워서요.

S#3   공원 (낮)
11부 S#70. 단의 입을 막고 있는 연서. 당황한 단.. 얌전히 연서
를 보는데.

연서   (가만히 단의 눈을 보다가) 김단, 너…… 천사야?
단   (얼음)
연서   대답… 해… (듣는 게 무서운) 너 거짓말 못 하잖아. (손을 내려주는데)

단.. 연서를 가만히 바라본다. 연서.. 복잡한 마음으로 단을 바라보
는데.

단   (연서를 보며 / 무겁게) 어.. 나 천사야.

연서	(역시 그랬구나 싶은)
단	(진실하게) 미안해, 잘못했어. 무조건 다 내 잘못이야.
연서	(말없이 응시 / 원망하는 눈빛)
단	(너무 미안한) 내 얘기 좀, 들어줘.
연서	(O.L) 싫어. 필요 없어. (돌아서는데)

단.. 뛰어서 연서 앞에 선다. 연서.. 화난 표정으로 보면.

단	(진실하게) 미안해.
연서	마지막이라고 했잖아. 끝까지 믿고 싶다고… 했잖아!
단	그날, 여기서 말하려고 했었어. 사실 나 사람이 아니라고. 날개 달린 천사라고. 네가 날 끔찍해하면 어쩌지. 두려워하면 어쩌지 걱정 안 한 줄 알아? 그래도 하려고 했다고. 솔직하게. 근데!
연서	내가 납치 당해서 못 했다?
단	(탄식) 어떻게 말해. 네가 죽을 뻔했다고! 끔찍한 일이 있었다고 어떻게!
연서	변명하는 거네.
단	설명하는 거야.
연서	기회 많았어. 우리 처음 만났을 때, 비서로 들어왔을 때, 샹들리에 떨어졌을 때! 내가… 왜 날 좋아하면 안 되냐고 붙잡았을 때! 말했어야 한다구.
단	말했으면… (슬픈 눈) 믿을 수 있었겠어?
연서	(!) … 내가 놀라 까무러칠 줄이라도 알았어? 천사면 뭐? 그게 뭐!
단	(!!)

연서	네가 뱀파이어든, 도깨비든, 외계인이든 뭐든, 넌 나한테 얘길 했어야 돼. 날 못 믿는 건 너야. 나는 그게… 네가 날 못 믿은 게 너무너무 화가 나! 알겠어?

연서.. 단이를 두고 저벅저벅 가버린다. 단.. 미치겠고!

S#4 공원 일각 (낮)

연서.. 걸어오다가 나무 옆에 멈춰 선다. 화도 나고 속상하고 어쩔 줄 모르겠는데, 단.. 뛰어와,

단	(팔목을 잡으며) 연서야… (하는데)
연서	(홱 뿌리치는) 이거 놔!

연서가 뿌리친 단의 팔.. 나무껍질에 부딪쳐 긁힌다. 피가 싹 맺히는!

연서	(놀라서 다가오는) 다쳤어?
단	긁힌 거야. 괜찮아.
연서	(걱정스러운) 손 줘봐.
단	(본능적으로 숨기려다 멈칫 / 연서에게 손을 내민다)

연서.. 단의 손등 보는데 피 맺혔던 상처가 눈앞에서 말짱해진다. 연서.. 헉! 하고 단의 손을 툭, 놓친다.

연서	(놀라서) 이게… 뭐야… 너 진짜… 진짜루…
단	(쓸쓸히) 안 놀란다며…
연서	눈앞에서 상처가 사라지는데 어떻게 안 놀래, 사람이!
단	그래… 너는 사람이니까…
연서	(!!)
단	이상해도 좀 참아. 징그러워도 참고. 네가 아무리 가라고 해도, 난 네 옆에 있을 거니까.
연서	(허!) 지금 통보하는 거야? 염치도 없이?
단	너 아직 위험하니까!
연서	(쿵)
단	누구든 널, 또 노릴지도 모른다고, 언제든 네가 위험해질지도 모른다고 생각하면, 내가 미칠 거 같으니까! 그러니까, 참아.
연서	(감동했지만 / 지고 싶지 않은) 생색내지 마. 천사라면, 사람이 위험에 처했을 때 구하는 게 당연한 거 아냐? 뻗대지 말구, 가!
단	안 갈 거거든!
연서	자꾸 이럼 너 없는 사람처럼 취급할 거야. 어차피 사람도 아니지만!
단	그래… 귀찮은 유령 하나 붙었다고 생각해.
연서	완전 신경 안 쓸 거거든?
단	잘됐네!
연서	그래!

단과 연서.. 서로 흥! 하고 돌아서지만. 이내 단이 연서를 뒤따른다. 연서 바로 뒤에서 졸졸.

단.. 연서 뒷모습 보며 미안하고 복잡한 심정 되고,

연서.. 뒤따라오는 단 알지만 뒤돌아보지 않고.

S#5   아이비 저택 마당 (낮)

단.. 구름이 옆에 두고 구시렁대는 중.

단   끔찍할 수 있어. 징그러울 수 있어. 그래두 사람이면! 고맙다고 하
      는 게… 순서 아냐? 낭떠러지 같은 꼭대기에서 떨어지는 걸 구해
      줬는데!

      하다 진지해지는 단.. 벌떡, 일어난다.

S#6   연서의 방 (낮)

연서.. 씻고 나온 듯, 평상복 차림. 침대에 털썩 주저앉는다. 아닌
척했지만 충격받은.

연서   진짜… 천사였어. 정말…

      연서.. 손수건 꺼내 본다. (손수건은 가방이나 주머니 등 항상 지참하고
      있는) 깃털을 손으로 쓸어보는 연서.

연서   눈앞에 있는데… 믿을 수가 없네… (하는데)

〈**F/B**〉 1. 2부 S#71. 샹들리에 떨어질 때, 날개 펼쳐서 구해준 단.

2. 4부 S#6.

연서 (최대한 침착함을 유지하려 애쓰며) 누가 보냈어?

단 위에서…

3. 4부 S#5.

단 이연서를 꼭…! 미션 컴플리트!

4. 2부 S#62.

단 사랑은, 다른 사랑으로 잊혀진대요. 더 미치기 전에, (진지하게) 좋은 사람 한 번 만나보는 건 어떨까요?

연서.. 뭐지? 싶은데 (E) 노크 소리.

단 **(E) 나야.**

연서 들어오지 마.

단 **(E) 들어갈게.**

연서 야!

단.. 들어온다. 카모마일 차 들고. 연서.. 보면, 단.. 연서 옆에 와 내려놓고 앉는.

연서 말 안 들을 거야?

단 유령이라고 생각하라니까.

연서 천사를 어떻게 유령이라고 생각해!!

단 (찻잔 놓아주고) 오늘 밤에, 같이 있어주까?

연서	(쿵) 뭐… 뭐래? 미쳤어? 나가! (쫓아내는데) 나가 빨리!
단	혼자서 괜찮겠어? 다 생각났다며. 그날 옥상 일두… 떠오른 거잖아.
연서	(!! / 손 떨려)
단	걱정하지 마. 이젠 안 놓쳐. 내가 지켜줄게.
연서	(코 찡해지는)
단	(연서 얼굴 들여다보는) 응? (하는데)
연서	그게… 미션이야?
단	(!!!)
연서	위에서 보냈다며, 미션 컴플리트 해야 된다며. (조금 기대하는) 정말, 위험할 때 나 구해주라고 신인지 뭔지가 보낸 거야? 수호천사… 뭐 그런 거?
단	(말문 막히는 / 하지만 고백하려고 입 떼려는데)
연서	(O.L) 일어나.
단	(?)
연서	너 이럴 줄 알았어. 굽이굽이 일만이천봉 둘러댈 줄 알았다구.
단	어디 가게?
연서	(답 없이 어디게? 표정 지어 보이는데)

S#7   성당 앞 (밤)

연서와 단.. 나란히 온다. 단.. 곤란해죽겠다. 마당을 비질하고 있는 수녀님.. 연서와 단을 보고 인사하고.

연서	수녀님, 여기 주임 신부님을 뵙고 싶은데요.

수녀님	어떡하죠, 지금 안 계신데요…
연서	(한숨 / 돌아서면)
수녀님	(단이 쳐다보면 / 후의 얼굴! / 입 모양으로) 여길 같이 오면 어떡해!
단	(역시 입 모양 / 몸짓) 기억이 살아났어요. (하는데)
연서	(돌아선다)
수녀님, 단	(얼음 되면)
연서	(탁, 탁, 탁 다가와서) 이젠 변신까지 해서 사람을 속여요?
수녀님, 단	(헐!!)
연서	(수녀님 향해 몸 기울여 / 냄새 쓱 맡는) 그날 맡았던 향. 이것도… 천상의 향인가요?
수녀님, 단	(소름!!)

S#8 성당 작은 방 안 (밤)

연서.. 팔짱 낀 채 방 안을 둘러보고 있다. 살벌한 명탐정 느낌. 단과 후.. 둘이 서로 눈으로 어떻게 된 거야? 내가 할 말!! 하는 식으로 대화 중.

연서	아예 이렇게 본부를 차리고, 사람을 속여먹고, 등쳐먹었다?
후	(헐 / 짐짓) 어허, 입이 몹시 거치…
연서	(획 돌아보며 / O.L) 고아요? 새가 뭐 어쩌고 어째요?

〈F/B〉	8부 S#31 연서와 후의 대화
연서	그니까… 이를테면 고아원 같은 건가요?

후	공중의 새도, 갈 곳을 잃은 인간도, 모두 거두고 기르시는 분이니까요.
연서	(혼란스러운) 그치만… 아버지가, 있다고 했어요. 쫓겨났다고.
후	여기서 아버지가 누군지, 잘 아시잖습니까.
후	(헛기침) 내가 고아란 말을 한 건 아니잖소…
연서	인연이 다 됐으니까, 찾지도 말라구요?

〈F/B〉 8부 S#31

후	때가 된 것일 뿐입니다. 시작도 끝도, 사람은 알 수가 없죠. 지나고 나야, 인연이 다 됐다는 걸, 그것이 끝이었다는 걸 알게 됩니다.

단	(몰랐던) 선배…!! (배신감 눈빛)
후	틀린 소린 아니었다, 뭐…
연서	내가 그날 얼마나… 속상하고 간절했는데. 김단 쟤 떠나보낸 게 내 잘못 같아서. 얼마나 미안하고 걱정됐는데…!
단	(찡한)
연서	완전 사이비 사기단이야.
후	(헐) 모욕적이야…
단	(후 달래며) 첨엔 다 그래요…
연서	다신, 나 속일 생각 말라고 왔어요. 괜히 말 뱅뱅 돌려서 은근슬쩍 눙치고 지나가는 거, 절대로 용납 안 해. 알겠어요?
단, 후	(자기도 모르게 / 차렷) 네.
연서	(후를 향해) 그래서, 얘 임무는 뭐예요?
단	(헉!!)
연서	하늘에서 나한테 보낼 때, 미션이 있었을 거잖아. 뭔데요.

후   (단을 한번 슬쩍 보고)

연서   **(E) 너 일루 와!!**

S#9   성당 앞 (밤)
        문 벌컥 열리며 단.. 도망치고 있다. 연서.. 쫓아 나오는. 둘이 추
        격전!

연서   뭐? 누구랑 누굴 연결해? (발차기!!)
단   (피하며) 그게 아니고…!!!
연서   누구 맘대로 갈빗대야? 누구 맘대로!
단   아니… 첨엔 아무나랑 사랑했으면 했는데,
연서   아무나? 양심도 없어. 요새 결혼중매업체들도 얼마나 까다롭고
        성실한 줄 알아?
단   금방 후회했다고! 저런 놈 말고 차라리 날 사랑했으면 좋겠…
연서   (멈칫)
단   다… 고… 생각했단 말이야.
연서   또, 또… 은근슬쩍 넘어갈 생각 마! 나, 너 아직 용서 안 했어! (획
        돌아서 걸어가는 / 홍조 띠는 볼) 천사가 못 하는 소리가 없어. 진짜.
단   (총총 따라붙는) 같이 가!

        연서와 단.. 티격태격하며 걸어가는 모습을 뒤에서 바라보는 시
        선.. 후다.

후.. 깊은 한숨을 쉬면서 오래도록 바라보는데, 갑자기 획! 뒤에서 당긴 것처럼 끌려가는!

화면 밖으로 사라지는 후!

S#10   영자네 주방 (밤)

영자.. 이미 살짝 취할 만큼 양주를 마셨다. 기천.. 들어와 옆에 앉아 마신다. 영자.. 흘깃 본다.

두 사람.. 각자 잔을 채워 마시더니 후, 한숨도 같이 쉬는.

영자   … 여보, 당신은 인생의 목표가 뭐야?

기천   (?) 나야 뭐… 무사히 애들 시집보내놓고 당신이랑 귀농해서 양파도 키우고 대파도 키우면서 사는 거지.

영자   (보면)

기천   농산 내가 지어. 당신 손에 흙 안 묻힐게. 근데, 갑자기 그건 왜?

영자   당신이 뿌린 씨앗이… 독초면 어떡할 건데?

기천   (!!)

영자   애지중지 키워낸 새싹이, 걷잡을 수 없이 독버섯처럼 번져서 다른 묘종들 싹 말라 죽게 하면…?

기천   (못 알아듣는) 뿌릴 뽑아야지. 더 번지기 전에.

영자   (눈이 번질번질해 빛나는!)

S#11   루나의 방 (밤)

영자.. 살그머니 문을 열고 들어온다. 루나.. 잠든 듯. 어두운 방에
누운.

영자.. 루나를 물끄러미 내려다본다. 복잡하고 고통스러운 눈빛!
천천히 루나에게 다가가는데!

루나	(기척에 깨서 보는 / 놀라) 엄마! (일어나 앉으면)
영자	(박자 그대로 이불 덮어주는 척) 깼어?
루나	(냄새 맡고) 술 드셨어요? (스탠드 켜고)
영자	(침대에 걸터앉으며) 걘 누구니?
루나	(!) 갑자기 무슨 말씀이세요?
영자	네 수족처럼 구는 애, 믿을 만한 거냐고!
루나	(표정 서늘하게 바뀌는)
영자	언제부터야, 조 비서도 네 짓이니?
루나	모른 척하세요. 니나 소원, 엄마 소원 제가 다 들어드릴 테니까.
	(생긋 웃는데)
영자	안 돼!
루나	(? 해서 보면)
영자	루나야, 잘 들어. 지금까지 네가 저지른 일들은 전부 다 내가 한
	거야.
루나	(!!) 엄… 마?
영자	나쁜 일, 더러운 일, 끔찍한 일 전부 다! 너는 모르는 일이야. 내가
	꾸몄고, 내가 지시했어. 알겠어?
루나	그럴 필요 없는(하는데)
영자	(O.L) 그리고 앞으로, 그 어떤 일도 나 모르게 꾸며선 안 돼. 누굴

해치든… (결심한) 죽이든! 다 내 결재 받고 움직여. 약속해!! (손이 떨려)

루나   … 그럴게요. (떨리는 손 잡아주며) 너무 걱정 마세요. 아무 일도 아니에요.

영자   (내가 낳은 딸이라니! / 참혹하고 두려운 마음으로 루나를 보고)

S#12   아이비 저택 전경 (밤)

S#13   단의 방 / 연서의 방 (밤)

단.. 침대에 누웠지만 잠이 오지 않는다. 연서.. 마찬가지로 누웠지만 잠이 오지 않는다.

뒤척이는 두 사람. 연서의 핸드폰 (E) [김단♡] 뜨는.

연서.. 원망스러운 표정으로 보다가 받는다. / 단.. 마치 마주 누운 듯한 각도로 누워서 통화.

단   (F) 자?

연서   아니…

단   카모마일 갖다 줄까?

연서   아니… 됐어.

단. 연서   (가만히 침묵, 서로의 숨소리만 듣고 있는)

단   연서야…

연서   … 응?

단	너 그 사람한테 보낼 때, 나 너무 속상하고 슬퍼서 내가 어디 고 장 난 줄 알았어.
연서	(피… 대답 않고)
단	(F) 이젠 너 누구한테도 안 보내.
연서	(쿵) … 졸리다. 자… (끊고 / 살짝 번지는 미소)

S#14   연서의 방 앞 (밤)

단.. 전화기 든 채로 있다. (통화 중에 온 것) 연서의 방문에 손 지그 시 대어보는 단.

단	잘 자.

S#15   루나의 차 안 (낮)

루나.. 운전석에 앉아 준수에게 받은 문자 확인하는.

INSERT 문자 아래로 링크 뜨는.

준수	**(E) 지금 들으셔야 할 것 같습니다.**

루나.. 이어폰 연결해 끼고 문자 링크 클릭하면 재생되는 목소 리… 유미와 박 실장이다.

유미	**(E) 목숨이, 중요하죠.**

루나   (눈 반짝)

S#16   한강 캠핑장 (낮)

박 실장.. 앞에 끓인 라면 두고, 덜덜 떨며 유미를 맞이하는 중. 유
미.. 박 실장 앞에 허리 손 없고 또박또박 이성적으로 일갈!

박 실장   날… 어떻게 찾았어요?

유미   돈으로 못할 게 어딨겠어요?

박 실장   난 빠질 거예요. 좀만 기다려봐요, 공연만 끝나면

유미   몸조심하시라고, 그 얘기 하러 온 거예요.

박 실장   (?)

유미   아가씨, 아무것도 몰라요. 증거도 없으니 처벌도 못 하고. 알아봤
             자 남는 건 아가씨 고통뿐이잖아.

박 실장   그… 래서요?

유미   (똑똑히 보는) 포기하려구요. 모든 걸.

S#17   루나의 차 안 (낮)

운전 중인 루나.. 음성 듣고 있는 모습 위로,

유미   **(E) 아가씨 모르게, 우리 선에서 정리해요, 그만… 갈게요.**

루나.. 만족한 건지 편안한 표정으로 이어폰 뺀다.

S#18　　**한강 캠핑장 (낮)**

유미.. 갈게요, 하고 난 뒤에 돌아설 듯, 하다가 박 실장에게 성큼
성큼 다가간다.
박 실장 놀라 어, 어? 하려면 유미.. 다짜고짜 박 실장 입 막고, 핸
드폰 낚아채더니, 강물에 던져버리는.

박 실장　　무… 무슨 짓이에요?

유미　　　지웅 씨 죽었어요. 아니, 살해당했어요.

박 실장.. 놀라서 보면, 유미 뒤로 연서가 등장한다. 옆에 단과 함께.
박 실장.. 더 놀라 엉덩방아 찧어버린다. 연서.. 박 실장 앞에 꼿꼿
하게 서서 내려다본다.

박 실장　　이… 이게 어떻게 된 거예요. 지웅 씨가 왜, 아니 누가?

연서　　　(차갑게 보는)

단　　　　(그런 연서를 안쓰럽게 보고)

유미　　　지웅 씨가 서울에 있는지, 우릴 만났는지 어떻게 알았겠어요.

박 실장　　(강물을 보며) 서… 설마.

유미　　　센터 가서 내 폰 확인했어요. 난 아니니까, 남은 건 박 실장님뿐이
　　　　　죠. 도청당하고 있었던 거야.

박 실장　　(충격과 공포)

연서　　　왜 놀라요? 이쪽저쪽에 발 걸치고 애매하게 굴면, 안전할 거라고
　　　　　생각했던 거예요?

박 실장　　(무릎 꿇는) 자… 잘못했습니다. 잘못했어요 아가씨.

연서   (조소로 보는) 갑자기요?

박 실장   그때 관뒀어야 했는데… 승완 형님이 네 손만 더러워진다고 혼냈을 때… 그때가 기회였는데…

연서   (차갑게 식는) 아저씨가… 알았다구요?

〈F/B〉   1. 1부 S#60 연서의 차 안

승완   다 됐어. 조금만, 조금만 더 있음, 너 제자리로 돌려놓을 거야. 내가.

           2. 3부 S#57 승완의 방 앞-연서와 맞닥뜨렸던 영자, 큰 가방을 메고 있었던!

           3. 1부 S#61 도로 + 연서의 차 안

승완   벨트 꽉 잡아!!

연서   (너무 화가 나는) 그래서… 죽였어? 아저씰?

박 실장   (머리 박고) 제가 안 그랬어요! 저는 그냥… 시키는 대로만 했어요. 정말로 사람을 해칠 줄은 꿈에도 생각 못 했…

연서   (O.L / 차갑게) 닥쳐요.

박 실장   (!!)

연서   용서 구할 시간, 변명 늘어놓을 기회. 안 줄 거예요. 그러니까 한 마디도 하지 말고 꾹꾹 삼키면서 평생 지옥 속에 살아요.

단   (안쓰럽게 보는)

연서   3년 전 일이 사고가 아니라 사건이었다면, 아저씨 교통사고도 우연한 사고 아닐 거라고 짐작은 했어요. (어이없어 헛웃음 나는) 그래도 어떻게… 아저씨가 어떤 사람이었는데… 선하고, 바르고… (회한) 아무리 못되게 굴어도… 끝도 없이 이해해주는 사람이었어.
지나가는 개미 한 마리도 못 죽이는 사람이었다구! 근데 어떻게
그런 사람을…!

박 실장 (흐흐흑 안으로 통곡 삼키는)

유미 (눈물 슥 닦고 / 정자세)

연서 (감정 꾹 눌러 삼키고) 약하다는 핑계로 악해지지 마세요. 박 실장님
이 용서받을 길이 뭔지, 잘 생각해보시구요. (유미와 단을 보며) 가요.

연서.. 단과 유미와 함께 천천히 걸어 나온다. 차오른 눈물, 야무
지게 삼키면서.
단과 유미 눈 마주치는 데서.

S#19   아이비 저택 거실 (낮) – 회상

지난 아침. 연서와 유미와 단.. 세 사람 앉아있다. 연서가 착착 지
시를 내리는 모습!

연서 시간을 벌어야겠어요.

유미 당장 경찰서에 가야지, 무슨 말이에요. 납치라며! 빌딩에서 떨어
질 뻔했다며!

단 (찔려)

연서 (단을 보며) 증거가 없어요.

단 그 건물… 협조 구해서, CCTV 봤는데 깨끗했어요.

INSERT 11부 S#33 핸드폰 찾으러 갔던 날. 모 건물 경비실에 사정 이야기하는 단. / 시설과에서 CCTV 확인하지만 옥상에 아무것도 없는 것 확인하는 단.

유미   그날 작정을 한 거야. 세상에 사람을 둘이나 죽일 생각을… (부르르) 완전 악마야. 악마!

연서   (차분하게) 사람이니까, 그러는 거겠죠. 미우니까, 욕심 나니까…

단   (안쓰럽게 보는)

연서   문지웅 씨 소지품도 전부 사라졌다면서요. 증언만으로 사건 성립 안 돼요. 우리가 손에 쥔 게 하나라도 있어야 재수사 들어가요. (눈빛 무섭게)

유미   박 실장님이 맘만 먹어주면 되는데, 겁먹었는지 굴 파고 들어가 버려서…

연서   맘 약한 사람 어르고 달래면 절대 못 이겨요. 더 세게, 눈앞에 현실을 들이밀어야죠. 도망갈 데 없다는 거 확실히 알게.

유미   (!)

연서   (은밀히) 집사님이, 해주실 일이 있어요.

단   다행히 그쪽은 아가씨가 납치당한 일, 아직 기억 못 하는 걸로 알고 있거든요.

INSERT S#16 캠핑장. 박 실장 발견하고, 또각또각 다가가는 유미!

연서   **(E) 그쪽에 도청 붙었을 거예요.**

단   **(E) 그걸, 이용해보자구요.**

S#20　　**캠핑장 주차장 + 루나의 차 안 (낮)**

연서와 단, 유미.. 걸어 나온다.

유미	둘이 들어가요. 난 박 실장님 좀만 더 설득해볼게.
연서	(눈으로 인사하면)
유미	(돌아가면)
연서	(긴장 풀려 휘청 다리 풀리는)
단	(얼른 잡아준다) 괜찮아?
연서	아무렇지도 않아.
단	또 거짓말. 앉았다가 가자.

두 사람을 바라보는 시선… 루나다! 차 안에서 운전석에 앉은 채
바라보고 있는!

루나	(훗 싫은) 제법이네, 연서? 연극을 다 하고? (눈빛 싸해지고)

S#21　　**캠핑장 일각 (낮)**

연서.. 벤치에 앉아있다. 단.. 저 앞에 있는 매점에서 물을 사는.
물을 사면서도 계속 연서를 돌아보고, 확인하는. 물 사서 뛰어오
는 단.

단	(뚜껑 따 주는데)
연서	야 천사.

단	(!)
연서	세상에… 진짜 악마가 있어? 천사도 있으니까, 악마도 있겠지?
단	(가만히 보면)
연서	머리에 뿔 나고, 꼬리 달린 게 악마가 아닌 거 같애. 나야 못됐으니까, 눈엣가시니까 그럴 수 있어. 죽이고 싶겠지. 근데 아저씬? 왜 아저씨가 희생당해야 해? 말해봐. 신이 있으면 어떻게 이래?
단	사람도, 천사도 신의 뜻은 결국 알 수 없을 거야.
연서	시시하고, 치사하네.
단	… 걸을 수 있겠어?
연서	(? 해서 보면)
단	나하고… 무지개 보러 가자.
연서	(?)

S#22　분수대 앞 (낮)

단.. 연서와 발 맞춰 걷는다. 연서를 안내하는 느낌. 에스코트하는
것처럼.
연서.. 의아하지만 따라오는. 단.. 연서를 분수대 앞에 세운다. 시
계탑 보는.

연서	분수잖아.
단	무지개야. (하자마자)

음악과 함께 솟아오르는 분수 줄기! 물줄기 사이로 무지개가 반

짝! 보이는.

연서.. 정말이네, 싶어서 와, 바라보고 있으면, 단.. 가방에서 철제 상자를 꺼낸다. 준비해 온.

단.. 연서 앞에 선다. 긴장하는.

단	이연서.
연서	(덩달아 긴장되는데)
단	(상자를 준다)
연서	이게 뭐야? (받아 들고 보면 익숙한) 어, 이거…
단	열어봐.

연서.. 열어보면 연서가 그린 그림과 둘이 함께 찍은 사진까지 들어있다. 연서.. 알아본.

연서	이걸 네가 왜 갖고 있어? 내가 성우한테 준 건데…? (놀라서 단을 보면)
단	나야.
연서	무슨 소리야?
단	연화도에서 만났던 그 꼬맹이. 유성우가 나라구.
연서	(충격받은!)
단	나도 첨엔 몰랐어. 근데 널 만나고 자꾸 꿈을 꿨어. 기억이 났어. 생각나? 무지개 춤 보여줬던 날, 내가 했던 약속.
연서	(이해가 안 되는 표정으로 보며) 어른이 되겠다고.
단	(끄덕) 꼭 어른이 되겠다고, 그래서 그땐 내가 널 지켜주겠다고. 그

약속을 지키라고 너한테 날, 보낸 거 아닐까? 네가 원망했던, 그 나쁜 신이.

연서   그러니까 네가… 성운데, 성우였는데, 죽어서 천사가… 된 거라고?

단   (조심스럽게) 어.

연서   (가만히 단을 바라본다. 오래, 아무 말 없이)

단   이젠 내가 네 옆에 있을 거니까… 걱정하지 마. 누구든, 절대 널 해치지 못하게 내가 지킬게.

연서   (여전히 말없이 바라보는 / 눈물이 차오르는)

단   (쫄리는) 화… 났어?

연서   (휙 돌아선다)

단   연서야… (하는데)

연서   (손 들어 막고 / 겨우 짜낸 소리로) 따라오지 마. (걸어간다, 천천히)

단   (이마 짚고) 진짜… 화났다.

단.. 뛰어가 연서 앞으로 가서 팔 벌리고 서는. 눈 딱 질끈 감고.

단   화나고, 황당하고, 놀란 거 알아. 때려. 너 맘 풀릴 때까지 맘껏.

고요하다. 단.. 불안한. 눈을 떠보는데 놀라는 표정!
단의 앞에 연서.. 눈물을 뚝뚝 흘리고 있다. 단.. 너무 놀라 다가가지만 닦아주지도 못하고.

단   왜 울어?

연서   (울먹이는) 이… 호랑말코사이비 자식…

단	(!!)
연서	눈앞에 있는지도 모르고, 또 떠나보냈잖아.

〈F/B〉   9부 S#27

바다에 꽃다발 떠나보내며 추모하는 연서와 단.

연서	잘 가라구, 거기선 아프지 말라구… (흐느끼는데 / 흐르는 눈물)
단	(눈물 그렁 해선 미소) 마지막에 마지막까지, 널 생각했어.
연서	(눈물 더 나는데)
단	(다가가서) 울지 마. 이연서가 나 때문에 우는 거 싫어.

단.. 연서의 뺨을 감싸고, 눈물을 닦아준다. 눈물 그렁 한 눈으로
마주 보는 두 사람.
모든 걸 다 알게 된 연서와 모든 걸 고백한 단.. 서로를 보며 그렁
한 눈으로 미소 번지는.
연서와 단.. 소중히 입을 맞춘다. 두 사람 뒤로 솟아오르는 분수,
그리고 무지개.

S#23   거리 (낮)

연서와 단.. 손잡고 걸어온다. 새롭게 수줍은.

연서	널 뭐라고 불러야 돼? 성우? 단?
단	호랑말코변태사이비만 빼면 다 좋아.

연서	(피식 / 곱게 흘기다) 그럼, 너… 미션 실패가?
단	(!) 아직 몰라.
연서	사랑을 알게 해주라고 했는데, 자기가 사랑에 빠져버렸잖아. 실패지 뭐. 그럼 어떻게 돼? 하늘 올라가서 혼나?
단	끝난 거 아냐. 찾고 있어.
연서	뭘?
단	너랑, 계속 같이 있을 방법.
연서	(불안감 확)
단	꼭 찾아낼 거야. 믿어줘! (손 꽉 잡는)

S#24 연서의 방 (밤)

연서.. 승완의 사진을 보고 있는.

연서   아저씨… 잘 지내고 있죠? 많이 보고 싶어요. 꼭, 아저씨 해친 사람들 벌 받게 할게. 약속해요. 그리고… 행복하게, 반짝반짝하게… 살게요. 그래도… 돼요, 나?

S#25 단의 방 (밤)

단.. 달력을 본다. 7월 11일에 표시돼있는. 겨우 한 달 뒤다. 단.. 달력 두고 일어나는.

S#26 **선술집 (밤)**

단.. 들어오면, 강우.. 술잔을 비우고 있다. 단.. 강우 앞에 서면, 강
우 올려다보는.

단   물어볼 게 있어.

강우   (고개 들어 보는) 뭐야, 갑자기 나오라더니,

단   어떻게 해야, 인간이 될 수 있어?

강우   (!!)

단   다시 물을게. 당신은 어떻게 인간이 됐어?

강우   (입술 꽉 / 피식) 그걸, 내가 말해줄 거라고 생각해? (단 어깨 치고 나
         가는)

S#27 **선술집 앞 (밤)**

강우.. 나오는데, 단.. 뒤에서 쫓아 나와 강우를 잡는.

단   생각해봤어. 당신이 왜 그랬을까.

강우   (!)

단   소용없는 줄 알았을 텐데… 죽은 사람 그림자를 연서한테 씌우는
         짓, 해선 안 된다는 거 알았을 텐데…

강우   (돌아보며) 닥쳐… 너 같은 놈이 함부로 입에 올릴 사람 아니야.

단   (영혼을 읽는 눈) 고통스러웠구나.

강우   (저릿)

단   사랑했던 사람, 다신 볼 수 없는 고통. 그것 때문에 그렇게 집착하

고 달려들었구나. 그러니까 더, 당신은 날 이해할 수 있잖아.

강우.. 천천히 초콜릿을 내민다. 단.. ? 하지만 손 내밀어 하나 먹는데, 씹자마자, 윽! 찡그리는

단	이게 뭐야…
강우	독주.
단	(!!)
강우	욕망이라는 거, 겉은 달콤해 보여도, 결국 속은 독하고, 쓰리고, 혼미할 만큼 고통스러운 거다.
단	감당할 수 있어. 나도… 인간이었으니까.
강우	(!!!!) 뭐… 라구?
단	그쪽이 쳐들어와서 물에 빠졌던 날, 기억나? 그날부터였어. 내가 누군지 기억난 거. 연서의 첫 관객. 그 섬에서 연서의 춤을 처음으로 본 아이. 그게 나였어.
강우	(쿵!)
단	날 연서한테 보낸 것도, 당신을 만나게 한 것도, 다 그분의 섭리라고 생각해.
강우	자기 입맛대로 신의 뜻이네, 어쩌네 하다가 망하는 사람, 수억 명 봤어.
단	(!)
강우	넌 인간 못 돼. 신이 허락한다고 해도, 내가 못 하게 할 거니까.
단	왜!!
강우	(무서울 만큼 낮고 침착한) 연서가, 죽어야 되니까.

단   (!!!)

S#28   아이비 저택 앞 (밤)

단.. 충격받아 걷고 있다. 받아들일 수가 없는.

강우   **(E) 진정한 사랑을 받은 천사만이, 인간이 될 수 있다.**

단   거짓말…

강우   **(E) 목숨까지 거는 사랑, 자기를 던지는 희생. 그게, 사람이 되는 방법**
       이라고.

단   (하늘 향해) 거짓말이야아아아!!

단.. 속상하고, 억울하고, 답답한 마음이고.

S#29   아이비 저택 거실 (밤)

단.. 무거운 마음으로 들어왔는데, 연서 목소리 들리는.

연서   **(E) 왔어?**

단   (? 해서 보면)

연서   (실내 정원에서 빼꼼 고개 내민다)

S#30   아이비 저택 실내 정원 (밤)

연서.. 화분 몇 개 꺼내놓고, 흙과 씨름 중이었다. 단.. 이게 다 뭐야, 싫어 보면.

연서   유채꽃 씨앗 받아 왔어.

단   (!!)

연서   (수줍은 미소) 우리, 다시 만난 기념으로 심고 싶어서.

단   (눈물 날 것 같은)

연서   (흙 담아 옮기는 등 작업하면서) 근데 가을에 심어야 내년 봄에 꽃이 핀대. 그래서, 미리 화분 좀 만들어놓으려구.

단   내년…… 봄?

연서   응, 가을 되면 우리 같이 심자.

단   (슬픈 눈 / 대답 없이 자연스레 돕는)

단과 연서.. 흙을 다지고, 옮겨 담고, 푯말 세우는 등 사이좋게 작업한다.

단.. 순간순간 연서의 얼굴을 훔쳐보며 가슴이 쩡해지는.

S#31   판타지아 복도 (밤)

뚜벅뚜벅 걷는 남자의 구두. 불도 켜지 않고, 다가오는.

S#32   판타지아 탈의실 (밤)

문고리 열린다. 소리도 없이, 열쇠도 없이 문 연 남자.. 들어와서 (니나의) 로커로 직진. (이름 보이지 않는) 로커 아래쪽으로 편지봉투

하나 쏙- 넣는다. 돌아서는 남자의 얼굴… 박 실장이다!

S#33 　**판타지아 복도 (낮)**

단원들.. 삼삼오오 모여 출근 중이다. 수지, 은영.. 심각한 표정으로 둘이 소곤거리고.

그 옆으로 니나.. 오면, 정은, 산하.. 슬쩍 비켜난다. 니나.. 탈의실로 들어가고,

S#34 　**판타지아 탈의실 (낮)**

니나.. 로커 문을 여는데, 툭 떨어지는 봉투. 뭐지? 하고 줍는 니나. 어쩐지 주변을 슬쩍 보게 된다. 모두 제 할 일로 바쁜 탈의실.

니나.. 봉투를 열어 꺼내 보는데, 편지지 한가운데에 또박또박 적힌 글씨

니나　　**(E) 3년 전 사고, 정말 우연일까? 엄마를 막아…?**

니나.. 헉 하는데, 단원들 (E) 안녕하세요… 하는. 연서가 들어왔다. 연서.. 가볍게 목례하며 들어온다. 연서.. 니나를 본다. 전과 다른 심정. 물끄러미 응시하면,

니나.. 저도 모르게 봉투를 숨기고.

S#35　　**판타지아 연습실 (낮)**

각자 스트레칭 중인 단원들.. 연서.. 니나에게 다가간다.

연서　　너 진짜 언더스터디만 할 거야?

니나　　(!) 어, 지젤만 출 거야.

연서　　아깝잖아. 그렇게 열심히 했으면서, 무대에 올라가지도 않을 거 라구?

니나　　내가 알아서 할게.

연서　　니나야. 3년 전 같은 상황, 또 벌어지지 않아.

니나　　(!! 해서 본다)

연서, 니나　　(긴장에 가득 찬 눈싸움)

니나　　**(연서의 얼굴 위로 / E) 3년 전… 사고, 우연이 아니라고?**

연서　　**(E) 너도 알아? 너두… 한편이니?**

니나　　무슨 뜻이야? 내가, 널 해쳐서라도 지젤을 가로챌 거란 소리야?

연서　　혹시 그런 희망 가지고 있는 거면, 버리라구.

니나　　(헐 / 낮게 다가와) 야, 이연서…! (하는데)

수지　　(다가와) 저기… 연서 언니.

연서, 니나　　(돌아보면)

수지　　잠깐, 얘기 좀 할 수 있어요?

수지, 산하, 은영, 정은.. 긴장한 표정으로 보는. 연서..? 싶고.

S#36　　**판타지아 탈의실 (낮)**

수지.. 문을 꽉 닫는다. 연서와 정은, 수지, 산하, 은영.. 네 사람만
있는.

연서   뭐예요?

정은   (O.L) 미안하다.

연서   (?)

수지   죄송해요. 언니… 진작, 말했어야 하는데…

정은   (돈 봉투와 수지 연습복 든 가방을 내민다)

연서   이게… 뭐예요?

산하   오디션 전에 부단장이 뿌린 거래.

연서   (!!!) 매수를… 했단 말이에요?

수지   (힝) 죄송해요!! 지금 가져다줄 거예요. 한 번밖에 안 입었어요.

은영   서로 모르게 각자 만났던 모양이에요. 받은 것들 다 모아서 돌려
       주기로 했는데, 그 전에 연서 언니한텐 꼭 고백하고 싶다고 해
       서…

연서   (가만히 보는 / 굳은 얼굴)

모두   (긴장한 얼굴)

연서   이거 받고, 니나한테 투표했어도 할 수 없죠. 내 춤이 이 돈보다
       못했다는 거니까.

모두   (!!)

연서   말해줘서 고마워요. 그리고, 정은 언니, 병원 안 갔죠? 빨리 가요.
       (하고 나간다)

수지   (눈에 하트) 짱이다… 연서 언니…

S#37   **성당 안 (낮)**

단.. 들어온다. 미사 중은 아닌. 몇몇 신도들 조용히 기도 중이다.
제단에 돌아선 사제복 남.

단   (다가와 / 어깨 손 짚고) 선배!

사제복   (돌아보는데 / 후 아닌) 누구십니까.

단   여기선 안 이래도 되잖아요. 나 혼자 왔어요.

사제복   (??)

단   확인해야 될 게 있단 말이에요!

사제복   (???)

단   (둘러보는 / 신도들 무심히 보는 얼굴들 / 답답한) 정말… 아니에요?

후   **(E) 아니라구요!**

S#38   **유치장 (낮)**

후.. 갇혀있다. 며칠 된 듯, 신부복 위 바바리 입은 채로 창살에 붙
어있다.

후   (억울해죽는) 아니라구요오!!

경찰   시끄러워요. 신부님이 그러시면 됩니까? 바바리를 입을 거면, 신
            부복을 벗든가, 신부복을 입을 거면, 바바리를 벗든가…

후   아니… 그래요. 노상방뇨 했다 쳐. 여러분의 머릿속엔 그렇게 돼
            있을 테니까. 근데 그걸로 며칠째 가두는 건, 사람의 법도도 아니
            지 않습니까!

경찰	(무시하고 가는)
후	이봐요, 예? (정신 집중하고) 성당으로… (펑거 스냅 탁! - 그대로고) 아 미치겠네! (하늘 보며) 너무 하시는 거 아닙니까? 겨우 한 번, 딱 한 번이잖아요. 이렇게까지 하셔야 해요?
엘레나	**(E) 한 번이 두 번 되고, 두 번이 세 번 되는 거지.**
후	(? 해서 보면)

후가 갇힌 유치장 옆 칸에 잡혀 와있는 엘레나.. 등지고 앉아 선문답하는.

후	누구십니까?
엘레나	첨이 어려워. 한 번 선을 넘으면 담부턴 선이 어딘지도 안 보여.
후	(신인가? 싶은데)
엘레나	억울해 말고 시키는 대로 해요. 괜히 생각 많이 하지 말고. 그럼 복잡해져.
후	주님?
엘레나	(?)
경찰	박복순 씨, 나와요!
엘레나	(경찰에 이끌려 나오는)
경찰	무전취식 한 번만 더 하면 진짜 가중처벌이에요.
엘레나	세상이 왜 이리 각박해졌어. (구시렁거리며 지나가는데)
후	(엘레나 보더니) 주님이십니까?
엘레나	(은근히 보며) 나랑 주님 만나러 갈래요? 소주님, 맥주님, 양주님, 어느 주님?

후   (헐 / 실망해 어깨 축)

S#39   강우의 사무실 (낮)

강우.. 지젤 공연 서류들 보고 있는데, 눈에 들어오지 않는. 서류를 확 덮어버린다.

〈F/B〉   S#26

단   어떻게 해야, 인간이 될 수 있어?

강우   (무서울 만큼 낮고 침착한) 연서가, 죽어야 되니까.

강우.. 괴롭다. 마음이 복잡한. 일어나 창밖을 바라보는데, (E) 노크.

강우   네. (하면)

연서   (들어와) 잠깐, 시간 되세요?

강우   (멈칫하는)

(점프)

소파에 마주 앉은 두 사람. 어색한 침묵 흐르는.

연서   오늘 연습 때 안 계셔서…

강우   뭐… 내가 있으면 더 불편할까 봐.

연서   불편해하는 건, 감독님 같은데요.

강우   (얼음)

연서	그래서 뵙자고 했어요. 앞으로 계속 볼 텐데, 자꾸 이럼 안 되잖아요.

연서 　　그래서 뵙자고 했어요. 앞으로 계속 볼 텐데, 자꾸 이럼 안 되잖아요.

강우 　　(긴장하는데)

연서 　　대답하러 왔어요. 확실하고 정중하게 거절하려구요.

강우 　　(!!) 더 기다릴게요.

연서 　　그러지 마세요. 저, 좋아하는 사람 따로 있어요.

강우 　　(주먹 꽉) 사람, 아니잖아요.

연서 　　(!!) 어떻게… 알아요? 전에도 나한테 그랬죠, 단이한테 속고 있다고.

강우 　　연서 씨 떨어지던 날, 봤습니다.

연서 　　(의아한데)

강우 　　당장은 낭만적일 겁니다. 수호천사니 뭐니. 꿈 같겠죠. 그치만 꿈
　　　　은 반드시 깨는 법이죠. 그때까지, 기다릴게요.

연서 　　그 꿈에서 깬다고, 감독님한테 가지 않아요.

강우 　　(쿵)

연서 　　절 미워하셔도 돼요. 차라리 그랬음 좋겠구요. (일어난다) 다시는
　　　　이런 일로 찾아오지 않게 해주세요. 부탁드려요. (가려는데)

강우 　　얼마나 갈 거라고 생각합니까?

연서 　　(돌아보면)

강우 　　설마, 천사가 영원히 지상에 있을 거라고, 생각했어요?

연서 　　(!!)

S#40　아이비 저택 연습실 (낮)

　　　　연서.. 단에게 카메라 사용법을 알려주고 있다. 동영상 찍는 법 메
　　　　뉴 알려주고.

연서	이렇게 찍어주면 돼.
단	오케이.
연서	(단을 물끄러미 보고) 단아…
단	응? (하고 보면)
연서	… 나 놓치지 마.
단	(끄덕)

연서.. 연습 시작한다. (1막 등장 부분 정도) 아름답고 생기 있는 연서의 모습을 카메라로 담는 단. 카메라 액정으로 보이는 연서의 모습 위로 흐르는 강우의 말.

강우	**(E) 목숨까지 거는 사랑, 자기를 던지는 희생. 그게, 사람이 되는 법이라고.**
강우	**(E) 연서가, 죽어야 되니까.**
단	(자신도 모르게) 아니야! 아니야아!
연서	(멈추고) 뭐가? 나… 이상했어?
단	… 안 죽으면 안 돼? 꼭 그 방법밖에 없는 거야?
연서	(?) 무슨 말이야. 지젤이 죽어야, 2막이 시작되지. 그래야 알브레히트를 살릴 수가 있잖아.
단	(고개 저으며) 아냐… 그걸 원하진 않았을 거야.
연서	너무 몰입하지 마. 내가 죽는 것도 아닌데.
단	(쿵)
연서	다시 한다? 잘 찍어줘.

연서.. 다시 춤을 시작하고. 단.. 한없이 복잡한 마음으로 연서를
바라보고.

S#41   아이비 저택 앞 (다른 날, 낮)

유미.. 출근하는 길. 우편함에서 우편물 체킹 하는 자연스럽고 일
상적인 동작들.
하나씩 확인하다가 소인도 안 찍힌 서류 봉투를 발견한다. 설마!
눈이 반짝하는.

S#42   아이비 저택 거실 (낮)

연서, 유미, 단.. 앉아있는. 연서.. 서류 봉투에서 꺼낸 서류들 하나
씩 검토 중이다.
7부 S#42에서 박 실장이 챙겼던 각종 서류(폐차 보고서, 박 실장 진
술서, 전화기록, 교통사고 조사서, 판타지아 나잇 경과보고서 - 녹취록 포함)
들의 카피본이다.
연서.. 굳은 얼굴로 하나씩 보고, 넘기면 단도 보고.

유미   박 실장님이에요. 분명히. 그날, 마음을 움직여준 거예요!
연서   그럼, 시작해볼까요?

S#43   경찰서 앞 (낮)

유미.. 고성민 형사와 나온다. 부탁의 인사 정중히 건네는 위로,

연서	**(E) 당장 체포하긴 어려울 거예요. 정황일 뿐이니까.**
고 형사	제보내용 사실 확인부터 시작하겠습니다.
유미	잘 부탁드립니다. 필요한 거 있음 언제든 연락 주세요.
연서	**(E) 3년 전 사건부터 시작하면, 아저씨 사고까지 연결고리, 찾아낼 수 있을 거구요.**

유미.. 결연한 표정으로 나오는데, 한 방울, 두 방울 땅을 적시는 빗방울. (방울이면 됨)

S#44 골목 / 루나의 방 (낮)

다세대 주택들 모여있는 골목길. 가는 비가 내린다. 준수.. 우산 쓰고 걸어오며 통화 중인.

루나	(F) 당분간 숨어있어. 연서, 다 알고 쇼하는 거니까.
준수	죄송합니다.
루나	곧, 네가 필요해질 거야. 연락할게.
준수	이번엔 실수 없이 처리하겠습니다.

준수.. 전화 끊고 골목 돌아서는데, 단이 서있다! 우산도 없이 비 맞으며! 무서운 표정으로.

연서	(E) 날 납치한 것도, 3년 전 문지웅 씨를 협박한 것도, 다 그 사람일 거야.

준수.. 헉, 놀라서 봤다가 모른 척하고 지나가려는 위로 단.. 준수의 어깨를 턱! 잡는다.

준수	누… 누구세요.
단	나 알잖아. (핑거 스냅 탁! 치면)

S#45 모 빌딩 옥상 (낮)

준수.. 연서가 묶여있던 난간에 묶여있다. 놀라 당황하고 겁먹은… 빗속에 단의 날개 그림자.. 드리운다. 돌아서 가는 그림자 위로 툭 떨어지는 전화기.

INSERT 루나 번호로 전화 걸려있다.

루나	(F) 여보세요? …… 왜 말이 없어…? 준수야?

준수.. 겁에 질려 도와달라고 소리 지르는 모습 위로,

단	(E) 어리석은 자여. 악에서 떠나 선을 행하라.

S#46 준수의 은신처 (낮)

반지하 방 정도. 가구 없이 단출한 임시거처 느낌. 단.. 팔짱을 끼고 방 안을 둘러본다.

서늘하고 무서운 느낌. 단.. 옷장으로 직진해 깊숙한 곳에서 가방 하나를 꺼낸다.

단.. 열어보면 서류와 USB. 그리고 지갑. 단.. 지갑을 열어보면, 문지웅의 주민증이 나온다.

단   (사진을 보고 / 조용히) 부디… 평화를.

단.. 가방 챙겨 일어난다. 단단한 눈빛으로!

S#47   니나의 방 (낮)

니나.. 쪽지를 보고 있다. 기분이 너무 이상한.

니나   그럴 리가 없어. 뭐가 잘못된 거야. (일어나 나가면)

S#48   영자의 방 (낮)

영자.. 고민에 빠져있는데, 니나.. 다가와 옆에 앉는.

영자   오늘은 연습 없어?

니나   (끄덕) 엄마… 엄마 나 사랑하지?

영자   (?) 엄마가 딸 사랑하는 거 당연하지.

니나	나 물어볼 게 있는데… (하는데)
(E)	**떵동**
영자, 니나	(보는데)
기천	(뛰어 들어와) 여보, 빨리 나와봐.

S#49 영자네 거실 (낮)

연서.. 우산 접어두고 들어온다. 영자와 기천, 니나.. 긴장해서 보는.

영자	네가 여기까지 웬일이니.
기천	(너스레) 우리 연서, 우리 집엔 처음이지?
연서	(돌아보더니) 루나 언닌, 없어요?
기천	아까 급하게 나갔어.
연서	(끄덕하더니) 앉으세요. (니나 보고) 너도 앉아.
니나, 영자	(긴장하는데)

(점프) 기천과 영자와 니나.. 놀란 표정, 연서.. 꼿꼿이 앉아 박 실장의 진술서를 읽고 있다.

연서	저는 2017년부터 2019년 3월까지 고용인 판타지아 발레단 최영자 단장의 사주를 받고 이연서 발레리나의 각막 기증을 방해했습니다.
영자	(!!)
니나	(하얗게 질린)

기천	그… 그걸 어떻게!
연서	(담담하게 계속하는) 저는 판타지아 후원회의 밤 행사 때 최영자 단장의 사주를 받아 이연서 발레리나를 곤경에 빠뜨리려고 계획했습니다. 비록 미수에 그쳤지만, 분명한 의도를 가지고 이연서 발레리나를 해하고자 한 점을 고발합니다.
영자	그만!! 그만해! (니나에게) 아니야. 모함이고 조작이야! (연서 보며) 너 미쳤어? 이런 종이 쪼가리 아무나 휘갈겨 쓰면 그만이야. 당장 나가.

연서.. 서늘하게 미소까지 지으며 보고 있다가 녹음기 꺼내 플레이 시킨다.

영자	**(E) 단장이 단원들한테 관심 가지는 거, 당연하잖아. 우리 단원들 한 표, 한 표가 얼마나 소중해. 내가 두루 살피고, 돕고 해야지.**
박 실장	**(E) 오디션 심사 투표권… 매수할 생각이십니까?**
영자	**(E) 후원이라는 좋은 말 두고, 왜 그런 단얼 써? 무섭게.**

기천	(참담한)
니나	단원들을… 매수했어요?
영자	(벌떡 일어나는) 박 실장 이 자식을!!
연서	왜요, 죽이시게요? 문지웅 씨처럼, (찌릿) 승완 아저씨처럼?
기천	(헉!!)
니나	(충격)
영자	(!!)

연서	(꼭꼭 씹어 삼키는) 마음 같아선, 나도 똑같이 해주고 싶은데, 벼랑 끝에 부서진 차 안에서, 미친 듯이 살려달라고 울부짖게 그렇게 만들고 싶은데!

영자, 니나, 기천 (섬뜩)

연서	판타지아 생각해서 참는 거예요. 24시간 드릴게요. 고모 발로 물러나요. 이렇게 더럽고 추악한 이야기, 판타지아에 묻히고 싶지 않아. 괜히 고집부리다 후원자들 보는 데서 엄마랑 딸, 줄줄이 수갑 차고 끌려가는 꼴 안 당하려면. 고모 손으로, 고모 입으로 직접 마침표 찍어요. 마무리가 좋으면, 다 좋은 거라고 누가 그랬더라?

영자, 니나, 기천 (충격에 보고 있으면)

연서	(천천히 일어나 나간다)

S#50 영자네 앞 + 연서의 차 안 (낮)

연서.. 나온다. 씁쓸한. 비 조금씩 내리는. 우산 펼치는데, (E) 연서 핸드폰 울리는. [김단♡]

연서	(받으며) 방금 나왔어.
단	(F) 알아.
연서	(? 해서 보면)
단	지금, 너 보고 있어. 나.

연서.. 둘러보면, 연서의 차에 앉아 바라보는 단 발견. 두 사람.. 눈 맞추는.

S#51   **연서의 차 안 (낮)**

비 떨어지는 차 안. 운전석 단, 조수석 연서. 앉아있는.

단   힘들었지? 혼자서.

연서   (고개 젓고) 넌? 비 와서 놀랐겠다.

단   (역시 고개 젓고) 문지웅 씨 가방, 찾았어. 이걸로 다 해결할 수 있을

        거야.

연서   (놀라) 괜찮아? 안 다쳤어?

단   이연서, 나 천사야. 그딴 놈들 100명이 와도 안 져!

연서   (치, 하고 웃다가)

강우   **(E) 설마, 천사가 영원히 지상에 있을 거라고, 생각했어요?**

연서   (쓸쓸해지는 표정) 우리 평생, 비 올 땐 집에만 있자.

단   (!!)

연서   더 좋지 뭐. 비 오는 날 나가봤자 발만 적시고, 기분 나쁘잖아. 집

        에서 같이 빗소리 들으면서 꼭 붙어있자. 그러자, 우리.

단   (고맙고 미안해서 손 꼭 잡는)

연서   (일부러 미소 지어 보이며 / 손 다잡고)

S#52   **연서의 차 안 + 도로 (낮)**

비 그친 도로. 단.. 운전 중. 한 손으로 연서 손 꽉 잡은 채. 연서와

단.. 각자 복잡한 마음.

S#53   **아이비 저택 앞 + 연서의 차 안 (밤)**

연서의 차.. 들어와 선다. 시동을 끄는 단. 연서.. 시트에 기대 잠들
었다.

단.. 연서의 손을 놓고 매무새 정리해준다. 잠든 연서가 아름다워
더 가슴이 아프다.

단.. 연서의 머릴 넘기며 뭉클한데, 연서.. 눈 뜨지 않고.

연서   그만 봐…

단   (멈칫) 깼어?

연서   나 잘 때 못생겼단 말이야. (하고 눈을 뜨면)

단   (쑥 들어와 / 얼굴 가까이에서) 너 자는 모습, 세상에서 내가 제일 많
         이 봤거든!

연서   (쑥스러워) 왜… 왜 이래.

단   이뻐, 진짜 이뻐. (하고 볼 잡고 쪽)

연서   (씩 웃으며 / 다시 잡고 쪽)

S#54   **강우의 오피스텔 (밤)**

강우.. 안주도 없이 독주 마시는 중. 많이 취했다. 허탈하게 허허
웃는.

〈F/B〉   S#27

단   날 연서한테 보낸 것도, 당신을 만나게 한 것도, 다 그분의 섭리라고 생
         각해.

S#39

연서   그 꿈에서 깬다고, 감독님한테 가지 않아요.

강우   (어이가 없는 듯 실소하며) 나를, 도구로 썼어? (확 굳어지는)

강우.. 비릿한 웃음 허, 짓는다.

S#55   연서의 방 (밤)

연서.. 협탁에 옆에 어린 시절 함께 찍은 사진을 전시해놓았다.

행복한 미소로 보고 있는데 (E) 벨소리. [지강우 감독님].

연서   (망설이다 받는) 이연서예요.

강우   (F) 나와요.

연서   아뇨, 사적으론 만나지 않겠습니다.

강우   (F) 김단에 대해서 말해줄 게 있어요.

연서   (!!)

S#56   초콜릿 가게 (밤)

연서.. 기다리고 있다. 초조한 느낌. (E) 전화 온다. 단에게서다.

[김단♡] 뜬다.

연서   어…

단   (F) 어디야?

S#57   **연서의 방 / 초콜릿 가게 (밤)**
              단.. 카모마일 찻잔 들고 연서 방에서 걱정스레 전화 중이다. 연서
              와 통화하는.

단   연습실에도 없고, 방에도 없고. 어디야?
연서   잠깐, 산책 나왔어.
단   구름이 있던데, 혼자?
연서   뭐 살 게 있어서. 요 앞인데 뭐.

            연서의 시선에 초콜릿 가게 앞으로 다가오는 강우 보인다.

연서   금방 들어가. 걱정하지 마.
단   전화해, 마중 나갈게.
연서   응… (끊는)
단   (끊고 살짝 불안한)

S#58   **초콜릿 가게 (밤)**
              강우.. 연서 앞에 앉는다.

강우   왜 거짓말합니까? 나 만난다고, 말하기도 싫어요?

연서	(냄새 맡고) 술 드셨어요?
강우	정신은 말짱합니다.
연서	나도 물어보고 싶은 게 있어서 나왔어요. 그때 말한 거, 무슨 뜻이에요? 천사는 영원히 지상에 있을 수 없단 말.
강우	(물끄러미 보며) 글자 그대로예요. 뭐가 더 있겠어요?
연서	(맞구나 싶은) 하늘로, 돌아가는 거군요.
강우	(? 픽 웃음 흘리고)
연서	왜 웃어요?
강우	그럼 이제, 관두는 거죠? 제멋대로 왔다가 제멋대로 올라가는 놈 잡고 있을 만큼 미련한 사람 아니잖아요. 연서 씨.
연서	사람도, 죽어요.
강우	(!!)
연서	누구도 평생, 옆에 있어줄 수 없어. 그건 내가 제일 잘 알아요. 우리한테 주어진 시간이 얼마 안 남았으면, 더 많이 사랑할 거예요. 후회 남지 않도록.
강우	(열 받아) 눈물 나네.
연서	빈정거리지 말아요.
강우	하늘로 돌아간다고, 누가 그래요? 김단이 그래? 연서 씨 짐작이죠?
연서	(불안으로 보면)
강우	천산 거짓말 못 하니까, 하늘로 올라간단 말, 했을 리가 없거든.
연서	(이젠 불길해) 돌리지 말고 말해요. 무슨 뜻이에요?
강우	먼지처럼, 가루처럼 사라질 겁니다.
연서	(쿵) 왜? 왜요?
강우	신은 질투가 많아요. 내 걸 남에게 뺏기기 싫어하죠. 김단, 소멸될

겁니다. 당신이 사랑해서.

연서   (충격)

S#59   **거리 (밤)**

연서.. 멍하니 걸어온다. 믿을 수가 없다.

〈F/B〉   달력에 동그라미 친 날짜(4부 S#8) / 소멸할 거라고 말하는 강우의 입술
        (S#59) / 방법을 찾고 있다는 단의 얼굴(S#23)까지 혼란하게 뒤섞이는.

        연서.. 털썩, 난간에 앉는다. 감당할 수 없는 진실에 떨며 제 얼굴
        을 감싸는 모습 위로,

단   (E) **고백합니다.**

S#60   **아이비 저택 마당 (밤)**

단.. 보고서를 쓰고 있다. 천천히 눌러쓰는 진심.

단   (E) **인간을 바라보라 하셨는데 그 인간을 바라게 되었습니다.**
        인간의 내면을 살피라 하셨는데 자꾸 내 속을 들여다보게 됩니다.
        내 속에 내 영혼이, 말을 걸어옵니다. 처음으로 묻고 싶어졌습니다.

〈F/B〉   1부 S#19 연서에게 숨을 불어넣어 주던 단.

단   (E) 왜 나는 인간이 아닙니까?

             왜 나는 여기에 있고, 그녀는 저기에 있습니까?

             2부 S#71 샹들리에 낙하 때 날개 펼쳐 구해주었던 단과 연서 마주 보던
             얼굴 위로,

단   (E) 우리는 서로에게, 천사가 되어줄 수 있습니까?

             단단한 얼굴로 보고서를 쓰는 단의 얼굴 위로

단   (E) 아니, 할 수 있다면 나는 그녀에게 사람이고 싶습니다.

〈F/B〉   11부 S#53 판타지아에서 연서를 확 안아줬던 단의 모습.

단   (E) 따뜻한 체온으로 품에 안아주는 사람이고 싶습니다.

〈F/B〉   S#23 연서의 질문에, 하늘로 올라가?라고 할 때 답을 못 하고 우물쭈물
             했던 단의 모습.

단   (E) 다 괜찮다, 거짓말을 하는 사람이고 싶습니다.

             때로 아픈 기억 같은 건 잊어버리는 사람이고 싶습니다.

〈F/B〉   S#4 나무에 긁힌 손 상처가 낫는 걸 보고 놀란 연서를 씁쓸히 보는 단.

단   (E) 칼에 베여 피가 뚝뚝 떨어지면 그녀가 놀라 호호 불어주는 사람이
             고 싶습니다.

             유리같이 약하고 부실하고 엉망진창이지만, 생명을 걸고 사랑할 수
             있는 사람이고 싶습니다.

             끝까지 써 내려간 단.. 눈물이 살짝 맺혔다.

단   (E) 나도 목숨을 걸고, 사랑하고 싶습니다. 그것이…… 가능합니까?
방법을 찾겠습니다. 연서의 목숨을, 연서의 희생을 담보하지 않고,
그녀를 살릴 수 있는 길을 꼭 찾겠습니다.
그것이 설령, 당신을 등지는 일이라 할지라도.

(E)   **문 열리는 소리.**

단.. 일어난다. 연서가 들어오는. 연서.. 지쳤지만 맑은 얼굴로 들
어오는. (울고 들어온)

단   너, 얼굴이 왜 그래, 울었어?
연서   (눈물 또 날 것 같은 / 단을 확 당겨 안는다)
단   (얼결에 안고) 왜? 무슨 일이야?
연서   아무 일 없어. 그냥… 네가 너무… 보고 싶어서.
단   (토닥이는) 나도… 나도 보고 싶었어.

연서.. 단을 꽉 세게 끌어안는다. 단.. 소중하게 토닥이는 모습 위
로 바람이 삭 불어오는데
테이블 위의 보고서에 적힌 단의 글씨가 하나씩, 거꾸로 지워져
간다!
꼭 껴안은 단과 연서의 모습 위로 불길함이 가득 드리우며
ENDING!

사라지지 마. 안 죽으면… 안 돼?
한 달도 안 남았다며.
끝나면 너… 그대로 먼지처럼 사라진다며.
아예 없어진다며.

나 안 사라져. 널 두고 내가 어딜 가.
연서야, 잘 들어.
나… 사람이 될 거야.

13
부

13부

S#1   **아이비 마당 (밤)**
         12부 S#60. 단과 연서, 마주 선.

단   너, 얼굴이 왜 그래, 울었어?
연서   (눈물 또 날 것 같은 / 단을 확 당겨 안는다)

단   **(E) 사람이, 되고 싶습니다.**

단   (얼결에 안고) 왜? 무슨 일이야?
연서   아무 일 없어. 그냥… 네가 너무… 보고 싶어서.
단   (토닥이는) 나도… 나도 보고 싶었어.

         연서.. 단을 꽉 세게 끌어안는 위로,

단   (E) 그것이… 가능합니까?

단의 기도에 마치 응답이라도 하는 듯,

INSERT   보고서에 적힌 단의 글씨가 하나씩, 거꾸로 지워져간다! 끝까지 지워진
보고서, 텅 빈 백지가 되더니 화르르 타오른다. 보고서가 타고 남은 재들,
바람에 날려 하늘로 올라가는 데서…!

S#2   아이비 저택 거실 (밤)
단과 연서.. 들어온다. 연서.. 단의 옆모습 보며 가슴 아픈.

단   올라가 있어. 차 끓여서 가져갈게.

단.. 주방으로 가려는데, 연서.. 단의 옷자락 잡는다. 아이처럼.

단   (? 해서 돌아보면)
연서   … 같이 해. 같이 가…

S#3   아이비 저택 주방 (밤)
단.. 물 올리고, 차 꺼내 오고, 잔 세팅하는 움직임을 연서가 보고
있다.
눈앞에서 움직이는 단의 모습 하나라도 놓치지 않을 것처럼 시선

을 떼지 않는.

소멸이라니, 자꾸 울컥 올라오는 울음 삼키는데. 단.. 그런 연서 시선 느끼고.

단   (괜히 너스레) 어우, 뜨거워라. 김단 녹겠네, 녹겠어.

연서   (복잡하게 계속 바라보는)

단   하긴, 눈을 뗄 수 없는 얼굴이긴 하지. (잔 앞에 놓아주며) 계속 보고 싶을 거야, 눈을 떠도, 눈을 감아도. 그치?

연서   (피식 웃는)

단   웃었다.

연서   (보면)

단   너 지금 속상해.

연서   (쿵) … 아냐, 내가 뭘.

단   내가 널 몰라? (다정하게) 왜, 무슨 일인데?

연서.. 고개를 숙인다. 참아보려 코를 찡긋거리지만, 찻잔에 한 방울, 두 방울 떨어지는 눈물.

단   (놀라서) 이연서… 울어?

연서   초콜릿 가게에 갔는데… 근데… (젖은 눈 들고) 초콜릿이 없다잖아. (울음이 터지는) 없다는 거야! 네가 좋아하는 거! 찐하고 달콤한 거… 말이 돼? 왜 초콜릿 가게에 초콜릿이 없어? 너무하잖아!

단   (당황한) 그래서… 우는 거야?

연서   짜증 나. 화나! 이러는 게 어딨어! 이런 법이 어딨어!

단	(안아 달래는) 나 초콜릿 안 먹어도 돼. 뭐든지 내가 구해 올게. 내가 사줄게, 응?
연서	(단의 품에서 울음 삼켜보려 하는 / 흑흑) 가만 안 둘 거야. 다 뒤집어놓을 거야, 내가.
단	(토닥토닥하며 웃음 나는) 어디서 우리 꽹과리 대신 울보가 왔나 했더니… 꽹과리 맞네.

단.. 연서가 귀엽고 안쓰러워 토닥이며 미소 짓는데, 단의 품에 연서 한없이 슬프고 가슴 아픈.

S#4   **영자네 거실 (밤)**

텅 빈 거실, 영자.. 소파에 꼿꼿하게 앉아있다. 무거운 침묵이 감도는.

S#5   **영자네 주방 (밤)**

기천.. 꿀차를 타다 말고 멍하니 섰다. 괴로운. 전기주전자 다 끓어 탁, 하고 꺼지는데도 움직이지 못하고, 싱크대 짚고 고개 푹 숙이고 마는.

S#6   **영자네 거실 (밤)**

니나.. 짐을 들고 나온다. 영자.. 그 자세 그대로 소파에 앉아있다.

지나쳐 현관으로 가는 니나. 영자.. 니나를 봤다. 주방에서 나오는 기천.. 역시 아무 말 못 하고 자리에 못 박혀 본다.

니나.. 나가려다 돌아본다. 집을 한 번 둘러보는. 영자와 기천에게도 슬픈 시선 한 번씩 주고 다시 돌아서는데.

영자   (앉은 채로) 다 널 위해서였어.

니나   (! 해서 보면)

영자   (꼿꼿한 그대로) 근데 네가 엄말 버리면, 엄만 어떡해?

니나   … 핑계 대지 마요!

영자, 기천   (!!)

니나   나 방패 삼지 말라구. 엄마가 판타지아 뺏기기 싫어서 발버둥 치는 거잖아. 근데 왜 내 핑곌 대? 다 엄마 욕심이잖아. (꾹꾹 눌러 참으며) 아니라고, 말할 수 있어요?

영자   (말문 막히는)

니나   엄만 그러면 안 됐어. 날 정말로 생각했다면, 그럴 수 없었을 거라구. 엄마라면! (돌아서려다 / 기천을 향해) 착하게 살라구? 다 돌아오게 돼있다구요.

기천   (탄식하는) 니나야…

니나   (눈물 맺혀) 다 나 때문이면, 내가 사라질게요. 그럼 되겠네. (나가는)

영자   (무너질 듯 / 팔걸이를 짚고 마는)

기천   (참담하고)

S#7   영자네 앞 (밤)

니나.. 눈물 삼키며 나오는데, 루나와 마주친다.

루나   니나야! (가방 보더니 / 탄식) 엄마한테 들었어. 연서, 왔다 갔다며.

니나   (애증으로 보는) 언닌 몰랐지? 엄마랑 아빠가 저지른 일들… 몰랐
        다고 말해줘.

루나   … 들어가자, 응?

니나   (그렁 해서) 내가 언제, 사람을 죽여달라 그랬어. 그렇게 끔찍한 짓
        을…

루나   (O.L) 정말, 해달라고 한 적 없어?

니나   (!!) 그게… 무슨 말이야?

루나   연서 돌아왔을 때, 죽어버렸음 좋겠다고, 생각한 적 없냐구.

니나   (헉)

루나   연서 눈멀었을 때, 기뻤잖아, 너. 아니야?

니나   그… 그건…!

루나   네 마음속을 들여다봐. 넌 지금껏, 연서의 불행을 밟고 그 자리에
        서있었어. 네가 원하는 걸, 우리가 쥐여준 것 뿐이라구. 그러니까,
        소란 피우지 말고 들어와. (들어가는데)

니나   (털썩, 주저앉고 마는 / 갈 곳을 잃은 눈동자)

S#8   초콜릿 가게 (밤)

강우.. 홀로 남아 괴롭다. 맞은편엔, 손도 대지 않은 연서의 음료.

S#9   **초콜릿 가게 (밤) - 강우의 회상**

12부 S#58 대화 이후.

강우   먼지처럼, 가루처럼 사라질 겁니다.

연서   (쿵) 왜? 왜요?

강우   신은 질투가 많아요. 내 걸 남에게 뺏기기 싫어하죠. 김단, 소멸될

                겁니다. 당신이 사랑해서.

연서   (충격) 거짓말… 거짓말하지 말아요!

강우   (!) 아예, 안 믿겠단 거… 알아요. 뭔지.

연서   감독님이 어떻게 알아? 괜히 나 겁줘서, 단이랑 떼놓으려고 거짓

                말하는 거 다 알아요.

강우   (가만히 보고 있는)

연서   (더 불안) 성당 가서 확인하면 돼요. 그 선배한테 물어보면, 확실히

                말해주겠지. (일어나려는데)

강우   (테이블 위에 올려놓는 것 / 깃털이 까맣게 변한 손수건이다)

연서   (놀라 강우를 보면)

강우   이제, 알겠어요? 내가 어떻게 김단에 대해서, 그렇게 잘 아는지?

연서   (충격받은)

S#10   **초콜릿 가게 앞 (밤)**

강우.. 나오면 가게 불 꺼진다. 주인.. 문을 닫고 가는데, 강우.. 우
두커니 서있다.

어디로 갈지 모르겠다. 처참한 심정. 마른세수 하는데, 강우 옆으

로 서는 구두.. 후다.

후   어쩌려고 그래.

강우   상관하지 마십시오.

후   가질 수 없으면, 부숴버리겠다, 이건가.

강우   (슬픈 눈 / 피식 웃는) 맘대로 생각해요.

후   살고 싶다며. 근데 널 살게 하는 걸 망가뜨리면, 너도 죽어.

강우   살려고 이러는 겁니다.

후   (? 해서 보면)

강우   난 아무것도 몰랐어. 미리 알았더라면, 누가 나한테 먼저 말해줬
         으면… 절대, 설희와 같이 성당에 가진 않았을 겁니다. 신을 버리
         더라도 혼자 했을 거야.

후   (!) 이연서를… 지키고 싶은 거구나.

강우   그쪽이, 김단을 지키고 싶은 것처럼요.

후   (깊은 한숨)

후와 강우.. 각자의 상념에 빠져 가게 앞에 서있다. 쓸쓸하고 고독
한 밤.

S#11   아이비 저택 마당 (밤)

단.. 테이블에서 보고서를 찾고 있다. 흔적도 없이 사라진. 깃털
펜 하나만 덩그러니 놓여있다.

단   (하늘 한 번 바라보고) 간절히 바라는 일에는 반드시 응답해주신다
        고, 믿겠습니다.

        단.. 연서의 방을 바라본다. 불이 꺼진다.

단   잘 자라, 울보야.

S#12   단의 방 (밤)

단.. 연서가 그려준 그림(성우/연서)을 책상 옆에 세워둔다. 다정한
눈으로 보는.
단.. 성경을 펼친다. 기운 빠지지 않는. 의욕 있게!

단   목마른 자가 우물을 파는 법. 분명히, 다른 방법이 있을 거야.

        단.. 공부하는 자세로 읽기 시작하는데, (E) 노크 소리.

단   누구… 연서야? (하고 문 여는데)

연서   (잠옷 차림 / 베개를 안고 서있는)

단   (심쿵)

연서   … 잠이… 안 와서. (방 안을 보면 책상에 그림과 성경책) 뭐… 하고 있
        었어?

단   (말 고르고) 공부.

연서   방해되면, 가구.

단	아냐, 들어와!
연서, 단	(설레고 어색한)
단	(침대 자리 펴주며) 누울래? 아니, 좀 그런가? 어떡하지? 이불 바꿔
	주까? 아니… 그러니까… 내 말은 뭐냐면…
연서	(침대에 앉으며) 나 신경 쓰지 말고, 할 거 해.
단	어…

단.. 성경책 보는데 눈에 들어오지 않는다. 등이 간지러운 느낌.
연서.. 단 침대에 모로 누워서 단의 옆모습 바라보는 중.

연서	단아.
단	(돌아보면)
연서	이리 와.
단	(두근)
연서	(누운 채로 손 뻗는) 너랑… 닿아있고 싶어.

(점프)

연서와 단.. 마주 보고 모로 누웠다. 연서.. 단의 새끼손가락 만지
작거리는.

단	왜, 신기해?
연서	(끄덕) 이렇게 따뜻한데… (단의 가슴에 손대보는) 쿵, 쾅, 쿵, 쾅, 심장
	도 뛰는데… (단을 올려다보는 / E) 다, 사라진다고?
단	껍데기는 사람이야. 이게 불량이라 날개도 나오고 상처도 아물고

그런 거지. 평소엔 보통 남자랑 똑같애. 땀도 나고, 숨도 차고.

연서   (단의 품에 파고드는)

단   (꼭 안아주는 / 머리 쓸어주는) 고맙다.

연서   (? 해서 보면)

단   너 이렇게 약하게 구는 거, 고마워. 센 척해도, 강한 척해도 한없
      이 여린 사람이잖아, 너. … 나한테 기대줘서, 고마워.

연서   (품에 폭 안기는)

단   (토닥이며) 다 잘될 거야. 내일 이사회도, 지젤 공연두, 너하고… 나
      두…

연서   응…

불안을 숨기고 단을 꼭 안아보는 연서와 그런 연서 소중히 안아
주는 단의 모습에서. (F.O.)

S#13   판타지아 전경 (낮)

S#14   판타지아 로비 (낮)

단과 연서.. 걸어오면, 강우.. 안쪽에서 기다렸다 나오는 느낌으로
마중하는.
단과 연서, 강우.. 세 사람 사이에 흐르는 긴장감.

강우   이사회, 다 모였습니다.

연서	들어가요.
강우	근데, 그쪽이 아직이에요. 이대로 버티면…
연서	아마 안 올 거예요. 모든 걸 인정하기도, 내려놓기도 싫을 테니까.

S#15 판타지아 회의실 (낮)

후원회원들 앉은. 후원회장도 앉아있고. (7부 S#19 분위기와 유사한)

단과 강우도 제자리.

연서.. 상석에 서서 차분하게 발표하는.

연서	급한 연락에도, 나와주셔서 감사합니다. 중요한, 발표를 하려고 해요.

S#16 판타지아 앞 (낮)

영자.. 또각또각 와 판타지아를 올려다본다. 회한에 사무치는. 뒤에서 다가오는 루나. 서류 봉투 하나를 건넨다.

영자	이게… 뭐니?
루나	모든 건 박 실장님 단독범행이란 증거요.
영자	(!!)
루나	그동안 박 실장님, 딴 주머니 차다가 걸려서, 허위진술서를 만든 거예요. 우릴 협박하려구요. 우선 이걸로 시간 끌어요, 엄마.
영자	(서류 봉투 물린다)

루나	(!!)
영자	(처참한 맘 숨기며 / 강인하게) 엄마 말 뭘로 들었어? 전부, 다 내가 했다고 했잖아.
루나	(이해 안 되는) 이렇게, 다 놔버리시겠다구요?
영자	(루나 보며) 니나 말이 맞다. 내 욕심이 낳은 죄야. 널 이렇게 키운… 내 죄. (맘먹은 / 들어간다)
루나	(어이없어하는)

S#17 판타지아 회의실 (낮)

S#15. 연결. 영자.. 들어온다. 강우와 단.. 영자 보고 살짝 놀란.

연서	(영자 봤지만 그대로 진행) 오늘부터 최영자 단장님을 비롯해 금루나 부단장, 금기천 이사장은 직위에서 물러납니다.
모두	(웅성)
후원회장	이유가 뭐죠? 전 가족이 한꺼번에 물러나는 이유? (하는데)
영자	(다가와) 연서야…
연서	(경계하면서 보면)
영자	(진실한 눈으로) 마지막 인사는, 내가 하게 해줘…

연서.. 물러나 주는. 영자.. 긴장한 표정으로 선다.

영자	최영자입니다. 그동안 저는 오직 판타지아의 발전을 위해 뛰어왔습니다. 처음엔 서툴렀고, 내내 부족했을진 몰라도 열정 하나만큼

은 부끄럽지 않았던 10년이었어요. 긴 시간 물심양면 후원해주신 여러분께… 작별의 말씀을… (하고 울컥하는데)

영자.. 발표 중, 단에게로 온 문자… 단.. 확인하고 눈이 커진다. 연서에게 다가가는.
연서.. 놀라서 보면, 단.. 귓속말하는데.. (E) 여기저기 문자 오는 소리.

후원회장   (핸드폰 보면서) 이게 뭐야, 금기천 이사장, 이연서 각막 기증 방해 자수?
연서   (이게 아닌데, 싶고)
영자   (놀라) 누가… 뭘 해요? (급하게 뛰어나간다)

좌중.. 동요가 있는. 연서와 강우, 단.. 당황했다.

S#18   경찰서 앞 (낮)

기천.. 기자들을 향해 소규모 회견을 하고 있다. 양쪽에 경찰 둘 서있고.

기천   모든 게 저의 잘못입니다. 제가 다 지시했고, 사주했습니다. 이연서 각막 기증 방해, 비서가 사망한 교통사고까지… 전부… 다 제 짓입니다.
기자1   살인을 사주했다는 말씀이십니까?

기자2   이유가 뭡니까? 피를 나눈 친척 아닙니까?

기천   (참담하게) 미쳐서 그랬습니다. 판타지아 재단 재산이 욕심났고,
      걔만 없으면, 걔만 사라지면 모두가 행복할 거라고 생각했습니다.
      달게, 벌을 받겠습니다.

      기천.. 돌아 들어가는데, 기자들 몸싸움해 치고 들어오며 아수라
      장 되는!

S#19   판타지아 로비 (낮)

단원들.. 모여서 핸드폰 보며 뉴스 보고 있다. [충격-패륜의 판타
지아] [각막 기증 방해에 이은 살인교사 의혹] [판타지아의 어두
운 이면] 등등 자극적인 기사 제목들이다.

수지   연서 언니 너무 불쌍하다.

은영   아직 확실한 건 모르잖아.

산하   이사장님이 자수했다며. 그럼 우리 발레단 어떻게 되는 거야?

은영   설마, 공중분해 되진 않겠지? 안 되는데…!

연서   (E) 걱정 말아요.

모두   (돌아보면)

강우와 연서, 단.. 걸어오는. 단원들 앞에 선다. 단원들.. 연서를 보
는 눈 편치 않고.

연서	다들 놀랐죠? 최대한 시끄럽지 않게 해결하려고 했는데, 일이 이 렇게 됐네요.
수지	(조그맣게) 언니… 괜찮아요?
연서	모든 게 제자릴 찾아가는 과정일 뿐이니까, 동요하지 말고 기다려 주세요. 이런 일로 판타지아 공중분해 안 돼요. 내가 약속할게요.
우진	후원 빠지면요? 추문에 휩싸인 발레단 공연, 환불해달라고 하 면요!
강우	일어나지도 않은 일로 사서 걱정 맙시다. 지금까지 내 공연, 무조 건 최고였으니까.
연서	(강우 보며 고마운)
강우	일단 오늘은 다들 돌아가요. 정리되면, 다시 연습 시작할게요.
모두	(불안한 눈빛들)

S#20   판타지아 일각 (낮)

연서, 강우, 단.. 걸어오는. 그런 세 사람 지켜보는 시선 있다.

단	(걱정스러운) 단원들이 되게 불안해하더라.
연서	(속상해) 이럴까 봐 조용히 처리하려고 한 건데… (하는데)

기둥 옆에서 스윽 나타나는 루나. 마치 기다렸다는 듯 연서를 바 라보는.
강우와 단.. 바로 경계하고 화나는!

루나	연서야, 우리 얘기 좀 해.
연서	(지지 않고 똑바로 보고)

S#21   판타지아 회의실 (낮)

연서.. 놀란 표정이다. 루나.. 연서 앞에 무릎을 꿇었다.

루나	잘못했어.
연서	이건 또, 무슨 작전이에요?
루나	(절절히) 지시든, 부탁이든 해선 안 되는 일이었어. 그럼 안 되는 거였는데… 나도 모르는 사이에 이쪽에 서있게 되더라. 정말 후회돼… 미안해, 연서야.
연서	(조금 마음 동하는 듯)
루나	어떻게 해야 맘이 풀리겠어? 네 앞에서 죽으라면, 죽을게!
연서	(!! 하는)

S#22   판타지아 회의실 앞 (낮)

강우와 단.. 문 앞에서 대화하는.

강우	아직도 꿈을 꾸나?
단	(? 해서 보면)
강우	사람이 되는 꿈.
단	걱정하지 마. 나는 절대, 연서 희생시키지 않아.

강우	(!) 알아들어서 다행이네. 포기하는 게 현명한 거야.
단	나 포기 안 했는데.
강우	(!!)
단	아무것도 모른 채로 세상에 내려와 여기까지 왔어. 이유 없이 만나는 사람은 없다고 했고. 분명히 연서와 나, 우리 둘에게 계획하신 게 있을 거야. 난 그걸 찾을 거고.
	그리고… 그쪽이 우릴 만난 데에도 이유가 있겠지.
강우	(!) 무슨… 뜻이야?
단	당신에게도, 신의 섭리가 있다는 말.
강우	(말간 단의 눈을 보며 쿵 하는)

S#23 판타지아 연습실 (낮)

강우.. 들어온다. 텅 빈 연습실. 거울에 비친 자신의 모습을 보는 강우.

⟨F/B⟩ 1. 6부 S#2 사랑스러운 얼굴로 다가오는 연습실 설희.

2. 6부 S#1 바닷가에서 바라봤던 아름다운 연서의 춤.

| 강우 | 최고의… 공연이라… (자조적인 웃음) |

S#24 판타지아 회의실 (낮)

S#21 연결. 무릎 꿇은 루나와 내려다보는 연서.

루나	우릴 용서해줘. 그래야, 너도 편안해질 거야.
연서	(!) 아 그거였어요? 용건이 그거면, 난 더 할 말 없어요.
루나	연서야!!
연서	번지수가 틀렸잖아. 내가 뭔데 용설 해? 그 절벽에서 죽은 건, 내가 아니라 승완 아저씨예요. 겨우 용기 내서 찾아왔다가 개죽음 당한 건, 내가 아니라 문지웅 씨라구요!
루나	(고개 숙여 얼굴 싹 굳는) 그 사람들은 죽었잖아. (끝까지 연기 / 연설 보며) 하고 싶어도 못 하니까, 너한테라도.
연서	전부 다 고모부 지시라구요, 어쩔 수 없었다고? 쇼 그만해요. 언닌 거 다 아니까.
루나	(표정 굳는 / 뺨에 흐른 눈물 건조하게 싹 닦으며 일어나는)
연서	(똑바로 루나를 본다)
루나	(역시 마주 보며) 우리 집 이제 끝났어. 말 그대로 풍비박산 났다구. 여기서 그만 마무리하자. 육십 노인 감옥 보내서 뭐 할 건데?
연서	(헛웃음) 감옥, 내가 보내요? 자기가 지은 죄로 벌 받는 걸, 어디다 떠넘기는 거예요, 지금?
루나	(표정 굳는)
연서	가해자들 꼭 벌 받을 때 되면, 피해자들한테 왜 용서 안 해주냐고 땡깡 부리더라. 마치 자기가 피해자인 것처럼. 언니, 성실히 조사 받으세요. 합의도, 선처도 없으니까.
루나	(말없이 보면)
연서	(돌아서려다 / 문득) … 니나 때문이었겠죠? 동생이니까, 사랑하니까…
루나	(갸웃하는)

연서	근데 언니… 나도 언니 동생이잖아요. 가족이잖아.
루나	(냉랭하게) 가족이란 게 별거니. 그저 우연으로 이어진 공동체일 뿐이지.
연서	(!!)
루나	네가 다 아니까 재밌다. 앞으로 계획하는 대로 잘 진행해봐, 연서야. 그래야 나도 흥이 더 날 거 같애.
연서	(오싹)
루나	(의미심장하게) 몸조심하구. (나간다)
연서	(심각해지고)

S#25 판타지아 연습실 (낮)

강우.. 거울에 기대 앉아있다. 고갤 기댄 채, 눈 감고 있는데, (E) 연습 음악 시작되는

강우.. 눈을 뜨면, 의견이 음악 튼 것. 의견.. 아무 일 없는 듯 몸 풀기 시작. 뒤이어 단원들 하나, 둘씩 들어온다. 각자 익숙한 듯 몸 풀기 시작하는.

강우	뭡니까?
은영	집에 가면 뭐 해요, 연습해야죠.
산하	쉬면 찌뿌둥하기만 해요. 감독님, 오늘 월리 잡아준다고 했잖아요.
강우	(감동하는)
은영	최고로 만드신다면서요. 저두 최고 한번 돼보려구요!
수지	저두요. 저 지젤 좋아요. 잘할 거예요.

| 강우 | (감동과 위안 받는 / 일어나더니) 20분 내로 몸 풀어요. 오늘 월리들 손가락 각도 하나까지 다 맞추겠습니다. |

강우.. 평소와 다름없지만, 눈 반짝 빛나는

S#26   연서의 차 안 / 경찰서 앞 (낮)
단, 연서와 유미의 통화. (단 전화) 스피커폰으로. 연서와 단.. 셋이
서 대화하는.

연서	기준수, 소재 파악됐대요?
유미	아직. 괜히 꼬리 잡힐까 봐 몸 사리는 중이겠죠.
단	빨리 잡아야 돼요. 금루나 그 사람… 악으로 똘똘 뭉친 느낌이었습니다.
유미	바로 반성할 거라곤 생각 안 했어요. 악이란 거, 끝까지 버티다 흉하게 저무는 법이니까요. 너무 걱정 말아요. 아가씨.
연서	네, 지금은 쉽게 움직이진 못할 거예요.
유미	단이 씨! 아가씨 잘 모셔요? 난 기자들 좀 구워삶고 갈게요.
단	네 집사님. (끊으면)
연서	(무거워지는 표정)
단	왜 씩씩한 척을 해.
연서	누가? 내가? 아닌데?
단	다른 사람도 아니고, 가족이 널 해치려고 했어. 억장이 무너지는 거, 당연한 일이잖아. 내가 말했지? 나한텐 약한 모습 보여줘도

된다구.

연서   그 사람들 더 이상, 내 가족 아냐. 나한텐 집사님이랑, 너밖에 없어.

단   (안쓰럽게 보다) 이연서 부자네! 평생 배신 안 할 사람 둘이나 있구?

연서   평생… (쓸쓸해지다) 단아, 나 가고 싶은 데 있어.

단   (?)

S#27   거리 (낮)

연서와 단.. 손 잡고 걸어온다.

단   어딜 가고 싶은 건데? 그냥 무작정 시내라고 하면.

연서   (가리키는) 여기. 여기 가고 싶어, 너랑.

단.. 보면 스티커 사진기 가게다. 단.. 오잉? 싶고.

단   이걸 꼭 하고 싶다구?

연서   (끄덕) 들어가자.

단   (망설이는) 근데… 나 안 나오면 어떡해?

연서   (? 해서 보면)

단   그런 거 있잖아. 귀신은 사진에 안 찍힌다고…

연서   (풋) 너 사진 완전 잘 찍혀.

단   어떻게 알아?

연서   껍데기 완벽한 사람이라며. 일루 와!

S#28   스티커 사진 가게 (낮)

기계 안. 단과 연서.. 어색하게 화면을 보는. 둘 다 얼어있다.

단   뭐 어떻게 해야 돼?

연서   나도… 잘 모르는데.

단   너 안 해봤어?

연서   야 난 열두 살에 러시아 가서 학창 시절이란 게 없었잖아.

단   승질이 안 좋아서 친구가 없어서 그랬겠지. 니나 씨 있었잖어!

연서   (확 노려보는데)

(E)   **찍습니다! 여기를 보세요**

단과 연서.. 허둥지둥, 앞에 봐. 어디야? 하면서 엉망으로 찍힌다.

찰칵! 찰칵! 찰칵!

INSERT   엉망으로 찍힌 첫 스티커 사진 보고

웃음 터지는 두 사람. 단.. 신기하게 자신을 보는.

단   와, 진짜 나오네. 신기하다.

연서   (그런 단을 보며 코끝이 찡해지는)

단   아주 아주 나중에, 너 백발 할머니 될 때까지, 사진은 남아있겠지?

연서   이거 싸구려라서 다 해지고 흐려질걸?

단   (헉) 그럼 어떡해?

연서   매년 매 계절마다 찍으면 되지.

단   (쿵 / 가슴 찡해지는 / 일부러 명랑하게) 완전 웃기게 찍어보자, 콜?

연서   콜!

(몽타주성) 단.. 가발에 선글라스들 마구 고르는. 연서.. 역시 마음 숨기고 같이 고른다. 서로 씌워주고, 놀리고 평범한 데이트 같은. 하지만 슬퍼서 코가 찡해지고.

기계 안. 웃긴 가발에 머리띠 하고 들어온 연서와 단. 익숙하게 카메라를 바라본다.

(E)   **찍습니다! 여기를 보세요.**

찰칵) 익살맞게 포즈 취하는 두 사람.
찰칵) 서로 보면서 웃음 터지는 두 사람.
찰칵) 포즈 취하는 단이를 물끄러미 바라보는 연서.
찰칵) 울음이 터져버리는 연서를 발견하고 놀란 단이의 모습.

기계 안에서 눈물 터진 연서. 가발, 안경 다 벗어버리는. 단의 가슴께를 붙잡고 울음 터져.

단   왜, 뭐가 맘에 안 들어? (가발 벗어버리고) 이런 거 다 하지 마? 내가 뭐 어떻게 해줄까?

연서   사라지지 마.

단   (!!)

연서   (고개 들어 보는) 안 죽으면… 안 돼?

단   어떻게 알았…어?

연서	한 달도 안 남았다며. 끝나면 너… 그대로 먼지처럼 사라진다며. 아예 없어진다며.
단	(확 끌어안는) 나 안 사라져. 널 두고 내가 어딜 가.
연서	(단을 보며) 진짜?
단	연서야, 잘 들어. 나… 사람이 될 거야.
연서	(!!) 사람?
단	(끄덕) 진짜 사람. 꼭 될 거야. 하늘에 보고서도 보냈고, 기도도 했어. 아직 확실한 답을 받진 않았지만, 기다릴 거야. 계속할 거야. 나, 믿지? 이연서?
연서	(젖은 눈으로 보고 / 불안한 눈으로 끄덕)
단	(다시 안으며) 으휴, 꿩과리야. 그래서 울보 됐구나. 얘길 하지. 왜 혼자서 끙끙 앓았어.

(E)	**찍습니다. 여기를 보세요.** 소리와 함께 찰칵찰칵 소리 나면서,
INSERT	톡, 튀어나오는 사진. 네 컷엔 단과 연서가 와락 껴안는 과정이 아름답게 찍혀있고.

S#29 거리 (밤)

강우.. 차에서 내린다. 누군가를 찾는 듯 두리번거리면, 단.. 저벅 저벅 걸어와서 강우의 멱살을 확! 잡아 올린다.

강우	무슨 짓이야?
단	내가 고맙다고 했잖아! 네가 말해준 거 알겠다고. 절대로 연서 다

치게 안 한다고 했잖아!

강우	(!)
단	왜 연서한테 말했어! 너 때문에 걔가 울잖아!! (팽개치듯 놓으면)
강우	(휘청하는) 도망치라고.
단	(굳은 얼굴)
강우	최선을 다해서, 도망치라고. 근데, 안 그럴 건가 보네. 미련해, 이 연서.
단	경고하는데, 연서한테 목숨이니, 희생이니 그딴 소리 입도 뻥긋하지 마. 그 소리 하면 진짜 가만 안 둘 거야. 알았어? (답 듣기도 전에 돌아서 가는)
강우	너도 나처럼 될 거야!
단	(무시하고 가는)
강우	신이 공평하다면, 너도 파멸하게 되고 말 거라고!
단	(멈추는 / 돌아본다) 내가 파멸하는 게 무서웠으면, 다시 돌아오지도 않았어. (휙 돌아서 가는)
강우	(허탈한)

S#30   강우의 오피스텔 (밤)

강우.. 피로한 듯 옷 입은 채 의자에 앉아있는데, (E) 전화가 온다.
[이연서]다.
강우.. 한참을 바라보다가 받는.

강우	지강웁니다.

S#31　　연서의 방 / 강우의 오피스텔 (밤)

협탁에 어린 시절 사진 전시한 앞에 오늘 찍은 스티커 사진들 올려놓은.

연서.. TV 앞에 앉아서 강우와 통화 중. 옆에는 DVD 타이틀들(각종 천사 영화*)과 천사 관련 책들(동화책 가능)이 쌓여있다. 연서.. 노트도 한.

INSERT　〈1. 까불다가 날개 찢어지고 죽음 (X) 2. 중간에 사라짐 (X) 3. 인간이 되지도 않음 (X)〉 "싹 다 비극. 말도 안 돼!"

연서　　묻고 싶은 게 있어요.

강우　　(듣는)

연서　　감독님은 지금, 천사는 아닌 거죠.

강우　　(!) 그건, 왜요?

연서　　그 손수건, 깃털 부분이, 까맣게 타들어 갔었어. 그죠.

강우　　(대답 않는데)

연서　　어떻게, 인간이 됐어요? 단이도 인간이 될 수 있어요?

강우　　(설마 했던 질문이 / 이마를 짚는)

〈F/B〉　　4부 S#64 탕! 소리와 함께 설희가 죽는 순간.

강우　　그런 방법은 없습니다. 포기해요.

—

• 베를린 천사의 시 / 도그마 / 마이클 / 천사(일본 영화) 등등 천사 관련 영화 제목들 살짝씩 변형

연서	(!) 왜요, 감독님은 사람이 됐잖아! 말해줘요, 네?
강우	… 사람이 되고 나서 15년 동안. 나는 계속 불행했어요. 한순간도 빠지지 않고.
연서	(!!)
강우	김단도, 마찬가질 겁니다. 그 지옥에, 그 남잘 밀어 넣고 싶어요?
연서	(생각도 못 한)
강우	(끊어버린다)
연서	(그제야 정신 든 / 다시 전화하지만)
강우	(받지 않는다)
연서	(한숨 푹 쉬는)

S#32 공원 (밤)

단.. 나무 아래 앉아있다. 고개를 들어 나뭇잎을 본다. 바람이 불면 흔들리는 나뭇잎들.
팔랑, 하나 내려오면 단.. 반갑게 잡아 보지만, 매끈한 그냥 나뭇잎! 실망하는 단..
품에서 보고서를 꺼내 든다. 벤치에 대고 쓰기 시작하는.

단   **(E) 연서가 알아버렸습니다. 미션이 실패하면, 제가 소멸된다는 걸요. 정말, 아무 응답도 안 주실 겁니까. 시간이 없습니다.**

쓰고 보고서를 바라보는 단. 그런데 S#1처럼 글자가 끝에서부터 거꾸로 하나씩 지워진다!

단.. 놀라서 보면, 글씨 다 사라진 보고서, 불이 확 붙어 사라져버리는.

단   (!) 아예… 보고설… 안 받겠다는 거예요? (원망스레 하늘을 보는 데서)

S#33   단의 방 (밤)

단.. 책상에 보고서 종이 잔뜩 쌓아뒀다. 깃털 펜 새로 고쳐 잡는. 야무지고 강단 있는 얼굴로 보고서를 쓰기 시작한다. 내용은 〈응답해주십시오. 사람이 되고 싶습니다〉의 반복.
쓰고 나면, 또 불이 확 붙어 재가 된다. 실망을 감추며 또 쓰는 단.

단   괜찮습니다. 또 쓰면 되죠! 백 장, 이백 장도 쓸 수 있어요.

단이 보고서를 쓰면, 불타 사라지고 / 또 쓰면 또 사라지는 컷컷 반복된다. / 단 지치기도 하고 실망하기도 하지만 맘 다잡고 포기하지 않는 컷컷들 위로,

후   **(E) 누군가를 지키고 싶은 마음이 무엇입니까?**
    절망이 앞을 가로막아도 절대 포기하지 않는 마음은 무엇입니까?

S#34   성당 작은 방 (밤)

후.. 단이 쓴 그간의 보고서들을 보고 있는. 한숨을 쉬며 괴로운

모습 위로,

후   (E) 우리에게도 마음이라는 것이 있습니까?

S#35   단의 방 / 연서의 방 (낮)

단.. 책상에 엎드린 채로 잠들었다. 손에 깃털 펜 쥔 채로!

(E)   **전화벨 울리면 / 연서.. 초조한지 방을 서성이며 통화하는.**

단   (눈도 못 뜨고) 응답! 응답이 왔나? (하고 눈 뜨면 / 전화 [연서님♡]) 네,
         연서님. 일어났어요?

연서   30분 뒤에 거실에서 만나. 소풍 갈 거야.

단   (눈 번쩍) 지금?

연서   정식 데이트니까, 이쁘게 하고 나와. (끊고 / 각오한 느낌으로 미소)

단   데이트? (하더니)

단.. 바쁘게 움직이기 시작! 이 옷 입었다가, 저 옷 입었다가. 가
르마를 이쪽으로 탔다가 저쪽으로 탔다가 난리 난. 맞다, 씻어야
돼! 분주하고 바쁜!

S#36   아이비 저택 거실 (낮)

단.. 기다리고 있으면 연서.. 내려온다. 예쁘다. 단.. 새삼 반한 얼굴.

연서	녹겠네, 이연서 녹겠어.
단	(씩 웃고 / 팔짱 내미는) 가실까요. (하는데)
유미	(들어오다 딱 마주치는) 굿 모닝이네요?
단	(팔짱 풀려는데)
연서	(확 세게 끼고) 어떻게 됐어요? 조사는?
단	(쑥스러운)
유미	진행 중. 금 이사장은 유치장에 있고, 오늘 금루나, 최영자 각자 소환조사 예정이에요.
연서	니나는?
유미	가출했단 얘기도 있고, 두문불출이란 말도 있고. 본 사람이 없어. 조사 대상은 아니구.
연서	… 오케이. 우린, 데이트 좀 다녀올게요.
단	(얼굴 빨개지는데)
유미	와.. 이젠 아닌 척도 안 해요? 친구 핑계 안 대?
연서	나 이제 얘랑은 절대로, 있는 데 없는 척, 좋아하는데 안 하는 척, 안 할 거예요. 혹시 무슨 일 있음 바로 연락 주세요.
단	(조그맣게) 다녀올게요.
유미	(뒷모습에 대고) 에휴, 내 팔자야! 상산 연애하구, 일은 내가 다 하지! (하면서도 흐뭇한 미소 짓는데)

S#37   카페 (낮)

강우.. 들어와서 둘러보면 니나.. 앉아있다. 강우.. 앞에 앉는다. 니나.. 초췌한.

강우	왜 연습 안 와요. 힘들겠지만…
니나	(사직서 꺼내 내미는)
강우	(!!)
니나	그동안, 감사했습니다. (하고 일어나버리는데)
강우	(가서 잡는) 니나 씨!
니나	(보면)
강우	이러지 말아요. 불편하겠지만, 같이 (하는데)
니나	(뿌리치며 / O.L) 내가 우스워요?
강우	(!!)
니나	그날, 엄마 사무실에 불렀던 날.

〈F/B〉   11부 S#31 니나 들어와 앉고 강우, 영자, 루나의 시선이 얽히는 장면.

강우	(!)
니나	감독님은 다 알고 있었죠? 엄마랑, 언니가 어떤 짓을 했는지. 나 가지고, 협박한 거구요.
강우	… 그땐 그 방법밖에 없었습니다. 그 두 사람이 가장 아끼는 카드를 내밀어야 했거… (하는데)
니나	(짝, 뺨을 때리는)
강우	(놀라고)
니나	(눈물 그렁) 그래놓고, 잘 쳤다구? 내가 꿈꿨던 지젤이라구? 감독님 좋아한다니까, 사람이 바보 천치로 보여요?
강우	미안합니다. 가볍게 생각한 건 아니에요. 니나 씬, 끝까지 몰랐으면 했습니다.

나나	웃기지 말아요. 감독님은 나에 대해서 단 한 순간도 진지하게 생각한 적 없어.
강우	(사실인 / 미안하고)
나나	이런 사람에게 인정받겠다고, 죽을힘을 다한 게, 정말 후회돼요. 나는 적어도, 감독님이 연서한테 집착하는 만큼, 내 마음도 알아서, 차라리 그걸 이용해줬음 했어요. 감독님한텐 그럴 만한 가치도 없었겠지만. (일어나 나간다)
강우	(못 잡는 / 속상한 / 얼굴을 쏠어내리고)

S#38 연서의 차 안 (낮)

단.. 운전대 딱 잡고서,

단	어디로 갈까요, 아가씨! 산, 들, 바다 어디든 말씀하세요!
연서	엄청 특별한 데로!
단	(기대되는데)

S#39 공원 (낮)

단.. 기대가 팍 식은 얼굴. 연서.. 싱긋 웃으며 앞서간다.

단	여기가 뭐가 특별해. 수십 번 왔던 덴데…
연서	너랑 나랑 첨 만난 것도 여기, 다시 만난 데도 여기, 울고불고했던 데도, 여기잖아. 남들한텐 평범한 공원일지 몰라도, 우리한텐 여

기가 역사고 상징이잖아.

단　　　(새삼스레 공원을 둘러보면)

연서　　이제 데이트하자!

S#40　몽타주 (낮)

단과 연서 즐겁게 데이트하는 몽타주. 자전거도 타고 / 돗자리 깔고 / (구매) 음식들 펼쳐서 서로 나눠 먹기도 하는데, 순간순간 신이 방해하는 느낌!

나란히 달리던 자전거, 길에 떨어진 물병 피하느라 양쪽으로 갈라지고.

돗자리 펴는데 바람 쌩! 불어 날아가 버리는. 순간을 알아채는 건 단이라 얼굴 굳어졌다가도 아무렇지 않은 척 다시 웃어 보이는데!

S#41　공원 (낮)

나무 옆. 돗자리. 연서의 무릎을 베고 단이 누워있다. 평화롭고 행복한. 연서.. 단이 눈 감고 있는 것 확인하고 화장품 꺼내 화장을 고친다. 눈치 슬쩍 보더니 한 번 더 두드리는데.

단　　　이뻐… 반짝반짝해.

연서　　(치) …단아, 나 너한테 부탁할 게 있어.

단　　　(!) 뭔데? 다 해줄게.

연서　　날 위해선, 뭐든지 다 해줄 수 있는 거지?

단	그럼. 말만 해.
연서	사람이 되는 법 말이야. 그걸 찾아봤거든.
단	(!)
연서	네가 해줄 게 세 가지가 있어. 첫째, 높은 빌딩에서 뛰어내린다.
단	(?)
연서	어떤 영화 보니까, 천사가 첨탑인가 어딘가에서 날개도 없이 뛰어내리면 사람이 되더라구. 우린 한… 20층이면 되려나?
단	(헐 / 일어나 앉는) 그… 그리고 또?
연서	부활을 하려면, 죽음이 있어야 되잖아. 네가 성우에서 김단이 된 것처럼. 그러니까, 바다 한가운데에 빠져보자.
단	진심… 이야?
연서	(완전 진심 얼굴) 그게 아니면, 심장이 멈출 때까지 숨을 안 쉰다거나 하는 방법도 있을 거 같애.
단	안 돼!
연서	(? 해서 보는) 왜? 날 위해 뭐든 한다며.
단	그거 다 허구야, 지어낸 이야기! 비도 안 오는데 그랬다간, 이 육체 박살 나!
연서	어차피 다시 재생되잖아. 한번 시도라도 해보자.
단	(식겁하며) 그거 아니야!
연서	그럼 뭔데? 방법 알아?
단	(차마 말 못 하고) 나 바다에도 빠져봤구, 강물에도 빠져봤어. 숨 막히고, 죽을 거 같았는데, 그대로였어. 비 오면 어김없이 날개 나왔다구. 이거 아니야.
연서	그렇구나. 그럴 줄 알았어.

단	너 알면서!
연서	네가 사람이 되는 법은 아무리 연구를 해도 모르겠는데, 너랑 내가 같이 있을 방법은 알아.
단	뭔…데?

S#42 성당 (낮)

연서.. 앞서 걸어간다. 단.. 어리둥절해서 따라가는.

단	여기는 갑자기 왜?
연서	생각을 해봤어. 어디가 제일 어울릴까. 나는 신을 안 믿지만, 너한텐 아버지 같은 존재니까…
단	(긴장하는)
연서	(피크닉 바구니에서 꺼내 드는 반지 케이스 / 열며) 나랑 결혼하자, 김단.
단	(!!)

S#43 성당 앞 거리 (낮)

단.. 화가 난 듯 뚜벅뚜벅 걸어가고 있다. 뒤에서 연서.. 쫓아오며,

연서	김단! 단아!!
단	못 들은 걸로 할게.
연서	왜? 왜 싫은데? 너 나 사랑한다며? 나도 너 사랑해!
단	(우뚝 선다 / 돌아보면)

연서	사랑해. 사랑한다구!

INSERT 피크닉 바구니 속, 깃털 손수건에 상서로운 빛 샤랄라.

단	(심쿵 했지만) 안 돼. 인간은 사랑만으로는 결혼 안 한댔어.
연서	그거 다 핑계야. 무조건 사랑이 모자라서야.
단	(외면하고픈데)
연서	넌, 그만큼 날 좋아하진 않는 거구나. 말로는 사랑한다, 지켜준다 하면서…
단	(속 터져) 세상에 어느 누가 시한부 날짜 받아놓고 결혼을 해, 염치도 없이!
연서	그게 무슨 상관이야?
단	정신 차려 이연서! 내가 어떻게 될 줄 알고… 결혼을…!!
연서	왜 사라질 생각부터 해? 기를 쓰고 내 옆에 있음 되잖아! 무슨 수를 써서라도 사람이 되면 되잖아!
단, 연서	(눈물 그렁 해서 서로를 보는)
연서	하자, 결혼.
단	못 해.
연서	하자!
단	안 할 거야!
연서	난 할 거야! 신이 우릴 만나게 했다며? 그럼 끝까지 책임져야지. 안 그래? (단의 손 잡아 제 가슴에 품고) 응?
단	(쩡한 / 연서의 손 맞잡으려는 순간)

단과 연서 사이로 도르르, 굴러가는 축구공 하나. 뭐지? 하고 갈라지는 두 사람 사이를

꼬마(6~7세) 하나.. 뛰어간다. 공 잡으러. 자연히 시선 따라가는데, 꼬마.. 공만 보다 도로로 뛰어들고!

다가오던 차량, (E) 경적 울리며 브레이크 밟는데,

늦은. 꼬마 덮치려는 순간!

단이 뛰어들어 아이를 인도로 밀어내며 구른다.

(차에 치이지는 않는)

연서.. 놀라서 달려가고, 사람들도 모여드는!

연서.. 쓰러진 단에게 달려가 안아 올리는데, 단.. 팔에 상처가 났다. 꽤 깊이 찢겨 피가 나는!

행인들.. 119 불러요! / 피 난다! / 같은 이야기들 나누는데.

연서	단아, 괜찮아? 김단! 정신 차려!!
단	(아픈) 연서야.. 가자. (상처) 이거… 안 돼…
연서	(눈치채고 옷으로 덮어주며) 됐어, 내가 가렸어. (단을 부축해 일으키는)
행인	119 불렀어요.
단	괜찮아요. 저, 금방 괜찮아집니다. (하는데, 팽! 도는 – 연서의 놀란 얼굴 보이는데, 그대로 쓰러지고)
연서	단아!!

쓰러진 단의 팔에서 흐르는 피… 멈추지 않는다!

S#44   응급실 (낮)

단.. 정신을 차리면 응급실 베드. 옆에 연서가 걱정스레 보는.

단   여기가… 어디야?

연서   정신 들어? 응급실이야.

단   (머리가 아픈) 아… 머리 아퍼. (팔 보면 / 붕대 칭칭 감긴) 연서야… 나

         왜 머리가 아프지?

연서   피가 안 멈췄어.

단   (!!)

연서   내가 봤어. 계속 지혈하고, 치료할 동안 너 상처… 안 아물었어.

연서, 단   (마주 보고 / 혹시! 싶고)

S#45   아이비 저택 거실 (밤)

연서.. 단의 상처에 드레싱 새로 해주는. 소독약 바르면, 단.. 따가
워하고, 습윤밴드 꼼꼼하게 붙여주는데.

연서   전엔, 5초 만에 바로 나았잖아.

단   응.

연서   설마…

단   (마주 보고) 설마…

연서   이렇게 쉽게? 너 뭐 했어? 뭘 했는데, 사람이 돼?

단   (생각하는)

〈F/B〉 　S#33 밤새 보고서를 다시 써서 올리던 모습.

단 　(!) 받아쳤나 봐. 내 맘을… 내 진심을 알아주신 건가 봐!

연서 　(의구심) 근데 이상해. 왜 아무것도 안 가져가?

단 　(!!)

연서 　그렇잖아. 인어공주도 다릴 얻으려고 목소릴 내쳤어. 사실 인생은, 더 불공평하잖아. 하날 얻으려다, 열 개를 뺏길 때도 얼마나 많은데. 근데, 어떻게 이렇게 쉽게 인간이 돼? 천사가?

단 　나도 모르겠어.

연서 　미션 성공 선물, 그런 건가? 사랑한단 말이 주문이 되기도 하니까?

단 　간절한 기도를 외면하지 않는 분이시니까, 들어준 거 아닐까.

연서 　그런 거면 좋겠다. (생각에 잠겼다가 / 박수 짝!) 그래, 비!

단 　(? 해서 보면)

연서 　비가 오면 확인할 수 있잖아! 날개 나오면 천사인 거구, 아님 사람 된 거. 맞겠지?

단 　(희망 어린 표정!)

S#46 판타지아 앞 (다른 날, 낮)
연서와 단.. 출근. 핸드폰 어플로 날씨를 검색하는 연서.. 한숨 쉬며 단에게 보여준다.
죄다 맑음! 단.. 역시 실망하고

단 　또 맑네.

연서	단아…
단	응?
연서	날도 맑은 김에, 우리 결혼할래?
단	(헐)

S#47 **단의 방 (다른 날, 낮)**

상처 드레싱 해주는 연서. 상처를 호호 불어준다. 단.. 따갑지만 행복한.

연서	단아, 고맙지.
단	응, 행복해.
연서	행복한 김에, 우리 결혼할래?
단	(헐)

S#48 **아이비 저택 연습실 (다른 날, 낮)**

BAR 연습하는 연서.. 단.. 사랑스럽게 바라보면.

연서	단아, 나 이쁘지.
단	안 해! 이쁜 김에 결혼 안 해! 결혼도 안 하고 암것도 안 해! (우씨! 나가는)
연서	(피식 웃고)

S#49   아이비 저택 마당 (다른 날, 밤)

단과 연서.. 그네에 앉아있다. 휘영청 밝은 달이다.

연서   달 좀 봐, 되게 밝다. 내일도 맑을 건가 봐.

단   옛날 사람들이, 이런 심정으로 기우제를 지냈나 봐.

연서   상상해봤거든. 비가 왔을 때, 어떨지.

단   그랬는데?

연서   차라리 안 왔으면 싶기도 하구. 그냥, 이대로, 이렇게 행복하게 계
속 살 수 있음 좋겠는데… 확인해야 되잖아.

단   끝을?

연서   끝이라는 말, 하지 마.

단   미안…

연서   미안하다는 말도, 하지 마. 정말로 만에 하나 네가 사람이 된 게
아니라도, 절대 미안하다고 하지 마. 알았지?

단   (끄덕하는데)

달을 가리는 검은 구름. 우르릉 울리는 하늘.

연서   (보고) 어?

단   내일모레까지 맑다고 했는데…!

툭, 툭 떨어지는 빗방울! 연서와 단.. 기대와 두려움으로 마주 본
다. 두 사람.. 손을 한 번 꽉 잡고서 단.. 빗속으로 나간다. 두 팔을
벌리고 비를 맞는 단. 두 눈 질끈 감는.

단   (E) 부디, 제 기도를 들어주세요.

연서   (E) 부디, 제 기도를 들어주세요. 나한테 딱 하나만, 김단만 허락해
        줘요.

한참을 맞는 단. 단의 등. 연서.. 긴장해서 바라보는 눈. 시간이 흘
러가도, 단의 등에서 날개가 나오지 않는다. 단.. 눈을 뜬다.

단   나왔어?

연서   (뛰쳐나와 단의 목을 감고 안는!) 없어, 진짜 사람 됐나 봐, 너! (하늘 보
        고) 고마워요! 진짜 고마워!! 처음으로 들어줬어, 내 기도!!

단과 연서.. 너무 좋아서 몇 번이고 포옹하는!

연서   (단 얼굴 요리조리 들여다보며) 어디 봐, 너 정말 사람인 거지? 이제,
        죽을 때까지 내 옆에 있는 거지?

단   (대답 대신 뜨겁게 입 맞추는!)

S#50   **연서의 방 (밤)**
        단과 연서.. 키스(연결) 하룻밤을 보내는 두 사람. 신비롭고, 아름
        답게.
        단은 다정하게, 연서는 반짝이게. 행복한 미소와 설레는 홍조.
        손끝도 입술도 떨리는 아름다운 밤.

단	(E) 꿈에서도 감히 상상해본 적 없는 일이 일어났어.
연서	(E) 내 생애 단 한 번의 기적이.
단, 연서	(E) 사랑이.

협탁에 놓인 단의 손수건, 깃털이 또 한 번 신비롭게 반짝! 하는
데서. (F.O.)

S#51 아이비 저택 전경 (낮)

비 그친 저택. 해가 반짝 들고.

S#52 연서의 방 (낮)

햇살이 들어오는 연서의 침대. 단.. 깬다. 잠들어있는 연서.. 예쁘다.
단.. 괜히 뭉클해지는. 손을 뻗어 연서의 얼굴을 다정하게 만지려
는데,
단의 손.. 그대로 투명하게, 연서의 얼굴을 슥! 통과해버린다.
단.. 너무 놀란. 자신의 손을 한 번 보고, 연서의 얼굴을 한 번 본다!
밀려오는 두려움.. 혼란스러운 눈동자에서.

S#53 성당 작은 방 (낮)

단.. 뛰어 들어온다. 후.. 알고 있었다. 침착하게 앉아있는.

단	어떻게 된 거예요? 나… 나 사람 된 거 아니었어요?
후	(묵묵히 보는)
단	어젠 비 맞아도 날개 안 나왔어. (팔에 딱지 보여주며) 이거 봐요, 딱지 앉은 거. 다쳐도, 금방 낫지도 않아. 왜냐하면, 인간이니까!!
후	(쯧쯧쯧 혀를 차는) 어리석은 자여.
단	이거 육신이잖아! 뼈도 있고, 살도 있고, 심장도 있는데, 왜 통과 되냐구요, 네?
후	손수건은, 확인해봤어?
단	(?)
후	천사의 임무가 끝나고 그 존재가 사라질 때, 인간이 되든, 소멸이 되든, 천사가 끝이 나면, 손수건의 깃털이 까맣게 타들어 간다.
단	(떠올려보는)

INSERT #52 연서의 방-아침, 단이 몸을 일으켰을 때 협탁에 있던 손수건 깃털, 멀쩡했던.

후	(고통스레) 네가 아직 천사라는 것, 너는 결코 사람이 될 수 없다는 것, 그게 그분의 응답인 거야.
단	(!!)
후	한 가지 방법뿐이야. 하지만 그럼 (씁쓸한) 너 또한 지강우와 같은 지옥에서 살게 되겠지.
단	(믿을 수가 없는) 그 방법은 안 써요. 어떻게 해야 되는지도 모르고, 알고 싶지도 않아. 연서가 없는 세상에선, 천사도 사람도 하고 싶 지 않으니까.

후   (탄식) 왜 거기까지 간 거야.

단   내가 간 게 아니야. 내 마음이 저절로 여기까지 온 거예요.

후   (한숨)

단   (오히려 차갑게 식는) 그럼… 내 몸은 왜 이런 건데요? 놀리는 것도
      아니고, 날개는 왜 안 나와, 상처는 왜 안 아무는데?

후   특별 미션에 따라 육신도 기한이 정해져있으니까.

단   (!!)

후   깜빡이야. 경고등이라고. 네 시간이, 육체와 영혼의 시간이 다 돼
      간다는 비상등!

단   (!!)

S#54   공원 (낮)

단.. 허탈해서 웃음이 난다. 자기 손을 본다. 얼굴을 만져본다. 분
명히 존재하는데, 곧 끝이 난다니.

〈F/B〉 S#49

연서   너 정말 사람인 거지? 이제, 죽을 때까지 내 옆에 있는 거지?

단.. 실성한 것처럼 웃다가 눈물이 난다. 어이없고, 화도 나고, 절
망적이고, 슬프다.
이제 어떻게 해야 될지 모르겠다. 고통을 참으며 눈물을 쏟는 단.

S#55 **아이비 저택 실내 정원 (낮)**

연서.. 콧노래 부르며 (지젤 첫 만남 음악 정도) 화분에 물 주며, 꽃들 향기도 맡아보는.

생기가 가득하다. [유채꽃] 푯말 세워둔 화분 보고 행복한 미소 짓는데,

(E)   **전화벨 [김단♡]**

연서   응, 선배 만났어?

단   (F) 응. 너 오늘 리허설 같은 거 한다 그랬지?

S#56 **거리 / 아이비 저택 실내 정원 (낮)**

걸어오는 단과 연서의 통화.

연서   정식은 아니고, 자리 맞추고 조명 맞춰보고 그런 거.

단   어떡하지… 내가 좀… 늦을 거 같은데.

연서   선배랑 할 말 많구나. 괜찮아. 나 집사님이랑 가면 돼.

단   미안…

연서   그 말 안 하기로 했잖아.

단   … 미안…

연서   저녁에 보면 되지. 조심히, 와?

단   (대답 못 하고 끄덕이기만 하고 / 끊는)

S#57   **꽃집 (낮)**

단.. 전화 끊고 감정 추스르는데, 꽃집에 눈이 간다. 걸음을 멈추
고 다가가는. 여사장, 나오는.

사장   뭐 드릴까요?

단   유채꽃 있어요?

사장   끝물이라서… (보다가) 있어요, 마침! 딱 한 다발.

단   주세요.

사장   (포장하며) 여자친구 주실 건가 봐요?

단   (혼잣말) 여자친구… (씩 웃고) 네, 제가 엄청 엄청 사랑하는 사람
         주려구요.

사장   (웃으며) 진짜 좋아하시나 부다. 근데 왜 하필 유채꽃이에요? 남자
         들 보통 장미 고르는데.

단   내년 봄에 같이 보기로 했는데, 어쩌면… 힘들 수도 있을 거 같아
         서요. (미소 짓지만 슬픈)

S#58   **영자네 집 곳곳 (낮)**

영자.. 텅 빈 집에 홀로 있다. 각 방(니나 방, 안방, 루나 방)을 열어보
면, 사람 흔적 없이 깨끗하게 비어있는 방들. 영자.. 쓸쓸한 표정.

S#59   **골목 (낮)**

루나.. 선글라스 쓴 채, 수상한 분위기로 골목골목을 가는. 점점

음산하고 음험한 느낌.

간판도 없는 가게로 쑥 들어가는데.

S#60   중화요릿집 (낮)

루나.. 구석 테이블에 앉는다. 이미 앉아있는 사람.. 어리숙해 보이는 덩치 큰 남자(20대).

루나   3년 됐다고 했죠? 판타지아 조명팀에서 일한 지… (위험하게 반짝이는 눈)

S#61   판타지아 탈의실 (낮)

아무도 없는 탈의실. 니나.. 자신의 사물함 정리 중이다. 하나씩 꺼내며 회한에 잠기는데.

연서   (E) 뭐 해?

니나   (헉! 해서 보면)

연서   너 왜 이렇게 전활 안 받니?

니나   네 전활, 내가 어떻게 받아.

연서   (다가가더니 / 짐을 보고) 도망가지 마.

니나   내가… 어떻게 판타지아에서 계속 춤을 춰.

연서   넌 몰랐잖아.

니나   아니, 어쩌면 알았을지도 몰라. 그리고 바랐을지도 몰라.

연서	내가 죽었으면 하고?
니나	(답 못 하는)
연서	생각만으로 죄가 되진 않아. 나하고 친구가 될 순 없겠지만.
니나	내 가족이, 널 해쳤어. 승완 아저씰, 죽게 했어. 어떻게 고갤 들고 여기
연서	(O.L) 멋졌어. 지젤.
니나	(!!)
연서	나랑 다르지만, 분명히 훌륭했어. 나는, 잘하는 발레리나랑 같은 팀원 하고 싶거든.
니나	(감격)
연서	그리구, 도망가지 말고, 여기서 계속 내 얼굴 보면서 괴로워해. 그게, 네가 받을 벌이라고 생각하면서.
니나	(울컥)

S#62   판타지아 대극장 (낮)

강우.. 객석에서 마이크 들고 리허설 진행하는 중. (강우 옆에 무대감독 있는 / 무전기 착용)

강우   10분 후에 스페이싱, 테크 리허설* 시작할게요.

---

* Spacing & Rehearsal: 의상과 화장 없이 연습복으로. 완전히 공연하듯이 하는 건 아니고 기술적인 부분이랑 맞춰, 스페이싱 하면서. 조명 위치들도 맞추며 정리하고 다듬는.

S#63   **판타지아 일각 (낮)**

단.. 달려온다. 유채꽃 들고.

S#64   **판타지아 대기실 (낮)**

단.. 달려 들어온다. 연서와 단원들.. 다 몸 풀고 있다가 놀라 보고.

연서.. 일어나는.

S#65   **판타지아 일각 (낮)**

단과 연서.. 마주 섰다. 연서.. 유채꽃 보고 불안한 얼굴.

연서   못 온다더니, 꽃까지 사 들고.

단   (건네면)

연서   유채꽃이네… (얼굴 어두워졌다가 / 밝게) 공연도 아닌데 뭘 이렇게

           까지 해.

단   너 처음 봤을 때, 꼭 주고 싶었어.

연서   언제?

단   20주년 기념 공연 때.

연서   (!!) 그때, 있었어?

단   봤어, 네 춤.

⟨F/B⟩   1부 S#61 화장실에서 춤추던 연서. 그를 바라보던 단.

단   **(E) 그날 네가 제일 아름다워서 꽃 주고 싶었거든.**

<F/B>　　　1부 S#58 계단에 놓였던 꽃다발.

연서　　　그러니까 하자, 결혼.

단　　　　또!! 안 된다고 했잖아.

직원　　　**(E) 리허설 시작한대요!**

연서　　　(안쪽 보고) 그냥 우리끼리 간단하고 조촐하게. 응?

단　　　　(고개 저으면)

연서　　　난 무조건 너랑 할 거야. (꽃 다시 주며) 이거, 부케로 할 거니까 네
　　　　　가 잘 갖고 있어. 알았지? 들어간다!

　　　　　연서.. 서둘러 들어가는. 단.. 속상해죽겠고.

S#66　　판타지아 대극장 (낮)

　　　　　무대와 객석. 무대엔 연서가, 객석엔 단이가 있다.

단　　　　저… 고집불통…

연서　　　(객석의 단을 본다 / 낮게 읊조리는) 김단, 바보야.

INSERT　S#52 연서의 방

　　　　　단이가 일어나기 전, 연서가 먼저 일어났다. 단이 아직 잠든.

　　　　　연서.. 단의 얼굴 보며 너무나 행복한. 연서.. 잠든 단의 어깨를 따라가다

　　　　　손을 잡으려는데,

　　　　　연서의 손이 단의 손을 투명하게 스쳐 지나간다. 연서.. 너무 놀라는!

한 번 더 시도해본다. 단의 어깨를 만지는데 역시 통과하는. 연서.. 절망의
표정.

INSERT   S#56 실내 정원

단   (F) 미안…

연서   (가슴이 철렁) 그 말 안 하기로 했잖아.

단   (F) … 미안…

연서   (미치겠다) 저녁에 보면 되지. 조심히, 와?

단   (끊으면)

연서   (무너지듯 스르르 주저앉는 / 얼굴을 감싸다가 들며 / 울지 않는다) 안 울 거야. (씩
          씩하게 일어나는 / 하늘 보며) 누가 이기나, 한 번 해봐요. 나는, 김단이랑 하
          고 싶은 거 다 할 거니까.

무대 위 연서.. 단을 본다. 환하게 웃으며 손 흔든다. 강우.. 돌아보
면, 단 역시 밝은 미소로 손을 흔든다. 음악 시작되고, 무대 조명
탁, 꺼지고 연서를 향한 헤드라이트 비추는!
1막 만남 씬 시작된다. 연서.. 사랑에 빠진 설레는 표정으로 연기
하는데.

단에게로 불어오는 바람! 단.. 놀라서 돌아본다. 문이 다 닫혀있다.

단   바람이… 어디서 들어오지? (하고 고개 돌려 다시 무대를 보는데!)

(단의 환상) 무대 위, 연서가 없다. 연서는 없이 공연은 계속되는

듯, 음악은 흐르고 조명이 움직인다.*

/

(실제) 연서.. 무대에 있다. (첫 만남 장면 - 매드 씬 넘어가기 전 - 순간적으로 나오는)

/

단.. 벌떡 일어나는데, 어느새 후.. 옆에 서있다. 무대는 계속해서 조명만이 움직이는.

단	(후를 보고 섬뜩한) 아무 말도 하지 마요.
후	죽음이다.
단	(귀를 막고) 난 못 들었어요.
후	너 다 알아. 아닌 척하지 마.
단	나 사람 안 해요. 안 할게. 욕심 다 버리고, 백기 들었어요. 그냥 소멸할게. 사라질게요! 결심했단 말이야. 네?
후	그날, 마지막 기회를 얻은 건, 너뿐만이 아니었다.
단	(이미 예감하고 있는 / 탄식)

〈F/B〉 1부 S#61 / 1부 S#63 사고 상황
펜스를 들이박는 연서의 차 / 절벽 아래로 떨어지는 차량, 낙하하는 빗줄기.

후	원래 죽었어야 할 인간이었어. 그럴 운명이었다.

• 안나 파블로바의 빈사의 백조 무대와 비슷한 느낌 – 무용수의 갑작스러운 사망 이후, 예정되어있던 공연에서 관객 입장해 무대에 무용수 없이 원 동선대로 음악과 조명만으로 공연을 진행한 일화.

단	그런 게… 어딨어. 운명은 우리가 다시 만난 거라구요.
후	악인에게 죽임을 당할 운명. 누군가는 그걸 타고나기도 하지.
단	(귀를 막는) 아니야… 아니에요!
후	(괴롭지만 엄숙히 선서하는 듯) 유예가 된 것뿐이야. 아무리 발버둥을 쳐도 예언은 실현되고, 운명은 이루어지는 법.

후.. 그 자리에서 연기처럼 사라진다. 단.. 도저히 믿을 수 없는 잔인한 운명 앞에, 무대를 바라보면, 조명만이 덩그러니 놓인 무대. 그 안에서 서서히 드러나는 연서의 모습.
바닥에 죽은 듯이 누워있는 장면. 단.. 참을 수가 없다. 뛰쳐나간다.

S#67 **판타지아 복도 (낮)**

1막을 마치고 나오는 연서.. 대기실로 향하는데, 단이 다가온다.
연서.. 뭐지? 하고 바라보는데, 단.. 뚜벅뚜벅 걸어오더니, 유채꽃 다발을 건넨다.

단	하자.
연서	(!)
단	나랑, 결혼해줘, 이연서.

연서.. 환하게 웃음으로 화답하는 얼굴. 단.. 슬픔을 숨기며 청혼하는 미소 띤 얼굴. 그리고 두 사람 함께 쥐고 있는 유채꽃 다발에서 ENDING!

나는, 네가 다 처음이야.
사람이었을 때도, 천사일 때도, 지금도. 너뿐이야.
너 때문에 살고 싶었고, 너 때문에 죽을 만큼…
사람이 되고 싶었어.
바보처럼 망설이고, 애태우고, 울리기나 하는…
이런 나라도 괜찮으면, 결혼해줄래?

14
부

S#1 **판타지아 복도 (낮)**

1막을 마치고 나오는 연서.. 대기실로 향하는데, 단이 다가온다. 뚜벅뚜벅 걸어오는 단의 눈에 보이는, 의아한 표정의 연서 얼굴 위로 울리는 후의 말.

후   **(E) 원래 죽었어야 할 인간이었어.**

단   (고통을 참아 넘기며 한 발, 한 발 연서에게로)

후   **(E) 유예가 된 것뿐이야. 아무리 발버둥을 쳐도 예언은 실현되고, 운명 은 이루어지는 법.**

단.. 연서 앞에 선다. 연서.. 단을 바라보면, 단.. 유채꽃 다발을 건 넨다.

단	하자.
연서	(!)
단	나랑, 결혼해줘, 이연서.

연서.. 환하게 웃음으로 화답하는 얼굴. 단.. 슬픔을 숨기며 청혼하는 미소 띤 얼굴, 그리고 두 사람 함께 쥐고 있는 유채꽃 다발에서.

S#2 아이비 저택 실내 정원 (밤)

유채꽃 다발 테이블 위에 있다. 단과 연서.. 달력(단이 것 아닌)을 보며 날짜를 정하고 있는.

연서	내일?
단	밑도 끝도 없이 내일이야.
연서	시간이 없잖아. 열흘 뒤엔⋯

INSERT 단의 달력에 표시된 미션 마지막 날.

단	(역시 아는 얼굴)
연서	지젤 공연이니까. 그 전에 빨리 하구 싶어.
단	(고민에 빠져 달력 보는데)
연서	(툭) 왜 생각이 바뀌었어?
단	응?

연서	리허설 전까지 안 된다고 하더니, 갑자기 왜 하고 싶어졌는데?
단	(물끄러미 보다) 갑자기 아냐. 계속 하고 싶었어.
연서	(!) 난 또… 사람 됐다구, 맘 바뀐 줄 알았네.
단	야, 너는 말을 그렇게!
연서	나도 좀 튕길걸. 너무 넙죽 예스라고 했어. 청혼도 내가 먼저 해, 반지도 내가 사. 난 며칠을 거절당했는데… 자존심 상해.
단	(벌떡 일어나) 취소해! 지금도 안 늦었어!
연서	(서운해) 진짜 해?
단	해! 누가 겁난대?
연서	너 정말… (하는데)
단	(청혼 무릎 꿇는)
연서	(!!)
단	(올려다보며 / 가벼운 미소) 네가 취소하면 다시 하면 돼. 몇 번이고 백번이고 다시 할게. 정식으로.
연서	뭐야, 김단…
단	이연서. 나는, 네가 다 처음이야. 사람이었을 때도, 천사일 때도, 지금도. 너뿐이야.
연서	(쿵)
단	너 때문에 살고 싶었고, 너 때문에 죽을 만큼… 사람이 되고 싶었어.
연서	(찡하게 감동)
단	(연서 손 찾아 잡고 / 찡한 미소) 바보처럼 망설이고, 애태우고, 울리기나 하는… 이런 나라도 괜찮으면, 결혼해줄래?
연서	(그렁 해서 / 일으켜 세우는) 얄미워. 내가 할 말만 골라서 다 해. (하고

와락 안는)

단   (꼭 안고) 행복하게 해줄게. 약속해.

연서   천년만년, 같이 살자, 우리.

단   (고개만 끄덕끄덕하는)

S#3   단의 방 (밤)

단.. 넋을 놓고 앉아있다. 보고서 종이들 앞에 있다.

〈F/B〉   1. 1부 S#63 사고 난 차에 있던 연서.

          2. 10부 S#74 옥상에 묶여있던 연서.

          3. 11부 S#51 단과 마주 보던 루나의 악한 눈빛!

후   **(E) 악인에게 죽임을 당할 운명. 누군가는 그걸 타고나기도 하지.(13부 S#66)**

          4. 13부 S#66 무대에서 예언처럼 누워있던 연서의 모습까지.

          5. 13부 S#32 자꾸만 불타 없어지던 보고서들.

단.. 주먹을 꽉 쥐더니, 일어난다. 보고서 종이 거칠게 챙기는.

S#4   성당 앞 (밤)

단.. 무서운 표정으로 섰다. 성당을 노려보다가 뚜벅뚜벅 걸어간다. 한 손엔 보고서들 아무렇게나 구겨서 쥐었고.

S#5　　**성당 안 (밤)**

단.. 십자가 앞으로 걸어온다. 제단 앞에 툭 던지듯 놓는 빈 보고
서 종이들.

단.. 십자가를 올려다보는 화난 얼굴. 무릎 꿇지 않고 똑바로 서서
바라본다.

단　　　　운명이라고 생각했습니다. 연설 만나게 하고, 연서를 생각나게 하
고, 연서를 사랑하게 한 것. 다 당신 뜻이라고 믿었어요.

내가 없어지는 거, 끝나버리는 거? 하나도 무섭지 않아요. 내가
제일 두려운 건, 연서가 나 때문에 힘들고 고통을 받는 거였습니다.
(이 꽉 물어 감정 참고) 근데, 이건 아니죠.

연서가 죽는 게 운명이라구요? 아뇨, 난 그 운명… 받아들일 수
없습니다.

결국 실현되고 말 예언이라고 해도, 내가 바꿀 겁니다. 당신 뜻이
아닌, 제 뜻대루요.

강인한 눈빛의 단.. 피하지 않고 똑바로 올려다보는 표정에서.

S#6　　**연서의 방 (밤)**

연서.. 불 끄고 누웠는데, 잠이 안 오는. 손으로 하루, 이틀 날짜를
세며 심란한데

(E)　　**노크. 연서.. 돌아보면,**

단	**(E) 연서야, 자?**
연서	아니. 왜?
단	**(E) 들어간다.**
연서	(놀라 일어나 앉는)
단	(동시에 들어오는 / 저벅저벅 걸어 연서 앞까지)
연서	(스탠드 켜서 보는) 너, 어디 갔다 와?
단	아까, 했어야 됐는데 못 한 말이 있어서.
연서	(긴장하는) 뭔데?
단	(연서 옆에 앉아 / 진지한) 연서야, 나…
연서	뭔데, 이렇게 무서운 얼굴이야.
단	(꾹꾹 참으며) 나 사람 안 됐어. 못 될 거 같아.
연서	(알고 있는 / 안쓰럽게 보고)
단	될 줄 알았는데, 들어준 줄 알았는데, 아니었어. 너랑, 행복하라고 허락해준 줄 알았는데… 아니었어.
연서	(급하게 단 손 찾아 쥐려는데 / 또 통과해버리는 손)
단, 연서	(얼음)
연서	(마음 다잡고) 그래서 뭐? 네가 천사든 인간이든 그딴 거, 하나도 안 중요해.
단	(아프게 보는) 계속… 이런 걸 봐야 될지도 몰라.
연서	(다시 손 뻗어 잡는 / 이번엔 잡을 수 있는) 또 잡으면 되지. 네가 그랬잖아. 내가 결혼 취소하면 백번이고 다시 청혼할 거라고. 나도 그래. 나도 백번이라도, 다시 네 손 잡을 수 있어. 절대, 안 져.
단	네 앞에서, 사라질 수도 있어. 무섭지… 않아?
연서	그때 내가, 네 옆에 없을까 봐, 그게 겁나 나는.

단	(눈물 나는)
연서	네가 또 혼자서 외롭게 마지막을 맞이할까 봐. 나… 절대 너 혼자 안 둘 거야. 그러니까, 김단, 우리 같이 있자, 응?
단	(눈물로 끄덕이는)

연서.. 미소로 단의 눈물 닦아주며 입 맞추는. 연서의 뺨에도 흘러
내리는 눈물.
두 사람.. 아름답게 입 맞추는 위로.

연서	**(E) 오늘까지만 울자. 내일부턴 하루가 영원히 이어질 것처럼 행복하게, 웃으면서 지내자. 콜?**
단	**(E) …… 콜.**

S#7 아이비 저택 전경 (밤)

S#8 아이비 저택 거실 (낮)

유미.. 어리둥절한 표정이다. 단과 연서.. 유미를 앉혀두고 둘이서
눈빛 교환 중.

연서	준비됐어?
단	(비장하게) 응.
연서	(심란한) 그걸, 꼭 해야겠어?

단   응.

유미   아니, 뭔데요? 출근하는 사람 앉아보라더니 뭐길래 이렇게… (하
          는데)

단   (유미 앞에 무릎을 꿇고)

유미   (놀라 보면)

단   집사님! 아가씨와 결혼하고 싶습니다. 아가씰, 저에게 주십시오!

유미   (더 놀라서 펄쩍) 뭐 하는 거야?

단   모자라고, 부족한 놈이지만, 허락해주신다면, 아가씰 평생, 행복
          하게 해주겠습니다!

연서   (부끄러워하며) 어디서 봤는지, 저걸 꼭… 해보고 싶다잖아요. 장단
          좀 맞춰주세요.

유미   어디까지가 역할극인질 알아야 북을 치든 장굴 치든 하지. 둘이
          결혼은 진짜야?

단, 연서   (끄덕)

유미   (헐) 아니 무슨 진도를 광케이블 LTE 속도로 빼…

단   허락해주세요.

유미   내가 뭐라고, 이런 걸…

단   꼭 허락을 받고 싶은데, 이 집에 어른이 집사님뿐이잖아요.

연서   (속삭이는) 대강 해주세요.

유미   (후 / 작심했다 / 얼굴 싹 바꿔) 꿈 깨시게.

단, 연서   (헉!)

유미   (연기 톤) 우리 아가씨, 아주 어릴 때부터 금이야 옥이야, 내 손으
          로 직접! 키워냈어. 미모, 지성, 인… 성은 쪼금 그렇지만. 어디 내
          놔도 빠지지 않아. 그런 아가씰! 자네처럼! (얼굴 한 번 보더니) 얼굴

만 반드르르한 게 탐을 내! 자네가 뭐 가진 게 있나? 어? 어디서 근본도 없이 감히 상사로 모시는 분을 분수도 모르고!

단　　(어안이 벙벙)

유미　　(탁자 탁! 치면서) 절대 안 돼! 내 눈에 흙이 들어가기 전 (하는데)

연서　　(O.L) 집사님!! 무슨 말씀을 그렇게 심하게 하세요!!

유미, 단　　(놀라 보면)

연서　　(자기가 상처받아) 우리 단이가 어때서요? 쟤 같은 애가 세상에 어 딨다구! 아니 지금이 무슨 중세사회도 아니고, 어떻게 그렇게 모 진 말을 할 수가 있어요? 진짜 집사님. 실망이에요!!

유미　　아니… 나는 박자 맞추라길래…

연서　　(부르르) 난 누가 뭐래도, (위를 보며) 하늘이 반대를 해도 단이랑 결 혼할 거예요. 일주일 뒤! 장소는 우리 아이비 마당! 땅땅이니까, 집사님 그렇게 알구 준비 부탁드려요. (떨치고 일어나 나간다)

단　　죄송해요, 집사님! 괜히 저 땜에…

유미　　(힝) 아니 날 보고 어쩌라는 거야 증말!!!

S#9　　아이비 저택 마당 (낮)

연서.. 열 식히고 있다. 유미.. 옆으로 와서 선다. 연서.. 좀 머쓱한.

연서　　연기… 잘하시네요.

유미　　학교 다닐 때 연극부였거든요.

연서　　아깐… 죄송했어요. 너무 몰입해서…

유미　　(미소로) 이제 안 간대요?

연서	(? 해서 보면)
유미	아가씨, 나 단이 씨 좋아해요. 귀엽구 잘생겼고, 착하잖아. 근데, 솔직히 나한테 중요한 사람 단이 씨 아니구 아가씨거든요.
연서	(고맙게 보면)
유미	아까 쪼끔은 진심이었어. 사랑? 지금은 좋지. 근데 그 마음이란 거, 지멋대로 변하는 거잖아. 나 아가씨 또 남겨지는 꼴 못 봐요.
연서	그러지 마세요. 안 어울리게. 우리 서로 정 없이 꾸준한 사이잖아.
유미	(치) 그럼요. 정 없이 오래 갈 거야. 아주 오래.
연서	걱정 마세요. 남겨져도 돼. 지금 행복으로, 충분히 살 수 있어요.
유미	(얘들 진짜구나, 싶고)
연서	(단단한 눈빛으로 미소 짓는)

S#10 강우 오피스텔 (낮)

강우.. 니나의 사직서를 보고 있다.

〈F/B〉 13부 S#37

니나	이런 사람에게 인정받겠다고, 죽을힘을 다한 게, 정말 후회돼요.

강우.. 고민하다 전화기를 든다. [금니나]에게 전화하는. 받지 않는다.
강우.. 다시 찾아 전화를 하는.

강우	지강웁니다. 물어볼 게 있는데…

S#11   **건물 주차장 (낮)**

니나.. 서있는데, 엘레나.. 유리병을 일부러 와짝! 깬다. 니나.. 놀랐지만 담담히 보고 있는.

엘레나   (토슈즈 토 부분에 유리 조각 박아 넣으며) 그래도 춰야지.

니나   (입 꾹 다물고 선)

엘레나   나 맨몸으로 쫓아낼 때부터, 니네 엄마 언젠간 제 손으로 망할 거라고, 생각은 했지. 근데 금나나. 예술은 말이야. 집에 불이 나도, 부모가 죽어가도, 계속되는 거란다. (토슈즈 턱 내어놓는)

니나   (가만히 토슈즈를 바라보는) 이걸 하라고… 언더스터디만 하라고, 한 거네요.

엘레나   너한테 뭐가 남았니. 지강우? 가족? 너한텐 춤뿐이야.

니나   (품에서 두툼한 봉투 꺼내서 건넨다)

엘레나   뭐야 이게?

니나   (쥐여주며) 그동안, 감사했습니다. (꾸벅 인사하고 돌아서는)

엘레나   (허! 싶은)

S#12   **건물 주차장 앞 (낮)**

니나.. 나오는데 뒤에서 엘레나 나와서 잡는.

엘레나   무슨 짓이야 이게?

니나   선생님 덕분에 많이 깨우쳤어요. 하지만, 전… 저는 우리 가족들하고 똑같은 사람이 될 순 없어요. 연서를 해쳐서 지젤을 춘다 해도, 그건 내 게(것이) 아니잖아요.

엘레나   (살며시 미소 짓는데)

강우   **(E) 놓으시죠.**

엘레나, 니나 (놀라 보는)

강우   (다가와 / 엘레나 손을 떼는) 그쪽이었군요. 니나 씨한테, 누가 있을
           줄은 알았습니다만.

니나   감독님… 여기 어떻게…?

강우   의건 씨한테 물어봤습니다. 갈 만한 데 찾아보느라 여기저기 들
           렸구요.

니나   (감동받을 뻔 / 하지만 정색) 신경 쓰지 마세요.

강우   (엘레나 보며) 날 염탐하고, 니나 씰 몰아붙여서 얻고 싶은 게 뭐
           죠? 니나 씨한테 무슨 짓을 하는 겁니까?

엘레나   당신보다 훨씬 좋은 짓을 했지. 껍데길 깨게 했으니까.

강우   스스로를 갉아먹으면서 추는 춤은 반드시 몰락하게 돼있어.

엘레나   그게 당신이 원하는 지젤이었잖아.

강우   (!!)

니나   두 분 그만하세요! 다 끝났어요. 다 소용없다구요! (강우 한 번 보고
           / 외면하고 가버리는)

S#13   거리 (낮)

니나.. 달려온다. 눈물 나는 것 참고 섰는데 뒤에서 강우 와서 손
에 다시 쥐여주는 사직서.

강우	이러지 말아요.
니나	내가 어떻게!!! 다시 춤을 춰요! 하루에도 수십 번씩 죽고 싶어. 전부 다 내 탓인 거 같구. 나만 없음 되는 거 같아서 미치겠다구요. 근데 춤이 무슨 소용이야.
강우	기회를 줘요. 내가, 니나 씰 이용할 기회.
니나	(! 해서 보면)
강우	지젤 꼭 올릴 겁니다. 제대로 훌륭하게요.
니나	연설 위해서요?
강우	연서 씰 위해서.
니나	(실망하는데)
강우	니나 씰 위해서. 우리 단원들을 위해서 그리고, 날 위해서.
니나	(보면)
강우	그게… 내 목표였으니까.
니나	… 거짓말. 감독님 목표 연서였잖아요. 차이고 나서 생각이 바뀐 거예요?
강우	(말 못 하는데)
니나	내가 간절히 원하는 사람이, 날 하찮게 여기는 그 비참한 마음, 감독님도 느꼈겠네요. (안쓰럽고 원망스러운 눈빛으로) 쌤통이어야 되는데, 나는 속도 없이, 감독님 안쓰러워요… 안녕히 계세요. (하고 가는)
강우	(한숨 푹 쉬며 니나를 보고)

S#14 판타지아 복도 (낮)

연서.. 당당하고 차분하게 걸어간다. 회의실 문을 열고 들어가면,

S#15   판타지아 회의실 (낮)

(연결) 문이 열리면 판타지아 직원들.. 모두 모여있다. 연서.. 중앙
에 서서.

연서   갑작스럽게 일이 터져서 정신없죠. 임원진 공석은 최대한 빠르게
          채울 겁니다. 그 외엔 변하는 거 없어요. 프로그램, 리허설 전부
          예정대로 진행합니다. 흔들리지 말고, 조금만 더 수고해주세요.

직원들   (연서 말 경청하는)

연서   홍보팀. 사건 기사 너무 많아요. 지젤에 주력해서 공연 기사 더
          내죠.

홍보팀들   (끄덕 / 메모하고)

연서   경영팀, 후원회에 문제없이 공연 올린다고 안내장 보내구요.

동영   경찰에서 조사 나온다고 하는데요

연서   적극 협조하세요. 발레단은 문제 없어요. (직원들 둘러보며) 최대한
          빠르게 안정시켜봐요, 우리.

직원들   네.

S#16   판타지아 로비 (낮)

연서.. 판타지아 기사들 검색해보고 있다. 대부분 사건 기사들. 이
연서 복귀 기사들은 아래쪽에 배치돼있는. [단장 – 이사장의 상

반된 주장 – 부단장은 연루 가능성 적어] 같은 제목.

연서.. 걱정스러운 표정으로 떠올리는.

INSERT 아이비 저택 거실 S#8 뒤 상황

유미   이사장이랑 단장은 대질신문 한 대구, 부단장은 아직 소환 전이래요.

단   왜 안 잡아가는 거예요? 내가 가서 금루나 부단장이 지시한 거라고 얘기

          했는데!

유미   기준수 그 사람이 끄나풀인데, 아직 안 잡혔잖아. 증명이 안 되니까.

연서   (심란한 표정)

단   (그런 연서를 보는)

연서.. 가볍게 한숨 쉬는데, 뒤에서 단.. 다가오는.

단   다 됐어?

연서   (서둘러 핸드폰 끄고) 응, 출발할까?

단   나 어떡해?

연서   (? 보면)

단   너무 긴장돼!

S#17   **그릇 매장 (낮)**

          〈혼수 특가〉〈신혼 필수〉 같은 POP 있는.

          단.. 긴장과 설렘으로 매장을 둘러본다.

          연서.. 그런 단이 귀엽게 보고. 그릇들 서로 보여주고, 들어보며

설레고 들뜬 두 사람 표정들.

남직원	뭐가 맘에 드세요.
단, 연서	이거… (하는데 서로 다른 것 / 어라? 싶고)
남직원	(웃으며) 뭘로 드릴까요?
단, 연서	(눈치 보다가) 이걸로… (하는데 각자 서로 고른 걸로 또 엇갈리는)
남직원	시작부터 이렇게 안 맞아서 어쩌려나… 두 분 궁합이 안 좋으신 가 봐요.
연서	(발끈) 아니거든요? (단이 찍은 것) 이걸로 할게요!

S#18   가전 매장 (낮)

연서.. TV, 건조기, 냉장고 등등을 딱딱 찍어가며 다 달라고 하는 중.
단.. 놀라고 초조한 느낌. 마지막으로 토스트기 들어 올리는 연서
의 손목 덥석 잡는 단.

단	이건 하지 말자.
연서	왜? 이쁘잖아. 난 맘에 드는데
단	뭘 이렇게 겁도 없이 턱턱 사들여? 너 지금 하루 동안 얼말 쓴 줄 알아?
연서	나 부자야. 알잖아.
단	(헐)
연서	너랑 평생 쓸 건데, 제대로 된 걸로, 하고 싶어서 그래.
단	난 너만 있음 돼. 집에 있는 거 그냥 쓰자. 응?

여직원(30대) (연서에게 은근히) 달콤한 건 얼마 안 가. 벌써 이렇게 해라 마라 하면 못 써요. 못 써.

단   (듣고 / 억울) 이거 보세요!

S#19   침구 매장 (낮)

연서와 단.. 이불 보는데, 좀 쑥스러워 데면데면한.

연서   난… 이거 맘에 드는데… 너는?

단   (잘 못 보고) 다 좋아.

연서   너두 좋은 걸루 해야지… 같이… 덮을 건데.

단   니가 좋은 걸루 해.

연서   빨리 봐봐!

여직원(50대) 원래 신랑님들, 이런 거 되게 귀찮아하시잖아요. 대충대충 다 좋다고 해치우고 싶어 하거든요.

연서   (의심의 눈초리) 그런 거야?

단   아니야!!

여직원   이러다 파혼하는 거죠. 이렇게 안 맞으면 결혼 못 해요.

단, 연서 (뭐야, 이 사람 싫어 보면)

여직원   (단에게만 돌아서서 / 후 목소리) 소꿉놀이 그만해.

단   (!!)

INSERT S#17 그릇 매장 남직원-후로 변신 / S#18 가전매장 여직원-후로 변신하는 모습 빠르게 컷컷!

단	(연서에게) 더 보고 있어, 나 잠깐… 화장실 좀… (여직원에게 눈짓하
	고 서둘러 가는)
연서	(뭐지? 싶어서 단 나가는 쪽 보고)

S#20   매장 앞 골목 (낮)

단.. 후미진 골목에 와서 서서 돌아보면, 따라오던 여직원.. 후로
바뀌는. 후.. 정색하고 선다.

단	치사하게 천사가 이간질을 합니까?
후	천사가 감히 인간이랑 결혼을 하려고도 하는데, 못 할 게 뭐야?
단	연서 나오기 전에 가세요. 제 마음 안 바뀝니다.
후	제발!! 단아. 네 발로 불구덩이 들어가지 마. 어?
단	(가라앉아 보는 / 고집불통 눈빛)
후	… 할 수 없네. 천사가 말을 듣지 않으니, 인간을 설득할 수밖에.
단	(눈빛) 하지 마요.
후	(돌아선다)
단	(화가 난 / 후에게로 돌진해간다 / 허리 잡아 뒹굴 요량)
후	(우뚝 선 채 / 손가락 까딱)
단	(내팽개쳐지는 / 다시 돌진)
후	(또 까딱)
단	(형형한 눈빛이다 / 또 돌진하면)
후	(돌아선다 / 잡혀주는)

단과 후.. 엎치락뒤치락한다. 후.. 기를 쓰고 단을 밀어내면, 단.. 기를 쓰고 후를 제압하려고 애를 써서 기어이 위에서 눌러버린다. 단과 후.. 둘 다 숨을 격하게 내쉬면.

단   많은 거 안 바라잖아. 그냥! 나 좀 놔둬요. 제발!

후   난 너 소멸 못 시킨다. 그건 내가 싫다고! 다 말해줬잖아. 그 인간 곧 끝나! 왜 포기를 못 해? 곧 스러질 인간 붙잡고 왜 헛된 시간을 보내냐고!

단   끝이 없으면, 헛되지 않습니까?

후   (!!)

단   반대예요, 선배. 끝이 있어서, 마지막이 있어서 하루하루가 얼마나 빛나는지 선밴 몰라요. 영원하지 않으니까, 영원을 맹세하고 싶은 거라구요. 아시겠어요?

답답하고 복잡한 후와 간절하게 절실한 단의 눈빛이 엉킨다.

연서   **(E) 뭐 하는 거예요?**

단, 후   (보면)

연서   (후를 알아보고 !)

S#21   카페 (낮)

연서와 단, 후.. 셋이 앉아있다. 단.. 후를 불안하게 보고. 후.. 가라앉은 심정으로 보고.

연서	(무섭게) 저기요.
후	호칭이 그게 뭡니까.
연서	단이한테나 선배지 내 선밴 아니잖아요.
단, 후	(헐)
연서	선배면 선배답게 끌어주고 밀어주고 하셔야죠. (표정 싹 무섭게) 단이 때리지 마세요. 저 가만 안 있어요.
후	(어이없는)
단	(당황해) 내가 먼저 덤볐어. 선배, 손가락 하나 까딱하면 나 같은 건 저기 아프리카에도 보낼 수 있는데, 받아준 거야.
후	알아서 다행이네…
연서	(새침한 표정 / 그래도 용서 못 해 느낌)
후	이연서 씨 (하면)
단	(후 팔 잡고 / 고개 젓는 / 제발)
후	결혼은 말이야…
연서	(기습적으로) 주례 어떠세요?
후	(?) 뭐를? 제가요?
연서	좀 입장이 곤란하실 수도 있겠네요. 그럼 그날 오셔서 축복기도 같은 건 어떠세요?
후	이봐 꽹과리.
연서	솔직히 난 안 내켜요. 신이 우리한테 해준 게 뭐야. 단이한테 해준 게 뭐야.
단	(말리며) 연서야…
연서	근데, 단이한테 그쪽… 이 땅에 유일한 가족이잖아요.
단, 후	(쿵)

연서	부탁… 할게요.
후	(흔들리는 눈동자) 할 수 없을 겁니다. 그 결혼식.
연서, 단	(쿵!!)
후	그 누구의 축복도, 받지 못할 거고.
단	(화난 / 벌떡 일어나) 선배!
후	(고통스러운 표정으로 일어나는) 나는 이제 손 털 겁니다. 징그럽게 말 안 듣는 이 꼴통… 데리고 살아봐요, 어디. (사라지고)
단, 연서	(불길함에 휩싸이는)

S#22 성당 (밤)

후.. 괴로워하고 있다. 쌓여있는 보고서들, 쳐서 무너뜨려 버리는.
마른세수하고.

S#23 아이비 저택 거실 (밤)

연서.. 차 마시고 있는. 심란해 손가락으로 찻잔을 따라 뱅글뱅글
원을 그리는데.
단.. 옆에 와 앉는다. 연서.. 아닌 척하는데.

단	선배 얘기, 너무 신경 쓰지 마.
연서	나 축복 같은 거, 필요 없어. 너만 있음 돼. 근데 하나 걸리는 건 있어.
단	뭔데.

연서	징그럽게 말 안 듣는다는 거.
단	(피식 웃고 마는)
연서	(역시 웃고) 웃자고, 약속했잖아.
단	(사랑스럽게 보다가 / 뒤에서 짠! 꺼내는 스케치북)
연서	뭐야 이게?

단이 펼치는 스케치북에 청첩장 그려져있다. (* 단과 연서 어린 시절 그림과 / 커서 함께 찍은 사진 바탕으로 그린)

단	우리 청첩장.
연서	(감동한)
단	초대할 사람은 없어도, 우리끼리라도 간직하고 싶어서.
연서	(기분 좋게 흘기며) 솔직히 말해. 너… 연애해봤지?
단	잘한다는 건가?

연서와 단.. 웃음 나누며 스케치북 보는. 연서.. 넘겨보려 하면 단이 막고. 뒷장에 단이 연습한 흔적들 보며 '못생기게 그렸네!' 등등 티격태격하며 행복한 시간.

S#24   경찰서 조사실 (낮)
고 형사.. 기천과 영자를 마주 앉힌 채 심문 중.

고 형사	(피곤한) 다시 물을게요. 3년 전 문지웅 씨에게 지시한 사람…

영자	접니다.
기천	제가 영자한테 시켰고, 그래서 박 실장까지 내려간 겁니다.
영자	아닙니다. 제 단독 범행이에요.
기천	아닙니다. 저예요. 제가 그랬습니다.
고 형사	(한숨) 작전을 이렇게 짰나 본데, 이런다고 두 사람 못 빠져나갑니다. 잘 생각해보세요. (나가는)
영자, 기천	(서로를 보는 / 처연한)
영자	그르지 마. 당신이 한 게 뭐가 있다고 다 뒤집어쓰려고 해.
기천	당신이 한 것도 아니잖아.
영자	(! 알았구나 싶은)
기천	내 죄야. 그저 방관만 한 죄. 여기까지는 되겠지… 안일하게 군 죄. 지금도 이렇게 자식새끼 하나 살리자고… (입 꾹) 죗값 받아야지.
영자	내가 받겠다고! 당신 기다리고 있음, 내가 나가서 양파 심을게. 파든 미나리든, 당근이든 심고 키우고 할 테니까 여보…
기천	(고개 젓는) 늦었어. 우리는, 평생 맘 편하게 살면 안 돼, 영자야.
영자	(절망의 눈빛)

S#25   판타지아 사무실 (밤)

루나.. 들어와서 자리를 정리하고 있다. 하나씩 상자에 넣다가, 짜증스레 툭 내려놓는데
갑자기 불이 꺼지는. 루나.. 놀라 보면, 문을 꽉 닫아 잠그는 사람..
단이다.

루나	(경계하는) 도둑고양이처럼 남의 사무실에 숨어있어?
단	(무섭게 선 채로 보는)
루나	(지지 않고 보며) 그렇잖아두, 묻고 싶은 게 있었는데, 잘됐네. 앉아요.
단	(앉지 않는 / 그대로 서서 본다)
후	**(E) 악인에게 죽임을 당할 운명 (13부 S#66)**
단	여기서 멈춰요. 마지막 기회야.
루나	(피식 웃으며) 비서님. 내가 뭘, 어쨌는데요?
단	무슨 죄를 지었는지는 본인이 제일 잘 알겠죠.
루나	초능력… 뭐 그런 거예요? 이상하다고 생각했거든. 수십 층 빌딩에서 추락한 애가 멀쩡하게 다니는 것도, 눈 깜짝할 사이, 사람이 옥상에 매달려있는 것도. 보통 사람이 할 수 있는 일은 아니잖아요? (흥미로운) 말해봐요. 나 그런 거 좋아해. 재밌어.
단	사람 목숨이 달린 일이… 재밌다구요?
루나	(다가와서 / 유혹할 듯) 나는, 힘세고 일 잘하는 사람 너무 좋아하니까. 재밌는 거, 같이 하면 좋잖아요. (손 뻗으면)
단	(환멸로 탁 쳐내고) 뿌리까지… 썩어빠졌구나.
루나	(!)
단	어떤 악한 계획을 세워도, 절대 이루어지지 않을 거야. 차 사고를 내도, 내가 구할 거고, 빌딩에서 떨어뜨려도, 내가 받아낼 거야. 그러니까, 헛수고하지 말고, 여기서 끝내.
루나	(짐짓 여유롭게 단 주위를 거닐며) 선과 악이란 게 칼로 자르듯 딱 나눠지는 건 아니겠지만… (단을 보며) 이기고 지는 건 정해져있죠. 비서님은 질 수밖에 없어요. 왠 줄 알아요?

단	(욱 해서 말하려는데)
루나	나 같으면 이 사무실에 들어온 순간, 날 죽였을 거거든. 착한 쪽은 느려. 항상. 그러니까 지는 거야.
단	(!!) 당신도 사람이니까. 사람은 잘못을 하고, 후회를 하고, 용서를 구할 수도 있으니까 알아듣기를 바랐을 뿐이야. (성큼성큼 가서 / 똑바로 보며) 제발 멈춰. 또 허튼짓을 하면, 그땐 내가 당신을… 진짜 죽일지도 모르니까.
루나	(단 기운에 압도되는)
단	(돌아서 나간다)
루나	(긴장 풀려 숨 토해내는 / 저거 뭐야? 싶어서 보고)

S#26　판타지아 탈의실 (낮)

연서.. 사물함에 짐 풀고 있는. 정은, 산하.. 각자 준비하면서

산하	니난 아예 관두는 건가 봐.
정은	어떻게 와, 여길. 염치도 없이.
연서	(신경 쓰이는데)
은영	(급히 들어와 / 연서에게) 언니… 이것 좀 보세요. (핸드폰 보여주는)
연서	(? 해서 보면 / 예매 페이지) 우리 공연 예매 페이지잖아.
은영	분명히 매진이었는데, 몇 시간 전부터 표가 완전 남아돌아요.
연서	(!!)

S#27   판타지아 사무실 (낮)

연서.. 급히 들어오는.

연서   취소 표 얼마나 나온 거예요?

경애   관리시스템 들어가 확인하고 있습니다.

동영   공연 일주일 전 대량 환불 사태는 첨이라 대책을 찾고 있습니다.

연서   (어떡하지… 하다) 기자들 좀, 불러주세요. 지금 당장.

동영, 경애   (?)

S#28   영자의 사무실 (낮)

영자 명패 없고, 책상 정리된. 연서, 강우.. 기자들 2~3명 정도 소
파에 둘러앉아 있는.

기자들.. 노트북에 타이핑하고. 동영, 경애.. 서포트 느낌으로 동
석한.

기자1   사건에 대해선 정말로 노코멘트 하실 거예요?

연서   (부드럽게) 정리되면, 꼭 단독으로 인터뷰할게요. 양해해주세요.

기자2   강력사건에 이어 티켓 환불까지, 이 위기를 어떻게 극복하실 겁
니까?

강우   위기가 아니라, 기회라고 생각합니다. 복귀하는 이연서의 지젤을
볼 수 있는 절호의 찬스요.

연서   … 이연서의 지젤이 아니라 판타지아의 지젤이라고 써주세요.

강우   (! 해서 보면)

연서	저희 단원들 한 명 한 명 훌륭한 무용수입니다. 모두가 주인공이 구요. 지금 저희 발레단을 둘러싼 소문과 추문… 그 모든 걸 잠재울 수 있는 멋진 공연을 꼭 보여드릴게요.
기자1	관객석이 비어있으면, 소용없지 않을까요?
강우	특별한 손님을 초대할 생각입니다.
연서	태어나서 발레를 한 번도 못 본 사람들요. 그분들에게 아름다움을 선물해드리겠습니다.
강우, 연서	(눈 맞추는)

S#29   강우의 사무실 (낮)

강우와 연서.. 어색하게 마주 앉은.

강우	좋은 생각이었어요. 기자간담회도, 발레를 처음 보여주겠다는 것도…
연서	왜 피하세요?
강우	(!!)
연서	내 전화 안 받잖아요. 폭탄 터뜨려놓구, 피해요, 왜.
강우	내가 할 수 있는 건, 거기까지니까.
연서	(가방에서 청첩장 꺼내 내민다)
강우	뭡니까… 이게?
연서	우리, 결혼해요.
강우	(!!)

S#30   **아이비 저택 주방 (밤)**

단과 연서.. 청첩장 그리고 있다. 두 장 완성됐는데, 한 장 더 그리는 단.

연서.. 보고 매우 흡족하고. 단.. 뿌루퉁한.

단   꼭 불러야겠어? 나 그 사람 싫다니까.

연서   대답이… 될 거 같아서.

단   (! 해서 보는)

S#31   **강우의 사무실 (낮)**

S#29 연결.

연서   우리는, 행복하게 살 거예요. 하루하루 그럴 기야. 그게, 감독님 폭탄에 대한, 내 대답이에요.

강우   (믿을 수가 없는) 연서 씨 지금.. 제정신 아니네요. 결혼? 김단.. 곧 소멸한다구요. 끝난다고!!

연서   (상처)

강우   나라고 좋아서, 신나서 그걸 말해줬겠어요? 연서 씨 충격받고, 상처받을 거 뻔히 알면서도 할 수밖에 없었다구. 당신을… 지키고 싶어서.

연서   재밌다. 감독님은 관두라고 말해준 건데, 난 감독님 그 말 때문에 결혼이 하고 싶어졌거든요.

강우   (!!) 그래요, 지금은 더 불타오르겠죠. 로미오와 줄리엣이라도 된 것처럼. 근데 알아요? 그거, 겨우 닷새 동안 일어난 일인 거.
순간입니다. 지나간다구요. 많은 걸 걸지 말아요. 제발.

연서   닷새… 누군가는 그 닷새로 평생을 살기도 하는 거죠. 그 마음, 감
독님이 제일 잘 알지 않아요?

강우   (!!)

연서   마지막으로 물어볼게요. 단이가 사람이 되는 방법… 정말 없어요?

강우   (말 못 하는)

연서   (간절한) 뭐라도 말해줘요. 내가 할 수 있는 게 하나라도 있음 좋겠
어. 걔 목숨이랑 바꿀 수 있으면 그게 뭐든 기꺼이

강우   (O.L) 그만.. 그만해요! 바로 그 마음 때문에 설희가 죽은 겁니다.
아무것도 걸지 말고, 아무것도 버리지 말아요. 김단이, 당신이 없
는 세상에서 인간이 되는 걸 원할 거 같습니까? 그거 상 아니고
벌이라고!

연서   (!!! 알았다)

강우   (!!! 설마, 싶어서 보면)

연서   (일어나는) 가볼게요.

강우   연서 씨..

연서   (망설이다) 설희, 라고 했나요? 그 사람… 죽어서도 너무 슬플 거
같애.

강우   (!!)

연서   목숨을 던져서 살려낸 사람이… (강우를 보며) 벌이라고, 지옥이라
고 생각하면서 살아가고 있다는 게.

강우   (쿵)

연서   나는… 우리는 다를 거예요. 꼭 그렇게 만들 거예요. (나간다)

강우.. 충격받았다. 연서가 두고 간 청첩장을 가져가 본다. 손그림 / 손글씨로 만든.

'14년 전 꼬맹이들이 서로의 수호천사가 되어 영원을 맹세하려 합니다.' 문구

S#32 강우의 사무실 앞 (낮)

연서.. 나오자마자 벽 짚는다. 감정이 북받치는.

〈F/B〉   1. 13부 S#41

단   안 돼!

단   그거 다 허구야, 지어낸 이야기! 비도 안 오는데 그랬다간, 이 육체 박살 나!

연서   어차피 다시 재생되잖아. 한번 시도라도 해보자.

단   (식겁하며) 그거 아니야!

연서   그럼 뭔데? 방법 알아?

단   (차마 말 못 하고)

            2. 12부 S#40

단   … 안 죽으면 안 돼? 꼭 그 방법밖에 없는 거야?

연서   (?) 무슨 말이야. 지젤이 죽어야, 2막이 시작되지. 그래야 알브레히트를 살릴 수가 있잖아.

단   (고개 저으며) 아냐… 그걸 원하진 않았을 거야.

연서.. 뭘 어떡하지, 어떡해야 하지! 혼란스러운 눈빛, 하지만 걸음을 옮긴다.

S#33   **성당 작은 방 (낮)**

연서.. 문 확! 열어젖히고 들어온다. 아무도 없다. 거침없이 들어
오는 연서의 뒤로.

후   이제 막 들어오는 건가?

연서   (확 돌아보면)

후   (쯧쯧) 경계가 너무 무너졌네.

연서   내가 어떻게 하면 돼요? 어떻게 해야 단이 살리냐구요!

후   (!!)

연서   여기가 확실하잖아. 내가 춤이든, 눈이든, 목숨이든 내놓으면 단
        이 살릴 수 있어요? 말해봐요. 맞다면 나, 진심으로 신한테 감사
        할 거 같으니까.

후   (고개 젓고) 인간은 의외로 살고 싶어 하는 존재지. 쉽게 목숨을 걸
        지 않아.

연서   나도 모르는 내 맘을 어떻게 알아요? 뭐든 한다구, 다 내놓는다
        구!

후   그날도! 살고 싶어 했잖아!!

연서   (꿀꺽 / 놀란)

⟨F/B⟩   1부 S#63

연서   **(E) 살고 싶어… 매일매일 죽고 싶었는데… 살고 싶다고.**
        충격에 싸인 눈으로 연서를 보는 단의 얼굴 위로

후   **(E) 살고 싶다고, 살려달라고 하는 여잘 구한 건 죄야. 그 죄를 범한 천
        사가**

후	소멸의 벌을 받는 건, 당연한 일.
연서	(충격) 날… 살려냈다구요. 그날, 단이가?
후	인연의 끈이라고 생각했다. 큰 뜻이 너희를 굽어살핀다고 생각했 어.
연서	(허, 어이없는) 그래서… 날 살리는 바람에, 걔가 죽어야 된다구요?
후	나도 구하고 싶었다. 단이를 하늘로 보내고 싶었어. 하지만 정해 진 끝을 바꿀 순 없는 법…
연서	(어이없어 / 눈물 나는)

S#34 판타지아 곳곳 (낮)

1. 사무실 - 단.. 들어가 보면 직원들만 있고.

2. 탈의실 - 단.. 똑똑 노크하고 문 열면 역시 아무도 없는.

3. 로비- 단.. 이상한. 연서에 전화하는.

단	연서야, 어디야? 사무실 일 끝났다며. 왜 없어?
연서	(F) 엇갈렸나 부다. 나 주차장인데.

S#35 판타지아 앞 (낮)

단.. 서둘러 나오면, 연서.. 기다리고 섰다. 연서.. 단의 얼굴 보니까
미치겠는.

단	(다가와서) 혼자 다니지 마. 보고 싶으니까. (히 하는데)

연서	단아. (간절한 표정) 단아… 나…
단	(? 해서 보는) 왜 무슨 일 있어?
연서	(그렁그렁한 얼굴에서) 나 어디든 좀 데려다줘.
단	(!)

S#36 연서의 차 + 도로 (낮)

단.. 운전하고 있는. 연서.. 표정 숨기려 애쓰며 보조석에 앉은. (뒷 좌석에 작은 쇼핑백 있고)

단	(달래듯) 갑자기 왜… 뭔데…
연서	우리 신혼여행도 못 가는데, 아깝잖아.
단	(피식 / 손 뻗어 머리 쓰다듬고) 우리 연서님 하고 싶은 건 다 들어드려야지. 어디로 갈까요?
연서	멀리… 아주 멀리…
단	응?
연서	아무도, 우릴 모르는 데로.
단	(무슨 뜻인지 아는 / 연서 손을 꼭 잡고) 그래, 가보자. 끝까지.

목적지도 없이, 그저 함께 달려가는 연서의 차.

S#37 숲속 (밤)

연서와 단.. 손 꼭 잡고 숲속을 걷는다. 단의 한 손에는 S#36의 쇼핑백 들었다. 달랑달랑.

벤치에 나란히 앉는. 단.. 쇼핑백을 열어 엽서와 펜을 꺼낸다.

연서   뭐야, 이게?

단   오늘 결혼 서약서 쓴댔잖아. 미리 준비해놨지.

연서   지금?

단   (끄덕하면)

(점프)

연서와 단.. 서로 안 보여주려고 돌아앉아 있다. 고민하면서 한 줄
씩 쓰는. 연서.. 쉽게 적지 못하는데, 단.. 훔쳐보려고 하다가 등짝
한 번 맞고. 연서.. 훔쳐보려다가 단.. 휙 돌아앉고.

테이블 없어 벤치 바닥에 대고 구부정하게 쓰는 연서를 보는 단.

단   자, 여기 대고 써.

연서   (보면)

단   (돌아앉아 / 제 등을 팡팡 치는)

연서   이럼 종이 빵꾸만 나거든?

단   싫음 말구! (하는데)

연서   (종이 등에 탁! 댄다) 가만있어.

단   (미소 짓고)

연서.. 단의 등을 가만히 본다.

INSERT S#33 이후

연서   (눈물 나는데) 아뇨. 바꿀 거예요.

후   (놀라 보면)

연서   내가, 단이 살릴 거예요. 두고 보세요.

연서.. 단의 등에 손을 얹어본다. 든든하고, 따뜻한 등. 눈물 왈칵
나오려는데, 참고.
결혼 서약서 제목 달아놓은 종이에 조심스럽게 글을 쓰기 시작
하는.

단   (움찔거려) 간지럽다.

연서   쫌만 참아.

연서.. 종이에 쓰는 '사랑해' 단에게 전하는 말을 펜으로 빼곡하
게. 사랑해, 사랑해- 거듭 쓰다가 그대로 단의 등을 안아 기대버
리는. 단.. 허리를 감는 연서의 손을 꽉 잡아주고.

연서   말해두는데, 나 발레 해야 되니까, 애는 천천히 가질 거야.

단   안 되는데… 아들딸 열 명 낳으려면 부지런히 가져야 되는데

연서   (웃으며) 꿈 깨. 나는 너 닮은 딸이랑, 나 닮은 아들 하나씩만 딱 낳
을 거야.

단   아들이, 네 성격을 닮아도 괜찮을까? 걔의 미래를 위해.

연서   야!

반딧불이 포로롱 날아오른다. 연서와 단.. 투닥거리며 장난치는 모습. 미래를 가지고 싶은 두 사람의 모습 위로, 마치 소원이라도 들어주는 듯이. (F.O.)

S#38　경찰서 앞 (낮)

기천.. 걸어 나온다. 초췌한 얼굴. 앞에서 기다리던 영자.. 기천을 마중하고.

기천　왜 기다리고 섰어.

영자　가, 니나가 집에서 기다린대.

기천　들어왔어?

S#39　영자네 거실 (낮)

니나, 영자, 기천, 루나까지 모두 모인 거실. 어색하고 무거운 분위기. 니나.. 기천을 보는 눈빛. 안타깝지만, 마음 다잡는.

기천　아빠가 다 잘못했어, 니나야. 그러니까 한 번만 용서를 하고.

니나　내 잘못이에요.

기천, 영자　(!)

니나　내가 비겁했어. 돌아보니까 엄마랑, 아빠 그리고 언니 뒤에 숨어서 혼자 착한 척은 다 했더라구요. 다 나 때문이었는데,

루나　그럼, 들어오는 거지?

니나	아니 언니. 이제부턴 나 혼자 살아볼 거야. 오늘부터, 나한테 가족 없어. 그 얘기 하려고 다 부른 거예요.
모두	(!!)
영자	무슨 말이야, 그게! 네가 왜 가족이 없어!
니나	엄마두 언니도… 처음부터 나쁜 사람은 아니었을 거야. 딸 위해서, 동생을 위해서. 그러다 보니까 점점 더, 더. 그렇게 된 거겠지.
영자	그걸 알면! (꾹 참고) 네가 이럼 안 되지. 네가 어떻게 혼자 살아. 쓸데없는 소리 말구,
니나	(O.L) 왜 내 말을 안 들어요! 나 성인이에요. 내 인생, 내가 결정한다구! 그동안 너는 그냥 발레만 해. 넌 몰라도 돼. 그런 말에 바보같이 굴었던 게 한심해죽겠다구요!
영자, 기천	(놀라 보면)
니나	그래도, 낳아주고 키워주셨으니까 마지막 인사는 해야 한다고 생각했어요. (일어나면) 안녕히 계세요.

루나.. 화가 났다.
니나 손목 잡아서 끌고 가는.
니나.. 언니, 왜 이래! 하고 끌려가고.

S#40 니나의 방 (낮)

루나.. 니나를 잡아 방 안에 확 넣는 느낌으로.

니나	왜 이러는데?

루나	불난 집에 기름 붓지 말고 가만히 좀 있어!
니나	(꿀꺽)
루나	너 좋자고, 너 맘 편하자고 다 절연하고 나가버린다구? 네가 언제부터 생각이란 걸 했다구 이래!
니나	(무서워서 보면) 언니한테… 난 뭐였어?
루나	(참고 / 달래려) 알잖아. 내 유일한 오데뜨, 내 지젤. 내 주인공은 너뿐인 거. 내 목표는 딱 하나야. 네가 무대에서 최고가 되는 거.
니나	날… 사람으로 생각하긴 한 거야?
루나	니나야.
니나	(한 걸음 물러나며) 언닌 날… 오르골에 박혀있는 인형처럼 생각했구나. 무대에 올려 돌리기만 하면 되는… 발레리나 인형.
루나	(찔리지만) 널 사랑해. 난, 내 방식대로 널 사랑한 거야.
니나	(고개 젓는) 그 사랑은 잘못됐어. 이제 그거 안 받을래, 나.
루나	금니나!
니나	(그렁 한) 언닐, 정말 좋아했어. 항상 내 편이고, 멋있고, 든든하고. (표정 싹 정리하고) 앞으로 길에서 마주쳐도 아는 척하지 마. (하고 나가는)

루나.. 맘대로 안 풀려. 아아아악!! 소리 지른 뒤, 무섭게 변하는 눈빛!

루나	가만 안 둬… 가만 안 둘 거야!

S#41 납골당 (낮)

단과 연서.. 정중한 옷 차려입고, 함께 들어왔다. 연서 부모님과
승완 사진 보는.

연서   엄마, 아빠.. 그리고 아저씨. 소개할게. 내… (수줍은) 신랑 될 사람.
       (단을 보면)

단   안녕하세요. 김단입니다. 인사드립니다. (꾸벅 인사하는)

연서   (따뜻하게 보고) 이 사람, 보내줘서 고마워요. 우리 만나는 날, 다시
       인사할게요.

단   (연서 잡아주면서) 처음 여기 왔을 때, 제가 연서한테 그랬거든요.
       너만을 위해 존재하는 사람이라고. 내 인생의 목표는 너라고.

연서   (생각난 / 희미하게 미소 짓고)

단   그 말, 꼭 지키겠습니다. 비록 사람은 아니지만, 최선을 다해… 하
       루를 천년같이 행복하게 해주겠습니다. …… 죄송합니다.

연서   (!) 왜 죄송하다 그래.

단   오래오래 옆에 있어주고 싶은데, 못 그래서… 죄송해요. 대신, 제
       가 떠나고 난 뒤에도 우리 연서, 씩씩하고 행복한 꽹과리로 살 수
       있게, 지켜봐 주세요.

연서   (!)

S#42 납골당 앞 (낮)

단과 연서.. 걸어 나오는. 연서.. 살짝 화가 난.

연서	너랑 이혼이야.
단	결혼도 안 했는데?
연서	안 그러기로 했잖아. 너랑 나, 영원히 살 거구, 아들딸 열 명 낳을 거구! 그러기로 했잖아!
단	(진지하게) 연서야, 잘 들어.
연서	(보면)
단	나는 아마, 먼지처럼 사라질 거야. 하루아침에 없었던 사람처럼 그렇게 될 거야, 아마.
연서	(고개 저으며) 아니야. 그런 말 하지 마. 그런 일 안 일어나.
단	내가 없어도. 씩씩하게 아름답게. 잘 살아야 돼. 약속해줄 수 있어?
연서	(고개 젓고 / 시선 피하면)
단	제발, 연서야. (얼굴 들여다보면) 나 떠났다고 너 무너지면, 나 너랑 결혼 못 해. 응?
연서	…… 너도 해. 그 약속.
단	(?)
연서	사람 일, 어떻게 될지 몰라. 네가 먼저 사라질지, 내가 먼저 죽을지 모르는 거잖아.
단	(얼굴 굳는) 그런 일 없어. 절대로.
연서	그래, 그러니까 약속하면 되겠네. 둘 중에 누가 남든, 행복하게 잘 살기로. (손가락 내미는) 어서 해.
단	(손가락 거는)

각자의 다짐과 결심으로 굳건한 두 사람의 약속.

S#43 **골목 (다른 날, 낮)**

루나.. 선글라스 쓰고 걸어온다. 조명 직원(13부 S#60 / 향후 박 대리)

과 접선하는 루나.

박 대리	갑자기 왜… (하는데)
루나	(말도 없이 턱 안기는 쇼핑백)
박 대리	(보면 / 오만 원권 가득 / 헉 놀라는)
루나	고생 많죠? 힘내요. (찡긋하고 간다)

당황한 박 대리를 지나가는 루나. 루나 지나가고 난 뒤에 골목에

서 나타나는 사람.. 모자 눌러쓴 단이다. 루나를 바라보는 날카로

운 눈빛.

INSERT **경찰서 앞 (당일 아침)**

루나.. 조사가 끝나 나오는. 단.. 모자를 눌러쓴 채 몸을 숨기고 바라본다.

루나.. 나와서 차에 올라타 출발하는 모습 지켜보는.

박 대리.. 어쩔 줄 몰라 하다가 루나와 반대 방향으로 움직인다.

단.. 박 대리 뒤를 따라가는.

S#44 **판타지아 앞 (낮)**

박 대리.. 등에 멘 가방에 돈다발 쇼핑백 집어넣고 들어간다. 그

뒤로 등장하는 단.

판타지아를 확인하고 얼굴이 확 굳어지는.

S#45   판타지아 조명실 안 (낮)

박 대리.. 조명실 기계 체크하고 있는데, 문이 벌컥 열리고, 외부 빛이 들어온다.

박 대리.. 돌아보면 단이다. 굳은 얼굴로 들어오는 단. 박 대리.. 놀라서 보면.

S#46   선술집 (밤)

단과 강우, 그리고 박 대리. 박 대리.. 주눅 들어 단 옆에 앉아있는.

강우   그래서, 그쪽에서 원하는 게 뭡니까?

단   아직 말 안 했대. 만날 때마다 돈만 안겨주고 있는 모양이야.

강우   (단 보며) 당장 경찰에.

단   아직 아무것도 없잖아. (박 대리) 일단 모른 척, 계속 만나주세요.

박 대리   (덜덜 떨며) 그… 그래도 될까요?

단   경과보고는… 여기 지강우 씨한테 해주시구요.

강우   (?)

단   그만 가보세요. 몸 조심하시구요.

박 대리   (꾸벅 인사하고 튀어나간다)

강우   뭘 믿고 이래? 저 사람이 금루나한테 우리 얘기하면 어쩔려구!

단   그러길 바래. 그래야 멈출 테니까.

강우	(!!) 변할 사람이 아니야. 사람을 바꾸거나 방법을 바꿀 뿐이겠지.
단	알아. 그래서 저 사람, 당신한테 맡긴 거야. 금루나는, 내가 맡을 거거든. (일어나 나가는)
강우	(뭔가 이상한 느낌)

S#47　선술집 앞 (밤)

단.. 나오는데 강우.. 따라 나와서,

강우	맡다니, 무슨 뜻이야?
단	(담담하고 싶은 눈빛) 알 거 없어.
강우	설마, 아니지? 천사는 인간의 생사에 관여하면 안 돼.
단	인간을 사랑해서도 안 되지.
강우	(!!)
단	어차피 금기를 깬 천사야. 겁날 거 없어. 전에 그랬지? 연설 위해서 누굴 죽일 수도 있다고. 당신은 그러지 마. 살아. 살아서, 연서 옆에 있어줘.
강우	결혼한다며? 근데 있어달라니 무슨 개소리냐고!
단	누가 연애하래? 꿈 깨. 내가 있든 없든 연서한테 당신은 탈락이라니까. … 발레. 그거 해, 연서랑.
강우	(!!)
단	연서가 가장 빛날 수 있게, 당신이 만들어줘. 부탁해.

S#48　　**판타지아 연습실 (밤)**

연서.. 깜깜한 연습실에 앉아있다. 스트레칭하며 몸 푸는.

〈F/B〉　　S#33

후　　(고개 젓고) 인간은 의외로 살고 싶어 하는 존재지. 쉽게 목숨을 걸지 않아.

연서.. 훗 짧게 웃음 짓고 몸 푸는데, 들어오는 사람… 니나다.

연서.. 고개 들어 보는. 니나.. 쭈뼛거리는.

연서　　왔어? 몸부터 풀어.

니나　　사직서 냈어. 계속 뻔뻔하게 발레, 못 해 나.

연서　　내 말 어디로 들었어? 나 보면서 벌 받으라구.

　　　　(일어나더니 / 니나를 바로 잡고 거울 앞에 세우는)

니나　　왜 이래?

연서　　연습해야 돼. 너까지 없으면, 지젤 누가 추니.

니나　　(!!) 너… 무슨 일 있어?

연서　　있을까 봐 이러잖아. 언더스터디가 뭐야. 언제라도 대신 나갈 수

　　　　있게 준빌 해줘야, 내가 맘 편하게 무대에 나가지.

니나　　(의아하고 불안한)

연서　　(니나 옆에 자리 잡고 서는) 나는… 너였으면 좋겠어.

니나　　(!!)

연서　　시작할게. 2막 엔딩이야.

(점프)

(M) 2막 엔딩 헤어지는 장면 거울로 나란히 연기하는 니나와 연서. 처음엔 조금 쭈뼛거리던 니나의 동작들.. 점점 풀어지면서. 두 사람.. 점점 동작이 맞아 들어간다. 각자의 느낌으로 같은 동작, 같은 춤을 추는.

S#49　　**아이비 저택 마당 (밤)**

단.. 기다리고 있으면, 연서.. 들어온다. 단.. 다가가 연서를 와락 안는.

연서　　(안긴 채로) 술 마셨어?

단　　(고개 묻고 끄덕) 혼자 오게 해서 미안.

연서　　결혼 전날까지 연습하고 와서 내가 더 미안.

단　　다 했어?

연서　　(끄덕)

단　　네 공연, 진짜 보고 싶었는데. 진짜 무대에서 추는 거, 보고 싶었어.

연서　　보면 되지.

단　　응, 그러면 되지.

연서와 단.. 그럴 수 없단 걸 잘 아는 두 사람이 서로를 꽉 껴안는 모습.

하늘의 달이 내려다보는 듯하는 데서.

S#50   **아이비 저택 마당 (낮)**

쨍하게 맑고 파란 하늘. 정원에 소규모 결혼식장 꾸려지는 중.

유미.. 바쁘게 직원들 지시하는. (하객 의자 없고 / 버진로드와 꽃아치

정도)

유미.. 부산스레 집 안으로 들어가는 동선 따라가면,

S#51   **연서의 방 (낮)**

연서.. 드레스 입고 앉아있다. 유채꽃 부케로 들고. 근심스러운. 유

미.. 들어와 보고 감탄.

유미   세상에, 이쁘다 우리 아가씨.

연서   날씨 어때요? 괜찮아?

유미   쨍쨍해요. 아주 좋아. 하늘의 축복이 가득가득 내려온달까?

연서   (걱정과 안도 함께 하는데)

단   (머리만 빼꼼) 들어가도 돼?

유미   안 돼!! 결혼식 전에 신부 보면

연서   (웃으면서) 그건 서양 미신이구. 들어와! (하면)

단.. 들어온다. 근사한 턱시도 차림. 연서와 단.. 서로 또 반한 느낌

으로 보고.

유미   (감탄) 이 정도 신랑 신부, 대한민국 방방곡곡에 자랑해야 되는데,

          아깝다. 하객이 한 명도 없는 결혼식이라니.

연서, 단	(그저 미소)
유미	(귀에 이어폰 듣고 / 무전기로) 꽃이 그 색이 아니라니까! 암것도 하지 말고 있어요. 바로 가요! (눈인사하고 나가면)
단	이쁘다, 이연서.
연서	이 결혼, 무사히 할 수 있겠지?
단	(미소로) 무슨 일이 있어도.
연서	(끄덕)

S#52 아이비 저택 마당 (낮)

단.. 긴장되는지 들숨 날숨 하는. 구름.. (나비넥타이 정도 한) 낑낑하면 단.. 내려다보고.

단	긴장은? 누가? (구름에게) 티 많이 나?
구름	(쯧쯧 느낌으로 고개 돌리면)
단	(쳇) 구름아, 너 장수해야 돼. 연서 좀 잘 지켜줘라. (하는데)

앞치마 두른 직원.. 케이크 밀고 오는. 단.. 의아하게 보는.

단	(의아해서) 우리 케이크 안 했는데.
직원	가만있어보자. 보내신 분이 (카드 보고) 대천사 후. 라고 돼있네요. (하고 고개 들면 / 후의 얼굴)
단	(놀라고)

S#53 마당 일각 (낮)

단과 후.. 멀찍이 떨어져있다. 어색한…

단   선배두 일 참 열심히 하는 거 아는데, 오늘 하루만 농땡이 쳐요.
      날씨 좋잖아.

후   (침묵으로 보는)

단   봐요. 하늘도 맑고, 햇빛도 좋구.

후   축복기도는 못 해. 너 땜에 지은 죄가 쌓여서 그것까지 하면 정말
      벼락 맞을 거 같거든.

단   (훗 웃어버리는)

후   나는 모르겠다. 네 어리석은 선택이 도저히 이해가 안 돼. 근데,
      한 번 가봐. 갈 수 있을 때까지. (하고 돌아선다) 오늘이, 진짜 마지
      막인가 부다.

단   고마워요, 와줘서.

후   (돌아서서 사라지고)

단   (고맙고 찡한 마음)

S#54 연서의 방 / 아이비 저택 앞 (낮)

연서.. 거울 보며 화장 고치고 있는데, 울리는 전화 (E) [지강우]다.

연서   (받는) 네 감독님.

강우   (F) 기어이, 고집대로 밀어붙이나 보네요.

연서   안 오실 줄 알았어요.

강우	용기가 없네요. 드레스 입은 연서 씨 볼… 용기.

강우.. 실은 아이비 저택 앞에 있다. 정장 갖춰 입고 선.

강우	…… 결혼 축하해요.
연서	고맙습니다.
강우	결혼했다고, 연습 소홀하거나 태도 해이해지면, 혼날 줄 알아요.
연서	(미소짓는 / 망설이다) 감독님. 부탁이 있어요.
강우	뭔데요.
연서	무슨 일이 있어도, 지젤, 무대에 올려주세요. 꼭요.
강우	(!!) 연서 씨!
연서	만약요. 큰 공연에는 언제나 변수가 있으니까. 부탁드릴게요. 그럼… (끊는 / 후, 심호흡하고)
강우	(설마, 싶은데)

S#55 아이비 저택 마당 (낮)

연서.. 버진로드 끝에 선다. 긴장하고 있으면, 단.. 다가온다. 왕자님처럼. 손을 내미는.
두 사람.. 손을 잡고 함께 입장한다. 길 끝에 유미와 구름이가 기다리고 있다.
하객은 없고 네 명의 가족만 함께하는 조촐한 결혼식.

유미	자, 신랑 신부는 마주 보고 반지를 교환해주세요.

단   (품에서 반지 꺼내 뚜껑 여는데)

갑자기 불어오는 돌풍! 휘청하는 바람에 연서를 잡느라 반지 케이스 떨어져 굴러간다.
풀숲에 쏙 들어가 버리는. 정신 차린 단, 연서, 유미.. 나서서 찾고.
/ (컷)

유미.. 옷에 잔디 풀 묻힌 채로 반지를 다시 건네는. 연서와 단.. 반지 교환하고.

유미   이제, 결혼 서약서를 낭독하겠습니다.

유미.. 준비한 서약서 종이를 꺼내 건넨다. 유미.. 후 긴장하고 뒷걸음질 치다가 걸려서 휘청하는. 손에 쥔 리모컨 눌러버리는데 (M) 행진 음악!

연서   뭐예요, 집사님!
유미   미안 미안 잘못 눌렀어. (하고 다시 꾹 누르는데 / 다음 노래- 트로트- 아모르파티 정도가 울려 퍼진다 / 헉!)
단, 연서 (헐!)
연서   뭐야… 다 망했어!
단   (하늘 보고) 아무리 그래봐요. 우리가 우울해하나!
연서   더 신나서 결혼하지!

단과 연서.. 음악에 맞춰 살짝살짝 리듬을 타며 웃음을 터뜨린다.
다시 휙 불어오는 돌풍에 결혼 서약서 하늘로 올라가는.

(몽타주)

유미.. 허둥지둥 음악 바꿔 틀고, 구름.. 신나게 펄쩍거리는 와중에
단과 연서.. 소중하게 입 맞추는 모습 / 카메라 세팅해서 하나, 둘,
셋! 하고 넷이 찍고, / 두 사람만 찰칵! 찍는 모습 위로.

단   **(E) 결혼 서약서. 하루를 영원처럼. 둘이 하나처럼. 행복하게 사랑하겠**
          습니다.

연서   **(E) 우리는 서로의 처음이었고, 마지막일 것입니다.**

단   **(E) 우리는 서로를 구하고 구해졌습니다.**

연서   **(E) 우리는 운명을 믿습니다. 아니, 믿지 않습니다.**

단, 연서   **(E) 우리는 우리를 믿습니다.**

S#56   연서의 방 (낮)

아침. 단.. 옷 입은 채로(검은 계열) 침대에 누워 잠든 연서의 이마
에 입 맞추는데,

연서   (눈을 뜨는) 어디 가?

단   (미소만) 깼어?

연서   새벽에도 계속 나만 보더니.

단   그러는 이연서도 나 자는 모습만 계속 보던데.

연서	(아이처럼 두 팔 내밀면)
단	(침대에 앉아 / 일으켜 세워주고 / 머리 넘기고, 얼굴 쓰다듬어주는 / 이 얼굴을 보는 게 마지막일 거라 생각해 더욱 소중히)
연서	(역시 마찬가지 마음 / 단의 얼굴을 손으로 만져보는) 안녕, 잘 다녀와.
단	응, 다녀올게.

연서와 단.. 떨어지지 않는 손을 겨우 떼어놓고 단.. 나간다.

연서.. 서둘러 침대에서 내려와 창으로 간다. 밖으로 나가는 단의 모습. 단.. 돌아본다.

연서를 보진 못한 듯. 가만히 아이비 저택을 바라보다가 돌아 나가는 단.

연서.. 멀어지는 단의 모습 끝까지 바라보다가 단이 사라지자,

연서	(눈물 뚝 흐르며) 안녕, 단아.

S#57   아이비 저택 앞 (낮)

단.. 나오며 전화를 건다. 진지한 표정이다.

단	네, 지금 연락 주세요. 거기로, 나오라구요. (무서운 눈빛)

S#58   연서의 방 (낮)

역시 세게 차려입은 연서.. 단의 손수건을 챙긴다. 각오한 얼굴.

S#59 **성당 앞 (낮)**

연서.. 성당을 올려다본다. 망설임 없이 들어간다.

S#60 **성당 안 (낮)**

연서.. 또각또각 십자가 앞으로 걸어 들어간다. 단이 섰던 자리에
서서 올려다보는 연서.

연서   (한참을 노려보더니) 안녕하세요. 이연서예요. 나 알죠?
모를 수 없지. 모르면 안 되지. 그쪽이 나한테 한 짓을 생각하면.
열일곱에 고아 만들어, 춤추는 사람, 눈도 멀게 해. 하나뿐인 아저
씨도 데려가… 심지어 친척이라고 있는 사람들은 날 죽이지 못해
서 안달이 났거든요.
심하다고 생각 안 해요? …… 근데 나… 그거 원망하러 온 거 아
니에요. 그나마 그쪽이 나한테 단일 보내줘서. 나는 다 괜찮거든.
나는 괜찮은데!
단이한텐 그러면 안 돼요. 성우로 태어나 끔찍하게 죽은 것두 화
가 나는데. … 걔가 뭘 잘못했어? 사랑을 알게 하랬다며! 나 단이
사랑해요. 뭐 얼마나 더 대단한 사랑을 원하는진 모르겠는데. 김
단, 내가 사랑한다구요. 근데 왜, 걔가 소멸돼야 해요?
신 맞아요? 양심이 있으면 이러면 안 되잖아. 이럴 순 없잖아!!

고요한 내부. 바람 한 점도 없는. 연서.. 돌아본다. 무섭고 막막하다.

연서   (작심한 / 차갑게 가라앉는 얼굴) 공평한 거 좋아하죠? 하날 가져가면,
          하날 주는 거… 맞죠?

          연서.. 손수건을 꺼낸다. 각오한 눈빛.

S#61   폐건물 입구 (낮)
          단.. 뚜벅뚜벅 걸어 들어간다. 어두운 건물 속으로. 형광등 번쩍거
          리고, 벌레들 스르륵 돌아 나가는 으스스하고 불길한 분위기.
          단 위로 수상한 소리 나더니, 천장에서 시멘트 가루 우수수 떨어
          진다.
          단.. 아무것도 신경 쓰지 않고 앞만 보고 전진하는 굳은 얼굴!

S#62   폐건물 안 (낮)
          단.. 도착했다. 루나.. 팔짱 끼고 있다가 단을 확인하고 놀라는 얼
          굴. 단.. 위엄 있게 섰다.

루나   와, 놀랐네. 작전을 썼어?
단   내가 말했지. 허튼수작 부리면, 그땐 내가 직접 당신 멈추게 한다고.

          단.. 루나를 죽일 듯한 표정으로 강하게 바라보는 데서.
단   **(E) 이젠 궁금하지 않아요. 섭리도, 계획도,**

S#63   **성당 안 (밤) – 단이의 회상**

S#5 이후의 상황 단.. 털썩 무릎을 꿇는다.

단   내가 살리고 싶은 사람을 위해, 누군가를 죽여야 한다면,

기꺼이 그 죄를 짓겠습니다.

S#64   **성당 안 (낮)**

S#60 연서.. 역시 털썩 무릎을 꿇었다. 손수건을 꽉 쥐고.

연서   …… 가져가요. 다. 뭐든지, 기쁘게, 줄 수 있어.

단과, 연서.. 같은 얼굴로 십자가를 올려다보며

단, 연서   **(E) 그 사람을, 살릴 수만 있다면**

봤어요?
내 춤을 보고 마음이 움직였다면,
딱 하나만 들어줘요. ……단이를 살려주세요.
함께 있지 못해도, 가슴이 찢어질 듯 아파도.
다시는 못 봐도,
살아있기만 하면 돼요.
그러면 돼요.

15
부

S#1   **성당** (낮)

14부 S#60 연서.. 작심해 차갑게 가라앉은 얼굴.

연서   공평한 거 좋아하죠? 하날 가져가면, 하날 주는 거… 맞죠?

        연서.. 손수건을 꺼낸다. 각오한 눈빛. 털썩 무릎을 꿇는. 손수건을
        꽉 쥐고.

연서   ……… 가져가요. 다. 뭐든지, 기쁘게, 줄 수 있어.

S#2   **강우의 오피스텔** (낮)

강우.. 단과 연서의 청첩장을 보고 있다. 심란한 마음.

〈F/B〉	1. 14부 S#31 눈치챈 연서의 표정.
강우	김단이, 당신이 없는 세상에서 인간이 되는 걸 원할 거 같습니까? 그거 상 아니고 벌이라고!
연서	(!!! 알았다)

2. 14부 S#54 아이비 저택 앞, 강우의 전화기를 통해 들리던 연서의 말.

연서	(F) 무슨 일이 있어도, 지젤, 무대에 올려주세요. 꼭요.

3. 14부 S#47

단	당신은 그러지 마. 살아. 살아서, 연서 옆에 있어줘.

강우.. 아무래도 불안한. 연서에게 전화하는데, 꺼져있다. 단에게
전화한다. 역시 꺼져있다.
걱정되는지 다시 해보려는데,

후	**(E) 폭탄 던져놓고 걱정이 되기는 해?**
강우	(돌아보면)
후	(소파에 앉아있는)
강우	(굳은 얼굴) 불쑥불쑥 함부로 남의 집에 들어오지 마시죠.
후	(웃지도 않고 다가오면)
강우	두 사람, 어디서 뭘 하고 있습니까. 혹시, 이연서 만났어요?
후	(진지한) 지금부터 내가 하는 얘기 잘 들어.
강우	(!)

S#3   폐건물 (낮)

14부 S#62 단.. 무서운 얼굴로 루나를 바라보는.

단   내가 말했지. 허튼수작 부리면, 그땐 내가 직접 당신 멈추게 한다고.

루나   (살짝 겁먹은) 내가 뭘 어쨌는데? 아무 짓도 안 했어.

단   세상이 우습지. 3년 전처럼 사람 매수해서 조명 떨어뜨리려고 했나. 너무 안이하잖아.

루나   (정곡 찔린) 증거 있어?

단   필요 없어.

단.. 성큼성큼 빠르게 루나에게 다가간다. 빨라지는 발걸음, 눈에 광기 서렸다.

루나가 피할 새도 없이, 루나의 목을 한 손에 잡아 올리는 단. 벽에 밀어붙여 목을 조르는.

루나.. 숨 막히고 겁먹은. 단.. 사람을 해치는 것이 너무나 고통스러워 이를 꽉 무는.

후   **(E) 악인에게 죽임을 당할 운명 (13부 S#66)**

루나   (끝까지 지지 않는 눈빛으로 보는) 정말로, 날… 죽일 거야?

단   (괴롭고 힘든 / 하지만 손에 힘을 꽉 더 주는 위로)

단   **(E) 난 그 운명… 받아들일 수 없습니다. / 내가 바꿀 겁니다. (14부 S#5)**

단   (본성을 거스르는 고통) 왜… 대체 왜!! (하는데)

뒤에서 달려드는 준수! 단을 끌어안아 뒹군다. 손에서 풀려난 루나.. 숨을 몰아쉬고!
단과 준수의 몸싸움 시작된다. 준수.. 단을 잡고 놓지를 않는!

단   (루나만 보는) 놔! 놓으라고!!

준수   (눈으로 '가세요!' 하는)

루나   (급하게 자리를 피하는 - 건물 밖으로)

루나를 쫓으려는 단과 이를 저지하려는 준수 계속 엎치락뒤치락 몸싸움을 벌인다.
단.. 준수를 (유도기술 등 활용 가능) 업어치기 정도로 제압하는데,
준수.. 바닥에 깔린 채 칼을 꺼내더니, 단의 옆구리를 찌른다.
단.. 충격에 멈칫하면, 준수.. 빠져나오고.
다시 단에게 덤비면, 단.. 칼을 쥔 준수의 팔을 잡고 대응한다!
위험한 몸싸움 계속되고, 단.. 기어이 칼을 빼앗아 들게 되는! 준수를 향해 분노를 터뜨리는 단.

단   악에서… 떠나라고 했잖아! (찌를 것 같은 순간에)

우르릉 울리는 하늘! 갑자기 사위가 어두워지더니, 준수와 단.. 염력으로 서로 멀리 떨어져 내동댕이쳐진다. 준수.. 정신을 잃고. 두 사람 사이에 칼 그대로 떨어져버리는.
단.. 역시 충격받아 혼란스럽다가 정신이 들어 보면, 후.. 한 발, 두 발 단의 앞으로 다가온다.

단.. 원망스러운 눈으로 바라보는데.

후   인간의 생사에 손을 대어선 안 된다! 더욱이 사람을 죽이면 절대
        로 용서받지 못해! 당장 소멸이라고!

단   알아요.

후   (!)

단   그럼 어떡해… 연서를 살리려면, 연서를 죽일 사람을 없애야 하
        잖아. 그래야, 그 빌어먹을 운명이 바뀌는 거잖아!

후   김단!

단   (일어나는데 / 비틀하는 / 옆구리에서 진득하게 피가 배어 나오고 있다 / 헛
        웃음) 어차피 이렇게든 저렇게든 난 없어지잖아. 그럴 거면.. 그 전
        에.. (후를 보며 / 눈물 그렁 하게 고여) 연설 살리고 사라질 겁니다.

후   (참담하게 보는)

        준수.. 정신을 차려 눈을 뜨면, 후는 보이지 않고, 단만 보이는.
        단.. 피가 흐르는 상처를 잡고 절뚝이며 돌아가는데. 준수.. 기어가
        서 떨어진 칼을 꽉 쥐고.

S#4   성당 (낮)
        S#1 이후. 연서.. 손목에 단의 손수건을 묶었다. 약병에서 알약을
        잔뜩 손바닥에 올린다. 이 약으로 목숨을 버릴 생각. 비장하고 단
        호한 표정에서.

S#5   **폐건물 (낮)**

S#3 연결. 준수.. 단을 향해 달려온다. 단.. 돌아보는데, 준수.. 바로 다시 찌를 듯 달려드는 순간. (E) 핑거 스냅 소리.

모든 것이 순간 멈춘다. 놀란 단의 얼굴, 당장 찌를 듯 악문 준수의 이. 단의 몸 바로 앞에서 빛나는 칼날. 뒤에서 나타나는 후. 굳은 얼굴로 다시 핑거 스냅을 치면,

준수.. 강력한 염력으로 허공을 날아 시멘트 벽에 세게 부딪히고 떨어진다.

떨어지면서 머리를 세게 부딪힌다. 준수 머리 아래로 퍼지는 피. 축 처지는 몸. 죽음이다.

단   (놀라서) 선… 배?

후   (아프게 보는)

단   … 하지 말라며… 인간한테 손대지 말라… (하다 얼음)

후.. 자연스레 무릎이 꿇리는. 단.. 달려가 후 앞에 가 앉는. 후 주변으로 흙먼지들 일어나는.

후   내가 그랬잖아. 너한테 옮았다고.

단   선배…!

후   (담담하게) 세다가 잊을 만큼 오랜 세월을 지나왔다. 셀 수 없이 많은 인간과 그만큼의 천사를 만났지. 나는 언제나 방관자였고, 주변인이었다. 그 어떤 감흥도 느껴지지 않았지. 근데, 너는 날 뒤집어놨어. 널 보면 화가 나고, 불안하고, 답답했다.

바람이 불어온다. 후의 소멸을 몰고 올 바람이다. 단.. 주위를 보는. 어둠이 밀려온다.

단.. 고개를 젓는. 받아들이기 어렵다.

단	(하늘 향해) 이러지 마요… 이러면 안 돼요!!
후	근데 단아… 나는 네가 좋았다.
단	(!)
후	넌 살리는 애야. 사고를 쳐도 동물을 살리고, 약한 자를 보살폈어. 끝도 없이 선하고, 끝이 없게 긍정했다. 너와 하늘로 돌아가고 싶었는데… (발끝부터 먼지가 되는)
단	안 돼… 안 돼, 선배.
후	끝까지 너답게 살아. 가서… 이연서를 살려.

먼지가 되는 후. 단.. 어쩔 줄 모르겠는데, 후.. 마지막 핑거 스냅을 친다. (E) 딱 소리에서.

S#6   **성당 (낮)**

S#4. 연서.. 알약 가득 쥔 손. 손목에 묶은 단의 손수건을 소중히 가슴에 품어본다.

눈 감는 연서. 부디, 이것으로 단이가 살 수 있기를 바라는 간절한 마음.

연서.. 눈을 뜬다. 맘먹고, 약 털어 넣으려는데,

단	**(E) 이연서!!**
연서	(놀라서 돌아보면)
단	(굳은 얼굴로 다가오는)
연서	(일어나는데)
단	(알약 가득한 연서의 손을 통째로 잡더니 / 버려버리려고 하는데)
연서	(! / 꽉 쥐고 버텨) 이리 줘!
단	안 돼!
연서	이리 내라구!
단	(억지로 손 열어 바닥에 알약 다 내동댕이치는!) 이연서!!
연서	(흩어지는 약 보고 / 단 보는 / 가슴 뜨거워지고)
단	이럴려고 나랑 결혼하자고 했어?
연서	(!)
단	납골당에서 약속하자고 한 것도, 니나 씨랑 둘만 연습한 것도… 다… 준비한 거였어?
연서	(O.L) 널 살릴 수 있음, 뭐든 할 수 있어.
단	(버럭) 네가 없는데 내가 어떻게 살아!
연서	(역시 버럭) 어떻게 가만있어? 살릴 수 있다는데. 네가 안 사라진다는데!
단	(울컥) 그렇다고 목숨을 내놓으면, 그다음엔?

INSERT 단의 상처에서 왈칵 흘러나오는 피.

연서	(울망울망해서) 김단…
단	(비척비척 다가오더니 / 연서 얼굴 보며) 너까지 이러면 내가 어떡해.

널 살리겠다고, 내가 지금 무슨 짓까지 하고 왔는데… (비틀)

연서 (!) 무슨 짓… 이라니. 너 어디서 뭘 하고… (하다 얼음!)

단의 다리 옆으로 똑똑 떨어지는 붉은 피. 단.. 휘청, 무릎이 꺾인다. 한 다리씩 차례로 무너지는 느낌.

연서 단아! (바로 달려가 쓰러지는 단을 안아 올리는)

단   (연서의 품에 안긴 채 / 의식이 가물거리는)

연서 (단을 감싸 안은 손에 묻어나는 피! / 두렵고 끔찍한) 단아… 나 여깄어. 단아… 제발… 제발…

단   죽지 마… 나 때문에 너까지… 죽지 말라고… (하고 의식을 잃는)

연서 단아? 단아… (단의 얼굴에 자기 얼굴 대보며 / 점점 오열하는) 안 돼… 이러지 마요. 단아… 정신 좀 차려봐! 안 돼… 안 돼애!!

단을 꼭 끌어안고 오열하는 연서의 모습… 마치 신이 보고 있는 듯 오래 내려다보이며.

S#7   **입원실 (낮)**

단.. 입원 침대 위에 누워 잠들어있다. 연서.. 그런 단 옆을 지키는. 창백하게 걱정스러운.
젖은 수건으로 피 묻은 단의 손가락을 닦아주며.

〈F/B〉   S#6 성당

단   널 살리겠다고, 내가 지금 무슨 짓까지 하고 왔는데…

           14부 S#56 연서의 방—마지막으로 소중하게 연서를 바라보던 단의 얼굴.

단   응, 다녀올게.

연서   무슨 일이야, 어딜 갔던 거야. (꾹꾹 눌러) 대체… 누굴 만났길래…!

단   (의식 없이 꾹 감은 눈)

S#8   입원실 앞 (낮)

           연서.. 조용히 나온다. 유미에게 전화 걸려고 하는데,

강우   **(E) 연서 씨.**

연서   (보면)

강우   (복도에서 뛰어온 / 멈춰 서서 연서를 바라본다)

           물끄러미 바라보는 두 사람.

S#9   병원 휴게실 (낮)

           사람 없이 TV만 틀어져있는. 연서와 강우.. 나란히 앉아있는데,

INSERT TV 뉴스 리포트

           폐건물 앞. 경찰차와 경찰관들, 폴리스 라인 쳐진 건물 앞 분주히 움직이

는 화면 위로.

앵커   **(E) 오늘 오전 배교동 폐건물에서 20대 남성 기 모 씨가 숨진 채로 발**
               견돼 경찰이 수사에 나섰습니다.

연서   여긴 어떻게 알고 왔어요? 아니, 단이한테, 무슨 일 있었던 거예
           요? 아는 대로 다 말해요. 하나도 빠짐없이.

강우   금루나를, 처리하려고 한 모양입니다.

연서   (!) 나 때문에… 날 또 해칠까 봐… (허, 어이없어 헛웃음 나는데)

강우   둘이 뭐 하는 겁니까? 죽고 사는 게, 장난입니까?

연서   (창백하게 보면)

강우   성당에 갔었습니다. 사람이 실려 갔다고 하더군요. 피투성이 바
           닥에, 알약들… 연서 씨 어떻게 된 줄 알고, 미쳐버리는 줄 알았
           다구요.

연서   애석하게도, 내가 너무 멀쩡하네요.

강우   (!)

연서   (일어나는) 들어가 볼게요.

강우   둘 다, 바보야. 지독하게 멍청하고, 지독하게 이기적이라고!

연서   (보며) 함부로 말하지 말아요. 지금 내가, 우리가… 어떤 심정으로
           여기까지 왔는데!

강우   (O.L) 도망가는 거잖아. 남겨지기 싫어서 미리 선수 쳐서 내빼는
           거잖아!

연서   (!)

강우   그거 하나도 숭고한 거 아닙니다. 착각하지 말아요.

연서   (이해가 잘 안 가는 얼굴) 뭐가 그렇게 복잡해. 숭고? 필요 없어. 도망

간다구? 그럼 어때. 걔만 살릴 수 있음 나는 비겁해도 되고, 비열해도 돼요.

강우   (!)

연서   (감정 삼키며) 나 지젤 안 해요, 나 빼고 공연 올리세요.

강우   (! / 일어나) 공연 이틀 남았습니다.

연서   내일, 모레, 글피. 그게, 단이한테 남은 시간이에요.

강우   (!)

연서   겨우 3일 남았어. 나… 공연 못 해요. 안 해요. 한순간도, 단이랑 안 떨어져있을 거예요. 그렇게 아세요. (나간다)

강우   (공연날이 D-day라니… 이마를 짚고)

S#10   휴게실 앞 (낮)

연서.. 나온다. 지치고, 참혹한 마음. 감정을 꿀꺽 삼키고 가려는데, 얼음 된다.
단.. 벽에 기대서 연서를 보고 있다. 딱딱하게 굳은 얼굴. 다 들었다.

연서   언제부터, 있었어? 언제 깬 거야?

단   (대답 않고 보기만 하는)

연서   (걱정스럽게 다가가는) 괜찮아? 다친 덴…? 아프진 않구? 의사 쌤… (하는데)

단   (돌아서는)

연서   (안타까워) 단아…

단   (병실로 들어가는)

연서   (미치겠다 / 따라 들어가는데)

S#11   병실 (낮)

단.. 들어와 선다. 무거운. 연서.. 뒤에서 따라 들어와 서는. 단.. 연
서를 등지고 선.

연서.. 원망스럽고, 걱정스럽고, 사랑하고. 숱한 감정으로 단의 뒷
모습 보는데.

단   왜 공연을 안 해?

연서   필요 없어. 시간 아까워.

단   (돌아서 보는 / 고통의 눈빛)

연서   (역시 같은 눈빛으로 마주 보면)

단   해.

연서   싫어.

단   하라구.

연서   싫다구.

단   (꽉 참으며) 너 춤추라고, 너 살라구… 여기까지 온 건데, 그걸 포기
         하면, 여태 나 뭐 한 거야?

연서   나 살라구… 그래서, 루나 언닐 죽일려고 한 거야? 그러다 다친
         거고?

단   (!)

연서   나 살라구… 사람 죽이구, 그 자리에서 바로 소멸될 생각이었던
         거네?

단	이연서.
연서	나쁜 놈…
단	(! 해서 보면)
연서	감동이라도 받을 줄 알았어? 하나도 안 고마워. (점점 감정 차올라 / 눌러왔던 감정들 터지는) 아니, 그리고 너 가버렸으면, 평생 너 원망하면서 살았을 거야. 하루든 이틀이든! 우리한테 주어진 시간 팽개치고 사라져버린 널 평생 미워했을 거라구!
단	그러는 너는? 너도 죽을려고 했잖아. 누구 맘대로? 누구 맘대로 목숨을 걸어! 그래서 내가 인간이 되면! 너한테 고마워할 거 같애?
연서	나 때문이라며!
단	(!)
연서	날 살리느라고 네가 이렇게 된 거라며? 내가 살고 싶다고 해서, 내가 살겠다고 해서 네가 사라져야 된다며. 나 때문인 거잖아. 그러니까, '내가' 널 살려야 되는 거잖아.
단	(고개 젓는) 아니야…
연서	(눈물 펑펑 나며) 나는… 너여야 한다고 생각했어. 둘 중 하나가 살 수 있는 거면, 너여야 된다구… 생각했다구.
단	(눈물 차오르는)
연서	너는 삶이 없었잖아. 넌 자라질 못했잖아. 씩씩하고, 행복하게 사는 건… 단이 너여야 한다구… 너였으면 좋겠다구…
단	(다가와 와락 품에 안는)
연서	(꽉 껴안으며) 얼마나 무서웠는 줄 알아? 네가 내 품에서 죽는 줄 알고… 진짜 무서웠단 말이야. (아이처럼 울며) 죽지 마… 가지 마… 사라지지 마…

단	내가 어떻게 행복하게 살아. 어떻게 씩씩하게 살아… 선배도 그렇게 갔는데, 너까지 나 때문에 죽으면… 내가 어떻게 살아…
연서	(! 해서 단을 보는)
단	(울어서 엉망 된 얼굴)
연서	선배가… 왜? 어딜 갔는데? 어떻게 됐는데?
단	(그저 눈물 흐르는 / 역시 아이처럼)
연서	(어떡해, 싶어서 와락 단을 다시 안는) 어떡해… 너 어뜩해…

그동안 눌러왔던 감정 터져 나온 단과 연서.. 세상 끝 벼랑에 둘만 놓인 심정으로 서로를 꼭 껴안은.

(시간 경과)

밤이 된. 베드에 마주 보고 누운 두 사람. 애틋하게 손 잡고, 서로의 얼굴을 보는 모습에서.

S#12   성당 전경

S#13   성당 앞 (낮)

단과 연서.. 함께 걸어온다.

단	아무것도, 없을지도 몰라. 선배가 없으니까, 그 방도 사라지지 않았을까…

연서	(심란한)
단	여기서 잠깐 기다려. 들어갔다 올게. (하고 가려는데)
연서	같이 가.
단	(보면)
연서	(손 잡아주며) 같이 있자.
단	(고맙게 보면)

S#14 성당 작은 방 (낮)

단과 연서.. 들어온다. 그대로인. 두 사람.. 각자 둘러보는. 추억이 생생한. 보고서와 책들, 십자가 등. 단.. 책상에 다가가면, 후의 손수건 놓여있다. 들어보면, 깃털이 까맣게 변해있다.

연서.. 역시 보고, 심장이 쿵 내려앉는데, 손수건 옆으로 후의 보고서 놓여있다.

연서	이게, 뭐야?
단	(!) 보고서… (하고 들어보는)
후	**(E) 제계도 마지막이라는 게 있네요.**

INSERT 성당 작은 방

후.. 보고서를 쓴다. 작심한 듯 담담하게

⟨F/B⟩ 단과 후의 추억들

1. 1부 S#31 고양이 데려왔던 것.

| 후 | (E) 처음으로 뜻을 어겨 거역한 게 언제였을까요. |

2. 11부 S#35

| 후 | 천사는 본시, 주변인일 뿐이야. (하고 괴로워하는 표정) |
| 후 | (E) 자꾸 선을 넘다 보니, 자꾸 질문을 하게 되었습니다. |

3. 14부 S#20

| 후 | 난 너 소멸 못 시킨다. 그건 내가 싫다고! |
| 후 | (E) 저는 아마 끝까지 두 사람을 향한 큰 뜻은 모르겠지요. |

4. 12부 S#9 연서와 단이 티격태격하는 걸 흐뭇하게 바라보는 후.

| 후 | (E) 하지만 분명한 건, 두 사람은 자격이 있다는 것입니다. |

5. S#5 발끝부터 먼지가 되어가는 후.

| 후 | 끝까지 너답게 살아. 가서 이연서를 살려. |
| 후 | (E) 발버둥 치는 두 사람에게 부디 기회를 주십시오. |

단.. 보고서 내려놓는다. 떨리는 손. 연서가 잡아주고.
보고서 옆에 후의 손수건을 내려놓는 단.

| 단 | (인사하는) 선배… 나도 선배 정말 좋아했어요. 선배 같은 천사가… 되고 싶었습니다. 끝까지, 나는 흉내 못 낼 만큼 멋있어. (손수건에 손 올리고) 잊지 않을게요. 절대. (하고 돌아서는 / 눈물 참고) |
| 연서 | (역시 손수건에 / 작게) 고마워요. |

연서와 단.. 나간다. 문 닫기 전, 방을 한 번 둘러보는. 마지막임을 느끼는 단.. 쓸쓸한 미소로 문을 닫으면, 책상 위 손수건부터 시작해, 방 안의 모든 것이 사라진다.

S#15 성당 앞 (낮)

단, 연서.. 걸어 나온다.

연서   우리한테, 시간을 선물한 거네. 선배가.

단   (끄덕) 선배 아니었음, 너랑 나… 둘 다 무사할 수 없었을 거야.

연서   한 순간도 허투루 쓰지 말자.

단   (끄덕하는)

연서   죽지도, 아프지도 말고, 행복하게 보내자.

단   (또 끄덕하는데)

S#16 골목 + 루나의 차 안 (낮)

루나.. 싸늘한 표정으로 앉아있다.

INSERT 폐건물 앞.

바디백(준수)이 실려 나온다. 경찰 두 사람 앞뒤로 들것에 들었다.

멀리서 지켜보고 있는 루나. 몸을 숨기고, 준수의 시신을 바라본다.

루나.. 눈에 핏발 서는. 주먹 꽉 쥐고.

〈F/B〉   S#3 자신의 목을 졸랐던 단의 무서운 표정.

루나.. 짜증이 치밀어 오른다. 핸드폰 집어 던지는.

루나   그놈 때문이야. 그놈이 와서, 모든 게 엉망이 됐어. (눈 빛내며) 가
만 안 둬. 절대. (눈 빛내고)

집어 던진 핸드폰이 울려- 니나다. 루나.. ? 해서 받는데-

니나   (F) 언니… 어디야,
루나   아는 척도 말라더니 왜?
니나   (F) 뉴스 봤어… 괜찮은가 하구…
루나   (살짝 풀어지는)

S#17   모처 공터 (낮)

니나.. 기다리고 있다.
루나의 차.. 들어오고. 루나.. 내려서 니나를 본다.
니나.. 루나를 보고 착잡한 표정.
루나.. 니나를 향해 걸어가는데,

니나   언니… 미안해.
루나   (! 하는데)

사방에서 등장하는 형사들 (4명 정도), 니나와 루나를 좁혀 들어오는. 형사.. 루나의 팔을 잡는.

형사	금루나 씨, 당신을 살인, 살인미수, 업무방해, 상해 혐의로 긴급 체포 합니다. 당신은 묵비권을 행사할 수 있고, 변호사를 선임할 권리가 있으며, 변명의 기회가 있고 체포적부심 청구할 수 있습니다.
루나	(배신감에) 금니나. 너…!
니나	(고통스러운 / 시선 피하고)

S#18   루나의 방 (낮)

경찰.. 루나 방을 털고 있다.
책장 털고, 책상 털고, 서랍 속 물건들 죄다 박스에 넣고 있는.
기천.. 방문에서 불안과 참담함으로 지켜보고 있다.

S#19   영자네 방 (낮)

영자.. 넋을 놓고 앉아있으면, 경찰들.. 루나 방에서 박스 가지고 나간다. 기천.. 따라 나온다.

경찰	거주지 이탈하지 마시고 대기하세요. (나가면)

영자.. 멍하니 있다가 제 가슴을 턱, 턱 치기 시작한다. 세 번, 네

번, 다섯 번… 턱턱 치는.

기천   (돌아보며) 영자야. 이러지 마.

영자   내가… 잘못 살았어. 나 때문이야… 내 욕심이, 탐욕이 내 딸을 살
       인자로 만들었어! 어뜩해… 어뜩해…!

기천   (참담하고)

영자   (짐승 같은 신음 비어져 나오는 / 고통스럽게 오열하는)

S#20   연서의 방 (낮)

유미.. 들어오면서 보고 시작하는. 단과 연서.. 소파에서 찻잔 앞에
두고 있는.

유미   잡혔대요! 금루나, 체포됐대!

단   (반가운) 언제요?

유미   방금 고 형사님 전화 주셨어. 다 됐다 해결된 거야.

연서   (의아한) 증거 부족했잖아. 고모부가 뒤집어쓴 거, 다시 뒤집기 힘
       들다고 하지 않았어요?

유미   루나 끄나풀 기준수란 사람… 죽었대요.

연서, 단 (!)

유미   근데 그 사람 핸드폰에서 주르륵 다 나온 거지. 문지웅 씨 협박하
       고 조종한 것도, 루나랑 연결되어있는 것도. 몇 년 동안 아주 더러
       운 일은 혼자 다 맡아서 했대… (부르르) 하늘도 무섭지 않나. 천벌
       받은 거지.

연서	(단이 보는) 누군가, 응징을 해준 거죠.
단	(희미하게 미소 짓고)
유미	잘됐어. 이제 개운하게 공연에만 집중해요.
연서	집사님 저…
(E)	**초인종.**
유미	(인터폰 확인하더니) 지 감독이에요.
연서, 단	(? 해서 보고)

S#21　아이비 거실 (낮)

강우와 단, 연서.. 앉아있는. 강우.. 심각한 분위기.

강우	연습 갑시다.
연서	분명히 싫다고 말씀드렸는데요.
단	(안타깝게 보는)
연서	저는, 지금 감독님한테 뺏기는 이 시간도 아까워요. 그러니까…
강우	(O.L) 김단이 가도, 당신은 살아가잖아요!
연서	(헐, 화나) 말, 함부로 할 거예요?
단	(덤덤히 보며) 맞는 말이야.
연서	단아!
단	누구보다, 내가 그걸 원해. 내가 떠나도, 너는 계속 살아가는 거.
연서	(찡해서 단을 바라보는)
강우	(단과 연서를 보는) 이 무대가 두 사람을 위한 마지막 기회라고 생각하면 안 됩니까? 마지막으로 두 사람 진심이, 하늘에 닿을 기회.

연서   (!) 무슨… 말이에요?

강우   처음엔 설희가 꿈꾸던 공연을 완벽하게 올리고 나면… 나도 맘
        편히 죽을 수 있으리라고 생각했어요. 그게, 내 뜻이었고, 그걸 신
        에게 전하고 싶었습니다. 그래서 더 집착했던 거구요.

단, 연서 (안쓰럽게 보면)

강우   그렇게 죽고 싶었는데, 이젠 살고 싶어졌어요. 나한테도, 이런 일
        이 벌어졌어. 그러니까, 포기하지 말아요. 기적이라는 게 남아있
        을지도 모르잖아.

S#22   강우의 오피스텔 (낮) – 강우의 회상
        S#2 이후 상황.

후   지금부터 내가 하는 얘기 잘 들어.

강우   (긴장해서 보면)

후   결국, 목숨까지 걸었다. 그 어리석은 녀석들이.

강우   (깜짝 놀라 일어나는) 지금 어딨습니까?

후   자책하고 있지? 여자가 죽은 것도, 네가 죽지 못하는 것도 다 네
        탓이라고.

강우   (!)

후   살리는 일을 해라. 이연서가 잘 살아갈 수 있게 도와줘. 그래야,
        네 영혼도 평안을 찾을 수 있을 거다.

강우   (!!!)

S#23   **아이비 저택 앞 (낮)**

강우.. 헛헛한 표정으로 걸어 나온다. 길고 쓸쓸하게.

S#24   **아이비 저택 거실 (낮)**

연서와 단.. 남겨져있다. 강우의 제안에 머리 복잡한 둘.

연서   (혼란스러워하면서) 확실한 게 없잖아. 춤을 어떻게 추면? 뭐가 잘하
는 건데? 그럼 또 뭐가 어떻게 되는 거냐고.

단   (생각하다가 / 일어나는) 가자.

연서   어딜?

S#25   **공원 (낮)**

공원 나무 아래 벤치에 앉은 두 사람. 고개를 꺾어 나뭇잎을 바라
보고 있다.

연서   이게, 진짜 예언의 나무라고?

단   때때마다, 길목마다 가야 할 곳을 정해주거든.

연서   웃겨. 막다른 길에 몰아놓고서 예언 놀이라니.

단   왔다!

팔랑, 내려오는 나뭇잎. 연서.. 은근히 궁금해서 보는.

연서	뭐가 적혀있어? (하는데)
단	(펜 꺼내서 나뭇잎 위에 쓴다)
연서	(헐)
단	자. (하고 내미는)
연서	(받아 보면)

INSERT 나뭇잎에 쓴 단의 글씨 '7월 11일 판타지아 발레단'

연서	진짜 사이비 다 됐네.
단	예언이나 징조 같은 거 없어도, 날 위해서 해주면 안 돼?
연서	(!)
단	네 무대 정식으로 본 적 한 번도 없잖아. 마지막으로 무대에서 본 게…

〈F/B〉 13부 S#66 단이 마지막으로 본 빈 무대 조명.

단	리허설이야. 무대에서 네가 뛰고, 돌고, 웃고, 우는 거 보고 싶어.
연서	연습하고 공연하면, 이틀 금방 가. 시간 아깝지, 않겠어?
단	(고개 저으며) 하나두. 와, 생각해보니까 우리 처음도 춤이었잖아. 무지개 춤. 근데 끝도 춤이겠네. 딱 좋다.
연서	끝이란 말, 하지 마. 아직 아무것도 안 끝났어. (일어나는) 가자.
단	하는 거지? 지젤, 추는 거야?
연서	몰라, 생각해보구.
단	시간 없다며!

S#26 **아이비 저택 실내 정원 (밤)**

연서.. 살금살금 걸어 나온다. 종이와 펜을 꺼내놓는. 연서.. 뚫어
져라 보다가. 쓴다.

보. 고. 서.

단	(슬그머니) 뭐 해?
연서	(깜짝 놀라 가리는) 아니 뭐… 오랜만에 일기나 써볼까… 뭐…
단	소용없어.
연서	(?)
단	몇 번이나 썼어. 사람이 되게 해달라고. 근데 그때마다 태워버리 더라고.
연서	와, 진짜… 웃기는 사람… 아니 신이네. 세상에서 제일 괴팍한 거 같애. 보고서 안 받을 거면 아예 쓰질 못하게 하든가. 누굴 놀리는 것도 아니구.
단	(피식) 그니까, 안 써도 돼. 너는. 아무것도 안 걸어도 된다고.
연서	아쉽네. 이왕 추는 거, 뭐라도 걸어볼까 했는데.
단	(!)
연서	춤이라면, 자신 있으니까.
단	하는 거야? 지젤?
연서	(끄덕)
단	(예! 좋아하는)

신나 하는 단을 귀엽고 따뜻하게 바라보는 연서. 단.. 연서 손 잡
고 둥기둥기 좋아한다. 오랜만에 편안하고 따뜻한 시간을 보내는

두 사람.

S#27   경찰서 유치장 (밤)

루나.. 꼿꼿하게 앉아있다. 독이 잔뜩 올랐다. 담요를 바라보는
눈빛.

S#28   경찰서 안 (밤)

갑작스럽게 분주해지는. 유치장 쪽으로 뛰어가는 경관들 위로.

경찰1   (E) 119 불러!

경찰   (E) 담요를 찢어 목을 맸습니다!

S#29   도로 + 앰뷸런스 (밤)

앰뷸런스에 실려 가는 루나.. 의식 없이 산소호흡기 쓴 모습. 목에
상처(삭흔) 보이고.

S#30   판타지아 대강당 (낮)

대강당 무대. 리허설 전, 몸 풀기 중이다. (연습복) 연서.. 바 잡고
몸 푸는. 단단한 표정이고.
강우.. 들어와 본다. 연서와 눈 맞추는. 니나, 단원들.. 모두 자리

잡고.

강우   다 모이니까, 좋네요. 몸 풀고 바로 리허설 가겠습니다.

단.. 들어와 관객석에 앉는다. 연서를 보는 따뜻한 눈빛.

S#31   아이비 저택 마당 (밤)

단, 연서.. 손 꼭 잡고 그네를 타고 있다.

단   드디어, 내일이네.

연서   그러네.

단   마지막, 밤이 오는구나. 영원히, 계속될 줄 알았는데…

연서   말하는 거 보면, 사람 다 됐네.

단   (피식) 그런가.

연서   기억나? 너 술 마시고 와서 주정 부렸던 거?

단   (! / 쑥스러워) 언제 적 일을… 그때 너한테 짤리고 얼마나 억울했
         으면 내가 못 먹는 술을 막 먹었겠어.

연서   … 나는 그날부터였던 거 같아. 그날, 네가 손수건 주면서 나라고
         생각하라고 했던 그 순간부터. 사실 널 좋아했던 거 같애.

단   (! / 따뜻하게 보며) 그땐 취해서 아무렇게나 했지… 아후, 지금 생각
         하면 진짜 겁도 없었네. 감히 이연서랑 춤을… (하는데)

연서   (단에게 춤을 청하는 손짓) 다시 추자. 그날처럼.

단   (망설이며 보면)

연서   (미소로 덥석, 단의 손을 잡는) 처음처럼 다시.

            (점프)
            휘영청 밝은 달. 고요한 저택 모습 위로.

연서   **(E) 원, 투, 쓰리. 투, 투, 쓰리.**
단   **(E) 아, 또 밟았다. 미안…**
연서   **(E) 괜찮아.**

            같은 소리 들리고, 카메라 내려가면 마당에서 함께 춤을 추고 있
            는 단과 연서. 연서의 리드를 따라 스텝 밟는 단. 아름다운 밤의
            왈츠에서. (F.O.)

S#32   몽타주
            1. 12시가 딱 넘어가는 시계 – 옆으로 단이가 동그라미 친 날짜. 7
            월 11일. 그 옆에 단이 쳤던 글씨 쓴 나뭇잎 놓여있고.
            2. 연서의 방 협탁 위에 놓인 단의 손수건 깃털이 반짝– 하고 빛
            이 나고.

S#33   연서의 방 (낮)
            연서와 단.. 꼭 껴안은 채로 잠들어있다. 먼저 눈 뜬 단.. 연서의 이
            마에 입 맞추는.

연서	(눈 떠보고) 굿 모닝
단	굿 모닝!
연서	밥 먹자.

S#34   아이비 주방 (낮)

단과 연서.. 밥 차려 먹는. 단과 연서.. 함께 움직여 상을 차린다.

단.. 반찬 하나 연서 입에 넣어주고,

단	어때? (두근두근 기다리면)
연서	…… 짜. (조금 더 씹고) 어떤 데는 달고… (헐) 쓴맛도 있어.
단	(실망하는) 아니, 이게 왜 그런 맛이 나지?
연서	그러게, 우리 신랑, 참 희한한 재주가 있네.
단	(입 삐죽하면)
연서	간장이 문젠가? (아무렇지 않게) 내일은 소금으로 해볼까?
단	(쿵 하지만) 응 해볼게. 내일은 무조건 맛있게 만들어줄게.

연서와 단.. 마주 보고 미소. 평범한 신혼부부처럼 알콩달콩 하는.

S#35   아이비 저택 거실 (낮)

유미.. 예쁘게 입고 대기하고 있다. 연서와 단.. 나오면,

유미	대망의 그날이 드디어 밝았네요, 아가씨.

연서	(후, 긴장되는)
단	(곁에 와 / 팔짱 내어주는) 갈까요, 아가씨?
연서	(팔짱 끼고 / 마주 보고 미소)

유미.. 먼저 나가면, 연서와 단.. 나가려는데, 단.. 잠깐 멈춰 집 안을 돌아본다.

단	다녀오겠습니다.
연서	(쿵 / 하지만 같은 톤으로) 저도, 다녀오겠습니다.

단과 연서.. 마주 보고 손 꽉 잡는.

S#36 판타지아 외경 (낮)

프로모션 깃발 '2019 판타지아 정기공연 – 지젤' 휘날린다. (포스터디자인과 동일 가능)

S#37 판타지아 로비 (낮)

커다란 포스터 현수막, 촤르륵 펼쳐지면서 내려온다. 직원들.. 위 아래에서 각도 맞추며 일하는. 로비를 가로지르는 연서, 단, 유미.. 위풍당당하게 입장한다. 큰 현수막 아래에 선다.
각자의 감격으로 바라보는.

유미	어떡해, 나 눈물 날 거 같애.
연서	다 보고 울어요. (각오한) 오늘은 진짜 제대로 출 거니까. (단을 보는)
단	(든든하게 끄덕해주고)

S#38 대기실 (낮)

몇몇 단원들 몸 풀고 있고. 연서.. 거울 앞에서 단과 나란히 앉아 있는.

의자 사이로 손가락 포개고 있는. 연서와 단.. 별말 없이 손가락으로 서로를 느끼고 있는데

후원회장.. 큰 꽃다발과 함께 들어온다. 단원들.. 어색하게 인사하고, 연서.. 천천히 일어나면

후원회장.. 꽃다발 단에게 맡기고 연서에게 인사하는,

후원회장	아름답습니다. 정말, 무덤에서 방금 나온 지젤 같네.
연서	(미소로) 오늘 공연, 즐겁게 보세요.
후원회장	VIP석이 텅텅 비었어요. 이사장, 단장, 부단장도 없이 덩그러니 있겠네.
연서	쾌적하게 보실 수 있겠네요. 발레단은 곧 정상화될 거예요. 기다려주셔서 감사합니다.
후원회장	기대할게요. 발레, 좋아하게 만들어준다고 한 말.
연서	회장님도, 하늘에 신도 무조건 감동시킬 겁니다. 자신 있어요.
후원회장	풀 죽어있을 줄 알았더니. 멋있어요. (하고 자연스레 껴안으려는데)

단	(가운데 껴드는 / 딱 서서 노려보면)
후원회장	이 얼굴 알지. 여기저기 슈퍼맨처럼 나타나던 그 비서잖어.
단	남편입니다.
모두	(확! 시선 집중)
후원회장	(당황) 누구, 이 친구?
연서	지난주에 결혼했거든요. (손잡고 / 단원들에게) 이미 다 알겠지만, 앞으로 자주 볼 테니까 인사할게요.
단원들	(쑥덕쑥덕 / 어쩐지, 비서치곤 너무 미남이었지, 같은 말들)
단	(부러 씩씩하게) 오늘 공연 파이팅입니다.

후원회장.. 어안이 벙벙한 가운데, 연서와 단.. 손을 꽉 쥐고.

S#39 판타지아 대극장 (낮)

무대 스태프들 분주히 오가는 가운데, 무대에서 단원들 연습복 리허설 끝나는.

연서, 강우, 니나, 단원들 모두 모인다.

강우	수고하셨습니다. 본 공연 전에 오늘의 프리마가, 파이팅 외쳐줄까요?
연서	(손사래) 아니에요.
강우	(손 모으는) 모입시다.
단원들	(모두 동그랗게 모여 손 내미는)
연서	(제일 위에 손 얹고) ⋯ 세상에서 내가 제일 잘난 줄 알았어요.

단원들	(? 해서 보면)
연서	어떤 날은 신이 날 너무 이뻐하는 게 아닐까, 어쩜 모든 걸 다 주셨지, 싶을 때도, 솔직히 있었구요. 전부 착각이고, 부질없단 것도 모르구.
니나, 강우	(연서를 보는)
연서	정말로 돌아오고 싶었던 무대예요. 그 무댈 여러분과 함께 할 수 있어서 영광입니다. 저는 오늘, 혼신의 힘을 다해 죽을 각오로 출 생각이에요. 같이 멋진 지젤 만들어봐요.

다 같이 '판타지아, 지젤 파이팅! 하고 외치는 모습.

/

을 보는 객석의 단과 유미. 연서의 모습을 미소로 지켜보고 있다. 유미.. 진짜 눈물 났는지 눈 밑을 닦아내고. 단.. 단원들과 미소 나누는 연서의 얼굴을 보니, 다 이룬 듯 벅차고 뿌듯한.

단	(연서에게 눈 못 떼고) 정말, 진짜로…
유미	(? 해서 보면)
단	젤 이쁘죠.
유미	어휴, 팔불출. 네, 죽도록 아름답죠, 우리 이연서 아가씨.
단	(핏 하고 미소) 감사합니다. 집사님.
유미	갑자기 인사는 왜?
단	만약 연서에게 수호천사가 있다면, 그건 집사님일 거예요. 앞으로도 잘 부탁드립니다.
유미	간지럽게. 딱 지금처럼만 아가씨한테 잘해줘요. 아가씨 눈에서 눈

물 뽑거나, 속 썩이면 내가 가만 안 둘 테니까.

단   옙! (하고 무대 위 연서 사랑스럽게 보면)

유미   (단의 옆얼굴 살짝 이상한 느낌으로 보고)

S#40 판타지아 대기실 (낮)

연서.. 1막 의상을 입은 상태. 거울을 보고 상태를 점검한다. 아름
다운.

긴장되는지, 손을 풀어보는데, 니나(연습복).. 옆에 와 선다. 연서..
거울로 보고,

연서   루나 언니 잡힐 때… 네가 애썼다며.

니나   건 어디서 들었어.

연서   … 괜찮아?

니나   힘들어. 근데 이겨내야지. 언니도 엄마도, 나도… 제대로 벌 받아
야지.

연서   … 고맙다.

니나   잘해. 기대할게. (옆으로 빠지면)

(E)   **시작을 알리는 종소리.**

연서   (후, 긴장된 심호흡 / 단의 손수건 꺼내본다 / 아직 파랗게 선명한 깃털 / E) **잘 봐
요. 세상에서 제일 아름다운 지젤을 출 거니까.**

S#41   **병원 복도 (낮)**

루나의 병실 앞. 경찰.. 서있으면 간호사.. 카트를 밀고 오는. 경찰,
간호사 간단히 목례하고, 경찰.. 문 열어주는. 간호사.. 들어가고.

간호사   (E) 저기요!!

S#42   **병실 안 (낮)**

경찰.. 뛰어 들어오면, 베드에 루나가 아닌 간호사 기절한 채로
누워있다. 입 막고, 수갑 채워진 채로. 경찰.. 에이씨! 하고 뛰어나
가는.

S#43   **판타지아 로비 (낮)**

공연장 문이 활짝 열려있고. 관객들.. 북적이는. 누구는 현수막을
뒤에 두고 셀카를 찍고, 누구는 브로슈어를 들여다보고. 아이들
몇몇 뛰는 것, 부모가 말리고 하는 등, 평범한 풍경.
관객들.. 하나둘씩 입장하는 가운데, 캐주얼 한 복장에 긴 머리 가
발, 모자를 눌러쓴 루나.. 판타지아 발레단 기재된 스태프 의상(얇
은 점퍼 정도) 입고 들어온다.

방송   (E) 곧 2019 판타지아 발레단의 지젤 공연이 시작될 예정이오니, 관객
여러분들은 입장하여주시기 바랍니다.

루나.. 익숙하게 공연장 뒤쪽, 무대 뒤로 가는 사잇길(스태프들만 다닐 수 있게 차단 줄 쳐진)로 들어가는데,

스태프1   저기요! (하고 불러 세우는)
루나   (고개 숙이고 / 목에 건 스태프 출입증 보이며) 무대 팀요. (하면)
스태프1   (차단 줄 열어주고) 늦었네요.
루나   (고개 더 숙이며) 죄송합니다.

S#44   판타지아 대극장 (낮)
객석. 하나둘, 채우는 관객들. 음향 튜닝하는 소리 (E) 들려오고.
관객들, '이연서 알아?' '나 이연서 무대 첨 봐.' 같은 설레고 들뜬
분위기들 일렁인다.

S#45   판타지아 대극장 백스테이지 (낮)
1부 S#1 씬과 같은 백스테이지. 의상 갖춘 단원들, 곧 출격할 자
세로 긴장해있는데
커튼 속에서 슥, 나와 연서의 팔을 잡는 사람.. 단이다.
연서.. 보면, 단.. 연서를 훅 당겨 커튼 안으로 오게 한다. 커튼 속,
두 사람만 마주 본.

연서   여긴 왜 왔어? 객석에서 본다며.
단   잘해. 그 얘기 하려고.

연서	(끄덕하고)
단, 연서	(한참 눈을 맞추다가)
연서	잘 봐. 널 위해서 출게. 너만을 위해서.

S#46   판타지아 대극장 (낮)

객석 – 유미, 강우.. 멀리 후원회장이 앉아있고. 단.. 제 자리를 찾아 앉는. 연서를 정면에서 볼 수 있는 자리다.

(무대와 객석 교차로 보여지는) 막이 오르고, 지젤 시작.

'첫 만남 씬' 시작된다. 연서.. 사랑에 빠진 표정으로 연기 시작 하면.

무대 위 연서의 춤.. 이어지면, 유미와 관객들과 단.. 감탄하며 바라본다.

음악 변하며 매드 씬 시작되고!

대기실의 니나.. 감탄으로 연서를 보고 있는데, 진동이 오는 핸드 폰. 니나.. 확인하고 (내용 보이지 않는) 표정 굳어지는.

S#47   판타지아 화장실 (낮)

니나.. 핸드폰 들고 들어오는데, 화장실 내 칸에서 불쑥 나오는 사 람.. 루나다!

니나.. 깜짝 놀라 보면, 루나.. 화장실 문 찰칵! 잠그고.

니나	어떻게 된 거야, 언니가… 여기 왜 있어?

루나	차근차근 말해. 니나야.
니나	(긴장되는) 도망친 거야?
루나	말하자면?
니나	왜… 또 무슨 짓을 하려구?
루나	(싱긋 웃으며) 자존심이 좀, 상했거든. 이게 다, 한 사람 때문이야. 걔 땜에 일이 이 지경이 됐으니까, 갚아줘야지.
니나	누구…? 연서? 또 연설 노리는 거야? 그 사랑, 안 받는다고 했잖아!
루나	(쉿) 연서 말고 그 남자.
니나	(뭐지? 싶은)
루나	이번에 알았거든. (니나 얼굴 똑바로 보며) 가장 소중한 걸 잃는 게 얼마나 짜증 나고, 화나는지. 연서두, 똑같이 당해봐야지.
니나	(벽에 밀려 / 얼어붙었지만) 그만둬. 자수해, 언니. 제발! (하는데)
루나	잘 봐둬, 니나야. 내일은 네가 지젤을 추게 될 테니까. 싫으면, 또 신고하든지.

루나.. 거칠게 니나를 밀치고 나간다. 니나.. 떨리는 시선, 떨리는 손으로 주저앉고.

S#48   판타지아 대극장 (낮)

대기실-니나.. 들어와서 무대를 바라보면, 매드 씬 마지막 부분. 니나의 시선에 마치 죽는 것처럼 쓰러지는 연서.. 불길한 소름 쫙 끼치고.

무대 위 연서와 객석의 단.. 서로 눈을 맞추며 몰입한. 단.. 가슴이 저릿한.

연서와 단의 교감을 바라보는 강우.. 쓸쓸한 눈빛.

불이 꺼지고 박수가 쏟아지면, 단.. 문자를 확인한다. 얼굴 확! 굳어지는.

S#49   판타지아 복도 (낮)

단.. 나오면, 니나.. 기다리고 있다. 니나를 바라보는 시선…! 몸을 숨긴 루나다.

단	금루나가, 지금 판타지아에 있다구요?
니나	경찰에 연락했어요. 지금 오고 있대요.
루나	(니나를 바라보는 시선)
단	고마워요, 니나 씨.
니나	근데 언니가 좀 이상했어요. 연서가 아니라, 단이 쎌 노린다고… 조심해요.
루나	(니나에서 단이에게로 옮겨지는 시선 – 먹잇감을 찾은 것처럼)
단	(!!!!)

S#50   대기실 (낮)

연서.. 1막 끝. 숨을 몰아쉬며 들어와 앉는데, 니나.. 들어온다. 연서를 보자마자 안절부절못하는. 연서.. 일어나 나가려다가 니나를 보고 의아한.

연서	무슨 일 있어? 왜 안절부절못하고 있어?
니나	(복잡해죽겠고)

INSERT S#49 이후 상황

단	(진심) 다행이네요. 연서가 아니라, 나라서…
니나	(!)
단	니나 씨, 연서한텐 얘기하지 마요.
니나	그래두…
단	(O.L) 잡을 거예요. 조용히, 해결할 겁니다. 연서는 공연에 집중할 수 있게 해줘요, 부탁할게요.

니나	아냐… 아무 일도…
연서	(갸웃하지만 나가고)

S#51 판타지아 대기실 앞 (낮)

연서(1막 의상 그대로).. 나오면, 단.. 저쪽에서 뛰어온다.

연서.. 미소로 단을 보면, 단.. 아무 일 없다는 듯 역시 미소로 보고.

연서	어땠어?
단	최고였지.
연서	2막은 더 끝내줄 거니까 잘 봐.
단	(끄덕하는데)
연서	사실 나 어제… 보고서 썼어.

단   무슨…? (하다가 생각난)

S#52   아이비 저택 실내 정원 (낮) - 연서의 회상

S#31 연서.. 테이블 위에 〈보고서〉라고 적힌 종이에 한 글자씩 써 내려간다.

S#53   판타지아 대기실 앞 (낮)

단.. 놀라서 보면, 연서.. 생긋 미소 짓는.

연서   다 쓰고 나서도 멀쩡했어. 너 말구, 내 말은 들어줄 건가 봐.

단   야, 너 대체…

연서   두고 봐. 단아. 절대로 너 포기 안 해. 나 무조건 이 공연, 끝까지 잘 해낼 거야. 그래서 너… 받아낼 거야, 내가.

단   (불안한 느낌으로 보면)

(E)   **2막 종소리**

방송   **(E) 잠시 후 공연이 다시 시작됩니다. 관객 여러분께서는…**

연서   들어가야겠다. (하면서도 손 계속 잡고 있는)

단   (역시 이 손 놓기 싫고) …… 연서야…

연서   (보면)

단   사랑해.

연서   (미소로) 나두.

두 사람을 보는 시선 (루나)

둘.. 떨어지기 싫은 잡은 손가락 천천히 톡 떨어지면 연서.. 대기실로 돌아서 들어간다.

시선.. 연서를 봤다가- 단이를 보고, 돌아서 가는 단이의 뒤를 따르는.

단   (급히 형사에게 전화하며) 네 어디쯤이세요?

        단.. 굳은 얼굴로 가면, 루나.. 모자 눌러쓰고 따라붙는데,

S#54   판타지아 복도 (낮)

관객들 없는 후미진 구석으로 향하는 단.. 루나를 찾아내 잡으려는. 여기저기 루나를 찾아보고 있다. 경찰과 통화하면서

단   도착하실 때까지, 저도 찾아보고 있으려구요.

        일정 거리를 두고 따라가는 루나.. 품에서 칼을 꺼낸다. 눈빛.. 살기로 번뜩이고.

        큰 다섯 발자국 앞이면 단의 등에 꽂을 수 있는 거리. 숨죽이며 점점 다가가는 루나.

        곧 찌를 것처럼 칼을 세워 달려드는데, 갑자기 복도 코너에서 연서가 불쑥 나온다.

        연서.. 루나를 껴안듯이 데리고 복도 코너로 끌고 들어가는.

단.. 뒤를 한 번 돌아보지만, 복도에 아무도 없는.

S#55   판타지아 복도 코너 (낮)

연서.. 루나를 벽에 밀어붙인다. 루나.. 놀라서 본다. 연서.. 무섭게
루나를 노려보는데 (찔린 상태라 / 고통스러운)

루나   네가 어떻게⋯ ?

INSERT   S#53 이후 상황.

1. 연서.. 대기실 들어가려다 불길한 기분에 돌아보는데, 단을 뒤쫓는 루
나의 모습을 발견한다. 루나의 옆얼굴 보는. 연서.. 너무 놀라고, 설마 싶
어서 따라나서는!

2. 단을 쫓는 루나를 쫓는 연서. 연서.. 루나인가 아닌가 싶은 마음으로 발
걸음 재촉하고.

다가가려는데, 루나, 칼을 꺼내는 모습 보인다. 연서.. 너무 놀라 바로 뛰
어 들어가는 데서.

연서   무슨 짓이에요. 단이는 안 돼. 절대! (탄식) 제발⋯ 이제 그만해. 그
          만 좀!! (하는데)

루나   (연서를 밀치고 도망간다)

S#56   판타지아 일각 (낮)

단.. 급하게 계단 내려오다가, 아래 로비를 지나는 루나를 발견한
다! 단.. 황급히 따라 쫓는!

루나와 단의 추격전! 루나.. 뒤를 의식하며 빠르게 피해 가는.

단.. 갈림길에서 방향을 잡아 뛰어가고. 저 앞에 루나가 보이고!

(E)   **울리는 2막 시작 종소리**

S#57   대기실 (낮)

강우.. 당황했다. 단원들도 니나도 당황한.

강우	연서 씨 어딨습니까?
의건	모르겠는데요. 감독님, 시작해요.
강우	나가요! (하면)
단원들	(우르르 무대로 향하고)
강우	(시계 보더니 / 니나에게) 가요.
니나	제… 제가요?
강우	(끄덕)

S#58   판타지아 대극장 (낮)

객석.. 주목하고 있는데 무대에 나오는 건 니나다!

객석도 살짝 술렁이지만, 이내 니나의 춤에 빠져들고. 니나.. 최선
을 다해 아름답게 춰낸다.

니나.. 퇴장하면, 윌리들이 남자들(알브레히트/힐라리온)을 죽이려

하는 무덤 씬 시작되고!

S#59   판타지아 일각 (낮)

계속 추적하고 있는 단의 모습. 루나.. 막다른 길에 몰려 돌아 나
오다가 단에게 딱 걸린다.

멈춰 서는 두 사람.. 서로를 노려보며 거친 숨 내쉬는.

단	(무서운 표정) 이제 다 끝났어. 그만 포기해.
루나	안 끝났어. (바닥에 칼을 던진다)
단	(!!)
루나	전에 말했지. 착한 것들은, 느려빠져서 진다고. 지금이야. 날 죽일 기회!
단	(헉)
루나	얼마나 좋아. 정당방위, 과실치상. 그 정도면 사람 하나 죽여도 이 대한민국에서 살 수 있어.
단	(칼을 본다 / 유혹적인 / 손을 뻗어보는 단)
루나	(그런 단을 보며 씩 소름 돋게 미소 지으며) 그래, 날 죽여. 그래야 이 지옥이 끝나지. 날 살려두면, 나 끝까지 연서 노릴 거야. 그래도 돼?
단	(! 열 받은) 입 다물어!

단.. 칼자루를 찾아 쥔다! 당장이라도 찌를 듯한 표정과 여유만만
한 루나.

무대의 격정적인 움직임들, 섞여 들어가는데.

S#60   **대기실 (낮)**

니나.. 대기실에서 초조하게 있는데, 연서.. 2막 의상 입고 들어
온다.

니나   어디 갔다 왔어?

연서   늦었네. 잘해줬어. 고맙다.

니나   얼른 나가봐.

연서   니나야.

니나   (보면)

연서   내일 공연은… 네가 해.

니나   (!!)

연서   그렇게 해줘. (그대로 무대로 달려 나가고)

S#61   **판타지아 대극장 / 일각 (낮)**

객석에 강우와 유미와 사람들.. 모두 집중해있다. 무대 계속되는
가운데.
연서 지젤.. 달려 나와 미르타에게 달려가 살려달라고 애원하는
부분. 연서.. 절실한 얼굴로,

연서   **(E) 살려주세요,**

와 동시에, 연서의 옆구리 흰 무용복 아래에서 잉크 떨어진 것처
럼 팍 비어져 나오는 피!

INSERT S#54. 연서가 칼에 찔린 상황

연서가 불쑥 나와 루나를 껴안듯 막아서는 장면. 루나.. 놀라서 보면, 루나의 칼이 연서의 옆구리 복부를 찔렀다. 그대로 연서가 코너로 끌고 들어가는.

상처를 입은 채 춤을 추고 있는 연서의 절실하고 비장한 얼굴. 다시 한 번 미르타에게

연서   **(E) 죽이지, 마세요!**

단.. 칼을 떨어뜨린다. 루나를 여전히 죽일 듯이 바라보면서

단   살아. 살아서 죗값을 치러.

형사1, 2.. 뛰어 들어와서 루나를 잡아 체포하는.

루나   (물끄러미 보다 싹, 소름 돋게 미소 짓는다) 원래는 너였는데.

단   (?) 그게 무슨 소리야!

루나   (입 꾹 닫고 끌려 일어나 / 단을 조소하며) 내 선물, 잘 받아. (하고 표정 싹 바뀌어) 가죠.

단.. 설마! 싶은. 불길함 확 느끼고!

S#62   **판타지아 대극장 (낮)**

무대를 이어가는 연서의 힘겨운 그러나 아름다운 춤. 아주 조금
씩 번져오는 핏자국. 핑크로 번져 나오고. 아무도 눈치 못 채는.
단.. 백스테이지로 뛰어왔다. 연서를 보면 아무렇지도 않은 표정.
아니겠지? 싶은데,
번져 나오는 핏자국은 팔자세로 가려져 보이지 않는다.
무대의 연서, 백스테이지의 단을 보았다. 두 사람.. 시선 맞추는
데서
이를 지켜보고 있는 강우.

연서의 아름다운 춤사위에 맞춰 단과 연서의 역사가 펼쳐지는

〈F/B〉   1. 1부 S#20 연서와 단이의 첫 만남.

강우   **(E) 낯선 곳에 뚝 떨어진 천사. 그 천사를 사랑하게 된 여자.**

         2. 8부 S#35 연서.. 눈물 훔치며 걸어가는. / 8부 S#36 단.. 울분에 차 나
         무를 치는.

강우   **(E) 살았으면, 좋겠습니다.**

         3. 14부 S#62 루나 앞에 서는 단의 강력한 얼굴. / 14부 S#64 성당에서
         무릎 꿇는 연서.

강우   **(E) 저 두 사람이 보란 듯이 사랑하며 살았으면 좋겠어. 이게, 내 15년
         만의 첫 기도입니다.**

이별 씬 시작된다. 단.. 이상한 기분이 자꾸 든다. 심상치 않은 기분. 자꾸 눈물이 날 것 같은. (아직 상처는 눈치 못 챔)

연서　　**(E) 나는, 이 춤을 끝내야 해. 제발!**

〈**F/B**〉　14부 S#31

강우　　바로 그 마음 때문에 설희가 죽은 겁니다.

　　　　14부 S#33

연서　　춤이든, 눈이든, 목숨이든 내놓으면 단일 살릴 수 있어요?

연서　　**(E) 이거였어. 내가, 널 살릴 수 있는 방법.**

　　　　연서.. 강력한 아우라를 뿜으며 춤을 계속 추는 위로.

연서　　**(E) 봤어요?**

S#63　　판타지아 대극장 (낮)

　　　　2막 엔딩. 지젤이 알브레히트를 살리는 부분. 연서.. 모든 힘을 짜내 춤을 추고 있다.

　　　　쓰러진 알브레히트를 세우면, 단이다. (환상) 단과 애절한 이별을 나누는 연서!

INSERT　S#52 연서.. 보고서를 쓰는.

연서   (E) 내 춤을 보고 마음이 움직였다면, 딱 하나만 들어줘요.

        ······ 단이를 살려주세요.

        연서 지젤.. 단 알브레히트를 이승으로 밀어내는 부분에서

연서   (E) 함께 있지 못해도, 가슴이 찢어질 듯 아파도, 다시는 못 봐도,

        연서 지젤.. 단 알브레히트에게서 점점 멀어지는. 눈물이 또르르

        흐르는 얼굴에 미소가 번진다.

연서   (E) 살아있기만 하면 돼요. 그러면 돼요.

        백스테이지.. 연서.. 퇴장한다. 단이 서있는 곳으로 브레브레(발끝

        으로 이동)로 퇴장해 오는.

        단.. 자기도 모르게 연서를 맞으러 나가는. 연서.. 돌아서면서 휘청

        하고 쓰러지는

        단.. 그대로 연서를 받아 안아 드는데… 연서의 의상.. 핏빛으로 번

        져있다.

        막은 닫히고, 박수가 터져 나온다.

단   (너무 놀라) 연서야!

연서   (단을 보고) 와 췄네. 못… 볼 줄 알았는데…

단   (말도 못 하고 떨리는 손으로 연서를 안아 올리는데)

연서   (손을 뻗어 단의 얼굴 쓰다듬는)

단   안 돼… 연서야… 연서야…

연서   기뻐. 널… 살릴 수 있어서… (미소 띤 얼굴로) 사랑해.

           툭, 떨어지는 흰 손.

           무대 밖, 박수갈채, 기립박수 계속되는 중.

           단이 연서를 붙잡고 오열한다. 단의 오열을 묻는 박수와 음악.

           연서를 품에 안고 울부짖는 단의 얼굴, 은은한 미소로 눈을 감은

           연서의 얼굴에서 ENDING!

나는… 희망이 있어요.
아니, 예감 같은 거예요.
단이를 다시 만날 수 있을 거 같은 예감.

16
부

마지막회

마지막회

S#1   몽타주

1. 15부 S#52 보고서를 열심히 써 내려가는 연서의 모습 위로.

연서   (E) 보. 고. 서. 흉내라도 내보려구요. 기도를 해도, 성당을 가도 도통
         듣질 않는 거 같아서.

2. 15부 S#53 아쉬운 듯 손을 잡고 있는 단과 연서.

단   (역시 이 손 놓기 싫고) …… 연서야…

연서   (보면)

단   사랑해.

연서   (미소로) 나두.

연서   (E) 마지막은 항상 지나고 나서야 마지막인 걸 알아서, 제대로 작별을

한 적이 없었어요.

3. 15부 S#31 단과 연서의 마지막 왈츠.

연서   **(E) 어쩌면, 단이와 잘 이별하라고 마지막을 미리 정해준 건 아닐까 생각하기도 했어요. 끝까지 꽉 채워 행복하게 지내다 아름답게 이별하라고.**

S#2   **판타지아 대강당 (낮)**
15부 S#63 연서를 안고 오열하는 단의 얼굴, 툭 떨어지는 연서의 흰 손.

연서   기뻐. 널… 살릴 수 있어서… (미소 띤 얼굴로) 사랑해.

단.. 연서를 붙잡고 오열한다. 단의 오열을 묻는 박수와 음악.
연서를 품에 안고 울부짖는 단의 얼굴, 은은한 미소로 눈을 감은 연서의 얼굴에서,

연서   **(E) 근데요, 아름다운 이별이라는 게, 세상에 있어요? (F.O.)**

S#3   **수술실 앞 (낮)**
이동 침대에 실려 오는 연서.. 의식을 잃었다. 핏빛으로 물든 발레

리나 복장 그대로.

의료진.. 앰부 대고 다급하게 이동시키는 옆으로 단이 있다. 단..
미칠 것 같은 눈으로 피로 물든 연서의 손을 꽉 쥐었다. 그 모습
위로 의료진에게 상황 전달하는 119구급대원 목소리.

구급대   **(E) 자상 환잡니다. 출혈 많았고, 장기 손상 의심됩니다, 부상 후 장시간
방치돼 감염 가능성 있구요.**

수술실 문 열리고, 연서.. 들어가면
억지로 떨어지는 연서와 단의 손. 마지막인 듯, 천천히.
이동 침대 아래로 떨어지는 단의 깃털 손수건, 피투성이다.
수술실 문 닫히고, 남겨지는 단.. 손수건을 주워 올린다. 연서의
피가 잔뜩 묻은 손수건을 보고 처참한 마음 되는. 손수건 꽉 쥐고
가슴에 묻는 단.. 질끈 눈을 감고.

S#4   수술실 (낮)

역시 눈감은 연서.. 수술을 시작한다. 빠르게 움직이는 의료진들.
연서 얼굴에 씌워지는 산소호흡기, 주렁주렁 달리는 혈액 팩들.
수술 도구 펼쳐지고,
피투성이 거즈들, 연서가 상처를 감아 버렸던 피투성이 복대 와
르르 통에 담기고
생사의 기로에 선 연서의 얼굴에서,

S#5   **수술실 앞 (낮)**

단.. 눈물 고인 눈으로 수술실 앞에 우뚝 서있다. 문 너머의 연서를 보는 듯.

강우.. 뒤에서 다가온다. 차마 말을 못 걸고 지켜보는.

후   **(E) 아무리 발버둥을 쳐도 예언은 실현되고, 운명은 이루어지는 법. (13부 S#66)**

단.. 치밀어 오르는 감정을 꽉꽉 눌러 삼키며 손수건 쥐고 있는 주먹을 꽉 쥔다.

S#6   **경찰서 (낮)**

영자, 기천.. 황급하게 들어온다. 충격받은 얼굴. 고 형사를 잡고 묻는.

영자   루나.. 어딨어요? 내가 엄마예요… 걔 엄만데…

고 형사   조사 중입니다. 기다리시면…

영자   아니죠? 우리 루나가 사람 찔렀다는 거… 거짓말이야. 그럴 리가 없어!

고 형사   현장에서 현행범으로 잡혔습니다.

영자   (충격에 휘청)

기천   (잡아주고 / 고 형사에게 절실하게) 형사님, 우리 딸 좀… 만나게 해주십시오. 마지막 부탁입니다.

고 형사   (무거운 표정)

S#7   경찰서 조사실 (낮)

루나.. 꼿꼿하게 앉아있다. 차분한 얼굴로. 경찰1.. 답답해죽는.

경찰1   그러니까, 금루나 씨가 이 칼을 가지고 판타지아에 잠입, 이연서
          를 찔렀다. 맞죠?

루나   (빤히 보면서 입 열지 않는)

경찰1   이연서를 찌르고 그의 비서, 김단까지도 공격하려다 실패한 거고
          요. 그죠?

루나   (미소까지 띤 듯 보면)

경찰1   (볼펜 탁 던지듯 놓고) 묵비권이다, 이거죠?

(E)   **노크 소리**

경찰1.. 보면 문 열리고, 고 형사.. 영자와 기천을 들여보내 주는.

고 형사   (경찰1에 눈짓하고) 잠깐이면 돼.

영자   (루나만 보고 들어오면)

기천   실례하겠습니다.

영자와 기천.. 루나를 본다. 양 손목에 찬 수갑에 간담이 서늘해지
는데.

고 형사	허심탄회하게 얘기 나누시죠. 부모로서 설득 좀 하시구요. (경찰1 과 나가는)
영자	(떨리는 손으로 다가가는) 루나야… 네 손… 더럽히지 말랬잖아. 어? 대체 왜 그런 짓을 한 거야!!
루나	(손을 빼면)
기천	금루나!!
루나	(천천히 입을 떼는데) 연서.. 어떻게 됐어요? 피 많이 흘렸을 텐데.
영자, 기천	(소름)
루나	걔도 참 독해. 그 지경으로 무대를 끝내다니. 대단해. 정말. (얼굴 싹 바꾸더니) 엄마, 내일 지젤은 니나예요. 걔 또 하네 안 하네 줄다 리기할 텐데, 엄마가 잘 설득해서 꼭 무대에 (하는데)
영자	(루나 뺨을 때린다)
루나	(!!)
영자	정신 차려, 금루나! 지금 연서는 사경을 헤매고 있는데, 지젤 얘기 가 나와?
루나	(열 받은 / 차갑게) 엄마가 뭔데 날 때려요?
영자	(충격)
루나	그러게 첨부터 일을 잘했어야지. 박 실장같이 흐물거리는 사람한 테 일 맡겨놓고 순진하게 구니까 일이 이렇게 되는 거잖아.
기천	(루나 때리려고 손 번쩍 드는) 그만해!! (하지만 차마 못 때리는)
루나	(눈 똑바로 뜨고 보는)
기천	(참담한) 괴물을 키웠구나. 우리가…

S#8   **경찰서 조사실 앞 (낮)**

영자와 기천.. 휘청이며 나온다. 고 형사.. 기다리고 있으면.

영자   (결심한) 진술, 다시 하겠습니다.

기천   영자야.

영자   당신도 첨부터 끝까지, 사실만 말해. 그래야 돼.

결심한 영자, 기천의 팔에 의지해 고 형사를 따라 걸어가고.

S#9   **수술실 앞 (밤)**

단.. 같은 자리에 못 박힌 듯 서있다. 강우.. 다가와 옆에 서는.

강우   3시간째야. 앉아…

단   (아무것도 안 들리는 것처럼 망연히 선)

강우   더 오래 걸릴 수도 있어.

단   지킨다고… 했어. 혼자 두지… 않을 거라고 했단 말이야.

〈F/B〉   1. 11부 S#53

단   (꽉 안은 채) 내가 지켜줄 거야. 다신… 너 혼자 안 둬!

      2. 12부 S#6

단   걱정하지 마. 이젠 안 놓쳐. 내가 지켜줄게.

      3. 15부 S#11 죽지 말자고 서로를 껴안았던 단과 연서.

단	(눈물 차올라 / 미치겠는)
강우	네 탓이 아니야.
단	아니, 내 잘못이야. (이 꽉 문다 / 고통 가득한 눈 충혈 되었고)
강우	두 사람, 할 수 있는 건 다 했잖아. 그다음은 사람의 몫이 아닌 거야.
단	(절망스러운데)
강우	사람이… 되겠네.
단	(! 정신이 번쩍)
강우	(수술실을 보며) 연서 씨가 기어이, 널 사람으로 만드네.
단	아니, 난 사람 안 될 거야.
강우	네가 싫다고 해도,
단	(O.L / 단호하게) 안 돼. … 왜냐하면, 연서가 살 거거든.
강우	(!!)
단	연서, 안 죽어. 절대 안 죽을 거야.
강우	(안타깝게 보면)

단.. 정신이 좀 든다. 수술실 앞 시계를 보면, [23:30]을 가리키는.
이제 남은 시간 30분뿐.
단.. 손에 쥔 손수건을 본다. 가슴 아픈. 감정 추스르더니 강우에
게 건넨다.

강우	이걸, 왜 나한테 줘?
단	(담담히) 연서 깨어나는 건, 못 볼 거 같네. 대신 전해줘. 부탁해.
강우	(!!)

단	깨어날 때, 같이 못 있어줘서 미안하다고. 마지막 인사도 제대로 못 한 채로 헤어지게 돼서 정말… 정말 미안하다고, 전해줘.
강우	(받지 않는) 직접 해. 아직 안 끝났잖아.
단	(슬픈 미소 짓는데)

S#10 **수술실 (밤)**

(E) **삐- 소리와 함께 시작된 위기상황. '어레스트입니다' 'BP 떨어집니다' '에피(에피네프린) 줘요' 같은 말들. 다급하게 움직이는 의료진들. 여전히 의식 없는 연서의 창백한 얼굴.**

S#11 **수술실 앞 (밤)**

간호사 두 사람.. 아이스박스(피 팩 담긴) 가지고 뛰어온다. 단과 강우.. 놀라 보면!

안에서 수술복 입은 의사.. 나와서 팩 받아서 들어간다. '피 몇 개 남았어요? 더 올려야 돼.' 같은 급박한 이야기들 나누고 빠르게 들어가는.

단과 강우.. 불안감 차오르는. 단.. 수술실 앞으로 한 발, 두 발 걸어가더니, 그대로 무릎을 꿇는다. 강우.. 놀라서 보면. 단.. 무릎 꿇은 채로 간절하게 수술실을 바라보는데,

이때 [23:59]을 가리키던 시계의 초침, 정각을 향해 달려간다.

S#12   수술실 안 / 앞 (밤)

초침이 1초, 1초 다가가는 가운데 벌어지는 연서와 단의 생과 사
의 갈림길.

안) 연서.. 심장 마사지 / CPR 시작된다. 숨이 멎은 듯 의식이 없
는 연서의 얼굴.

앞) 무릎 꿇은 단이의 몸이 점점 투명해진다. 강우.. 놀라서 본다.
먼지나 가루가 되는 게 아닌, 점점 투명해지는 (천사로 소환되는).

안) CPR로 들썩이는 연서의 얼굴.

앞) 투명해지는 자신의 몸을 보는 단.. 육화돼 사람이 되는 게 아
니다. 그렇다면 연서가 살 수도 있겠다, 싶은. 오히려 편안한 미소
로 소멸을 맞이하는 얼굴에서.

(E)   **종소리 울리면, 그와 동시에 (E) 삐- 하고 일자 그래프 그리는 바이탈
기계음 겹쳐지면서**

수술실 앞에 흔적도 없이 사라진 단. 그 자리에 떨어져있는 피 묻
은 깃털 손수건. (F.O.)

S#13   아이비 저택 전경

S#14   연서의 방 (낮)

침울한 표정의 유미.. 연서의 옷을 챙겨 넣다가 너무 속상해서 다

팽개치는 느낌으로,

침대에 털썩 앉아버리는. 유미의 시선에 보이는 침대 맡 연서와

단의 사진.

단의 모습.. 사진에 그대로 있다. 유미.. 단에게 화나고 원망스러운.

유미   어떻게… 이럴 수가 있어. 정말. (눈물 삼키는데)

S#15   병실 (낮)

특실. 연서.. 호흡기 쓰고 의식 없이 누워있다. 강우.. 밤새운 듯 초

췌한 모습.

강우   내가 졌습니다. 끝까지 당신을 믿은 건, 김단이었어요.

연서   (의식 없는 채로)

강우   두 사람은 다르기를, 바라고 기도했으면서 나도 모르게 당연히

        연서 씨가 희생될 거라고, 생각했나 봐요. 그래서 무서웠고, 그걸

        막고 싶었는데… (물끄러미 보더니) … 미안해요. 처음부터 지금까

        지 전부 다 미안합니다.

        설희를 대신하겠다고 욕심 부려서, 미안해요. 함부로 좋아해서 미

        안합니다.

        연서의 손을 물끄러미 바라보는 강우. 잡으려는 듯, 잡고 싶은

        듯. 손에 쥐고 있던 손수건(피 묻은 그대로)을 연서 손 아래에 놓아

        준다.

강우   김단이 전해달라고 했습니다. 미안하다고, 몇 번이나 말했어요.

INSERT   S#9 수술실 앞

단   (슬픈 미소 짓고 / 마치 연서에게 하듯이) 여행을 간 거라고, 생각해줬음 좋겠
           어. 아주 멀고, 긴 여행을 떠난 거라고. (눈물 맺히는) 정말 많이… 보고 싶
           을 거라고…

           여전히 미동 없는 연서. 연서의 손끝에 닿은 단의 손수건 깃털…

강우   얼른 일어나요. 두 사람 다 잘못되는 거, 나 못 봐요.

유미   (들어오는) 감독님, 저 왔어요.

강우   (보고 일어나는)

유미   얼른 들어가세요. 가서 씻고, 옷도 갈아입고 판타지아 가서 공연
           올리세요.

강우   (아차 싶은) 이 와중에 무슨…

유미   2019년 판타지아 정기공연이에요. 아가씨도, 잘 마무리하길 바
           랄 거예요.

           강우.. 연서를 보면, 의식 없는 연서.. 죽은 듯이 누워있고.

S#16   **병원 일각 / 판타지아 연습실 (낮)**

           강우.. 걸어 나오는데, (E) 전화 온다. [판타지아-금니나]로부터.

강우	지강웁니다.
니나	연서는, 어때요?

판타지아 연습실, 니나.. 창백한 얼굴로 통화 중인.

강우	수술은 잘됐다는데, 아직 의식을 회복하진 못했어요.
니나	(탄식하는) 어떡해…
강우	어디예요.
니나	연습실요. 사무국에선 공연 취소 공지 내야 된다고 하는데, 저는.. 저희들은 그건 아닌 거 같아서요.

카메라 빠지면 니나를 비롯한 주요 단원들(우진, 의건, 정은, 산하, 은영, 수지 등)이 모여있는 모습 보인다.

강우	(!) 예정된 연습, 그대로 진행해요. 금방 갈게요. (가면)

S#17　판타지아 사무실 (낮)

(옷 갈아입은) 강우.. 급하게 들어오면, 직원들.. 심각하게 이야기하고 있는.

강우	공지 안 냈죠?
동영	아직.. 근데
강우	공연합니다. 무조건요.

S#18　　**판타지아 연습실 (낮)**

단원들.. 니나의 지도에 따라 바(혹은 센터) 클래스 하고 있으면,

강우.. 들어온다. 모두 멈추고 주목하는.

은영　　(불안한) 감독님, 오늘 공연… 할 수는 있는 거예요?

강우　　당연하죠. 지젤 올립니다. 오늘 초대석에 누가 오는지 잘 알잖아요.

〈F/B〉　　14부 S#28

연서　　태어나서 발레를 한 번도 못 본 사람들요. 그분들에게 아름다움을 선물해

　　　　드리겠습니다.

수지　　그럼 지젤은 누가…

강우　　(단원들 바라보다 / 니나에게 멈추는 시선)

니나　　저는 연습만 진행할 생각입니다. 수지나 정은 언니도 충분히

강우　　(O.L) 니나 씨가 해요. 지젤.

니나　　(쿵) 안 돼요. 그게, 루나 언니가 그린 그림이에요. 근데 어떻게…

강우　　(단원들 보면서) 니나 씨는 아무것도 몰랐습니다. 제가 보장해요.

산하　　우리도 알아요. 어제, 니나가 경찰 부른 거.

의건　　주역이 부상일 땐, 언더스터디가 나가야죠.

니나　　모두 고마워요. 근데, 안 돼. 내가 무대에 서면 판타지아 꼴이 우

　　　　스워질 거라구요.

강우　　금루나의 동생, 최영자의 딸이 아닌, 발레리나 금니나로 서요.

〈F/B〉 1. 14부 S#48 거울 앞에서 나란히 췄던 지젤

연서 (니나 옆에 자리 잡고 서는) 나는… 너였으면 좋겠어.

2. 15부 S#60 대기실

연서 내일 공연은… 네가 해. 그렇게 해줘. (그대로 무대로 달려 나가고)

니나.. 속상하고 두려운 마음이고.

유미 (E) **여기가 어디라고 와요?**

S#19 **병실 앞 (낮)**

과일 바구니 팽개쳐지는. 영자와 기천.. 경찰1과 함께 왔다. 유미..
서슬 퍼렇게 혼내는.

유미 감히 어떻게 여길 와!

기천 정 집사님. 우리 지금 경찰서 가는 길이야. 그 전에 연서한테…

유미 (O.L) 우리 아가씨 이름 입에 올리지도 말아요! 자격 없으니까.

기천 (헉)

영자 사과하러 왔어. 속죄하러…

유미 수술 받고 의식 없이 누워있는 사람한테 미안하다 말만 던지면
다예요? 안 돼요. 그냥 가세요!

영자 (눈으로 보고) 연서 남편, 어딨어? 허락 받을게.

유미 (!)

S#20　　영자네 거실 (낮) – 영자의 회상

공연 전날. 단이 찾아온. 단.. 현관에 섰다. 영자.. 어색하게 맞이하는.

영자　　연서가.. 보냈어요?

단　　아직도, 모든 죄를 자신이 지었다고 우기고 있다면서요.

영자　　(뼈저린 / 눈 질끈 감고) 전에 그랬죠. 사람다울 때, 예의 챙기겠다고.

단　　(형형하게 보면)

영자　　날 쓰레기라고 욕해도 좋아. 하지만 그 어떤 엄마도… 제 자식을 고발하진 못해요. 그게 부모라고!

단　　첨엔 믿을 수가 없었겠죠. 내 딸이 그럴 리가 없어. 걔가 뭐가 부족해서.

영자　　(!)

단　　내가 부모 노릇을 못 했구나, 잘못 가르쳤구나 하고 자책했습니까. 그리고 마지막까지 당신이 생각하는 부모 노릇을 하기로. 감싸고, 묻어주고, 뒤집어써 주기로 결심했겠지. (고개 저으며) 아니, 처음부터 지금까지 전부 틀렸습니다. 진짜 부모라면, 자식에게 제대로 된 죗값을 치르게 할 겁니다.

영자　　(눈물이 뚝뚝 흐르는)

단　　연서에게 이제 가족은 나뿐입니다. 내가 연서와 함께 있을 거예요. 그렇게 아세요.

영자　　(무너지는 마음)

단　　(돌아서려다) 죄를 뉘우치면, 새 길이 열릴 겁니다. 사람에겐 기회라는 게 주어지니까. 근데 그 전에 꼭… 연서한테 사과하세요. 진심을 다해. 죽을 각오로. 그게… 당신들이 처음으로 해야 할 일이

었어. (나가는)

영자   (털썩, 주저앉아 / 괴롭고)

S#21   병실 (낮)

영자, 기천.. 누워있는 연서를 보고 있는. 유미.. 뒤에서 매의 눈으
로 지켜보는 중. 고 형사.. 역시 감시하고. 영자.. 천천히 연서에게
다가간다. 의식 없는 연서를 보는 눈빛.. 흔들린다.
연서 침대 옆에 무릎 꿇고 앉는. 기천.. 역시 옆에 무릎 꿇고 앉
는다.

영자   얼른 일어나. 일어나서, 고모 용서 안 한다고… 절대 가만 안 두겠
         다고 해다오. 네가 보는 곳에서 벌 받을게. 그럴 수 있게… 빨리
         깨어나, 응?

기천   연서야… 들리지? 사과하러 왔어. 고모랑 고모부가 그동안 너한
         테 돌이킬 수 없는 짓을 했어.

영자   미안하다. 연서야. 잘못했다. 너무… 너무 늦게 왔어. 우리가…

         영자.. 눈물 터져 무너지듯 엎드려 운다. 유미.. 복잡하고 속 터져
         눈물 몰래 훔치고.
         기천.. 영자를 달래며 일으켜 세우는.

기천   (고 형사에게) 가시죠. (나가는)

유미   들었죠? 이제 아가씨만 일어나면 돼. (창밖을 보며) 아가씨 지금, 무

대 위에서 날아다녀야 되는데… 이게 뭐야… 속상해 죽겠어. 증말.

연서   (여전히 의식 없고)

S#22   유치장 (밤)

루나.. 유치장에 꼿꼿이 앉아있다. 손 묶여있는(자살 방지). 시계를
보더니, 경찰을 부르는.

루나   (날카롭게) 저기요!

경찰1   (보면) 왜, 진술하시게요?

루나   오늘, 판타지아 발레단, 공연했는지 알아봐 주세요.

경찰1   (욱하는) 아니 내가 그쪽 비서도 아니고…

루나   (똑바로 보면서) 부탁할게요.

경찰1   (한숨 쉬면서 / 인터넷 찾아보면)

루나   (긴장으로 보는데)

경찰1   (읽는) 판타지아 발레단… 불미스러운 사건에도 불구하고, 지젤
공연을 성공적으로 마쳤다…

루나   (! / 손을 뺄는) 누구예요. 지젤… (눈 번뜩) 누가 췄어요?

경찰1   지젤 역에 발레리나 금나나가 생애 최고의 연기를 펼쳤다.

루나   (환희) 해피엔딩이네. 우리… (간절하게) 동영상 좀 틀어주세요. 네?
우리 나나 춤추는 거 봐야 돼요!

경찰1.. 귀찮은. 뉴스 페이지에 있던 클립을 플레이 시키면.

앵커   완벽한 지젤을 선보인 금니나 발레리나가 은퇴를 선언했습니다.

루나   (!! 해서 보면)

INSERT 화면 속 / 강우 인터뷰 (강우 사무실 혹은 판타지아 연습실)

강우   금니나 발레리나는 가족의 범죄에 도의적 책임을 지고, (화면을 보는 / 루나
       에게 바로 이야기하는 듯) 다시는 그 어떤 무대에도 서지 않을 것이라고 했습
       니다.

루나   (믿을 수 없는) 아니야… 아니야아!! 니나야! 안 돼애! (하고 털썩 주
       저앉는)

       루나.. 넋을 놓는 얼굴에서. (F.O.)

S#23   몽타주

       차도가 없는 연서의 병원 생활 나날들이 흘러간다.

       1. 병실 - 잠든 듯 누워있는 연서의 모습.
       2. 병실 복도 (다른 날) - 니나.. 꽃다발 들고 들어갈까 말까 망설이
       고 있는.
       3. 병실 (다른 날) - 유미.. 의료진과 심각하게 이야기하는 뒤로, 니
       나가 가져온 꽃다발 화병에 꽂혀있다.
       4. 아이비 저택 곳곳 - 연서의 방 / 단의 방 / 거실 / 주방 모두 사
       람 온기 없이 텅 비었고.

S#24 병실 (낮)

연서 여전히 누웠고, 강우와 유미.. 앉아서 이야기 나누는.

유미   허무해요. 허망해요.

강우   (진중히 보면)

유미   매일같이 분투했어요. 1분 1초, 아가씨한텐 투쟁이었다구요. 그
       런데 지금 이 꼴이 뭐야.

강우   일어날 겁니다. 연서 씨, 보통 사람 아니잖아요.

유미   (갑자기 훅 눈물을 터뜨리는)

강우   (놀라) 집사님… (휴지 건네는데)

유미   의사 쌤이 언제 잘못돼도 이상하지 않은 상태래요… 수술실에서,
       심정지 온 거 땜에 뇌를 많이 다쳤대… 깨어나도 예전 같지 않을
       수도 있다고…

강우   (충격!)

유미   지금도 아가씬 매일매일 애쓰고 있는 거 같애요. 사그라들려는
       생명 자기가 꽉 붙잡고 있느라고… (눈물 닦고) 기다리고 있는 거
       겠지.

강우   (설마)

유미   단이 씨, 감독님도 연락 안 되죠?

〈F/B〉   S#12 수술실 앞 자정에 사라지던 단의 모습.

강우   그날 이후로, 못 봤습니다.

유미   나쁜 사람. 모진 사람! 어떻게 아가씰 두고 도망쳐버릴 수가 있

어! 내가 그렇게 당부했는데, 이럴 거면 결혼은 왜 했어! 어떻게
이래!

강우　사정이… 있을 거예요. 무책임한 사람 아니잖아요.

유미　생각해보니까 공연 날… 이상한 얘길 하더라구요. 나보구 아가씨
수호천사라느니… 잘 부탁한다느니… 근데 이상하잖어. 사고 나
기도 전인데 뭘 예감한 것도 아니고.

강우　급하게, 어디 가야 할 일이 생겼을 겁니다. 자기 의지로는 어쩔 수
가 없었을 거예요.

유미　아니, 그럼 연락이라도 해야죠. (연서 보며) 아가씨가 저렇게 하루
하루 버티고 있는데…

강우.. 연서 협탁에 놓인 단과의 사진(유미가 가져다 놓은)을 바로 세
워준다.
(13부 S#31에서 둔 어린 시절 사진과 스티커 사진, 14부 S#55에서 찍은 결
혼사진 액자다)
그 앞에 고이 접어둔 단의 손수건. 깨끗하게 빨아둔.

강우　이거, 집사님께서 하신 거예요?

유미　아가씨 피… 어떻게 그냥 둬요. 끔찍해서 정말… (한숨) 이 미련한
사람이, 복대를 몇 겹이나 두르고 춤을 췄어.

강우.. 손수건 보는데, 깃털 부분이 타지 않고 여전히 푸른색이다!
놀라서 보는!

S#25   **병실 앞 (낮)**

강우.. 갸웃하면서 나온다.

강우   (이상해서 병실 돌아보며) 분명히… 내 눈앞에서 소멸했는데…?

S#26   **병실 (다른 날, 낮)**

연서.. 누워있다. 차도가 없어 보이는. 파리하고 창백한 얼굴. 누군
가 뚜벅뚜벅 다가온다.

단이다. 자연스럽고 편안한 발걸음. (S#12의 복장-피 묻은 것 없이 깔
끔한)

연서를 보고 잠깐 멈춰 서는 단. 아프고, 그리웠고 다시 봐서 반가
운 표정.

천천히 다가와 연서에게 다가가서.

단   (다정하게) 연서야.

연서   (들었는지 아닌지)

단   (한 번 더 부드럽게 / 아이 부르듯) 연서야…

연서   (손가락 까딱하는)

단   (미소로 한 번 더) 연서야…

연서.. 움찔거리더니, 눈을 뜬다. 희미하게 보이는 시선에 또렷해
지는 단의 얼굴.

연서	단아! (하고 손을 뻗으면)
단	(잡아주는) 잘 잤어?
연서	살았어. 살았을 줄 알았어.
단	(미소로 보는)
연서	(일어나려고 애쓰면)
단	(등 받쳐 세워 앉혀주고 / 곁에 앉는) 괜찮아?
연서	(감격한) 그럼, 네가 이렇게 있는데…
단	일어날 수 있겠어?
연서	(끄덕하는)
단	(연서 부축해 내려주며) 가자. 신혼여행이든 어디든. 네가 가고 싶은 데 다 데려다줄게. 어디 갈까?
연서	(단에게 완전히 기대어 / 올려다보며) 집. 집에 가고 싶어. 우리 집.

S#27   아이비 저택 거실 (낮)

단의 부축 받고 들어오는 연서.. 텅 비어있는 거실에 두 사람.. 들어오는 발걸음.

단, 연서	(동시에) 다녀왔습니다. (하고 행복하게 마주 보는)

S#28   연서의 방 (낮)

연서.. 침대에 기대 앉아있으면, 단.. 카모마일 차 가지고 들어온다. 연서.. 한 모금 마시면,

연서	진짜 집에 온 거 같애.
단	정말 온 거야.
연서	어떻게 된 거야?
단	(미소 띠는)

〈F/B〉 S#12 수술실 앞

무릎 꿇은 단.. 점점 투명해져서 사라지는 모습 위로.

단	**(E) 그게 끝인 줄 알았거든. 근데,**

S#29 성당 안 - 흰 방 (낮)

2부 S#6처럼 흰 방에 무릎 꿇은 채로 있는 단. 천사의 흰 수트 차림이다!

어리둥절한. 어떻게 된 거지? 싶은데, 눈앞에 펼쳐져있는 양피지 (2부 S#6에서 후가 읽었던 것과 같은). 단.. 집어 들고 읽으면.

신*	**(E) 천사 단은 들으라.**
단	(!)
신	**(E) 천사 단은 인간 이연서에게 진정한 사랑을 알게 해주라는 미션을 받아, 헌신하여 수행하였다. 모든 허다한 것을 덮는 사랑이란, 자신을 버리고 희생하는 것. 임무를 성공적으로 완료하였다.**
	허나, 천사로서 인간을 사랑하는 죄를 범하였다. 그러나,

• 신의 목소리는 남-녀가 동시에 말하는 목소리였으면 좋겠습니다.

단	(!! 하는 얼굴)

〈F/B〉   1. 15부 S#14 후가 보고서를 쓰고 / 단을 위해 희생하는 모습.

신	**(E) 대천사의 간곡한 기도와**

2. 15부 S#61 루나를 죽이지 않고 칼을 떨어뜨리는 단의 모습.

신	**(E) 큰 죄의 유혹에서 스스로 물러난 것**

3. 15부 S#63 아름다운 연서의 춤.

신	**(E) 아름다운 춤을 기꺼이 받아, 너의 죄를 사하노라.**
단	(!!)
신	**(E) 이에, 천사 단은 현신을 끝내고 하늘로 복귀하라.**
단	(놀라는 얼굴!)

S#30   연서의 방 (낮)

연서.. 눈이 반짝해서 듣고 있다가 살짝 실망.

연서	사람이 된 건… 아니네. 지금도 천사인 거구나.
단	실망했어?
연서	(고개 세차게 젓고) 네가 사라지지만 않으면 돼. 네가 사라지면, 나도 없어져버릴 거 같거든.
단	네 덕에 먼지가 안 됐어. 그래서 올 수 있었어.

연서   (단을 꽉 껴안고 / 깊이 숨 쉬는) 그리웠어. 네 냄새.

단   (연서 꽉 껴안고) 나두.

S#31   몽타주

단과 연서의 신혼생활. 소소하고 행복한 여러 날이 지난다.

1. 실내 정원 (낮) – 화분에 씨 뿌리고, 물 주면서 두근두근하는

2. 거실 (낮) – (E) 빗소리 들려오고, 단과 연서.. 바쁘게 움직인다. 창에 커튼 닫고 / 단.. 주방에서 맥주 가지고 나오고 / 소파에 미리 자리 잡고 앉아 옆자리 탕탕 치는 연서.

(점프) TV 혹은 프로젝터로 공포영화 보고 있는 단과 연서.. 꼭 껴안은 채로.

무서운 장면 나올 때마다 단.. 움찔움찔 놀라고. 연서.. 전혀 안 무서운 얼굴인데, 엄마야, 우와 하면서 단을 파고드는.

단   (질색하며) 진짜 무섭다, 그치.

연서   (고개 젓고) 아니. 하나도 안 무서운데.

단   (?? 해서) 근데 왜??

연서   (씩 웃으면서) 이렇게 하는 거라고 해서 (하는데)

(E)   **효과음과 함께 뭐가 확! 튀어나오는 장면**

단.. 펄쩍 놀라 소파 위로 뛰어올라 버리는. 눈물까지 찔끔 나는. 연서.. 웃음 터뜨리며 토닥이며 놀리고.

3. 주방 (밤) - 보드게임 하는 두 사람. 서로 지지 않으려고 눈빛 싸움 엄청난!

연서가 이긴다. 단의 이마 딱밤 날리고. 아야!

단이 이긴다. 연서 이마 딱밤 날리고. 한 판 더 해!

단이 또 이긴다. 연서 이마 대고 눈 질끈 감는데, 이마에 쪽, 입 맞추고.

4. 거실 (낮) - 단과 연서.. 서로 책을 읽으며 한가로운 오후를 보낸다.

연서.. 단을 바라보면 책에 집중해있는. 하품하는 연서.. 눈을 깜박, 깜박 천천히 감았다 뜨는데.

감았다, 뜨면, 조금 가까이 와서 책 읽는 단.

또 감았다 뜨면 더 가까이 와서 연서를 보는 단.

연서.. 미소로 다시 감았다 뜨면 연서 코앞에 와서 강아지처럼 올려다보는 단.

단   **(E) '저예요, 왕자님이 보고 싶어서 찾아왔어요.' 하지만 슬프게도 인어 공주의 목소리는 입 밖으로 나오지 않았어요, 왕자는 인어공주를 알아보지 못했습니다.**

S#32   연서의 방 (밤)

단.. 연서 팔베개 해주고 한 손엔 작은 동화책(《인어공주》)을 들고 읽어주는 중.

연서   나쁜 놈… 실컷 인어공주랑 잘 지내놓고, 옆 나라 공주랑 결혼하
        잖아.

단   몰랐으니까.

연서   계속해. (눈 감으며) 왕자가 다 알아채고, 인어공주랑 결혼하는 이
        야기로 바꿔서 얘기해줘. 응?

단   하여튼 제멋대로 꽹과리… (다시 책 보며 곧이곧대로 읽는) 언니들이
        말했어요. "이 단검으로 왕자의 심장을 찔러. 그러지 않으면 넌
        물거품이 되고 말 거야!" 인어공주는 미소로 대답했어요. '괜찮
        아. 난 지금도 행복해.'

연서   (눈 감은 채로 / 작게) 단아…

단   응?

연서   이거, 꿈이지?

단   (굳는) 어떻게 알았어?

연서   (단의 가슴에 손을 대어보는) 심장이… 뛰질 않아…

INSERT 의식불명 상태 그대로 누워있는 연서. 그 옆에 서있는 단!!

단.. 놀라지도 않고 가만히 연서를 본다. 연서.. 일어나 앉는다.

연서   (슬프게) 너는 환상이구나. 내가 보고 싶어서 만들어낸, 허상.

단   (고개 젓는) 환상 아니야. 진짜 나야.

연서   (?)

S#33   성당 안 - 흰 방 (낮)

S#29 이후

신   **(E) 천사 김단은 현신을 끝내고 하늘로 복귀하라.**

단   (!! 하는 얼굴)

단의 앞쪽에 쏟아져 내리는 빛. (마치 UFO에서 지구와 연결하는 빛처럼) 저기로 들어가면 승천할 수 있다. 단.. 고민하지도 않고 담담히 말하는.

단   아니요, 가지 않겠습니다.

S#34   연서의 방 (밤)

S#32 연결.

연서   그래도… 돼?

단   너하고 제대로 인사도 못 했잖아.

연서   (!!!) 나… 곧 죽는구나.

단   (!)

연서   그래서, 인사하러 온 거구나. 마지막 인사.

단   (고개 저으면서 / 연서 어깨 잡아주며) 잘 들어, 연서야.

연서   (겁이 덜컥 나서 / 단 팔꿈치 겨우 잡는데)

단   첨엔 혼란스러웠고, 그다음엔 원망했었어. 왜 다시 만나게 해서

네 죽음까지 보게 하는지 너무 힘들었거든. 근데, 생각해보니까 우리가 받은 시간이… 선물인 거 같아.

연서 (! / 인정하기 싫은) 줬다가 뺏는 게 무슨 선물이야.

단 그날, 그 밤에 죽지 않고 100일의 시간을 받아서, 널 만나고, 알 아보고 사랑하게 됐잖아. 이걸로 충분해. 충만해.

연서 (이별을 예감하고 / 눈물 그렁해지는)

단 많이 웃었으면 좋겠어. 가끔은 울어도 되는데, 너무 많이 울지는 마. 실컷 춤춰. 많이 기뻐하고, 가끔은 성질도 부리면서 살아. 사 람답게.

연서 (?) … 살라구?

단 내 마지막 소원이야. 네가, 내 숨으로 사는 거. (연서 귀에 대고 / 귓속 말하는●)

연서 (눈물 그렁 해서 보면)

단 (연서에게 입 맞춘다)

S#35   병실 (낮) – 현재

의식불명의 연서에게 같은 느낌, 같은 각도로 입을 맞추는 단. (투 명해지지 않고 / 입술만 살짝 닿는 느낌으로) 두 사람 위로 불어오는 신비 로운 바람. 간절한 마음으로 연서에게 입맞춤하는 단의 모습 위로.

단 **(E) 운명의 굴레에서 발버둥 쳤지만, 돌이켜보면 모든 것이 저의 선택**

● 단의 대사 "사랑했어. 사랑하고. 사랑할게."입니다. 들리지 않은 채 입 모양만 보였으면 좋겠습니다.

이었습니다.

연서.. 숨을 받은 듯, 손가락 까딱하는 모습에서.

단   (E) **연서를 살린 것도, 사랑한 것도, 악인을 죽이려 한 것도, 죽이지 않은 것도,**

입맞춤 하고 떨어지는 단. 연서 얼굴 바로 위에서 연서 볼에 생기는 홍조를 보는.

단   (E) **다시 천사가 되어 받은 이 생명을 연서에게 주겠습니다. 그것이, 제가 내리는 최후의 선택입니다.**

단.. 마지막으로 보는 연서의 얼굴을 한참 바라본다.

단   안녕, 이연서.

단의 눈물.. 또르르 흘러 연서의 얼굴로 떨어진다. 연서 뺨에 단의 눈물이 닿는 순간!
연서.. 눈을 뜨고. 단.. 사라진다. 협탁 위, 단의 손수건 깃털이 까맣게 변한다.
연서.. 누운 채로 눈물이 주르륵 흐른다. 말도 못 하고 움직이지도 못 한 채 누워서 눈물만 흐르는 연서.
유미.. 들어와 연서가 깬 것을 보고 화들짝 놀라,

유미   아가씨!! 깼어, 깨어났어! 됐어요, 이제 됐어!

연서	(계속 눈물 흐르고)
유미	선생님!! (의료진 부르러 나가는)

유미와 함께 의료진들 바쁘게 들어오지만, 연서.. 외딴 섬에 있는 것처럼 내내 눈물이 나는 모습에서. (F.O.)

S#36   판타지아 전경
자막: 3개월 후

S#37   판타지아 회의실 (낮)
작은 현수막 하나 '판타지아 이연서 이사장 취임 기념 간담회' 걸려있다.
직원들 서넛, 연서, 강우, 기자들 서넛으로 이루어진 취임식 간담회 자리. 연서.. 상석에 앉아 취임사를 발표하는.

연서	판타지아 새 이사장으로 취임한 이연서입니다. (일어나 인사하고) 정식으로 인사드려요.
기자1	몸은 좀 괜찮아요? 3개월 만에 첫 외출인데.
연서	당장 발레는 힘들지만, 열심히 재활 훈련 중입니다. 그동안은 (강우를 보며) 지강우 예술감독께서 발레단을 잘 돌봐주셨구요.
기자2	악재일수록 뻑적지근한 취임식이 낫지 않겠어요?
연서	불필요한 예산 낭비부터 줄여야죠. 그동안 전임자들이 헐겁게 운

영했던 시스템은 완전히 다 갈아엎을 예정입니다. 실무에 전문

경영인 포진할 생각이구요.

기자들   (노트북 열심히 타이핑하고)

연서   그리고 무엇보다, 우리 판타지아 발레단은 대중에게 조금 더 다

가갈 것입니다. 하반기부터 '찾아가는 발레' 프로그램, 다시 시작

할 예정이구요.

번듯하고 자신만만한 연서의 모습에서

S#38   강우의 사무실 (낮)

연서와 강우.. 마주 앉았다.

강우   괜찮아요?

연서   끄떡없어요. 지난주부턴 턴도 조금씩 돌고 있구요.

강우   아니, 마음요.

연서   (!)

강우   3개월 동안… 한 번도 밖에 안 나왔잖아요. 첫 일주일은 방에만

틀어박혀서 내내 울었다면서요.

연서   (침착한 척하지만 / 쓸쓸해지고)

강우   남겨진 사람은… 남겨진 대로 하루하루를 살아야 하죠. 그것만큼

잔인한 것도 없구요.

연서   (뭔지 알지만) 감독님 나는… 희망이 있어요.

강우   (? 해서 보면)

연서	아니, 예감 같은 거예요. 단이를 다시 만날 수 있을 거 같은 예감.
강우	(탄식) 소멸이, 뭔지 몰라요? 나도 사실 손수건 보고 혹시나, 했어요. 근데 지금 그 깃털… 까맣게 변했잖아요.
연서	감독님 손수건도 그렇잖아요. 그래도 감독님… 멀쩡히 여기 살아 있잖아요.
강우	(!)
연서	생각해봤어. 성우를 다시 만날 줄은 몰랐어요. 죽은 애를 다시 만나는 건, 사실 불가능한 일이잖아요. 근데 만났어. 단이로. 그럼,
강우	(O.L) 정말 만난다 해도, 모든 기억을 잃고 나타났습니다. 연서 씰 모르는 김단이, 정말 그 사람이겠어요?
연서	…… 상관없어요. 내가 기억하니까.
강우	(못 말리겠다 / 절레절레하고)

S#39   아이비 저택 실내 정원 (낮)

연서.. 유채꽃 화분에 씨를 심는다. 물을 주는데, 옆에서 단(환상 - 손수건 없음)이 다가와,

단	물 너무 많이 주면 안 된대.
연서	(돌아보면)
단	(연서 옆에 똑같이 쭈그리고 앉아 / 연서 손가락 잡아서 화분 흙 누르며) 흙 만져보고, 말랐다 싶으면 줘야 된댔어.
연서	(그리워 보면)

단.. 그대로 사라진다. 환상이었다. 연서 손 흙 안 묻어 깨끗한.
연서.. 울음 꾹 참고 화분 흙 만져보며 물 주는.

S#40 **판타지아 연습실 (다른 날, 낮)**

은영, 수지, 의건, 우진, 산하, 정은 등 몇몇 단원들.. 몸 풀면서 모
여있는.

은영	어떻게 됐대? 오늘 결심 공판? 그거 하는 날이지?
수지	방청 가자니까.
정은	그 얼굴 보고 싶니? 난 꿈에서도 보기 싫어.
의건	(핸드폰으로 검색해서 보는) 뉴스
모두	(와르르 모여 / 뉴스 화면 보면)
은영	피고인 최영자… 의료법위반, 상해미수, 업무방해. 범인도피…
수지	진짜 많다.
은영	징역 17년!
산하	(자기 휴대폰 보고) 금기천 이사장은 6년! 박 실장님은 그래도 정상 참작 돼서 7년이래!
은영	… 그 사람은? 금루나 부단장?

S#41 **교도소 독방 (낮)**

루나.. 침착한 얼굴로 작은 창 아래 서있다.

판사	(E) 피고인 금루나, 살인죄, 업무방해죄, 상해에 대하여 유죄를 선고한다. 특히 사건에 대하여 반성의 기미가 없고 죄질이 매우 불량하며, 다발성에 재범 가능성이 매우 높은 점에 대하여 본 법원은 피고인 금루나를 무기징역에 처한다.
루나	(비웃는 표정 / 짜증스러운데)
교도관	(E) 3120번, 면회.
루나	(? 해서) 면회 올 사람 없는데… 누구래요?
교도관	(E) 동생이라는데.
루나	(!!)

S#42   교도소 면회실 (낮)

루나.. 니나인 줄 알고 조금 들떠 들어오는데, 얼굴이 싹 굳는다.
테이블 맞은편에 앉아있는 사람.. 연서다.

루나	(선 채로) 네가 왜 내 동생이야?
연서	그러게. 나도 그게 참, 싫네요. 앉아요.
루나	나 놀리려고 왔어? 얼마나 비참한 꼴인지 보려구?
연서	물론 그것도 있고…
루나	(짜증)
연서	언니 자꾸 자살 시도 한다면서요? 그러지 말라고 얘기하러 왔어요.
루나	(! 하다가 큭큭큭 웃어버리는) 내 걱정을 해주는 거야?
연서	(표정 변화 없이 보는) 네, 언니가 죽는 걸로 도망칠까 봐 그 걱정을 하는 거예요. 죗값 제대로 안 치를까 봐.

루나	(!)
연서	언니… 언니는 누구를 한 번이라도 진심으로 사랑해본 적이 있어요?
루나	(!) 너 바보니? 이 모든 게 누구 때문인데.
연서	거짓말하지 말아요. 언닌 니날 사랑한 적 없어.
루나	(!)
연서	진짜 사랑하면 그럴 리가 없거든요. 차라리 내가 죽어서 그 사람을 살리고 싶지. 언니는 한 번도 그런 마음, 가져본 적 없어. 그러니까 마음이 텅 비었지. 그 빈 마음 채우려고 발버둥 치는 거고.
루나	네가 뭘 안다고 함부로 떠들어?
연서	언니가… 진심으로 불쌍해요. 남은 인생도 여기서 평생 아름답고 소중한 마음 같은 거 모르고 살 거니까. (일어나는) 몸조심해요, 언니. (하고 나가는)
루나	(분해서 묶인 손으로 테이블 쾅! 치고)

S#43   연서의 차 안 + 도로 (낮)

유미.. 운전해주고 있는. 연서.. 조수석에 앉았다.

유미	뭐 하러 그래요. 얼굴 봐봤자 기분만 나쁘지.
연서	말해주고 싶어서요. 당신이 완전히 졌다는 거.
유미	(미소) 우리 아가씨 돌아왔네. 기분 좋다.
연서	(미소로 보면)
유미	다 정리됐으니까 싹 다 잊고, 예전의 이연서로 돌아가요. 알았죠?

S#44 **아이비 저택 전경 (다른 날, 낮)**

연서 (E) 아아악!

S#45 **연서의 방 (다른 날, 낮)**

직원들.. 울상으로 서있다. 연서.. 방을 완전히 헤집어놓았다. 뭔가를 찾은 모양!

연서 정말, 아무도 몰라요? 이 협탁 서랍에! 멀쩡히 놔둔 손수건! 내가 퇴원하자마자 저기 넣어두고 단 한 번도 빼지 않았던 그 손수건이 없단 말이에요!

유미 (급하게 들어오며) 아가씨!!

연서 이게 말이 돼요? 본 적도 없대, 만진 적도 없대. 그럼 그 손수건이 발이 달려 자기가 집을 뛰쳐나가 가출이라도 했다는 거예요, 뭐예요!

유미 (혼잣말) 미련 청승 버렸더니 싸가지까지 더 버렸어.

연서 제발!! (버럭 할 것처럼 굴다가 / 정중히 인사하며) 부탁할게요. 이 방이랑, 단이 방 청소하실 때, 아무것도 손대지 마세요. 여기서 손수건 찾아서 가져오시는 분께, 보너스 200프로 드리겠습니다.

직원들 (자기들끼리 눈짓으로 수군거리면)

유미.. 연서를 안타깝게 보고.

S#46　**공원 (다른 날, 낮)**

비 내리는 공원 나무 아래 벤치. 연서.. 처연하게 앉아있다. 오른
손 내밀어 비를 느끼는.

옆에서 우산을 씌워주는 사람… 연서 혹시! 하고 희망차 돌아보
면 유미다. 그 옆에 윤우(2회 정신과 의사).

연서　　(실망스러운) 박사님은 왜 불렀어요. 나 멀쩡하다니까.

유미　　멀쩡한 사람이 비 오는 날만 되면 미친 여자처럼 공원에 나가요?

연서　　(…)

유미　　멀쩡한 사람이 집 안 곳곳에서 허공에 대고 막 혼잣말을 하고?

연서　　(!)

S#47　**몽타주 (낮)**

집 안 곳곳에서 단의 환상을 보는 연서의 모습. 그런 연서를 보는
유미의 컷컷

1. 주방 – 카모마일 차를 끓이는 연서..

연서　　몇 분 동안 우려내야 돼? 네가 주던 그 맛이 안 나…

입구에 선, 유미 시선에서 연서.. 허공을 향해 이야기하는.

2. 연서의 방 – 연서.. 스트레칭하면서 투덜거리는.

연서   멀뚱히 서있지 말고 좀 잡아줘.

유미.. 들어오다 흠칫 놀라 돌아서고. 근심 어린.

S#48   아이비 저택 거실 (낮)

연서.. 헉, 싫은. 유미와 윤우.. 근심 어린 표정으로 보고 있다.

연서   아니 그거는… 환상처럼 보여서 그런 거죠.

유미   그 환상이 증세라잖아요. 트라우마, 스트레스!

연서   (망설이다가) 사실 첨 만났을 때도, 내가 걜 알아봤거든요. 아무도
         못 보는데, 나만 알아봤어. 그러니까 지금 내가 보는 단이도, 진짜
         단이 아닐까요?

유미, 윤우 (클났다 표정)

윤우   약 처방 드릴게요. 빼먹지 말고 꼭 챙겨 드세요.

S#49   연서의 방 (밤)

연서.. 약을 손에 놓고 있는. 고민하다가 협탁에 놔버린다. 안 먹는.

유미   (빼꼼) 아가씨, 쏘주 한잔?

연서   (?)

S#50　**아이비 저택 거실 (밤)**

유미.. 연서 잔에 콸콸 소주를 따른다. 연서.. 뾰로통한 표정으로
받기만 하는.

유미	약 안 먹을 거죠? 그럼 마셔요. 어떨 땐 이게 약보다 더 나으니까.
연서	집사님, 손수건 주세요.
유미	진짜 내가 안 가져갔다니까요!!
연서	집사님밖에 없잖아! 단이 미워하는 사람!
유미	(깊은 한숨 쉬더니 / 카드 뭉치를 틱! 올린다)
연서	이게… 뭐예요?
유미	남은 사람한텐 증표, 도망간 사람한텐 쓰레기요.
연서	(!!)

S#51　**단이 방 (낮) - 회상**

S#14(연서 수술 후) 유미.. 둘러본다. 속 터지고 원망스러운.

유미	옷도 그대로, 짐도 그대로 두고 대체… 어딜 간 거야!

유미.. 속상해서 털썩 주저앉는데,
발에 차이는 철제 상자. 유미.. ? 해서 열어보면, 카드 뭉치들이 들
어있다.

S#52   **아이비 저택 거실 (밤)**

현재.. 연서.. 카드를 펼쳐보면, 작은 축하 카드에 적혀있는 〈결혼 1주년 축하해!〉라고 쓰여있는. 연서.. 확 울컥한.

연서   이걸… 왜 지금 줘요?

유미   아가씨 공연하기도 전에 남겨놓은 거 봐요. 그때부터 이미 틸 생각을 한 거라구요. 결혼 서둘렀던 것도 다 그래서

연서   단이… 글씨 맞아요… (뭉클해서 보면)

유미   (못 말리는) 아니… 이걸 남겨둔 게 무슨 의민지!

연서   (안 들려 / 소중하게 카드 열어보면)

단   **(E) 결혼 1주년 축하해.**

S#53   **아이비 저택 실내 정원 (밤)**

단.. 카드를 잔뜩 쌓아두고 열심히 쓰고 있다. (S#20 영자 만나러 갔던 날과 같은 날)

단   **(E) 신이 아닌 사람에게 쓰는 편지는 처음이야. 영광이지.**

S#54   **아이비 저택 거실 (밤)**

S#52 연결. 연서 카드를 하나씩 여는 위로 단의 목소리 들려오는.

단	(E) 결혼 2주년 축하해. 사랑해.
단	(E) 결혼 3주년 축하해. 유채꽃은 예쁘게 피었니.
단	(E) 결혼 10주년 축하해. 세상에 너 아직도 날 못 잊었어?
단	(E) 결혼 30주년 축하해. 아직도, 여전히 사랑해.

연서.. 눈물이 뚝뚝 나는.

유미.. 이걸 괜히 줬나 싶어지는데, 연서.. 글라스에 따른 술을 벌
컥벌컥 마셔버린다. 유미.. 말릴 새도 없이.

(점프)

아예 바닥에 주저앉은 연서.. 잔뜩 취해 주정하는. 유미.. 이를 어째
싶고.

연서	술 많이 마시면 안 되는데… (하면서도 콸콸 따르는)
유미	마셔. 마시고 털어버려요. 잊어버려.
연서	그러니까… 술 마시면 뇌세포가 파괴된다면서요. 그러면 잊어버 리고… 안 돼, 절대로. 우리 단이 속눈썹 한 올도 안 잊어버릴 거 야, 내가!
유미	아가씨… 정신 차려요, 제발!
연서	(울먹) 단이… 진짜 내 옆에 있는 거 같단 말이야. 자꾸 단이가 보 여. 저기 봐요! 지금 저기 서있잖아. 단아!! (하고 손 흔드는)

하고 가리키는 곳! 단이 서있다. (천사 옷 아닌) 관조하는 느낌…
멀찍이 서있는 단을 보는 연서.

유미.. 돌아보면 아무것도 없고.

유미	저기 뭐가 있다 그래요. 아무것도 없어. 진짜 무섭게 왜 이래?
연서	(정신 차리고 보면 / 단 없고) 나… 진짜루 미친 거예요?
유미	(야무지게) 약 먹자. 상담받고, 치료받으면
연서	(O.L) 싫어요.
유미	아가씨!
연서	약 먹으면, 단이 안 보일 거잖아. 치료받으면, 환상으로라도 단이 못 보는 거잖아. 내가 미쳐버려서 단이가 보이는 거면… 나… 계속 미쳐있고 싶어요. 365일 24시간 계속 그러고 싶어. 근데! 그렇게 살면 안 되잖아. 누가 준 생명인데… 누가 준 숨인데… 나는 단이 몫까지 진짜 진짜 잘 살아야 돼요.
유미	(한숨 푹)
연서	(취해서 엎드려서 / 힝) 보고 싶어. 안고 싶어… 김단 냄새… 맡고 싶어.
유미	(등 쓸어주며 / 한숨 푹)

그런 두 사람 지켜보는 단.. 환상처럼 건조하게 바라보고. (행커치프에 손수건 있는-파란 깃털)

S#55   연서의 방 (밤)

연서.. 술에 취해 잠들어있다. 잠든 연서를 물끄러미 바라보는 단의 모습.

S#56   **단의 방 (밤)**

단.. 들어온다. 익숙하게 앉으면, 책상 위에 보고서가 나타나는. 단.. 펜을 잡는다.

아무도 없는 빈방. 단이 영혼으로 쓰는 보고서가 쓱쓱 써 내려가 지는.

단   **(E) 깊고 깊은 어둠 속에 헤매다 다시, 명받은 천사 김단의 보고서입 니다.**

S#57   **몽타주**

연서의 착각이 아니라, 실제로 함께했던 단의 모습.

1. 주방 (S#48-1) – 연서 옆에 서있었던 단.

2. 연서의 방 (S#48-2) – 스트레칭하던 연서 옆에 앉아있던 단. 다 정하게 바라보는.

3. 거실 (S#55) – 술 먹는 연서 보면서 에휴, 하고 쓸쓸히 웃는 단. 의 모습들 위로.

단   **(E) 고맙습니다. 연서가 날 보지 못해도, 연서 곁에 있을 수 있게 해줘 서. 괜찮습니다. 끝까지 몰라도, 아무도 몰라도 영영 이리 홀로 바라 만 보아도 저는 괜찮습니다.**

S#58   **강우 오피스텔 (낮)**

강우.. 짐을 다 정리했다. 집 안을 둘러보는 강우.. 시원섭섭한 느낌.

큰 캐리어 하나 가지고 나간다.

S#59   **강우 사무실 (낮)**

강우 사무실도 다 정리됐다. 책상 위 / 책장 속 모두 빈. 강우와

연서.. 마지막 인사 하는.

연서	아쉽네요. 감독님하고 한 작품 더 하고 싶었는데…
강우	어차피 내 말 안 듣고 맘대로 출 거잖아요.
연서	그렇게 만들어가는 재미, 분명히 있었잖아요.
강우	(픽 웃고) 그동안, 고마웠어요.
연서	저두요. 진짜 단원들 안 보고 갈 거예요?
강우	그런 자리 딱 질색입니다. 간지럽고, 어색해요.
연서	그래요, 그럼. (일어나려다) 감독님.
강우	(보면)
연서	감독님은, 좀 편안해지셨어요?
강우	(편안한 미소 지어 보이고)

S#60   **판타지아 로비 (낮)**

강우와 연서.. 나오는.

연서	이번엔 목표로 하는 프리마 없어요?
강우	글쎄, 찾아봐야죠.
연서	되게 잘하는 발레리나 한 명 있는데 소개해줄까요?
강우	(솔깃하는데)

기둥 뒤에서 나타나는 단원들. 꽃다발을 들고 박수와 환호로 나온다. 강우.. 쑥스러운. 연서.. 씩 웃고.

의견	이렇게 내빼는 게 어딨어요!
우진	(꽃다발 안겨주며) 뉴욕 가선 승질 좀 죽이세요.
은영	그동안 감사했습니다.
수지	어디서든 건승하세요!
강우	(웃으며 흠흠)
모두	(주목하면)
강우	은영, 우진 주역 심사할 때 리프팅 호흡 더 맞추고, 수지 항상 어깨 신경 쓰고.
우진	(그냥 막 포용해버리는) 끝까지 잔소리셔! 감독님 몸이나 잘 챙겨요!

모두들.. 강우 둘러싸고 잘 가라 인사하고 챙기는. 연서.. 그런 모습 보며 미소 짓고.

S#61 발레 학원 (낮)

강우.. 문 열고 들어온다. 꼬꼬마들 신발 가지런히 정리돼있다. (E)

음악 소리 따라

레슨실 들어가면, 니나.. 아이들 (4~5명 정도) 가르치는 중. '앙아방, 앙오' 같이 불러주는데, 꼬마1 이 꼬마2를 의식하면서 동작 따라 하자, 니나.. 박수 탁탁 치더니.

니나	선생님이 어딜 보고 발레 하는 거라고 했지?
다 같이	나 자신요.
니나	음악을 잘 들어봐요. 이 음악을 들으면, 내가 뭐가 된 거 같지?
꼬마1	하늘을 나는 구름이 된 것 같아요.
꼬마2	저는 바다의 돌고래요.
니나	그렇지. 지야는 구름이 되고, 준미는 돌고래가 되는 거야. 다시 해 보자.

지켜보는 강우를 눈치챈 니나.. 두 사람.. 눈인사하고. 니나.. 계속 원투쓰리 카운트해주고.

S#62   발레 학원 일각 (낮)

학원 내부 사무실이나 복도 연습실 등.

강우.. 앉아있으면 니나.. 종이컵에 커피 가져와 건네는. 강우.. 받으면.

니나	이래 봬도 드립커피예요. 고급 고급. 월세가 빠듯해서 아껴야 되거든요.

강우	(피식 웃는)
니나	뉴욕 가신다면서요. 의건이한테 들었어요. 축하드려요.
강우	무대 다시 설 생각 아예 없는 겁니까?
니나	저는 여기가 체질인 거 같아요. 아이들하고 즐거운 춤을 추는 거. 만족해요.
강우	생각 바뀌면 언제든 와요. 이래 봬도 나… 은퇴한 발레리나 재활 전문이니까. (하고 명함 내미는)
니나	(받고 / 미소) 담에 만났을 땐, 발레리나 말고, 그냥 사람으로 봐요. (편안하게 바라보고)

S#63 연서의 방 (낮)

유미.. 들어와 책상 위 약통을 본다. 반 정도 차있는.

유미	다행이네… 그래도 꼬박꼬박 약은 먹어주니. (창밖을 보며) 비도 안 오는데, 우리 아가씨 또 어디 갔나…

S#64 공원 일각 (낮)

연서.. 혼자 걷고 있다.

/

연서 곁에 단.. 함께 걷고 있다. 연서는 모르고, 단이 연서 곁을 지키는.

연서	다, 제자리를 찾아가네. 처음으로 돌아가는 거겠지.
단	(말없이 함께 걸어주는)
연서	근데, 네가 없네. 이젠, 환상으로도 보이지 않고.
단	(! / 연서 손을 잡으려 팔을 뻗다 거두는 / 오히려 한 발 떨어져 걷는다)
연서	씩씩하게 살게. 어디선가 네가 지켜보고 있다고 생각할 거야.
단	(기쁘고도 슬프게 보고)

S#65 공원 (낮)

나무 벤치. 연서.. 1부 S#20처럼 앉아있다. 단.. 역시 떨어져서 앉는. 연서를 본다. 연서만 본다. 연서.. 나뭇잎을 바라보는 중. 팔랑, 이파리 하나 떨어지면, 연서.. 휙 팔 뻗어 잡는다.

연서	(살짝 긴장해 보면 / 보통 나뭇잎) 또 꽝이야. 이거 완전 사기야 사기. 한 번을 나온 적이 없어.

연서.. 펜을 꺼내 나뭇잎에 쓴다. 〈INSERT〉 "오늘, 여기" 단.. 보고 확 슬픈데.

연서	참 이상해. 김단이랑 같이 보낸 시간… 고작 한 계절인데, 왜 이렇게 다 텅, 비어버린 거 같지? (눈물이 주르륵 흐른다)
단	(!!)
연서	씩씩하게 살 거야. 그럴 건데… 아주 가끔 너 생각하면서 울게. (눈 감는데)

단	(망설이다가 손을 뻗어 연서의 뺨에 흐른 눈물을 닦아준다)
연서	(뭔가 이상한 기분에 눈을 뜬다 / 그리고 단 쪽을 보는)
단	(얼음 / 설마 싶은데)
연서	(눈앞에 단이 있다. 연서 스스로도 설마 싶은) 정신 차려 이연서.
단	(침 꼴깍하는데)
연서	(눈을 비비면서 / 무심코 외는) 김단, 김단 나와라. (하고 눈을 뜨면)

단이 그대로 있다. 연서.. 차분히 일어나는. 단.. 역시 일어난다.
연서.. 물끄러미 바라본다. 단.. 역시 마주 바라본다. 둘 다 믿을 수
없는.
연서.. 한 발, 두 발, 다가가서 단의 심장에 손을 댄다. 만져질까,
또 투명하게 통과하진 않을까.. 싶은데, 연서의 손바닥, 단의 가슴
에 닿는다! 단.. 깜짝 놀란다.

(E)   **두근, 두근 심장 뛰는 소리.**

INSERT   1. 단의 행커치프에 있던 손수건 사라진다.

2. 화분에 유채꽃 피어난다.

단	내가… 보여? 어떻게 이럴 수가… 있지?
연서	(점점 미소가 퍼지면서) 올 줄, 알았어! (하고 와락! 목에 매달리는)

단과 연서.. 기쁨으로 포옹하는 모습에서 ENDING!

단	**(E) 이것은 제 마지막 보고서입니다.**

S#66   공원 - 에필로그

벤치에 앉은 단.. 공원 내의 사람들을 관찰하고 있다. 편안한 미소로. 산책 나온 사람들.

소풍 나온 사람들. 투닥거리고 / 웃고 / 먹고 하는 모습들을 바라보는 단의 얼굴 위로. (마치 천사인 양)

단   **(E) 인간을 관찰하는 일은 참으로 흥미롭습니다. 영겁의 시간이 막막한 흑백이라면, 인간은 부서질 듯 찬란하게 색색으로 빛납니다. 그래서 재밌습니다. 업무가 끝나면 모든 것은 제자리로 돌아가겠지요.**
인간은 죽어 사라지고, 천사는 영원히 부유할 것입니다.
그것이 신의, 우주의 섭리겠지요.

단.. 앞쪽을 보고 얼굴이 환해진다. 반갑게 손을 흔들고 일어나는. 다가오는 사람.. 연서다. 풍선 들고 반갑게 손 흔드는 연서의 뒤에서 뿅! 나타나는 꼬마 아이(4~5살 여아).. 연서와 손잡고 같이 무용 시작 인사하는.

단.. 행복한 미소로 달려가 아이를 높이 들어 안는다. 옆에 서는 연서.

아이.. 연서와 단을 동시에 끌어안고. 행복한 가족의 모습 위로.

단   **(E) 그 섭리 안에서 기적처럼 내린 사랑으로 행복하게 살아가겠습니다. 부서질 듯 찬란하게. 반짝반짝 빛나면서.**

_ 〈단, 하나의 사랑〉 끝

보 고 서

이것은 제 마지막 보고서입니다.

인간을 관찰하는 일은 참으로 흥미롭습니다.
영겁의 시간이 막막한 흑백이라면,
인간은 부서질 듯 찬란하게 색색으로 빛납니다.
그래서 재밌습니다.

업무가 끝나면 모든 것은 제자리로 돌아가겠지요.
인간은 죽어 사라지고, 천사는 영원히 부유할 것입니다.
그것이 신의, 우주의 섭리겠지요.

그 섭리 안에서
기적처럼 버린 사랑으로 행복하게 살아가겠습니다.

부서질 듯 찬란하게. 반짝반짝 빛나면서.

[출연진 및 스태프]

출연	신혜선, 김명수, 이동건, 김보미, 도지원, 김인권, 우희진, 김승욱, 길은혜, 이화룡, 이제연, 박상면, 강예나, 조성현, 이영도, 김사랑, 이승현, 이소미, 이예나, 이산하, 이하나, 고승미
서울발레시어터	신선미, 원보라, 이와모토유리, 권보빈, 도하련, 신솜이, 신지민, 장다영, 박지영, 이규원, 박상효, 윤소미, 김찬미, 김태린, 감향림, 정다은, 타케다하루나, 김예진, 이유림, 장선국, 박경희, 황경호, 도윤현
아역	고우림, 엄서현, 윤채은
특별출연	장현성, 박원상

책임프로듀서	강병택
제작	조윤정, 정해룡
BM	최준호
제작총괄	박채린, 최재순, 박춘호, 김동희
극본	최윤교
연출	이정섭, 유영은

촬영감독 정해근, 강장수, 김홍중 / 조명감독 김경배, 오영삼 / 포커스 이동길, 박종화, 이정원 / 촬영팀 A 주경철, 허은혜, 박관용 / 촬영팀B 박찬희, 최하민, 천영준 / 촬영팀C 송송이, 이승호, 오승재 / 데이터매니저 유민아 / 조명팀A 김종학, 이동훈, 김민혁, 김민서, 박찬호 / 발전차A 더파워, 김영욱 / 조명팀 B 김인규, 김대민, 김지수, 권용수, 임애리 / 발전차B 이채훈 / 조명크레인 오정우 / 동시녹음 강성민, 배기오, 김범수 / 지미집 / 달리 그리다 김영진, 임남채, 이용권 / 특수효과 ㈜몬스터특수효과, 최병진, 이현준, 박성훈, 이정민 / 보조출연 ㈜하늘예술 김문곤 / 무술감독 액션스쿨 정윤헌 / 무술지도 송원종 / 미술제작 KBS아트비전 / 미술감독 이경미 / 장식총괄 최근남 / 장식팀장 이정민 / 장식디자인 유연주, 이소의 / 장식 오영일, 박상영, 김기원 / 장식지원 이경섭, 김일태 / 가구제작 정진호, 윤홍철 / 의상디자인 강윤정 / 의상 이정혜, 박정수 / 분장 예랑분장 김상은, 장한별, 박채원 / 미용 양미나 / 세트제작 ㈜아트인 / 세트총괄 송종태 / 세트제작 남궁웅태, 문제일 / 세트장치 이상군, 김정근, 조용훈, 최병덕, 이용학 / 세트장식 김한, 박유범 / 세트작화 이규창, 노송봉 / 세트행정 홍성훈 / 세트진행 김동휘 / 제작편집 송진석, 송호경 / CG 나유선 / 특수영상 ㈜INSTER 김동명, 신상수, 안중겸 / CG테일 도세민, 김무원, 이한길 / DI 티-브이 포스트웍스 김현수 / OST제작 빅토리콘텐츠 / 음악감독 최인희 / 작곡 서현일, 오혜주 / 사운드디자인 유석원 / 사운드에디터 김수남 / NLE편집 송미경, 호진아 / 편집보 정하림, 조혜솔 / 타이틀 & 예고 STUDIO PEAK 박상권, 우정연, 이학진, 우선호, 김영근 / 스틸 이수민 / 메이킹 스튜디오와유 신재호 / KBS마케팅총괄 권정의 / 디지털프로모션 신동곤 / 외주홍보 쉘위토크 이수하, 김주애, 임채린 / 온라인홍보 KBS미디어 / 콘텐츠기획 김재현 / 웹기획 박현지 / 포스터VanD 이용희 / 포스터디자인 Studio Daun 김다운 / 스탭버스 동백관광 장정원 / 연출봉고 유흥환 / 제작봉고 심재호 / 카메라봉고 남기천, 김창식 / 안무감독 최수진 / 안무 김성훈, 정윤정 / 안무자문 강예나 최진수, 전은선, 목귀인 / 캐스팅디렉터 에피퍼니에이전시 이충선, 손승범 / 아역캐스팅 레인보우컴퍼니 / 마케팅총괄 신경진 / 마케팅프로듀서 테이크투 조종완, 김희진, 정우성 / 사업기획 박종우 / 제작프로듀서 우지희, 이지은 / 기획프로듀서 함연주, 이예원 / 라인프로듀서 김덕연, 이아름 / 외주기획 권계홍, 진영주, 오유경 / 제작홍보 전선하 / 제작관리 권혁철, 김명란, 이예슬, 윤원주, 김지흠, 강승원, 김정아 / 섭외 김행규, 유형우 / 보조작가 천운 / SCR 조예주, 이현주 / FD 배소영, 유승진, 양혜진, 정해리 / 조연출 유호준, 박경민, 임승현

제작 빅토리콘텐츠 / 몬스터유니온
기획 KBS한국방송